W0295814

Indonesische Märchen

Aus dem Indonesischen
übersetzt und herausgegeben von
Renate und Hansheinrich Lödel

Insel Verlag

Erste Auflage 1992
© Insel Verlag Frankfurt am Main und Leipzig 1992
Quellenverzeichnis am Schluß des Bandes
Alle Rechte vorbehalten
Insel Verlag Frankfurt am Main und Leipzig
Satz: Hümmer GmbH, Waldbüttelbrunn
Druck: Nomos Verlagsgesellschaft, Baden-Baden
Printed in Germany

1 *Wie der Reis auf die Erde kam*

In alten Zeiten lebten einmal sehr reiche Eheleute. Sie besaßen Wasserbüffel und anderes Vieh in ungezählter Menge. Unermeßliche Reichtümer nannten sie ihr eigen. Sie hatten zwei Kinder, und zwar Söhne.

Doch dann starben eines Tages beide Eltern und ließen ihre zwei kleinen Kinder allein zurück. Die Waisen hatten noch nicht das Alter, um für ihren Lebensunterhalt selbst zu sorgen. Alle Haustiere und was sie sonst von ihren Eltern her besaßen, nahmen ihnen böse Menschen weg, so daß die verwaisten Kinder immer mehr ins Elend gerieten.

Ein Fischteich, den ihr Vater selbst angelegt hatte, verblieb ihnen als einziges Gut, weil jene schlechten Menschen ihn nicht stehlen oder wegnehmen konnten. Dieses letzte Erbe, das ihnen noch gehörte, bewachten die unglücklichen Kinder nun bei Tag und Nacht. Der Ältere war schon ziemlich groß, aber leider gebrechlich, denn er hatte verkrümmte Beine und gleich den Füßen der Enten zusammengewachsene Zehen. Seine Fersen wiesen Löcher auf.

Eines Tages machte sich der Jüngere auf, um nach dem Fischteich zu sehen, den sie von den Eltern her noch besaßen. Am Teich traf er sieben Mädchen an, die gebadet hatten und sich gerade anschickten, wieder davonzugehen. Da sagte das Waisenkind zu ihnen: »Wenn es euch nichts ausmacht, erlaubt mir doch, daß ich mit euch gehe!«

Die sieben Mädchen antworteten ihm: »Warum nicht, wenn du willst! Es macht uns ganz und gar nichts aus. Aber du selbst bist es, der mit uns mitgehen möchte, und wir erlauben es nur!«

So brachen die sieben Mädchen auf, und der Waisenjunge begleitete sie. Sie stiegen hinauf zum Himmel und benutzten dabei den Regenbogen als Leiter. Sieben Tage und sieben Nächte lang waren sie unterwegs und langten schließlich im Himmel an. Sowie der Waisenjunge dort ankam, sah er die sieben Mädchen nicht mehr, denen er sich angeschlossen hatte. Wer weiß, wohin sie verschwunden wären! Er wußte nicht, was er davon halten sollte. Wenig später bemerkte er mitten in einem Dorf, wie irgend etwas im warmen Sonnenschein getrocknet wurde. Etwas Gelbfarbenes glänzte und blinkte, wenn die Sonnenstrahlen es trafen. Da sagte sich der Junge: ›Bestimmt ist das gelb Glänzende ein Haufen Gold.‹ Schließlich betrachtete er es aus der Nähe. Dabei sah er, daß es von dem Besitzer bewacht wurde. So fragte das Waisenkind den Eigentümer des vermeintlichen Goldes: »Hallo, woher hast du denn so viel Gold geholt?« Der Mann entgegnete: »Was redest du da? Du denkst, daß ich hier Gold trockne?« Und der Waisenjunge fragte zurück: »Wenn das hier kein Gold ist, was ist es dann?«

Wieder antwortete der andere: »Es sind Reiskörner, die du für Gold ansiehst. Sie stammen von einer Pflanzenart und schmecken außerordentlich gut.«

»Oh, da kann man das, was ich eben für Gold gehalten habe, sogar essen«, meinte verwundert der Junge und erkundigte sich weiter: »Womit läßt sich denn der Geschmack von Reis vergleichen?«

Der Besitzer der Reiskörner gab zur Antwort: »Auf der ganzen Welt gibt es keine einzige Speise, die schmackhafter und nützlicher ist als diese Körner, die du für Gold angesehen hast.«

Da bat das Waisenkind den Himmelsbewohner: »Wenn es dir nichts ausmacht, so erlaube mir doch, davon ein bißchen zu nehmen! Ich möchte sie gern auch aussäen, dort unten auf der Erde, wo ich herkomme.«

Darauf erwiderte der Eigentümer der Reiskörner: »Scher dich ja schnell weg von hier! Um keinen Preis erlaube ich, daß du unsere Speise hinunter zur Erde bringst. Nur hier im Himmel darfst du davon essen. Möchtest du hier etwas von dieser Speise versuchen, gebe ich dir gern davon. Aber wenn du Reis hinunter zur Erde bringen willst, von der du gekommen bist, werde ich das nicht zulassen!«

Darauf nahm der Himmelsbewohner gekochten Reis und reichte ihn dem Waisenjungen, der sich zu ihm gesellt hatte. Der Erdenmensch sollte kosten, wie schmackhaft und von welch großem Nutzen dieses Gericht war, das er für Gold gehalten hatte.

Nachdem der Junge alles aufgegessen hatte, glaubte er, daß diese fremdartige Speise sehr gut schmeckte. Er hätte gern noch einmal darum gebeten, Reis mit hinunternehmen zu dürfen, damit er diese merkwürdige Pflanze auf der Erde anbauen konnte. Doch er wußte genau, daß der Besitzer es nicht erlauben würde. Wenn er diesen wunderbaren Reis auf die Erde bringen wollte, mußte er eine List ersinnen und die Körner an einem Ort verstecken, wo sie nicht zu finden wären. Aber er hatte nichts, worin er sie hätte verbergen können, ohne daß man es bemerkte. Lange sann er darüber nach, bis ihm schließlich etwas einfiel. Er gedachte die Reiskörner in seinen Mund zu stecken.

Als eines Tages der Eigentümer der Reiskörner gerade damit beschäftigt war, die Vögel hier und dort wegzuscheuchen, die von seinem Reis pickten, nahm der Waisenjunge ganz schnell eine Handvoll von dem zum Trocknen ausgebreiteten Reis. Er stopfte ihn in den Mund, sprang auf und lief, so flink er konnte, zu dem Spalt im Himmel, wo er einige Tage zuvor zusammen mit den sieben Himmelstöchtern hereingekommen war. Sobald aber der Besitzer die Vögel verscheucht hatte und zurückkehrte, gewahrte er die Spur, die der Junge mit seiner Hand im trocknenden Reishaufen hinterlassen hatte. Er begriff sofort, daß der Erdenmensch Reiskörner gestohlen hatte. Deshalb eilte er blitzschnell dem Reisdieb hinterher. Der Junge hatte gerade erst einige Schritte auf dem Regenbogen zurückgelegt, der als Leiter zwischen Himmel und Erde diente, als er eingeholt und von dem Eigentümer des Reises ergriffen wurde. Kaum hatte dieser das Waisenkind erreicht, stieß er es ein paarmal gegen die Stufen des Regenbogens. Vom Anprall an den scharfen Rändern der Regenbogenleiter wurden die Fersen des Jungen verletzt. Schließlich durchsuchte der Reisbesitzer den Jungen gründlich und fand die Körner in dessen Mund. Er zwang das Waisenkind, allen gestohlenen Reis herauszugeben. Nicht ein Korn durfte fehlen. Er wollte keinesfalls, daß sein Reis, auch kein einziges Körnchen davon, gestohlen und zur Erde gebracht würde.

Darauf schickte sich der Reisbesitzer an, in sein Dorf zurückzukehren, aber der verletzte Waisenjunge bat ihn: »Wenn du es erlaubst, folge ich dir dorthin, denn ich muß wahrhaftig dein Diener werden. Jetzt kann ich ja nicht hinunter zur Erde, weil meine Füße wund sind.«

Da antwortete der Himmelsbewohner: »Willst du das wirklich, so ist es gut. Aber schlag dir aus dem Kopf, noch einmal zu versuchen, meinen Reis zu stehlen und fortzutragen.«

Da folgte der Junge dem Himmelsbewohner zurück ins Dorf. Während er seine Schritte wieder in den Himmel lenkte, fühlte der Waisenjunge erst richtig, wie sehr ihn die Wunden an seinen Füßen schmerzten.

Seit ihrer Rückkehr zu Haus und Hof durfte der Junge keine andere Arbeit mehr tun, als auf den Reis aufzupassen und ihn beim Trocknen zu bewachen.

Nicht lange danach heilten die Wunden des Waisenjungen. Er dachte bei sich: ›Wenn ich jetzt heimlich zurückkehre zur Erde, ohne daß der Besitzer des Reises davon weiß, wird dieser Himmelsbewohner mich wieder verfolgen und ergreifen.‹ Dann aber sagte er sich wiederum: ›Ich werde die einzig passende List gebrauchen, um den Reis zur Erde zu bringen, und einige Körner davon in den Wundlöchern an meinen Füßen verstecken. Danach verabschiede ich mich, ganz wie es sich gehört. So wird es besser gehen und bei dem Himmelsbewohner kein Mißtrauen erregen.‹

Er nahm von dem getrockneten Reis eine Handvoll und verbarg die Körner in den Wundöffnungen an seinen Fersen. Darauf bat er höflich um die Erlaubnis, in sein Dorf auf der Erde heimkehren zu dürfen, wo sein Bruder bestimmt auf ihn warte.

Der Himmelsbewohner, sein Kostgeber, mißtraute ihm dennoch und sagte: »Es ist gut, wenn du in dein Dorf zurück willst, aber vorher werde ich dich durchsuchen und überall nachsehen. Womöglich hast du Reis versteckt, um ihn als Andenken zur Erde mitzunehmen.«

Der Waisenjunge antwortete ganz ruhig: »Bitte sehr! Du kannst alles ganz genau prüfen, ob ich vielleicht etwas mit mir nehme. Ich habe jetzt gewißlich Angst, irgend etwas zu stehlen. Ich bereue es wirklich und wahrhaftig und tue es nicht wieder.«

Sein Hausvater entgegnete: »Wenn du es tatsächlich so meinst, wie du sagst, verstehe ich das, und ich glaube dir auch, daß du wirklich nicht wieder meinen Reis stehlen willst.«

Nach diesen Worten seines Kostgebers schickte sich der Waisenjunge an, den Himmel zu verlassen. Der Himmelsbewohner ahnte jedoch nichts davon, daß das listige Waisenkind Reiskörner in den Wundöffnungen an seinen Fersen verborgen hatte. Und so kam der Junge schließlich doch gut heim in sein Dorf. Ganz schnell legte er eine Ladang an, und als er damit fertig war, baute er dort den gestohlenen Reis an.

Da der Reis des Waisenjungen auf der Erde nun wuchs und eine gute Ernte erbrachte, wollte andererseits der Reis im Himmel nicht mehr gedeihen. Es schien, als wäre seine Lebenskraft ganz entschwunden, seit es dem Waisenjungen geglückt war, davon zu stehlen und Reis auf der Erde anzupflanzen. Doch diese Folgen hatte der Himmelsbewohner so sehr befürchtet und deshalb durchaus nicht erlauben wollen, daß der Junge Reis auf die Erde brachte. Zweifellos wußte er, daß die Lebenskraft des himmlischen Reises dahinschwinden würde, wenn es dem Jungen gelänge, Reiskörner mitzunehmen und auf der Erde anzubauen. Dies war nun geschehen.

Glück kann man eben nicht erzwingen und Unglück nicht abwehren! Der gestohlene Himmelsreis gedieh nun auf der Erde.
Da beschloß der Himmelsbewohner, dem der Reis gehörte: »Ich werde den Sperlingsvogel zur Erde schicken, damit er nachsieht und feststellt, ob dort unten auf Erden Reis wächst.« Und so schickte er einen Sperling zur Erde, damit dieser herausfinde, ob die Menschen dort Reis anbauten. Der Sperling kam hinunter auf die Erde und erspähte, daß der Reis, den der Junge angebaut hatte, gerade Körner ansetzte. Sogleich fing der Sperling an, von dem reichtragenden Reis zu fressen. Endlich flog der Sperling wieder zurück zum Himmel. Oben angekommen, berichtete er seinem Gebieter, daß es auf der Erde keinen Reis gebe. An seinem Schnabel sah man jedoch ganz deutlich, daß er soeben noch Reis gefressen hatte. Sein Schnabel sah nämlich bis obenhin ganz weiß aus. Deshalb sagte sein Herr: »Ich glaube dir nicht, was du erzählst, denn es ist ganz genau zu sehen, daß du vor kurzer Zeit noch Reis gefressen hast.« Der Sperling gab zur Antwort: »Wenn es der Gebieter nicht glaubt, kann er ja noch einen Vogel nach unten schicken, der es bezeugen wird.« Da erwiderte der Herr: »Wenn es so ist, fliegst du zusammen mit der Waldtaube. Und stellt es sich dann heraus, daß es doch Reis auf der Erde gibt, wird sie dich töten. Sollte es aber noch keinen Reis auf der Erde geben, so bist du es, der die Waldtaube tötet.«
Nach diesem Gebot des Himmelsbewohners brachen die Waldtaube und der Sperling auf, um nachzusehen, ob auf der Erde Reis wachse. Sie kamen unten an, und es zeigte sich, daß der Bericht des Sperlings nicht stimmte. Es stellte sich vielmehr heraus, daß auf der Erde Reis angebaut wurde, der sogar Körner angesetzt hatte. Nun gerieten die Waldtaube und der Sperling in Streit, und alsbald kämpften sie miteinander. Der Sperling unterlag, weil er ja gelogen hatte. Seine Kehle wurde hart umkrallt und sein Kopf dabei in den Nak-

ken gedreht. Aus diesem Grund sitzt der Kropf des Sperlingsvogels auf seinem Nacken.
So lautet die Geschichte, wie der Reis auf unsere Erde kam und nun hier gedeiht.

2 *Die Geschichte vom Reis*

Wie erzählt wird, ging eines Tages ein Mann namens Letwir zur Jagd. Er nahm auch seinen Hund mit. Plötzlich stürzte der Hund in eine sehr tiefe Schlucht hinunter. Letwir folgte den Spuren seines Hundes und begab sich ebenfalls in die Schlucht hinab, indem er sich durch die vielen herabhängenden Luftwurzeln eines Feigenbaums am Rande der Schlucht schlängelte und sich daran festhielt. Unten angekommen, sah er eine Alte auf einer Ladang stehen. Letwir fragte die Frau: »O Mutter, habt Ihr nicht hier etwas vorbeikommen sehen, was mir gehört?«
Die alte Frau fragte zurück: »Etwas, das Euch gehört? Was meint Ihr wohl damit, Herr?« Letwir wiederholte seine Frage: »Ja, ist hier nicht etwas, das mir gehört, vorübergekommen?«
Die Alte fragte abermals verwundert: »Gut, aber was ist es, wovon Ihr sprecht? Sagt nur genau, was es ist, damit ich es auch weiß.«
Darauf entgegnete Letwir: »Habt Ihr vielleicht meinen Hund hier vorbeilaufen sehen?«
Die alte Frau antwortete: »Tatsächlich, so ist es, natürlich habe ich hier einen olivbraunen Hund entlanglaufen sehen.«
Nun wollte Letwir seinen Weg fortsetzen, um den verschwundenen Hund zu suchen. Aber die Alte hielt ihn zurück, damit er zuerst etwas essen möge. Sie trug allerhand ungekochte Wurzeln auf, aber Letwir konnte nichts von dem essen, was sie ihm vorsetzte. Er sagte, daß er nichts essen könne, was noch roh ist. Darauf brachte die Alte roten und

weißen Reis herbei, der aber auch nicht gekocht war. So mußte Letwir die Speise wiederum zurückweisen, und er erklärte, daß er eben kein ungekochtes Essen zu sich nehmen könne. Nun fragte ihn die Frau: »Ach, junger Mann! Ist denn nicht alles, was ich Euch anbiete, ganz vortrefflich und sehr gut? Und warum könnt Ihr es nicht essen?«

Letwir gab zur Antwort: »Mutter, alles, was Ihr mir aufgetischt habt, ist wirklich ausgezeichnet und sehr bekömmlich. Sogar in unserer Welt haben wir nicht solche hervorragende und bekömmliche Nahrung, wie Ihr sie mir vorgesetzt habt. Ob ich wohl etwas davon kaufen darf?«

Die alte Frau wollte wissen: »Womit wollt Ihr es denn bezahlen?«

Letwir versicherte: »Wartet, gleich werde ich Euch etwas sehr Schönes geben!«

Er suchte nun seinen Feuerstein hervor und schlug Feuer. Dann kochte er Reis, den er gemeinsam mit der Frau verzehrte. Sie ließen sich die Mahlzeit wohlschmecken.

Dann heirateten sie und blieben beieinander. Sie ließen aber das Feuer brennen und gingen aus, um Fische zu fangen. Während sie fleißig angelten, bemerkten sie, daß ihre Hütte niederbrannte. Der Feuerschein loderte strahlend hochauf. Als das Feuer am heftigsten brannte, liefen alle Bewohner der Schlucht herbei und riefen: »Seht nur, wie das Ding dort auf der Hütte des Erdbewohners Letwir so unglaublich schimmert und gleißt!«

Keiner der Bewohner dieser Schlucht kannte das glänzende Ding. Sie eilten hin und wetteiferten darum, Stücke der brennenden Hütte oder ein glimmendes Scheit zu erlangen. Sie kannten eben das blendende Ding noch nicht, das Feuer genannt wird. Danach lehrte sie Letwir das Feuer kennen und wie man es entfacht.

So berichtet der Erzähler dieser Geschichte.

Lange blieb Letwir mit seiner Frau zusammen, aber schließlich befiel ihn die Sehnsucht nach seiner Heimat Wir-Werbut, und am Ende bestand er darauf, nach seiner Heimat zurückzukehren, die er schon vor so langer Zeit verlassen hatte. Darum machte er sich mit seiner Frau gemeinsam auf den Weg zur Erdenwelt.

Doch als sie bis zur Grenze zwischen der Unterwelt und seiner Heimat gelangt waren, stritten sich die Eheleute. Letwir nämlich sagte: »Alte, geh du voran!« Die Frau sprach: »Nein, du sollst zuerst gehen.« Letwir gab zurück: »Nein, du mußt zuerst hinauf!«

Am Ende bekam Letwir seinen Willen, und die Frau mußte vor ihm hergehen. Sie kletterte dort hinauf, wo am Rande der Schlucht der Hund Letwirs abgestürzt war und der Feigenbaum seine Luftwurzeln herabhängen ließ. An diesen hielt sie sich fest und stieg Schritt um Schritt nach oben. So kletterte Letwirs Frau zuerst hoch, er aber blickte zu ihr hinauf. Da brach Letwir in Lachen aus und sagte: »Du hängst an den Luftwurzeln und schwingst dich von einer zur anderen genau wie ein Affe.«

Von diesen Worten fühlte sich seine Frau beschämt, und wieder stritten sich die beiden. Wegen dieses Streites wollte Letwirs Frau unbedingt dorthin zurückkehren, wo sie herkam, nämlich zum Grunde der Schlucht. Er aber wollte hinauf auf die Erde in seine Heimat Wir-Werbut. Jeder bestand auf seinem Willen, in die eigene Heimat zurückzugehen, und darum trennten sich Mann und Frau. Letwir wollte hinauf zur Erde, während seine Frau in die Schlucht hinunter wollte. Als sie voneinander schieden, verlangte die Frau von Letwir: »Gib mir mein Eigentum zurück!«

Aber er weigerte sich, seiner Frau die Reiskörner zurückzugeben. Er hielt sie fest in der Hand, und als sie ihm die Reiskörner gewaltsam entreißen wollte, wickelte er sie fest in seinen Sarung. Auch diesmal mühte sie sich, ihm die Körner wegzunehmen. Darum preßte er sie nun fest in seine Achselhöhle. Noch immer versuchte sie, ihm den Reis fortzunehmen. Endlich stopfte sich Letwir die Reiskörner in die Nase.

Nun erst hatte sie keine Macht mehr, ihm den Reis abzujagen. Auf diese Weise gelang es dem Mann schließlich, zwei Reiskörner zu behalten, ein Körnchen weißen und ein Körnchen roten Reis. Seine Frau fühlte sich bitter getäuscht und kehrte in ihre Heimat am Grund der Schlucht zurück, während Letwir seinen Weg fortsetzte.

Sobald er in seiner Heimat Wir-Werbut angekommen war, legte er gleich unter einem Baum ein Gärtchen an. Dort säte er die beiden Reiskörner aus, die er vom Grunde der Schlucht mitgebracht hatte. Daraus wuchsen zwei Reispflanzen heran, deren Körner er erntete und während der Regenzeit aussäte. Nach und nach mehrte sich Letwirs Besitz an Reis. Den trug er in seine Hütte und hob ihn gut auf. Schließlich legte er eine große Ladang an. Alle Körner, die er geerntet hatte, säte er auf diesem neu angelegten Feld aus, so daß er am Ende eine überreichliche Ernte einbrachte. Er erntete zwei Sorten Reis, nämlich roten und weißen. Alles, was ihm zuwuchs, trug er heim und bewahrte es in seiner Hütte wohl auf – den roten Reis nahe der Tür, den weißen hinten an der Rückwand.

Danach kamen viele Leute zu Letwir, um die Reisernte zu sehen, die er eingebracht hatte. Alle kamen und wollten Reis von Letwir kaufen, aber er verkaufte ihnen nur den roten Reis. Den weißen behielt er für sich und handelte nicht damit.

Und so geht die Geschichte weiter:

Der rote Reis wurde böse und lief mitsamt seinem Sack davon. Er verließ die Hütte von Letwir. Als der rote Reis fortlief, blieb der weiße traurig zurück und rief weinend: »Ach, du mein Bruder, roter Reis, warte doch auf mich!« Der rote Reis blieb stehen und sprach: »Worüber beklagst du dich, weißer Reis, da man dich doch in Frieden läßt und nichts mit dir macht, während Letwir mich doch den Leuten, die hierher kommen, einfach überläßt, damit sie mich kochen und aufessen? Dich läßt man ungestört, ich hingegen werde nicht in Ehren gehalten. Darum gehe ich jetzt bis zur großen Landzunge, ja, dorthin gehe ich!«

Daraufhin begab sich der rote Reis auf den Weg zur Landzunge Yabri, doch unterwegs riß der Sack ein. Zu dieser Zeit hatte der rote Reis das Gebiet von Ngur-Walek erreicht. Ein Teil von dem roten Reis entsproß verwandelt der Erde und wurde zu hohen, sich im Winde wiegenden Sago-Palmen längs der Küste. Diese Sago-Palmen gediehen von allein, ohne daß ein Mensch sie dort angepflanzt hatte. Dann setzte der rote Reis seine Wanderung fort und gelangte schließlich an sein Ziel, nämlich zu der Landzunge, wie er das tags zuvor erklärt hatte.

Und weiter wird berichtet:

Der rote Reis langte auf einer Ladang an, die einer Frau gehörte. Diese Ladang war schon zur Aussaat vorbereitet. Dort begann der Reis zu wachsen. Als die Frau zu ihrer Ladang kam, hatte er bereits gekeimt. Da sagte die Frau: »Oh, gerade noch wuchs hier kein einziges Unkräutlein. Woher kommt nur dieses Unkraut, das ich noch nie zuvor gesehen habe?« Und sie beugte sich nieder und jätete ihr Feld. Sie zupfte allen Reis, alle Hälmchen aus, die auf ihrer Ladang sprossen. Aber sobald sie fort war, stand der Reis wieder aufrecht da. Als sie am nächsten Tag wieder zu ihrer Ladang gegangen war, sah sie, daß die Halme schon Frucht angesetzt hatten. Nun riß die Frau die Pflanzen nicht mehr aus, sondern ließ sie wachsen. Sie gediehen prächtig und trugen endlich auch Körner. Sowie der Reis reif war, bat die Frau die Dorfbewohner, ihr bei der Reisernte zu helfen. Danach enthülste sie den Reis und kochte etwas davon. Sie gab es der Katze zu fressen. Die Katze verzehrte den Reis und starb doch nicht davon. Dann gab die Frau ihren Hunden davon zu fressen. Alle fraßen den Reis und starben auch nicht. Nun ließ sie ihre Mägde Reis essen. Die Mägde der Frau aßen den Reis, und auch sie starben nicht. Endlich beschloß die Frau, auch selbst den Reis zu kosten. Sie aß ihn mit Genuß und sagte dann: »Das also ist Reis!« Und sie fügte hinzu: »Heute hat der Allmächtige mich gesegnet und beschenkt, indem Er mich etwas sehr Wertvolles finden ließ.«

Die Bewohner von Wir-Werbut erfuhren davon und kamen herbei, um den Reis zurückzuverlangen. Aber so nachdrücklich sie es auch forderten, war ihrer Mühe doch keinerlei Erfolg beschieden. So berichtet die Geschichte.

3 Prinzessin Tisna Wati

Tisna Wati hieß die Tochter des die Welt beschützenden Gottes Bhatara Guru. Sie lebte zusammen mit ihrem Vater im Himmel. Von ihrer Erscheinung ging großer Liebreiz aus, aber sie betrug sich höchst ungebührlich. Tisna Wati wollte nämlich um jeden Preis niedersteigen zur Erde. Wenn sie bisweilen hinunterblickte und sah, wie die Menschen hin und her eilten, seufzte sie: »Ach, wie glücklich wäre ich, könnte ich ein sterblicher Mensch werden!«

Zog ihr Vater zum Kampf gegen den Geist der Lüfte aus, wünschte sich Tisna Wati oft, ihn begleiten zu dürfen. Aber Bhatara Guru schlug ihre Bitten stets ab. Dann murrte und maulte Tisna Wati, weil sie ihren Willen nicht durchsetzen konnte. Kehrte ihr Vater aus der Schlacht heim, sprach sie kein Wort und schmollte nur immerzu.

Bhatara Guru wurde es endlich überdrüssig, dieses Gebaren seiner Tochter mit anzusehen. Er geriet in großen Zorn und sagte: »Tisna Wati, komm sofort hierher! Ich bin es müde, mich über dich zu ärgern. Aus diesem Grunde würde ich dich wohl zur Erde hinabschicken und in eine Sterbliche verwandeln. Aber leider ist das unmöglich, weil du von dem Wasser des ewigen Lebens getrunken hast. Doch habe ich nun einen anderen Gedanken. Ich werde dich mit einem der Götter verheiraten, der dir ein gutes Vorbild sein soll.«

»Ich habe mir ja meinen zukünftigen Mann schon ausgesucht!« rief Tisna Wati voll Freude.

»Wer ist es?« fragte Bhatara Guru. »Hoffentlich nicht der Sohn des Geistes der Lüfte! Ich werde gewiß nicht erlauben, daß du den Sohn meines Feindes heiratest!«

»O nein, Vater! Es ist kein Geist der Lüfte, und er wohnt auch nicht im Himmel oder im Weltenraum. Er lebt auf der Erde. Seht doch, Vater! Gerade jetzt könnt Ihr ihn erblicken! Er bearbeitet mit der Hacke seine Sawah am Hang des Berges.«

»Aber das ist ja ein Mensch!« rief Bhatara Guru zornig aus. »Ein gewöhnlicher Sterblicher! Den kannst du als Tochter eines Gottes ganz unmöglich heiraten!«

»Ich will aber gerade ihn!« schrie Tisna Wati erbost und stampfte dabei mit dem Fuß auf. »Ich will keinen anderen haben! Er soll mein Mann werden, wenn ich auch den Himmel für ewig verlassen und ein Mensch werden muß!«

»Ich sage dir noch einmal: Du wirst diesen Jüngling nicht heiraten!« schalt Bhatara Guru. »Lieber verwandle ich dich in eine Reispflanze! Hast du verstanden?«

Tisna Wati empfand doch Angst, als sie ihren Vater so aufgebracht sah, denn niemals hatte er ihr gedroht. Gewöhnlich erlaubte er ihr alles, was sie tun wollte.

Sie fürchtete, daß es ihr womöglich genauso ergehen könne wie der Göttin Dewi Sri, die Wischnu, ihr Gemahl, in eine Reispflanze verwandelt hatte.

Aber Tisna Wati war nicht so sanftmütig wie Dewi Sri. Sie wollte nicht in eine Reispflanze verwandelt werden und auch keinen Göttersohn heiraten. Sie begehrte nur den Jüngling zum Mann, der seine Sawah am Fuße des Berges bestellte.

Am nächsten Tag gedachte Bhatara Guru aufzubrechen, um einen Gatten für Tisna Wati zu suchen. Da erscholl die Kunde, daß der Geist der Lüfte große Verwirrung im Raum zwischen Himmel und Erde anstifte. Bhatara Guru mußte daher zunächst gegen diesen Geist ausziehen. Beim Aufbruch kündigte er Tisna Wati an: »Wenn ich zurückkomme, werde ich deinen zukünftigen Gatten mitbringen!«

Sie erwiderte ehrerbietig: »Jawohl, Vater!« Doch kaum hatte sich ihr Vater entfernt, glitt sie sogleich hinab zur Erde. Die Winde halfen der Göttin bei ihrem Vorhaben und geleiteten Tisna Wati, bis sie zu dem jungen Bauern an jenem Berghang gelangte.

›Nun kann ich ihn aus der Nähe betrachten‹, dachte Tisna Wati. Sie stand am Abhang und wartete geduldig, bis der junge Mann sich ihr zuwenden würde.

Als er Tisna Wati endlich gewahrte, trat er auf sie zu. Er wußte nicht, daß er eine Göttertochter vor sich hatte. »Was suchst du hier, schönes Mädchen?« fragte der Jüngling.

»Ich suche einen Mann für mich«, erwiderte Tisna Wati lächelnd. Der junge Mann lachte über diese merkwürdige Antwort. Bald scherzten beide fröhlich miteinander. Aber unglücklicherweise drang das laute und frohe Lachen Tisna Watis auch bis zu Bhatara Guru, der gerade gegen den Geist der Lüfte kämpfte. Bhatara Guru bemerkte, daß sich seine Tochter auf der Erde befand und mit einem Sterblichen schöntat.

Über diesen Ungehorsam seiner Tochter geriet er in schrecklichen Zorn. Überstürzt brach er den Kampf ab und eilte sogleich hinab zur Erde.

Als Bhatara Guru an dem Hang anlangte, wo seine Tochter mit dem Menschen zusammensaß, schalt er: »Du! Komm sofort zurück in den Himmel!«

Tisna Wati verlangte es jedoch keineswegs, dorthin zurückzukehren. Sie liebte den jungen Mann wirklich. Ihre Liebe war stärker als Bhatara Gurus Wille.

»Nein!« sagte sie. »Ich komme nicht in den Himmel zurück. Lieber will ich ein sterblicher Mensch werden und mit meinem Gatten zusammen auf der Erde leben!«

»Nun gut, du sollst auf der Erde bleiben«, entschied da Bhatara Guru, »aber weder als Göttin noch als Mensch! Du wirst zu einer Reispflanze, und dein Geist soll ewig an diese Sawah am Berghang gebannt bleiben!«

Kaum hatte Bhatara Guru geendet, verwandelte sich Tisna Wati in eine schlanke Reispflanze. Sie seufzte nur gerade noch: »Nun ergeht es mir wirklich genauso wie Dewi Sri.« Dann neigte sie sich vor dem jungen Mann, der wortlos die Reisähre liebkoste. Er dachte nicht mehr an seine Arbeit, sondern schaute nur immer die Reispflanze an.
Bhatara Guru empfand Mitleid beim Anblick des Jünglings.
»Warum sollte ich sie nicht beisammen lassen?« murmelte er. »Ich kann Tisna Wati doch nicht mehr aus ihrem jetzigen Zustand erlösen. Sie ist für immer zu einer Reispflanze geworden, und ihr Geist bleibt an die Sawah gebannt. Am besten, ich verwandle auch den Jüngling in eine Reispflanze...«
Nachdem Bhatara Guru diesen Entschluß in die Tat umgesetzt hatte, zeigten sich vor seinen Augen zwei Reisähren, die sich zueinander beugten. Es schien, als wollten sie beweisen, wie sehr sie einander liebten. Bhatara Guru nickte vor sich hin und fuhr wieder auf zum Himmel.

4 *Wo der Reis herkam*

Es wird berichtet, daß Bhatara Guru am Anfang aller Zeiten ein schönes Mädchen schuf, das er Retno Dumilah nannte. Weil sie so schön war, verliebte sich Bhatara Guru in sein Geschöpf. Sie aber wollte ihn abweisen, wenn er nicht Beweise seiner Zuneigung erbringe, nämlich eine Speise, deren man nie überdrüssig werde; ein Gewand, das niemals zerreiße; und ein Gamelan, das von selber spielen könne. Erfülle er diese Wünsche, sei sie bereit, seine Frau zu werden. Andernfalls jedoch wolle sie lieber sterben, als daß Bhatara Guru sie anrühre, falls er ihre Wünsche nicht erfüllen könne.
Darum sandte Bhatara Guru einen Boten zur Erde, der alles suchen sollte, was Retno Dumilah sich gewünscht hatte. Der

Bote eilte davon. Unterwegs begegnete er Dewi Sri, der Gattin des Bhatara Wishnu, und verliebte sich in sie. Er folgte ihr nach und versuchte, sie zu betören. Dewi Sri fühlte sich von dem Geschwätz des Boten belästigt, geriet in Zorn und verwandelte ihn durch eine Verwünschung in ein Wildschwein. Aus Rache folgte das Wildschwein ihr aber ständig nach und vergaß, was Bhatara Guru ihm zu suchen aufgetragen hatte. Bhatara Guru aber, der auf die Rückkehr seines Boten gewartet hatte, konnte sein Begehren nicht länger zügeln. Er umarmte Retno Dumilah. In diesem Augenblick erfüllte sich der Ratschluß der Götter: Retno Dumilah verschied, ihrem Schwur gemäß, auf seinem Schoß. Wollte sie nicht lieber den Tod erleiden, als daß Bhatara Guru sie anrühre?

Bhatara Guru erinnerte sich an sein Versprechen, alles zu suchen, was Retno Dumilah sich wünschte. Er versuche mit aller Macht, sie wieder zum Leben zu erwecken, doch vergebens. Und so wurde der Leichnam des schönen Mädchens bestattet. Mit der Zeit wuchsen aus ihrem Grab verschiedene Arten von Pflanzen, alle von wunderschönem Aussehen, aber den Einwohnern ringsum noch unbekannt. Aus ihrem Haupt wuchs eine Kokospalme, aus ihrem Leib die Reispflanze und die Zuckerpalme, aus ihren Händen entsprossen die früchtetragenden Bäume und aus ihren Füßen die Knollenpflanzen wie die Wasserbrotwurzel, die Batate und andere. Diese Pflanzen wurden in späterer Zeit geteilt und verbreiteten sich über das ganze Land, aber nur auf trockenem Boden. Jenen Reis, der aus dem Leib von Retno Dumilah entsproß, kennen wir heute als Trockenreis.

Von Dewi Sri, die beständig von dem Wildeber verfolgt wurde, wird berichtet, daß sie meinte, dies nicht mehr ertragen zu können. Und darum flehte sie die Götter an, sie möchten sie zu sich nehmen. Diese Bitte wurde erhört. Sogleich endete auch ihr Leben. An jenem Ort wuchsen Reispflanzen hervor. Diesen Reis pflanzten die Menschen dann in ihre Sawahs. So wird die Geschichte vom Ursprung des Reises erzählt. Auch sagt man, daß Dewi Sri, nachdem sie den Reisbauern hatte froh zu Werke gehen sehen, ihn unterwies, auf welche Weise man den Reis pflanzen und pflegen soll. Daraus entstanden verschiedene Bräuche beim Anbau von Reis. Wenn er gerade in Blüte steht, bereitet man allerlei Rujak zu, das dann auf den Reis geträufelt wird, weil man glaubt, daß der Reis etwas Erfrischendes zu sich nehmen möchte.

Doch als das Wildschwein, das Dewi Sri unablässig verfolgt hatte, tot war, entstanden aus seinem Körper verschiedene Arten von Reisschädlingen wie Heuschrecken, Würmer, Ratten und andere. Um diese Schädlinge abzuwehren, entsendet Dewi Sri von Zeit zu Zeit die Pythonschlange hinab zur Erde, damit sie die Ratten vertilge. Und sobald der Reisvogel beginnt, sich an den Reiskörnern gütlich zu tun, ist dies ein Zeichen dafür, daß die Körner ausgereift sind und die Ernte sogleich beginnen muß.

Bis zum heutigen Tag mag der Bauer keine Pythonschlange töten.

5 *Vom Ursprung der Reispflanze*

Luing Indung Bunga gilt bei den Anhängern der Kaharingan-Religion in Kalimantan als mächtige Reisgöttin und Begleiterin der menschlichen Seele in die Gefilde der Frommen. Ihr Name wird stets angerufen und gepriesen, wenn die Menschen Reis aussäen wollen.

Wie man erzählt, war die Göttin einst ein wunderschönes Mädchen, von allen geliebt im Kreise ihrer Familie. Weil sie sich aber hochherzig für viele opferte, konnte sie zur angebeteten Göttin aufsteigen.

Wie dies geschah, wird nun erzählt:

Es gab in alten Zeiten in einem Dorf namens Tanah Lingo in einem ebenen Teil von Kalimantan eine sehr lange Trockenzeit, die gar kein Ende nahm.

Keine Pflanze wollte gedeihen, viele Wälder waren verdorrt und verbrannt, die Flüsse führten kein Wasser mehr, und sogar die Steine zersprangen unter den Strahlen der Sonne. Hungersnot bedrohte die Dorfbewohner. Überall sprachen sie untereinander davon, und jeder tat seine Meinung kund über die Ursache dieses bedrohlichen Zustands. Die Alten zeigten sich ratlos und zugleich sorgenerfüllt, wie der Gefahr zu begegnen sei, die den Dorfbewohnern drohte.

In ihrer Ratlosigkeit übertrugen sie schließlich diese Frage einem Datu als dem höchsten und angesehensten unter den Bewohnern des Dorfes. Beritu Taun, wie der Name des Datu lautete, dem diese schwere Plicht übertragen wurde, versank in Nachdenken. So konnte er als Grund für die drohende Gefahr herausfinden, daß die Menschen die Gebote der Ahnen mißachteten. Jünglinge und junge Mädchen gaben sich ohne rechtsgültige Heirat freier Liebe hin; unter den Einwohnern herrschte Feindschaft; Blut floß aus nichtigen Gründen und um Kleinigkeiten. Obendrein raubten sie sich ihr Eigentum oft gegenseitig.

Die Vergehen der Dorfbewohner wogen so schwer, daß einer von ihnen sich opfern und sein Blut über die ausgetrocknete Erde rinnen lassen mußte, damit alle die Verzeihung ihrer Ahnen erlangen konnten.

Dieses Verlangen trug nun Beritu der Menge vor. Da gab es eine große Auseinandersetzung, und viele Meinungen wurden laut. Wer eindeutig Böses getan hatte, brachte nicht den Mut auf, dem heiligen Ruf der Ahnen Folge zu leisten. Brauseköpfe, die sonst immer Verwirrung stifteten, wagten nichts mehr zu sagen, denn Furcht verschloß ihnen den Mund. Auch Diebe, die sich dadurch hervorgetan hatten, daß sie die Rechte anderer mißachteten, zitterten nun und mühten sich lediglich, ihre Beute nach und nach heimlich den Besitzern zurückzugeben. Keiner der Dorfbewohner war willens, seine Taten mit dem Opfer seiner Seele zu büßen.

Ein Teil der Ältesten schlug vor, das Los darüber entscheiden zu lassen, wen die Ahnen als Opfer von den Dorfbewohnern forderten. Doch dann widersprachen andere dieser Ansicht. Denn wäre dieser Vorschlag angenommen worden, hätte das bedeutet, daß diese Aufopferung nicht auf freiem Willen beruhte, der dem heiligen Entschluß entsprang, sich dem Wohle der Allgemeinheit zu opfern.
Ein anderer Teil machte sich gar keine Gedanken über diese Lage. Sie meinten, daß man die Ahnen gewähren lassen müsse, bis sie von allein genug hätten oder der Sache überdrüssig würden. Oder aber die Ahnen sollten doch diese Welt zerstören, wenn sie es nun einmal wünschten.
Eine solche Haltung beklagte Beritu. Warum wollte keiner der Dorfbewohner sich aufopfern, da es doch für viele Menschen geschehen sollte und in Wahrheit auch, um eigene Sünden wiedergutzumachen?
Warum fehlte ihnen jetzt ihr Heldenmut, den sie doch von ihren Ahnen ererbt hatten? Ihr Mut reichte nur noch zu Untaten, und sie wagten nicht, dafür einzustehen.
Die Stimmung in Beritus Familie wandelte sich in zunehmende Unruhe, als alle eifrig überlegten, wer wohl zum Opfer bestimmt werden würde, und plötzlich ein junges Mädchen, Luing, das jüngste von Beritus Kindern, zu sprechen begann. Sie erklärte sich bereit, Leib und Seele als Sühne für die Vergehen der Menschen hinzugeben.
Die Mutter und alle Verwandten vernahmen fassungslos diese Bereitschaft des geliebten Kindes. Sie gaben zu bedenken, daß man das Anerbieten keinesfalls sogleich annehmen dürfe, da sich gewiß bald viele Jünglinge melden würden, die ebenfalls dazu bereit wären. Auch Beritu selbst bewegte ein Widerstreit der Gefühle, ob er zustimmen solle oder nicht, denn gerade seine Tochter Luing liebte er sehr. Aber für ihn als Oberhaupt des Dorfes war es auch schwer, diese Bitte zu verwerfen, besonders da sein eigenes Kind sie vorbrachte. Was würden die Dorfbewohner dazu sagen, wenn er ab-

lehnte? Dabei bedrängte seine Frau ihn immerzu, er dürfe den Wunsch seiner Tochter keinesfalls erfüllen.
Doch offenbar bedeutete das Anerbieten des Mädchens Luing schon einen unabänderlichen Entschluß. Ihren Wunsch, sich zu opfern, konnte niemand mehr verwehren. Immer wieder bat Luing ihre Eltern, sie sollten doch zustimmen.
In dieser allgemeinen Verwirrung trat plötzlich Beritu hervor und verkündete, daß augenscheinlich die Ahnen seine Tochter als Sühneopfer wünschten.
Daher möge man dies ohne jegliche Erregung annehmen. Danach schlug Beritu ein mit kleinen Steinen gefülltes Bambusrohr gegen einen Pfosten zum Zeichen, daß die Entscheidung gefällt war. Die Menge bewunderte einhellig, mit welcher Festigkeit Beritu seiner Pflicht genügte.
Alsbald ernannte Beritu zwei Männer zu Vollstreckern. Sogleich bereitete man alles Nötige vor. Das Mädchen Luing wurde, von vielen Menschen begleitet, vor die Stadt gebracht.
Auf dem weiten Gelände, wo die Opferung stattfinden sollte, drängten sich die Menschen, um alles mit anzusehen. In der Mitte des Platzes stand aufrecht und festlich geschmückt das Mädchen Luing. Die beiden Vollstrecker traten hervor und handelten nach ihrem Auftrag. Gleich darauf schoß das Blut hervor und benetzte die Erde ringsumher. Das Mädchen ließ keinen Schmerzenslaut hören. Ihr Antlitz blieb strahlend schön, auch als sie nun auf den Schoß der Mutter Erde hinsank zum Zeichen ihrer Treue gegenüber den Vorfahren.
Die Menschen schlossen die Augen, als wollten sie das Geschehene nicht sehen. Ein Blitz folgte auf den anderen, Wolken türmten sich auf, als ob sie trauernd die Seele des toten Mädchens geleiten wollten. Dann folgte ein heftiger Regen, der das ganze Land überschüttete.
Die Nacht hindurch regnete es unaufhörlich wie in Strömen vom Himmel, und es schien, als hätten die Ahnen den Dorf-

bewohnern ihre Schuld vergeben, weil sich das Mädchen Luing geopfert hatte.
Am nächsten Tag zeigte sich die Natur wieder heiter, die Pflanzen grünten, und alle Dorfbewohner waren wieder froh und guter Dinge, weil nun keine Hungersnot mehr drohte. Die Flüsse strömten wieder dahin, die Wälder begrünten sich aufs neue. Auch die Tiere des Waldes nahmen teil an der Freude, die Vögel flogen hin und her, und das Wetter nahm wieder seinen gewöhnlichen Lauf.
Die Mutter des Mädchens Luing ging noch einmal hinaus zu dem Platz, wo ihr Kind sein Leben ausgehaucht hatte. Dort fand sie eine Grasart mit Rispen und Körnern. So lernten die Dorfbewohner zum erstenmal das kennen, was wir Reispflanze nennen. Das Mädchen Luing jedoch verehrten sie seitdem als die Göttin des Feldbaus.

6 *Aryo Menak heiratet eine Himmelsfee*

Es lebte einmal ein Jüngling, der Aryo Menak hieß. Ihn lockte nichts mehr, als umherzustreifen bei Tag und Nacht, aus einem Wald in den anderen und von Dorf zu Dorf. All sein Begehren richtete sich einzig darauf, in seinem Leben die verschiedenartigsten Erfahrungen zu sammeln
»Wer viel herumkommt, wird viel sehen«, sagte er eines Tages. Und bei einem einer Streifzüge erlebte er etwas außerordentlich Merkwürdiges.
Eines Abends, als Aryo Menak wieder umherstreifte, vernahm er ein Stimmengewirr hinter dichtbelaubten Bäumen, die ihn rings umgaben. Die Stimmen waren bald stärker, bald schwächer zu hören, manchmal ganz laut schallend und manchmal verhallend, säuselnd und fast unhörbar.
Schon ging der Tag in die Nacht über. Der zunehmende Mond hob sein lächelndes Antlitz hinter den Bäumen hervor, das dem verlegenen Lächeln eines schönen, schüchternen

Mädchens glich. »Welch eine wunderschöne Nacht!« freute sich Aryo Menak von Herzen. »Sie ist so still, so klar. Aber was sind das für Stimmen?«
So gab er sich seiner Träumerei hin. Schließlich schritt er geradewegs in die Richtung, woher die Stimmen klangen. Heftig klopfte sein Herz; ein bedrückendes Gefühl drang ihm bis ins Mark. Doch die Neugier trieb ihn vorwärts.
»Wofür alle meine Streifzüge, wenn ich mir ein solches Wunder einfach entgehen lasse?« sagte ihm sein Innerstes und hieß ihn weiterzugehen.
So pirschte Aryo Menak sich näher und vernahm immer deutlicher die Stimmen. Jetzt konnte er auch ganz genau hören, daß diese Stimmen von Mädchen herrührten. Es verlangte ihn immer stärker, nun alles zu erfahren.
Er lauschte mit gespannter Aufmerksamkeit und spähte wachsam umher. Schließlich fiel sein Blick auf ein erstaunliches Schauspiel. Er schaute in den Garten Sarasida, der in der Stadt Sampang gelegen ist, und erblickte Himmelsjungfrauen beim Baden. Alle waren wunderschön, und ihre zarte, helle Haut schimmerte im Licht des zunehmenden Mondes.
Vorsichtig schlich sich Aryo Menak noch näher heran. Plötzlich stutzte er, als er am Ufer des Teiches verstreut herumliegende Gewänder gewahrte. ›Eines nehme ich weg‹, sagte er bei sich. Auf Zehenspitzen lief er zu den Gewändern hin und hob eines davon auf. Es kümmerte ihn nicht, wessen Gewand er nahm. Mit seiner Beute schlüpfte er wieder in das Versteck. Sein Herz begehrte zu wissen, wie dieses Wunder enden werde.
Er hatte seinen Schlupfwinkel noch nicht erreicht, als eine kleine Fledermaus piepste und eine Jambu-Frucht herabwarf, die vor Aryo Menak niederfiel. Er schrak zusammen. Sein Herz klopfte rasch.
»Biest!« fluchte er. »Du konntest doch wissen ...« Er hatte noch nicht ausgesprochen, da erhob sich auf einmal Lärm hinter ihm. Aryo Menak drehte sich um und bemerkte, daß

die Jungfrauen, die soeben noch plantschend im Teich gebadet hatten, gerade verschwanden. Sie flogen, weit verstreut, auf zum Himmel.

»Oh! Das waren ja Himmelsjungfrauen, die zum Baden herabgekommen sind«, murmelte Aryo Menak nachdenklich. Er stand verblüfft da, denn er allein hatte ein solches Ereignis mit eigenen Augen gesehen. Endlich fiel ihm das Gewand ein, das er in seinen Händen hielt. ›Laß sehen, wem es gehört!‹ sagte er sich und spähte in den Garten. Überrascht bemerkte er am Badeplatz noch eine einzelne Himmelsfee, die nicht mit ihren Gespielinnen davongeflogen war. Aus geringer Entfernung beobachtete Aryo Menak nun die Himmelsfee, die sich zu schämen und zu fürchten schien. Sie drehte ihm den Rücken zu und wandte ihr Gesicht zur Seite. Schließlich fing sie an zu weinen. Vielleicht grämte sie sich, weil ihre Gefährtinnen sie verlassen hatten, vielleicht auch, weil sie voll Angst an ihr künftiges Schicksal dachte.

Als Aryo Menak das gewahrte, trat er hinzu.

»Meine Schöne, warum weinst du?« fragte er und versuchte, das Herz dieser Fee zu betören. Die Angeredete gab keine Antwort, ja sie drehte sich nicht einmal um. »Schönste, woher kommst du? Warum bist du in der sinkenden Nacht hier mitten im einsamen Wald? Und wie heißt du denn?«

Auch darauf erwiderte die Himmelsjungfrau nichts.

»Schönste, das alles ist nun einmal geschehen. Warum es also noch beklagen? Vielleicht ist es der Wille der Götter, daß du auf der Erde leben sollst.«

Bei diesen letzten Worten begann die Himmelsfee zu überlegen. ›Vielleicht spricht dieser Jüngling die Wahrheit. Es ist wohl am besten, wenn ich mich darein schicke, anstatt mich hier zu erkälten‹, dachte sie bei sich.

»Meine Schöne, schenke mir deine Gunst!« schmeichelte ihr Aryo Menak. »Sage mir, wie du heißt!« wiederholte er seine Frage von vorher.

»Ni Perri Tunjung Wulan«, antwortete die Fee, die noch im Teich stand und zu frieren anfing.
Daraufhin trat Aryo Menak zu der Fee hin und trug sie zu seinem Haus. Später wurde Ni Perri Tunjung Wulan seine Frau.
Aryo Menak galt als reicher Mann. Er besaß weite Felder und sehr viel Reis. Seit Ni Perri Tunjung Wulan in seinem Haus weilte, wurde er noch viel reicher. Es kam ihm vor, als ob seine Reisvorräte sich gar nicht verringerten, ja sie schienen sich sogar zu mehren. Aryo Menak fragte sich im stillen, warum sein Reis nicht abnahm. Ebenso verwunderte er sich immer wieder, warum seine Frau niemals Reis stampfte und dennoch immer kochen konnte.
Aus der Ehe von Aryo Menak mit Ni Perri Tunjung Wulan entsproß ein Knabe, den sie Aryo Kedot nannten. Dieser Sohn hatte keinen Haarwirbel. Von Aryo Kedot stammten später die Könige Maduras ab.
Doch zurück zu Aryo Menak. Sein Verlangen, das Geheimnis seiner Frau zu erfahren, die niemals Reis stampfte und doch immer Reis kochte, wurde von Tag zu Tag unbezwinglicher. Ganz besonders deshalb, weil seine Frau ihm stets gebot, ja nicht die Küche zu betreten, wenn dort der Reis kochte, während sie selbst Wäsche waschen ging. Aryo Menak vermochte seine Neugier immer weniger zu zügeln. Eines Tages wollte seine Frau zum Fluß gehen, um zu waschen. Bevor sie das Haus verließ, trug sie ihrem Mann auf: »Wenn du allein bist, gehe keinesfalls in die Küche, denn ich bin beim Kochen!« Aryo Menak erwiderte nur: »Ja.«
Als Ni Perri Tunjung Wulan gegangen war, begann ihr Mann zu überlegen.
›Wieder verbietet meine Frau, daß ich die Küche betrete. Was ist es nur, was sie mir verheimlicht? Wir werden sehen . . .‹
In diesen Gedanken befangen, lief er in die Küche. Er lüftete den Deckel des Reistopfs, erblickte aber im Topf keinen Reis, sondern nur ein einziges Körnchen mit Spelzen und seinem

Stengelchen. ›Aha!‹ nickte Aryo Menak vor sich hin. ›So erklärt es sich, daß meine Reisvorräte niemals abnehmen. Jetzt kenne ich das Geheimnis, das meine Frau vor mir verbarg. Aber weshalb nur hat sie es eigentlich so ängstlich gehütet? Nun gut! Ich werde mich so verhalten, als ob ich von nichts wüßte.‹

Mit diesem Entschluß ging Aryo Menak wieder an seinen Platz zurück. Er setzte sich gemütlich zurecht, ganz als hätte sich nichts ereignet. Unterdessen kam seine Frau. In der Küche sah sie sofort nach dem Kochtopf. Darin lag noch immer das einzelne Reiskörnchen.

›Was für ein Mißgeschick! Vielleicht ist das Feuer nicht stark genug‹, dachte sie. So schürte sie es und legte Holz nach. Aber mit dem Reiskörnchen geschah nichts.

›Ach, wenn es sich so verhält, ist bestimmt mein Mann hereingekommen und hat gesehen, was ich koche‹, gab ihr Herz ihr ein. Und ihr Gesicht verdüsterte sich vor Traurigkeit.

›Nun gut! Vielleicht haben die Götter mir bestimmt, daß ich schwer arbeiten soll. Statt viel Aufhebens zu machen, werde ich lieber schweigen.‹ Nach diesem Entschluß begab sich Ni Perri Tunjung Wulan zur Reisscheune und begann, Reis zu stampfen. Ihre zarten Hände machten mit dem Reisstampfer Bekanntschaft. Niemals gelang es ihr, mehr Reis zu enthülsen, als für einen Tag nötig war. So wurde jeden Tag von Aryo Menaks Reis etwas gestampft. Nach fast einem Jahr ging der Vorrat in der Reisscheune zu Ende, der sich zuvor niemals auch nur verringert hatte.

Das Gewand von Ni Perri Tunjung Wulan, das Aryo Menak ihr damals beim Baden entwendet hatte, kam nun zum Vorschein, weil es unter dem Reis in seiner Scheune versteckt lag. In diesem Augenblick klopfte Ni Perri Tunjung Wulan das Herz ganz heftig, und das Blut stieg ihr in die Wangen. Sie erinnerte sich wieder der längst vergangenen Zeit und ihrer Freundinnen. Ihr Antlitz leuchtete wieder jugendschön, und als sie ihr altvertrautes Gewand angelegt hatte, flog sie so-

gleich zum Himmel auf. Bevor sie den Blicken ihres Mannes gänzlich entschwand, konnte sie ihm noch zurufen: »Hast du Sehnsucht nach mir, schaue zum Mond auf, wenn gerade Vollmond ist, denn dort werde ich sein.« Mit diesen Worten verschwand Ni Perri Tunjung Wulan aus seinem Blickfeld.
Bis auf den heutigen Tag wollen die Männer nicht in die Küche gehen, denn wie die Leute sagen, führt das nur zur Verschwendung. So erging es Aryo Menak, der seinen Reisvorrat einbüßte, weil er seine Neugier nicht zügelte und wissen wollte, was seine Frau kochte. Und ebenso wird bis auf den heutigen Tag die liebeskranke Jugend niemals müde, zum strahlenden Mond aufzuschauen.

7 *Die Geschichte von Meister Bener*

Es lebte einmal ein Fischer, der Meister Bener genannt wurde. Sein Haus stand am Ufer des Meeres, und Tag für Tag mühte er sich damit ab, zu angeln und zu fischen. Doch Meister Bener fing niemals einen Fisch. Das lag daran, daß seine Angelhaken nicht gekrümmt, sondern gerade waren. Hatte ein Fisch den an der Angel befestigten Köder oder Wurm verschluckt, kam er leicht wieder frei. Meister Bener bemerkte dies anscheinend nicht. Vielleicht lag es in seiner Absicht, die Fische im Meer einfach zu füttern. Es konnte auch sein, daß ihm gemäß seinem Namen Meister Bener, was Gradsinn bedeutet, alles wahrhaft, das heißt gerade sein sollte. Aber wie immer es sich verhalten mochte, die Fische im Meer wurden nicht weniger, sondern ihre Zahl nahm ständig zu. Die See wimmelte schließlich von Fischen, großen und kleinen; roten, blauen und auch blaugrünen.
Als Meister Bener sieben Jahre lang geangelt hatte, vernahm der König der Fische die Kunde von der außerordentlichen Zunahme seiner Untertanen. Erstaunt fragte er sich: ›Wer hat wohl mein Volk so vermehrt, daß es jetzt so zahlreich ist?‹

Dann lud er alle Fische seines Reiches zu sich und befragte sie über diesen Umstand. Sie antworteten alle zugleich: »O Herr, der Fischer, der am Meeresufer wohnt, kommt jeden Tag und füttert dein Volk.«

»Wie heißt er?« fragte der Fischkönig.

»Meister Bener, o Herr!« antworteten die Fische.

»Wenn es sich so verhält, schulden wir ihm Dank!« sprach der Fischkönig. Er rief einen großen Fisch herbei und trug ihm auf, einen Brillanten von der Größe einer Kemiri-Nuß zu verschlucken. Dann sollte er sich ins Meer begeben und sich an die Angel von Meister Bener hängen, damit dieser ihn fange.

So geschah es. Als Meister Bener merkte, daß ein großer Fisch an seiner Angel hing, zog er sie sogleich ein. Aber wie sehr überraschte es ihn, daß ein großer, fetter Fisch an der Spitze seines Angelhakens zappelte! Meister Bener freute sich nun unbeschreiblich. Er lief nach Hause und sagte zu seiner Frau: »Du mußt jetzt schnell viele Würmer suchen. Hier sieh, ich habe einen großen Fisch gefangen, aber wir essen ihn nicht.«

»Warum sollen wir ihn nicht essen?« fragte seine Frau verwundert.

»Schweige still! Rede nicht so viel, sondern tu, was ich dir sage, dann wird es uns am Ende bestimmt wohl gehen!« antwortete Meister Bener hastig.

Wenig später eilte er wieder zum Meer und trug den großen Fisch in einem Korb mit sich. Ab und zu warf er einen Blick auf seinen Fang, denn er vermutete, es werde sich irgend etwas damit begeben. Doch es geschah nichts, und Meister Bener kam wohlbehalten an die Stelle des Meeresufers, wo er zu fischen pflegte. Dort setzte er sich nieder und wartete. Worauf er wartete, wußte er selbst nicht. Bald darauf fuhr eine große, schöne Prau mit vollem Segel vorüber. Meister Bener rief, so laut er konnte, die Prau an. Der Schiffer hörte offenbar das laute Rufen und steuerte an das Ufer heran. Als

er in Meister Beners Nähe gelangte, fragte er: »Hallo, Freund, was begehrst du, daß du mich rufst?«
Meister Bener antwortete: »Hör zu, mein Freund! Ich habe hier einen ansehnlichen Fisch. Weil er für mich zu groß ist, möchte ich ihn dem König von Alaspeuntas zum Geschenk machen, und ich bitte dich, den Fisch für den König dorthin mitzunehmen.«
»Gut! Bring ihn nur her!« entgegnete der Schiffer.
Meister Bener fügte noch hinzu: »Sage einfach, es ist eine Gabe von Meister Bener, dem Fischer, der am Meeresufer wohnt. Vielleicht nimmt der König Anteil an einem armen Mann und schenkt mir Essen und Kleidung.«
Darauf setzte die Prau ihre Fahrt fort. In Alaspeuntas angekommen, ging der Schiffer zum König und überreichte ihm den Fisch, die Gabe Meister Beners.
Der König von Alaspeuntas besaß großen Reichtum. In seinem Land herrschte Wohlstand, und es mangelte an nichts. Als der Schiffer erschien, umgaben gerade alle Diener den König. Sie sprachen über ein Fest, das einige Tage später veranstaltet werden sollte. Die Anwesenden zeigten sich nicht wenig verwundert und überrascht, als plötzlich ein Schiffer aus einem fernen Land eintrat, besonders weil er dem Herrscher einen großen Fisch überbrachte. Sobald der Schiffer Platz genommen hatte, fragte der König ihn: »Woher stammst du, wie heißt du, und warum kommst du hierher?«
Der Schiffer erwiderte: »O Herr, ich stamme aus dem Land Blauluft, und ich heiße Treu. Ich bin hierhergekommen, weil es mir ein Fischer aufgetragen hat, der am Meeresufer wohnt und Meister Bener heißt.«
»Meister Bener schickt dich?« fragte der König abermals.
»Er hieß mich, Euch diesen Fisch darzubringen, o Herr!« antwortete Treu ehrfurchtsvoll.
Obgleich der König sich verwunderte, von einem Fischer ein Geschenk zu erhalten, ließ er es sich doch nicht merken. ›Vielleicht verfolgt ein Gott damit eine bestimmte Absicht‹,

dachte er. Daher befahl er einem Diener, den Fisch zu schlachten. Und was fand man in dessen Magen? Einen großen, glitzernden Brillanten! Höchst erstaunt betrachtete ihn der König. Es wurde ihm immer mehr zur Gewißheit, daß dieser Fisch kein gewöhnlicher Fisch war. Der Herrscher ließ den Edelstein säubern und rief dann den Schiffseigner zu sich. Er sprach: »Nun, Schiffer, ich habe die Gabe mit Freude entgegengenommen. Als Zeichen meiner Dankbarkeit will ich jetzt den Fischer mit einigen Dingen belohnen.«

Und er befahl, daß man sieben Schiffe mit Reis, Kleidern, Kostbarkeiten und viel Geld belade. Damit segelte der Schiffer zu Meister Bener zurück. Natürlich freuten sich Meister Bener und seine Frau außerordentlich über die vielen schönen Dinge und Speisen. Sie kauften sich eine Sawah und Vieh, Hühner und Enten. Auch bauten sie sich ein schönes, großes Haus und beschäftigten viele Diener.

Meister Bener war nun ein reicher und bekannter Mann in seinem Land. Davon erfuhr auch sein König, der ihn um seinen Reichtum beneidete. Er trachtete danach, Meister Bener zu Fall zu bringen. Daher befahl er, ihn herbeizurufen, und befragte ihn: »Nun, Meister Bener, wie kommst du zu diesem Reichtum?«

Meister Bener erwiderte: »Alles, was ich besitze, ist ein Geschenk des Königs von Alaspeuntas, o Herr!«

Da erklärte der König: »Einmal habe ich einen Mann nach Alaspeuntas entsandt, der hunderttausend Nadeln mitbringen sollte. Aber sein Schiff ging unter, und jetzt befehle ich dir, nach den versunkenen Nadeln zu suchen. Kannst du sie nicht finden, werde ich dir den Kopf abschlagen. Nun mache dich auf die Suche!«

Meister Bener vernahm ganz verstört diesen Auftrag des Königs. Er lief zu der Stelle am Meeresufer, wo er zu fischen pflegte, und weinte dort unaufhörlich.

Davon erfuhr der Fischkönig und fragte ihn nach dem Grund. Da erzählte Meister Bener alles, was sich zugetragen hatte. Der Fischkönig tröstete ihn: »Weine nicht mehr, Meister Bener! Ich werde dir helfen.« Und er gebot sogleich allen seinen Untertanen, nach den hunderttausend Nadeln zu suchen. Es dauerte nicht lange, bis sie alle Nadeln beisammen hatten, denn die Fische verstehen sich darauf, alles im Meer aufzufinden.

Mit den Nadeln eilte Meister Bener sofort zum König. Der verbarg seinen Verdruß darüber, daß Meister Bener es vermocht hatte, die Nadeln einzusammeln, und suchte nach einem anderen Mittel, um ihn ins Unglück zu stürzen. Er befahl Meister Bener nochmals, etwas höchst Seltenes zu suchen. Diesmal verlangte er ein blaues Schwert.

Sorgenvoll machte sich Meister Bener wieder auf den Weg zum Meeresufer und weinte dort wie beim ersten Mal. Der Fischkönig gewahrte es, schwamm ganz nahe heran und fragte: »Nun, Meister Bener, warum weinst du wohl wiederum?«

»O großmütiger Fisch, mein König hat mir abermals geboten, im Meer etwas zu suchen, nämlich ein blaues Schwert. Aber wie soll ich das finden? Das Meer ist ja viel zu tief!«

»Wenn es nur das ist, so brauchst du nicht zu weinen, Meister Bener! Ich weiß, wo sich das blaue Schwert befindet. Ein Krokodil verwahrt es. Jetzt folge mir in das Meer! Tritt auf die Köpfe meiner Untertanen, dann wirst du wie von selbst dorthin gelangen, wo das Krokodil sich aufhält.«

Meister Bener befolgte diesen Rat. Über Hunderte von Fischen gelangte er in kurzer Zeit an sein Ziel. Der Fischkönig erwartete ihn dort bereits. Das Krokodil verwunderte sich über den Anblick Meister Beners und fragte den Fischkönig: »Was bringst denn du hierher? Wenn ich mich nicht irre, ist das ein Mensch. Warum kommt er an diesen Ort?«

Der Fischkönig erwiderte: »Sein König hat ihn geheißen, das blaue Schwert zu suchen, das du verwahrst. Wenn er es nicht findet, wird ihm gewiß der Kopf abgeschlagen.«

Das Krokodil blickte Meister Bener an und empfand Mitleid

mit ihm. Daher bekam er das blaue Schwert von dem Krokodil, das zu ihm sagte: »Bestelle deinem König, daß ich am nächsten Dienstag sehr auf seinen Besuch hoffe! Ich werde ihn würdig empfangen.«
Darauf kehrte Meister Bener mit dem Schwert nach Hause zurück. Er legte seine schönsten Kleider an: ein schwarzes, seidenweiches Hemd und einen rotgeblumten Sarung. So ging er zum König, der ihn wohlzufrieden empfing, denn das blaue Schwert besaß große Zauberkraft. Der Herrscher schenkte Meister Bener viele kostbare Dinge. Froh kehrte dieser heim, da er diese schwierige Arbeit nun getan hatte und größeren Reichtum sein eigen nannte als zuvor.
An dem vorbestimmten Dienstag begab sich der König, von seinen Dienern begleitet, ans Meer. Auch Meister Bener gehörte zu seinem Gefolge. Am Meeresufer angekommen, wollte der König ins Wasser treten, aber kaum hatte er den rechten Fuß hineingesetzt, kam das Krokodil heran und schnappte danach. Der König schrie um Hilfe, aber es war schon zu spät. Er wurde von dem Krokodil rasch ins Wasser gezogen und ertrank. Alle Anwesenden gerieten in Aufregung. Meister Bener bedauerte den König trotz dessen Grausamkeit. Die anderen jedoch zeigten unverhohlen ihre Freude. Endlich war der böse König tot. Wer aber sollte sein Nachfolger werden?
Der Wesir des Königreichs trat zu Meister Bener und sagte: »Nun haben wir keinen König mehr, Meister Bener. Wir alle sind uns darüber einig, daß wir Euch zu unserem König erheben. Wie denkt Ihr darüber?«
Meister Bener wollte den Worten des Wesirs zunächst nicht glauben und hielt sie für Spott. Als die übrigen ihn jedoch drängten, sein Einverständnis zu geben, mußte er einwilligen. So wurde der ehrliche Meister Bener von ihnen zum König gewählt und regierte ein großes Reich. Das verdankte er einzig seinem beständigen Gerechtigkeitssinn und seiner Ehrlichkeit.

8 *Loro Jonggrang*

So hieß die Tochter eines Sohnes des Königs Baka, der in alten Zeiten in Prambanan das Zepter führte. Von ihr berichtet die folgende Geschichte.

Prabu Baka lautete der Titel des in Prambanan residierenden Herrschers, eines furchteinflößenden Königs der Riesen von großer Machtfülle. Dennoch unterlag er schließlich nach göttlichem Ratschluß dem König Pengging auf dem Schlachtfeld. Dessen Sieg rührte aber daher, daß er von dem starken Mann Bandawasa Beistand erhielt. Dieser besaß eine scharfe Waffe namens Bandung. Daher ist Bandawasa unter dem Namen Bandung Bandawasa noch besser bekannt.

Seinetwegen fiel der König von Prambanan, und mit der Einwilligung des Königs Pengging zog Bandung Bandawasa in den Palast Prambanan ein. Dort wünschte er sich mit der Tochter seines einstigen Feindes, den er ja getötet hatte, zu vermählen. Deshalb konnte Loro Jonggrang nicht frei entscheiden, ob sie die Werbung annehmen oder ablehnen sollte. Dieser Ansicht stimmte auch der alte Wesir zu, denn bei einer Weigerung wären die Folgen schwer zu ertragen, und gegen eine Annahme sträubte sich ihr Gefühl. Deshalb gab der alte Wesir der Königstochter den Rat, daß sie die Werbung scheinbar annehmen solle, aber nur unter Bedingungen, die Bandung Bandawasa unmöglich erfüllen könne. Bandung sollte nämlich eintausend Tempel errichten und zwei sehr tiefe Brunnen graben, und zwar in einer einzigen Nacht. Man teilte Bandung Bandawasa diese Bedingungen mit, und dieser erklärte sich bereit, sie zu erfüllen, und sei es nur, daß er den Versuch wage. In Wahrheit fiel es Bandung sehr schwer, solch schwierige Bedingungen anzunehmen. Aber glücklicherweise verfügte er über zauberkundige Leute und hoffte darauf, daß diese ihm helfen könnten. Der Wichtigste von ihnen war sein eigener Vater namens Damarmaya, denn er besaß ein Geisterheer, das Arbeiten weit über menschliche Fähigkeiten hinaus verrichten konnte. Der andere war der überaus mächtige König Pengging, dem Bandung Bandawasa beigestanden hatte, König Baka zu bezwingen. Das erleichterte es Bandung Bandawasa, sich sogleich auf die Forderungen einzulassen.

Eilig begab er sich zu seinem Vater, und danach suchte er den König Pengging auf, um ausreichende Unterstützung von ihnen zu erbitten. Alle sagten ihm fest zu, die Tempel und auch die Brunnen rechtzeitig fertigzustellen.

Am festgesetzten Tag begann das Geisterheer abends zusammen mit Bandungs Gefolgsleuten voller Eifer die großen Bauten zu errichten. Die Art und Weise wie auch die Geschwindigkeit, mit der sie bauten, versetzten in Erstaunen, denn bis Mitternacht waren bereits fünfhundert Tempel fertig erbaut. Für die andere Hälfte der Nacht blieben nur noch ebenso viele zu vollenden.

Ein Späher Loro Jonggrangs beobachtete die Tätigkeit jener Riesen. Nach der vierten Morgenstunde standen schon neunhundertfünfundneunzig Tempel, und nur fünf weitere mußten sie noch bauen. Auch die Brunnen hatten sie schon fast vollendet.

Der Späher der Prinzessin, der das alles mit eigenen Augen erblickt hatte, lief eilends zurück, um Loro Jonggrang und dem Wesir Meldung davon zu erstatten. Alle Bewohner des Palastes erfaßte tiefe Ratlosigkeit, weil sie die Überzeugung gewannen, daß in kürzester Zeit alle Bedingungen erfüllt sein würden. Das aber bedeutete, daß Loro Jonggrang die Frau des Mannes werden müßte, der ihren Vater getötet hatte. Sie wußte nicht, was sie unternehmen sollte, als sie diesen Bericht erhielt.

Da machte sich der Wesir auf den Weg in die Dörfer ringsum. Er weckte alle jungen Mädchen, damit sie sich an die Reismörser stellen und sich so verhalten sollten, als stampften sie Reis. Außerdem breiteten sie bei jedem Reisstampfer wohlriechende Blumen aus. Dies alles geschah sehr gewissenhaft.

Alle Mädchen im Umkreis der Tempel begannen sogleich, mit dem Reisstampfer zu klopfen. Das Geisterheer, das an den Tempeln baute, hörte die Reisstampfer und brach die Arbeit sofort ab, weil es glaubte, der Morgen breche an. Auch spürten die Geister den Duft der Blüten und faßten ihn als Zeichen auf, daß sie zurückberufen würden. An der Zahl der Tempel fehlte nur noch einer, während an den Brunnen nur noch ganz wenig zu tun übrigblieb.
Aber was sollte man dazu sagen? Die Geister hatten ihre Arbeit eingestellt, und damit war die von Prinzessin Loro Jonggrang gestellte Bedingung nicht völlig erfüllt.
Am Morgen besichtigte Bandung Bandawasa frohen Herzens die Tempel, die seine Helfer, die Geister, erbaut hatten. Als er sie abzählte, stellte sich heraus, daß ihre Anzahl doch nicht der Forderung von Loro Jonggrang genügte. Nachdem er den Grund dafür herausgefunden hatte, geriet er in großen Zorn, weil sich sein Wunsch nicht erfüllte, und dies wegen des Einfalls und seiner Ausführung durch den Wesir und die Prinzessin selbst.
Darum verfluchte Bandung Bandawasa alle Jungfrauen rings um Prambanan. Sein Fluch ging dahin, daß kein Mann sie heiraten solle, bevor sie zu alten Jungfern geworden waren. Loro Jonggrang selbst aber verwünschte er zu einer Statue. Sein Wunsch erfüllte sich, und bis zum heutigen Tag findet man ihr Standbild im Inneren des großen Tempels. Und weil dort ihr Abbild steht, nennt man die Tempelgruppe »Tempel der Loro Jonggrang«. Hingegen werden die von den Geistern erbauten, obwohl es noch nicht eintausend geworden waren, die »Tausend Tempel« genannt. Sie befinden sich ganz in der Nähe der Loro-Jonggrang-Gruppe.

9 *Die Geschichte vom Moor mit dem klaren Wasser bei Ambarawa*

Es war einmal ein großes Dorf mit rührigen und sehr wohlhabenden Bewohnern. Sie zeigten sich aber auch äußerst geizig und hatten kein Mitleid mit den Armen. Ihren Lebensunterhalt erwarben sie durch den Feldbau und die Jagd, denn rund um das Dorf gab es fruchtbaren Boden und viel Urwald. Sie lebten dort in Glück und Wohlstand.

Eines Tages sollte im Dorf ein Fest veranstaltet werden. Da aber keiner der Einwohner das Nötige dafür spenden wollte, wurde beschlossen, daß alle gemeinsam in den Urwald ziehen sollten, um Tiere zum Schlachten zu erjagen.

Die Dorfbewohner gingen daher in den Urwald und jagten eifrig. Doch sie hatten kein Glück. Den ganzen Tag lang erlegten sie nicht ein einziges Tier. Schließlich hielten sie erschöpft unter einem großen, dichtbelaubten Baum Rast.

Einer von ihnen pflegte Betel zu kauen. Während sie sich nun dort ausruhten, legte er, um eine Betelnuß zu spalten, die Frucht auf die dicke Wurzel, auf der er saß. Wie erschrak er aber, als er bemerkte, daß aus der Wurzel ein klebriger Saft herausquoll, der wie Blut aussah! Alle Dorfbewohner fürchteten sich. Bei genauem Hinsehen zeigte es sich, daß der klebrige Saft tatsächlich Blut war und die Wurzel eine Schuppenhaut trug. Da begriffen die Dorfbewohner, daß sie eine fastende Riesenschlange für eine Wurzel gehalten hatten. Nun beschlossen sie, gemeinsam die Schlange zu töten und deren Fleisch für das Fest zu verwenden. Die erlegte Schlange teilten sie auf und hackten deren Fleisch in kleine Stücke. Dann kehrten sie zufrieden nach Hause zurück, ein jeder mit seinem Anteil.

Am Spätnachmittag speisten die Dorfbewohner mit Wohlbehagen Schlangenfleisch, das sie größtenteils als Saté zubereiteten. Ausgeschlossen davon blieben die Armen des Dorfes,

die an der Jagd nicht teilnehmen durften und daher natürlich auch nichts zum Fest beisteuern konnten.
Der Geist der getöteten Schlange nahm die Gestalt eines etwa zwölfjährigen Jungen an, der heruntergekommen aussah, mit dem Körper voller Schorf und zerfetzten Kleidern. Dieser Knabe lief am gleichen Nachmittag in das besagte Dorf hinein und beobachtete die Bewohner beim Festmahl. Überall erblickte er schöngekleidete Erwachsene und Kinder, die sich alle ihren Saté schmecken ließen. Der arme Junge trat näher und bat um ein wenig Essen, aber niemand wollte ihm etwas abgeben. Mit hungrigem Magen kam er zu einer armen, alten Frau, die in einer kleinen, halbverfallenen Hütte wohnte. Als die gutherzige Alte sah, daß ein Kind sie aufsuchte und um Essen bat, holte sie sogleich Reis und auch gebackenen Fisch herbei. Froh nahm der hungrige Knabe Reis und Fisch an und aß davon, bis er satt war. Vor dem Abschied sagte er zu der alten Frau:
»Großmutter, ich danke Euch vielmals dafür, daß Ihr mir zu essen gegeben habt. Ich möchte Euch etwas mitteilen. Wenn Ihr später, etwa um die Zeit des Sonnenuntergangs, die Stimmen vieler aufgeregter Menschen vernehmt, so rate ich Euch, in den großen hölzernen Mörser zu steigen und den langen Reislöffel mitzunehmen.«
Die Alte verwunderte sich höchlichst über die Worte des Knaben, versprach aber, den Rat zu befolgen.
Dann ging der arme Junge zu den spielenden Dorfkindern hin und redete sie an: »Ihr seid alle große Aufschneider, ihr Kinder! Wenn ihr stark genug seid, so versucht doch einmal, die Palmblattrippe herauszuziehen, die ich hier in den Boden stecke!«
Bei diesen Worten spießte er eine Palmblattrippe in die Erde. Alle Kinder begannen schallend zu lachen, denn sie meinten, der Junge sei närrisch. Eines der Kinder prahlte: »Ich reiße sie heraus, wenn ich dich dann verprügeln darf. Einverstanden?«

Der arme Junge antwortete: »Gut, aber wenn du es nicht schaffst, mußt du mir einen Spieß mit Saté geben.«
Der großmäulige Knabe begann nun, an der Palmblattrippe zu zerren. Aber wie heftig er auch zog, die Blattrippe blieb unverrückt stecken. Endlich trat er beschämt zurück. Als sie dies sahen, wollten die übrigen Kinder auch versuchen, die Blattrippe herauszuziehen. Alle maßen ihre Kräfte daran, aber niemandem gelang es. Da riefen die Kinder ihre Eltern herbei, und auch die älteren Geschwister kamen herzu, so daß sich fast das ganze Dorf um die kleine Palmblattrippe scharte. Nun versuchten die Erwachsenen, sie herauszuziehen, aber auch sie hatten keinen Erfolg. Als schließlich nicht ein einziger der Dorfbewohner diese anscheinend so leichte Aufgabe lösen konnte, erklärte der arme Junge: »Nun ist der Beweis erbracht, daß niemand sie herauszureißen vermag. Aller Saté gehört folglich jetzt mir. Und nun werde ich die Blattrippe herausziehen, doch merkt auf! Es folgt die Strafe für die Geizigen, die kein Mitleid mit denen haben, die im Elend leben.«
Da zog der Junge die noch immer im Boden steckende Palmblattrippe heraus. Aus dem Loch, das sie hinterließ, quoll Wasser. Es sprudelte immer mehr hervor und überschwemmte den Platz völlig. Die dort stehenden Dorfbewohner wollten flüchten, aber sie fanden keine Gelegenheit mehr dazu. Eine schreckliche Flut holte sie alle ein. Wo das geschützte, wohlhabende Dorf gestanden hatte, erstreckte sich nun ein Moor, und von all den vielen Dorfbewohnern überlebte nur die alte Frau. Sie hatte den Mörser bestiegen und den Reislöffel als Paddel für dieses Boot benutzt. Die vielen Satéstücke verwandelten sich in Riesenschnecken.
Das ist die Geschichte von der Entstehung des »Moores mit dem klaren Wasser«.

10 *Die Geschichte von Polaman, dem Ausgestoßenen*

Vor mehreren Jahrhunderten lebte in einem Dorf am Fuße des Seméru ein Mann, der zur niedrigsten Kaste der Hindu, zu den Paria gehörte. Er hieß Polaman, war sehr arm und wurde oft von seinen Mitmenschen gedemütigt.

Eines Nachts träumte Polaman von Brahma, der zu ihm kam und sprach: »Polaman, eines Tages wirst du eine wunderbare Tat vollbringen!« Polaman begriff die Bedeutung seines Traumes nicht. ›Kann denn ich ein Wunder tun?‹ dachte er.

Eines Tages fühlte sich Polaman sehr erschöpft, denn er war weit umhergewandert und hatte um milde Gaben gebettelt. Er setzte sich auf die Stufen eines Shiwa-Tempels, um sich auszuruhen. Dort zählte er die Einnahmen dieses Tages.

»Nicht mehr und nicht weniger als neun halbe Sen«, murmelte Polaman vor sich hin. »Es reicht nicht, um Reis zu kaufen, nicht einmal für Mais. Wie soll ich bei meiner Armut etwas Gutes tun können?«

Seufzend erhob er sich wieder und ging weiter, denn er wollte versuchen, Mais und ein Stück Fisch für seine neun halben Sen zu kaufen. Aber man lachte ihn nur aus.

Mit leerem Magen setzte er seinen Weg bis an den Rand des Urwalds fort. Dort sah er unter einem Baum eine Frau sitzen, die in tiefes Nachdenken versunken schien. Polaman glaubte, daß diese Frau ebenfalls zur Kaste der Paria gehöre. Er näherte sich ihr und fragte: »Was ist es denn, was Euch bedrückt?«

»Du darfst mich nicht einfach ansprechen!« antwortete die Frau in anmaßendem Ton. »Ich gehöre zur Kaste der Brahmanen. Mein Bruder ist ein Gelehrter und hat mir Fische aus einem Dorf an der Küste im Königreich Surabaya gebracht.«

Die Frau wollte ihren Korb öffnen, um Polaman die Fische zu zeigen. Kaum aber stand der Korb offen, sprangen die Fische heraus.

Polaman und die Frau erschraken. Sie glaubten, die Fische seien verzaubert. »Faßt sie nicht an!« rief Polaman der Frau zu, die sie wieder einsammeln wollte. »Das sind ja verzauberte Fische. Faßt sie nicht an! Wer hat denn jemals gesehen, daß Fische wie die Grillen springen!«

»Ja, anfangs habe ich auch nicht gewagt, sie anzufassen«, antwortete die Frau. »Aber mein Bruder erklärte, daß alle Fische springen konnten, die er in jenem Dorf am Meeresstrand gesehen hat. Aus diesem Grunde, sagte er, fing man sie lebend, denn sie leben ja nur im Wasser. Aber als ich sie in kochendes Wasser tat, blieben sie nicht darin, sondern sprangen heraus, so daß ich mir die Füße mit heißem Wasser bespritzte. Ich habe geschrien, so heiß war es! Was soll ich nur mit diesen Tieren anfangen?« fragte die Frau. »Willst du sie vielleicht kaufen?«

»Das möchte ich wohl!« entgegnete Polaman. »Aber ich bin sehr arm. Ich besitze nur neun halbe Sen.«

Die Frau freute sich von Herzen. Ja, sie würde die Fische für neun halbe Sen verkaufen, weil sie sich davor fürchtete zu sehen, wie die Fische in dem Korb hin und her sprangen.

»Nimm den Korb gleich mit dazu!« sagte sie. »Aber bring sie schnell fort! Mein Bruder darf nicht wissen, daß ich die Fische an einen schmutzigen Paria verkauft habe.«

Diese Beleidigung kränkte Polaman nicht. Er hatte sich daran gewöhnt, dergleichen zu hören. Rasch bezahlte er und ging mit dem Korb auf dem Kopf weg.

›Am besten ist es, wenn ich die Fische brate‹, sagte er bedächtig zu sich. ›Zusammen mit Wildfrüchten aus dem Wald werden sie ein Mahl für Götter abgeben!‹

Auf einmal hörte er an seinem linken Ohr ein zartes Stimmchen: »Sie werden kein Mahl für Götter abgeben«.

Verblüfft blickte Polaman nach links und rechts, aber er sah keinen Menschen. ›Was für eine Stimme habe ich denn gehört?‹ dachte er. ›Ach, es war sicherlich ein Flughund in den Bäumen.‹

Eilig setzte er seinen Weg in den Urwald hinein fort. Er hatte wirklich große Lust, die Fische zu verspeisen. Sein Hunger nahm auch immer mehr zu. Schließlich gelangte er in den Urwald zwischen Singosari und Mendut. Aber kaum hatte er ein Feuer entfacht, bemerkte er einen Wildbüffel, der ihn angreifen wollte.
›Er wird mich umbringen‹, dachte Polaman voller Furcht, weil er den Wildbüffel mit gesenktem Kopf und stampfenden Hufen auf sich zukommen sah.
»Wirf ihm zwei Fische hin, dann droht dir keine Gefahr!« vernahm er mit einemmal wieder das zarte Stimmchen.
Ohne noch lange zu überlegen, holte Polaman zwei Fische aus seinem Korb heraus und warf sie dem Büffel hin. Sobald dieser die Fische erblickte, fraß er sie sogleich auf und rannte in den Urwald zurück.
Polaman getraute sich nicht, an dieser Stelle nochmals ein Feuer anzuzünden, denn er fürchtete, der Wildbüffel könne wiederkommen. Er ging daher tiefer in den Urwald hinein. Da sah er unvermutet unter einem schattenspendenden Baum eine Frau sitzen, die einer hohen Hindu-Kaste angehörte. Sie barg ihr schönes Gesicht in den Händen und schien zu weinen. Polamans Mut reichte nicht aus, sich ihr zu nähern. Weil aber ihr Schluchzen gar so traurig klang, trat er schließlich doch zu ihr hin. Mitleidig fragte er die Frau: »Warum seid Ihr so betrübt, o Tochter Brahmas?«
Die Brahmanin schrak zusammen. Ihre Augen schwammen in Tränen, als sie den Paria anschaute. Tieftraurig antwortete sie: »Ach, hilf mir! Hilf mir doch! Du kommst sicherlich nach dem Willen Brahmas, um mir aus meiner Not zu helfen. Ich bin gestern abend aus meinem Heim weggelaufen, weil... hör nur! Mein Gatte, der Gelehrte Golodah, ist gestorben. Ich soll zusammen mit ihm und seinen anderen Frauen verbrannt werden. Aber ich will nicht! Deshalb bin ich in diesen Urwald geflohen. Welches Los die anderen neun Frauen trifft, weiß ich nicht. Bestimmt ste-

hen sie jetzt schon auf dem Scheiterhaufen und singen dabei . . .«

Plötzlich hörte sie auf zu weinen und sprang auf. Dann verbarg sie sich hinter Polaman. »Hörst du sie denn nicht kommen?« flüsterte sie.

Und wahrhaftig, Polaman vernahm die Schritte der sich nähernden weisen Brahmanen. Singend suchten sie nach der Witwe des Gelehrten Golodah. Ach, wie schön wäre es, wenn er, Polaman, der Frau helfen könnte!

Da drang wiederum die feine Stimme an sein Ohr: »Wirf zwei Fische hinter dich! Dann ist ihr geholfen!«

Polaman tat, wie ihn die Stimme hieß. Kaum hatte er die Fische hingeworfen, da traten zwei riesige Tiger aus dem Dschungel und verschlangen die Fische.

Darauf sprangen die beiden Tiger davon und verfolgten die Weisen, so daß sie schreiend auseinanderstoben und zurück zum Tempel flohen.

»Nun seid Ihr gerettet, Tochter Brahmas!« sagte Polaman. »Kehrt heim in das Haus Eurer Eltern!«

»Oh, meine Eltern würden mich bestimmt in das Haus meines Gatten zurückbringen«, antwortete die Witwe. »Sie sind stolz darauf, wenn ich mit der Leiche meines Mannes verbrannt werde . . . Ach, nimm mich mit!« flehte die Witwe. »Ich werde dir folgen, wohin du auch gehst!«

»Aber ich gehöre zur Kaste der Paria, zu den Niedrigsten!« wandte Polaman ein. »Es wäre eine böse Tat, wenn wir gemeinsam fortgingen. Kennt Ihr denn das Verbot nicht, das solches besagt?«

»Ich kenne es«, versetzte die Witwe. »Ich weiß, daß auch ich dann zeitlebens zu den Niedrigsten gehöre. Ach, sieh mich doch als deine Schwester an, oder nimm mich zur Frau . . .«

Polaman, dieser erniedrigte und bedauernswerte Mensch, warf sich auf die Knie nieder, küßte der Witwe die Füße und gelobte: »Wohin ich auch gehe, darfst du mir als meine Frau folgen.«

Darauf liefen die beiden weiter in den Urwald hinein. Polaman fühlte sich ermattet, denn er hatte den ganzen Tag über noch nichts gegessen.
»Komm, wir wollen uns ausruhen und die Fische braten«, schlug Polaman seiner Frau vor. Schnell machte sich die Witwe auf, um Holz und Feuer zu suchen. Holz fand sich reichlich, nur Feuerschwamm konnte sie nicht finden.
»Laß es gut sein!« tröstete Polaman. »Wir essen die Fische eben roh.« Er öffnete den Korb.
»Du solltest deine Fische für eine bessere Gelegenheit aufheben!« sprach da das zarte Stimmchen. »Such dir etwas anderes zu essen!«
Polaman schaute sich um. Plötzlich erblickte er eine Kokospalme mit vielen Nüssen, auf der zwei Affen hockten. Diese Tiere erregten sich über den Anblick der beiden Menschen und warfen mit Kokosnüssen nach ihnen. Polaman und seine Frau sammelten sie auf und aßen sich daran satt.
Dann mahnte Polaman seine Frau zur Rückkehr ins Dorf. Doch sie weinte bei seinen Worten.
»Ach, Polaman, kehre nicht zurück! Laß uns weitergehen, nicht zurück ins Dorf! Wenn die Brahmanen mich finden, werden sie mich doch noch verbrennen.«
»Aber ich kenne den Weg durch den Urwald nicht«, wandte Polaman ein. »Sieh, die Sonne ist fast untergegangen. Mein Dorf ist noch weit von hier. Wir werden uns verirren. Und wie, wenn uns ein Tiger anfällt? Er würde uns bestimmt zerreißen!«
»Der Tiger wird wohl mehr Mitleid mit mir haben als meine Eltern und die anderen Brahmanen«, erwiderte die Witwe. »Vielleicht rettet er uns sogar...«
»Wenn es sich so verhält, wollen wir unseren Weg durch den Urwald fortsetzen«, sagte Polaman.
Beide gingen weiter. Einige Kokosnüsse nahmen sie mit. Bald darauf wurde es Nacht, so daß sie nicht mehr weiterwandern konnten.

»Hier werden wir übernachten«, sagte Polaman. »Zum Glück haben wir die Kokosnüsse mit. Wir brauchen nicht zu fürchten, daß wir hungern müssen.«

Als Polaman die Nüsse schälte, ertönte nicht weit von ihnen schreckliches Tigerfauchen.

»Tiger!« schrie Polamans Frau angstvoll. »Wie retten wir uns nun?«

»Wir klettern auf einen Baum«, antwortete Polaman. »Dort verbergen wir uns, bis es Tag wird.«

In der finsteren Nacht suchten sie einen großen Baum, doch sie fanden nicht einen einzigen. Und dabei klang das Fauchen der Tiger allmählich immer näher.

Voller Furcht und Verzweiflung erwarteten Polaman und seine Frau den Augenblick, da die Tiger sie anfallen würden. Aber wiederum riet die zarte Stimme, die er schon so oft vernommen hatte: »Es sind vier Tiger. Wirf ihnen vier Fische hin! Dann werden sie euch gewiß nichts tun!«

Kurz darauf sahen sie die Augen der vier Tiger, die sich wie große Lichter dorthin richteten, wo Polaman und seine Frau standen. Polaman zögerte nicht lange, nahm vier der Fische aus dem Korb und warf sie den Tigern vor.

Die vier Dschungelkönige verschlangen die Fische und wandten sich alsbald wieder zurück in den Urwald, ohne Polaman und seine Frau zu bedrängen.

»Du bist kein gewöhnlicher Mensch, Polaman!« sagte seine Frau bewundernd. »Du gehörst nicht zur Kaste der Ausgestoßenen; du bist ein mächtiger Zauberer! Jetzt fürchte ich mich nicht mehr, und wenn hundert Tiger herkommen sollten!«

Doch Polaman fühlte sich bei diesen Worten nicht wohl. Er wußte ja, daß er kein Zauberer war und ihm nur noch zwei Fische verblieben. Seufzend überdachte er die Lage.

›Was geschieht, falls die Tiger wiederkommen?‹ überlegte er. ›Ich habe nur noch zwei Fische. Soll ich sie ihnen ebenfalls vorwerfen?‹

Daher sprach er zu seiner Frau: »Wenn du dich ein wenig

ausgeruht fühlst, so laß uns jetzt weiterwandern. Denn je später es nachts wird, um so mehr Tiger streifen umher.«

»Nun gut!» erwiderte die Frau. »Laß uns aufbrechen!«

Langsam tasteten sich die beiden in dem tiefdunklen Urwald vorwärts. Wortlos krochen sie durch das wild wuchernde Dickicht. Schließlich verirrten sie sich und gerieten in ein Gehölz von Dornenbambus. Sie zerstachen sich Arme, Beine und den ganzen Körper. Mit den Köpfen blieben sie in den Bambuszweigen hängen. Aus diesen über und über mit Dornen besetzten Zweigen versuchten sie sich herauszuwinden, aber das war äußerst schwierig. Plötzlich rief Polaman seiner Frau zu: »Heda! Siehst du nichts?«

»Was?« fragte sie erschrocken. Sie glaubte, Polaman habe wieder einen Tiger erblickt.

»Da, sieh doch! Dort, rechts von uns!« frohlockte Polaman. »Sieh nur den hellen Schein zwischen den Bäumen!«

Seine Frau begriff nicht, was er meinte. »Ich sehe nichts außer einem hellen Schimmer. Vielleicht wird es bald Morgen ...«

»Ich glaube, das ist der Rand des Urwalds«, sagte Polaman. »Sind wir erst dort angelangt, droht uns keine Gefahr mehr.«

Der Schein wurde immer deutlicher sichtbar. Sie empfanden keine Müdigkeit und Furcht mehr. Vorsichtig befreiten sie sich aus dem Bambusdickicht und gingen dann rasch auf den Schimmer zu. Als sie aber bis dorthin gelangt waren, erwies es sich, daß sie noch nicht den Rand des Urwalds erreicht hatten. Der helle Glanz rührte von dem spiegelnden Wasser eines kleinen Teichs her. Auf den Bäumen, die ihn umstanden, hockte eine Herde Affen. Beim Anblick der beiden Menschen brachen die Affen in ein Geschrei aus, das sich anhörte, als riefen sie: »Warum kommt ihr hierher, in unser Gebiet?«

Alle Affen gerieten in helle Aufregung, als sie Polaman und dessen Frau entdeckten.

Doch die beiden kümmerten sich nicht darum. Ein Weilchen darauf schrie Polamans Frau: »Hilfe, Polaman! Hilf mir! Eine Fledermaus beißt mich in den Kopf. Hilfe!«
»Ach, ich kann dir nicht helfen. Mich beißen sie auch!« rief Polaman zurück.
»Hilfe! Hilfe!« schrie die Frau immer lauter.
»Glaub mir doch, ich kann dir nicht helfen!« rief Polaman. »Mich beißen sie jetzt auch noch in den Rücken!«
»Du mußt mir doch helfen können!« jammerte seine Frau. »Du bist ja ein geschickter Zauberer!«
Kaum hatte seine Frau diese Worte ausgerufen, hörte Polaman die zarte Stimme flüstern: »Lege einen der Fische auf deinen Kopf und einen auf den deiner Frau! Warte ab, was geschieht!«
Mit großer Mühe holte Polaman die zwei übriggebliebenen Fische aus dem Korb und legte einen davon seiner Frau auf den Kopf, den anderen sich selbst. Den leeren Korb warf er in den Teich.
Sobald die Fledermäuse die Fische gewahrten, ergriffen sie diese mit den Schnäuzchen und trugen sie in den Teich. Kaum schwammen die Fische im Wasser, ergoß sich aus dem Fischkorb, der auf dem Teich trieb, ein kräftiger Wasserstrahl. Und der Teich breitete sich immer mehr aus und wurde zu einem sich weithin erstreckenden See. Als sich die kristallklaren Fluten beruhigt hatten, tauchten die beiden Fische auf und sprachen zu Polaman:
»Wir sind Zauberfische, Polaman, und wurden von Brahma, dem großen Gott, zur Erde gesandt, um in diesem See zu leben. Weil du es warst, der uns hierhergebracht hat, werden wir dem See deinen Namen geben. Du darfst aber nicht in dein Dorf zurückkehren. Bleibe hier in unserer Nähe! Gründe ein Dorf am Ufer des Sees und nenne es Polamans Dorf! Erzähle allen Leuten, denen du begegnest, daß sie die Zauberfische weder fangen noch töten und essen dürfen! Wer auch immer uns fängt, den wird Brahma, der große Gott,

bestrafen. Wer uns aber Gutes erweist, dem wird Segen zuteil!«
So sollen der Polaman-See und das Dorf gleichen Namens entstanden sein, die nicht weit von der Stadt Lawang liegen.

11 Polamans Fische

Polaman und seine Frau bauten sich am Seeufer ein Haus. Allmorgendlich brachten sie den Fischen Reiskörner und Mais als Futter. Gewahrten die Fische Polaman oder dessen Frau, kamen sie sogleich an die Wasseroberfläche. So ging es alle Tage, und als Dank gewährten die Zauberfische den beiden große Gunst. Das Ehepaar wurde reich und lebte glücklich.
Die Bewohner anderer Dörfer suchten das Ufer des Sees auf, um den wundertätigen Fischen ihre Verehrung zu bezeigen. Leute, die aus weiter entfernten Orten stammten, wie zum Beispiel aus Purwodadi, errichteten Hütten am Ufer des Sees. Mit der Zeit zogen immer mehr Menschen herbei, und so entstand nach und nach das große Dorf, dessen Oberhaupt Polaman war. Das Dorf wurde nach ihm benannt.
Eines Tages kam aus dem Ort Purwodadi eine habgierige, schwangere Frau mit Namen Luhama. Sie wollte durchaus reich werden. Aber Luhama stand der Sinn nicht danach, den Zauberfischen Futter zu reichen, sondern sie wollte sie fangen.
Sie sah die zutraulichen Fische in dem klaren Wasser umherschwimmen, und schon keimte in ihr der böse Wunsch, sie zu greifen. Vorsichtig schaute sie um sich, ob jemand sie beobachte. Dann nahm sie ein Tuch hervor, das sie zum Fang der Fische mitgebracht hatte. Als sie es aber gerade im Wasser ausbreiten wollte, erschrak sie, denn sie hörte eine Stimme mahnen:
»Was tust du da, Luhama? Willst du die Fische füttern? Nicht

wahr, sie sind schön, aber denke daran, es sind wundertätige Fische, und du darfst sie nicht fangen!«

Erschrocken wandte sich Luhama um. Sie erblickte die Witwe Tumila, ihre Nachbarin, die hinter den Bäumen hervortrat. Tumila begriff, was für böse Ränke Luhama schmiedete.

Luhama wurde zornig und rief: »Was geht das dich an! Ich werde mir Fische fangen, ob ich nun darf oder nicht! Geh du nur fort, verrücktes Weib!«

Ohne ein Wort der Erwiderung kehrte Tumila zurück ins Dorf. Luhama freute sich, sie fortgehen zu sehen, da sie nun ihren schändlichen Plan ausführen konnte. Wieder breitete sie ihr Tuch im Wasser aus und fing damit die zahmen Fische. Sobald ihr Tuch gefüllt war, kehrte sie froh nach Purwodadi heim.

Zu Hause angelangt, konnte sie ihre Gier nicht länger zügeln. Sie hielt sich nicht damit auf, die Fische zu schlachten und zu säubern, sondern steckte sie in den Kessel und kochte sie. Die Fische sprangen in dem heißen Wasser umher. Als es kochte, hörte Luhama eine zarte Stimme: »Wisse, Luhama, wer uns fängt und tötet, wird von den Göttern bestraft. Wir sind heilige Fische!«

Luhama lachte nur über diese Worte. »Wie sollten mich die Götter strafen«, höhnte sie, »Fische sind zum Fangen und Essen da!«

Von den gargekochten Fischen mit Reis aß sich Luhama plumpsatt. Doch kaum hatte sie ihre Mahlzeit beendet, kam es ihr so vor, als hätte sie den Magen voll Wasser, und sie spürte, wie die Fische darin herumschwammen und auf und ab schnellten. Immer voller von Wasser und Fischen schien Luhamas Magen zu werden. Nun fühlte sie sich schlecht und fürchtete sich. Eilends suchte sie von ihren Nachbarn Rat zu erfragen, aber die Sache mit den Fischen erzählte sie ihnen nicht.

»Deine Krankheit ist wirklich bedrohlich«, meinten die

Nachbarn und eilten zum Hause Tumilas, um ihr von Luhamas Zustand Kunde zu geben.
Tumila brauchte nur die gierige Frau zu sehen und ihre Schmerzensschreie zu hören, um sofort über deren Krankheit Bescheid zu wissen. So sagte sie:
»Du hast heilige Fische gegessen, Luhama, die man nicht essen darf. Nun mußt du sterben, weil die Götter alle strafen, die ihre Verbote mißachten.«
»Ja, es ist wahr, ich habe die Fische gegessen«, seufzte Luhama. »Aber hilf mir doch, Tumila, sonst bin ich des Todes.«
Auf einmal vernahm Luhama wieder die leise Stimme: »Nein, sterben wirst du nicht. Aber wegen deiner Gier ereilt dich Strafe. Wieviel Fische hast du verspeist, Luhama?«
»Ach, nicht so viele, sie waren schnell aufgegessen, als ich während der Mahlzeit an meine Zukunft dachte«, stöhnte die habgierige Frau.
»Zur Strafe wirst du in einen Fisch verwandelt, Luhama«, erwiderte die zarte Stimme. »Du sollst ein Sembilang-Fisch werden, und künftig wird dieser Fisch mit einem Bann belegt. Ißt eine schwangere Frau davon, so muß ihre Leibesfrucht absterben.«
Kaum verstummte das Stimmchen, da nahm Luhama die Gestalt eines Sembilang-Fischs an. Einen Augenblick später trug Tumila diesen Fisch zur Flußmündung im Dorf Purwodadi. Seitdem werden, wie man sich erzählt, sehr oft in jenem Fluß Sembilang-Fische gefangen, obgleich es eigentlich Seefische sind. Und bis auf den heutigen Tag ist der Sembilang-Fisch mit jenem Bann belegt.

12 *Die Geschichte von Ringkitan und Kusoi*

In alten Zeiten lebte in einem Dorf am Meeresufer ein Ehepaar, das neun Kinder hatte. Diese nun waren allesamt Mädchen und noch unverheiratet. Die Jüngste von ihnen sah sehr hübsch aus und übertraf ihre Schwestern noch an Schönheit. Diese Jüngste eben hieß Ringkitan.

Ihren Lebensunterhalt verdienten die Dorfbewohner durch Fischfang auf dem Meer. Sie waren also Fischer. Auch der Vater der neun Mädchen übte diesen Beruf aus, wie es auch alle seine Nachbarn im Dorf taten.

Die Schönheit der neun Mädchen war allgemein bekannt, die Kunde davon hatte sich bis in alle Dörfer verbreitet, und sogar die Leute aus weit entfernten Orten bewunderten sie. Eine nicht geringe Zahl von jungen Burschen kam, um sich um eins der bezaubernden Mädchen zu bewerben, aber diese hatten noch keinen einzigen erhört, weil noch keiner ihren Vorstellungen genügt hatte.

Eines Tages besuchte ein Kuskus, also ein Beuteltier, die Eltern der Mädchen. Der Besuch des Kuskus diente der Werbung um eine der Fischertöchter. Die Eltern hatten sich schon lange gewünscht, daß ihre Kinder einen Mann finden sollten. Sie schämten sich über die Maßen, neun erwachsene Töchter zu besitzen, die noch immer nicht geheiratet hatten. Schließlich waren es neun an der Zahl, und noch keine einzige hatte einen Mann gefunden. Viele Jünglinge kamen, um sich um eines der Mädchen zu bewerben, aber sie wurden alle abgewiesen. Mit der Zeit mochten auch die übrigen Jünglinge keine Heiratsanträge mehr machen, aus Furcht, auch sie könnten abgewiesen werden.

Diesmal erschien nun als Bewerber um die Mädchen kein junger Bursche, wie es vorher geschah, sondern ein Kuskus. Wie üblich wagten die Eltern nicht, über eine Abweisung oder die Annahme eines solchen Antrags selbst zu entscheiden. Die Mutter der Mädchen richtete schließlich den Antrag des Kuskus ihrer Ältesten aus, aber die wollte ihn nicht annehmen, sondern erwiderte spitz: »Was? Dieses eklige Beuteltier wagt es, um mich zu freien? Lieber will ich sterben, als die Frau dieses abscheulichen Tieres zu werden. Huh! Sag ihm, es soll sich sofort davonscheren!« Und während sie dies sagte, spuckte sie in beleidigender Weise aus.

Weil die Älteste den Antrag nicht annehmen wollte, suchte die Mutter ihre zweite Tochter auf und fragte an, ob diese die Frau des Kuskus werden wolle. Die Antwort der Zweiten stimmte mit der der Ältesten überein. Sehr gehässig wies sie den Antrag des Kuskus ab. Und so verhielt es sich auch mit der Dritten, der Vierten bis hin zur Achten. Alle lehnten den Antrag des Beuteltiers ab. Schließlich kam die Mutter mit ihrer Anfrage zur Jüngsten, nämlich zu Ringkitan, ob sie die Frau des Kuskus werden wolle. Darauf antwortete Ringkitan: »Mag es auch nur ein Tier sein – wenn es sich nur an den Adat hält und seinesgleichen liebt, so bin ich bereit, seinen Antrag anzunehmen. Dies gilt aber nur, wenn die Mutter damit einverstanden ist.«

»Ich kann keine Entscheidung fällen, mein Kind«, entgegnete die Mutter. »Wer also in dieser Sache entscheiden muß, bist allein du selbst. Wenn du glücklich wirst, sind es Vater und Mutter gleichfalls. Wenn du den Antrag des Kuskus annehmen willst, so haben Vater und Mutter nichts dagegen.«

Schließlich nahm Ringkitan die Werbung an und wurde danach mit dem Kuskus getraut. Seitdem lebten Ringkitan und das Beuteltier einträchtig wie ein Ehepaar. Täglich erfuhr Ringkitan von ihren älteren Schwestern und allen ihren Nachbarn Spott, Kränkungen und üble Nachrede, weil sie ein Kuskus hatte heiraten wollen. Wenn sie derlei Spott und Vorwürfe hörte, grämte sich Ringkitan nicht und bereute auch nichts. Wie es sich auch verhielt, sie liebte ihren Mann, nämlich das Kuskus, unerschütterlich.

Über dessen Alltagsleben aber lag ständig der Schleier eines Geheimnisses. Welcher täglichen Beschäftigung er nachging,

um sich und seine Frau zu ernähren, wußte kein Mensch. Nicht einmal seine Frau selbst kannte die Quelle für den Lebensunterhalt des Kuskus, weil es sich tagsüber zu Hause nicht sehen ließ. Wohin es sich begab, wußte niemand.
Da Ringkitan tagtäglich von ihren Schwestern verhöhnt wurde, weil sie als Ehefrau nicht einmal die Herkunft des Lebensunterhalts ihres Mannes kannte, versuchte sie, ihren Mann auszuspähen, um herauszufinden, was dieser denn täglich betrieb.

Eines Morgens, als das Kuskus sagte, es wolle zur Arbeit aufbrechen, folgte Ringkitan ihm heimlich. Das Beuteltier schlich zu einem dichtbelaubten Unterholz im Urwald, während Ringkitan ihm von fern folgte. Unablässig beobachtete sie, was ihr Gatte tat.
Als es glaubte, daß niemand es belaure, legte das Kuskus, hinter dem Gesträuch angelangt, sein Fell ab und verbarg dieses hinter den Büschen. Als der nun das Fell abgelegt hatte, verwandelte sich Ringkitans Mann in einen stattlichen Jüngling. Verblüfft sah Ringkitan dies an. Sie traute beinahe ihren Augen nicht, als sie die Verwandlung ihres Mannes in einen Menschen sah, der obendrein noch ein prächtiges Äußeres besaß. Fast hätte Ringkitan aufgeschrien und wäre hochgesprungen, weil sie ihre überschäumende Freude nicht zu zügeln vermochte. Zum Glück konnte sie sich gerade noch beherrschen. Der junge Mann trat aus dem Unterholz heraus und ging festen Schrittes zum Ufer. Dann bestieg er eine Prau, die anscheinend schon unter Segel bereitgelegen hatte, und bald darauf glitt die Prau auf das Meer hinaus, zusammen mit einer Gruppe anderer Fischerboote.
Ringkitan behielt das Geheimnis ihres Gatten, der sich in einen Menschen verwandelt hatte, für sich und teilte es niemandem mit. Sie wollte an den folgenden Tagen noch einmal nachforschen.
Und so ging es weiter. Allmorgendlich beobachtete Ringki-

tan die Verwandlung ihres Gatten aus einem Kuskus in einen prächtigen Jüngling. Und am frühen Abend kehrte ihr Mann wieder heim und hatte sich wieder in ein Kuskus verwandelt. Allmählich merkte Ringkitan, daß das Kuskusfell nur eine Verkleidung war, die ihr Gatte benutzte, um sein stattliches Äußeres und seine Tüchtigkeit zu verbergen. Was ihr Mann damit bezweckte, daß er sich als Verkleidung eines Kuskusfells bediente, wußte sie nicht. Seit sie Gewißheit darüber erlangt hatte, daß ihr Mann in Wirklichkeit ein Mensch war, suchte sie ein Mittel, um zu bewirken, daß ihr Gatte die Menschengestalt behielt und nicht allabendlich als Kuskus heimkehrte.
Eines Morgens folgte Ringkitan, wie sie es an jedem Morgen tat, ihrem Mann zu dem Unterholz inmitten des Urwalds. Nachdem er sein Kuskusfell abgeworfen hatte und zum Ufer gegangen war, schlich Ringkitan langsam auf das Gesträuch zu. Je näher sie kam, desto mehr klopfte ihr das Herz, vor allem nachdem sie bemerkt hatte, daß das Kuskusfell auf der Erde inmitten des dichtbelaubten Gebüschs lag. Sie zögerte, ihren Plan auszuführen. Aber langsam faßte sie Mut, getrieben von der Liebe zu ihrem Mann und auch von dem Wunsch beseelt, ihren Schwestern und den anderen Leuten vor Augen zu führen, daß ihr Gatte tatsächlich gar kein greuliches Kuskus, sondern ein ansehnlicher und obendrein tapferer Jüngling war, und sie handelte entschlossen. Ständig hatten ihre Schwestern und Bekannten sie verhöhnt. Das hatte sie unglücklich gemacht, und außerdem liebte sie ihren Mann, der immer beleidigt und verjagt wurde, wenn er sich zur Gemeinschaft der Bewohner des Kampung gesellen wollte. Sie wünschte, daß ihr Mann seine Gestalt als Kuskus ablegen und sich als prächtiger und tüchtiger Jüngling unbeirrt zeigen sollte. So nahm sie klopfenden Herzens das Kuskusfell an sich und versteckte es sodann.

Am Spätnachmittag wartete Ringkitan hinter dem Gesträuch auf die Rückkehr ihres Mannes. Sie glaubte fest, daß er dorthin kommen werde, um sein Beuteltierfell zu holen und es als Verkleidung anzulegen. Als er in der Gestalt eines schönen Jünglings erschien, begrüßte ihn Ringkitan mit einem gewinnenden Lächeln.

Der Gatte, der an einen solchen Fall vorher ganz und gar nicht gedacht hatte, erschrak sichtlich. Er wollte davonlaufen, um sich zu verstecken, doch es war zu spät. Ringkitan hielt seine Hand fest, während sie sagte: »Du brauchst dich nicht zu verbergen, Lieber, es hat keinen Sinn!«

»Was bringt dich dazu, so zu handeln?« fragte der Jüngling Ringkitan.

»Verzeih, wenn meine Tat dich gekränkt hat. Ich möchte, daß du deine jetzige Gestalt behältst. Du sollst nicht wieder in das Fell eines Kuskus schlüpfen, das die Menschen verabscheuen.«

»Warum willst du das?« erkundigte sich der Jüngling.

»Liebst du mich denn nicht, mich, deine Frau?« erwiderte Ringkitan. »Jeden Tag beschimpfen und verspotten meine Schwestern und alle meine Bekannten mich, weil ich mit einem Kuskus verheiratet bin.«

»Aber du selbst schämst dich nicht, ein Kuskus zum Mann zu haben, nicht wahr?« fragte der junge Mann.

»Nein!« erklärte Ringkitan fest. »Ich schäme mich nicht im geringsten, mit einem Kuskus verheiratet zu sein. Denn schließlich habe ich dich von Anfang an ohne das kleinste Zögern zum Mann genommen, obwohl du die Gestalt eines Kuskus hattest.«

»Aber warum hast du jetzt so gehandelt?« forschte der Jüngling wiederum. »Weshalb möchtest du jetzt, daß ich die Gestalt eines Kuskus ablege?«

»Aus folgendem Grund«, erklärte Ringkitan. »Die Leute haben mich unaufhörlich verspottet und gekränkt, weil ich ein Kuskus zum Mann genommen habe. Nun, nachdem ich weiß, daß mein Mann eigentlich ein mutiger und schöner Jüngling ist, möchte ich ihn den Leuten vorführen. Ich möchte ihnen ihre Spötteleien und Kränkungen sehr gern vergelten. Und ich bin sicher, daß die, die mich verlacht und beleidigt haben, es bereuen werden und voller Neid erfahren, daß mein Mann eben kein häßliches Kuskus, sondern ein tapferer und prächtiger junger Mann ist. Und daher sollst du, wenn du mich wirklich liebst, deine jetzige Gestalt behalten und dich vor den Leuten zeigen, nicht aber wieder ein Kuskus werden.«

»Nun gut, wenn dies dein Wunsch ist!« meinte der Jüngling, und Ringkitan lachte voller Glück. Und die beiden schritten Hand in Hand auf ihr Haus zu. Auf halbem Wege fragte Ringkitan den jungen Mann: »Jeder Mensch hat einen Namen, und sicher hast auch du einen, nicht wahr? Wie heißt du in Wirklichkeit?«

»Mein Name ist Kusoi«, erwiderte der Jüngling kurz angebunden, und Ringkitan wiederholte: »Kusoi, Kusoi! Mein lieber Kusoi! Was für ein schöner Name! Nachdem ich schon so lange verheiratet bin, erfahre ich nun endlich den Namen meines Mannes.« Und sie lächelten beide. Seitdem fühlten sich die Ehegatten, Ringkitan und Kusoi, ganz augenscheinlich immer glücklicher.

Ringkitan wurde zusehends fröhlicher. Andererseits empfanden ihre Schwestern Neid, nachdem sie erfahren hatten, daß Ringkitans Mann, der früher die Gestalt eines häßlichen Kuskus gehabt hatte, nun zu einem schönen und tüchtigen Jüngling geworden war. Sie wollten Kusoi von Ringkitan trennen. Jede von ihnen wünschte sich, Kusois Frau zu werden.

Eines Tages bat Kusoi seine Frau um ihr Einverständnis, in ein recht fernes Land zu segeln. Diese Fahrt werde nicht nur zwei oder drei Tage dauern, sondern es könnten Wochen, ja sogar Monate darüber vergehen. Obwohl ihr das Herz schwer ward, daß ihr Gatte sie verließ, vermochte sie doch

Kusois festem Entschluß nicht zu widerstehen. Sie konnte ihrem Mann die Reise nicht verweigern. Obwohl sie es mit Widerstreben tat, mußte sie ihn doch davonsegeln lassen, begleitet von dem Gebet, ihr Mann möge während seiner Fahrt stets behütet werden, damit er wohlbehalten wieder heimkehre und ihr mit glänzendem Gewinn wieder begegne.

An einem hellen Morgen glitt Kusois Prau davon, dem Ziel seiner Wünsche entgegen. In jenem Land wollte Kusoi sein Glück versuchen, damit er bald wieder zu seiner Gattin zurückkehren und viele Schätze mitbringen könne, so daß er dann mit ihr noch glücklicher leben könne.

Ringkitan ließ ihren Mann schweren Herzens ziehen. Ihre acht Schwestern jedoch frohlockten, nachdem sie von Kusois Abreise erfuhren. Sie hegten alle eine böse Absicht, nämlich ihrer jüngsten Schwester Ringkitan eine Falle zu stellen. Und sie begannen alle nach einem Weg zu suchen, auf welche Weise sie Kusoi Ringkitans Händen entreißen könnten. Schließlich faßten die acht Schwestern Ringkitans den gemeinsamen Entschluß, diese umzubringen. Das war der einzige Weg, um Ringkitan von Kusoi zu trennen. Sie erklärten sich alle bereit, ihre Absicht auszuführen.

Einige Monate danach verbreitete sich im ganzen Dorf die Nachricht, daß Kusoi bald mit nicht geringen Reichtümern von seiner großen Fahrt zurückkehren werde. Als sie diese Botschaft vernahm, fühlte sich Ringkitan sehr glücklich. Ihr Gatte, nach dem sie sich so gesehnt hatte, würde bald heimkehren. Und ihre Freude stieg noch, nachdem sie hörte, daß Kusoi beträchtliche Schätze mitbringe. Sie wollte ganz schnell mit ihrem Mann zusammentreffen und beeilte sich, zum Ufer des Meeres zu laufen, um ihn zu empfangen. Auch die acht Schwestern blieben nicht daheim, sondern begaben sich zum Ufer, um Kusoi zu begrüßen. Aber ihre Absichten unterschieden sich von der Ringkitans, obgleich es so aussah, als liefen sie alle einträchtig dahin. Ringkitan tat es, um ihren geliebten Gatten willkommen zu heißen. Ihre Schwestern lie-

fen zusammen mit Ringkitan zum Ufer mit einem niederträchtigen Plan, nämlich Ringkitan umzubringen und Kusoi in ihre Gewalt zu bekommen. Ringkitan glaubte, daß sie in guter Absicht mitkämen, um Kusoi zu begrüßen. Aus diesem Grund faßte Ringkitan nicht den geringsten Argwohn, als ihre älteren Schwestern sie begleiteten.
Am Ufer angelangt, schäkerten und scherzten die neun Schwestern fröhlich miteinander. Am Strand standen viele dichtbelaubte Bäume. Gewöhnlich spielten die Kinder unter diesen und schwangen sich oft an den Ästen hin und her. Auch die neun Schwestern vergnügten sich unter den schattenspendenden Bäumen. Sie wechselten sich beim Schaukeln ab – von der Ältesten bis zur Jüngsten. Wenn die Reihe an eine von ihnen kam, schwangen die acht anderen sie hin und her. Schließlich erhielt auch Ringkitan das Anrecht darauf, von ihren Schwestern geschaukelt zu werden. Auf diese Gelegenheit hatten jene nur gewartet. Ringkitan aber hatte von deren Vorhaben keine Ahnung. Sie ließ sich von ihren Schwestern hin und her schwingen. Doch allmählich wurde sie immer höher geschaukelt. Noch immer faßte Ringkitan keinen Verdacht, weil ihre Schwestern beim Schaukeln mit ihr scherzten. Aber zuletzt wurde sie so hoch geschleudert, daß sie an einem Ast hängenblieb, der bis aufs Meer hinausreichte. Sie versuchte, sich von diesem Hindernis zu befreien, aber es gelang ihr nicht. Ihr dichtes, langes Haar verwickelte sich immer stärker mit diesem Ast. Schluchzend bat sie um Hilfe, daß man sie von dem Ast herunterhole, aber niemand half ihr. Nachdem Ringkitan sich so verfangen hatte, ließen ihre Schwestern, mit sich zufrieden, sie allein und kehrten schleunigst heim, damit niemand sie anklagen solle, daß sie selbst Ringkitan eigentlich umgebracht hatten.
Ringkitan gab sich die größte Mühe, sich von dem Baumast zu befreien, doch wollte ihr das nicht gelingen, weil sich ihr Haar in den kleinen Zweigen verfangen hatte. So war ihre

Hoffnung loszukommen ebenso zunichte wie die, Hilfe zu erhalten, denn niemand wußte ja von ihrer Lage außer ihren älteren Schwestern.

Mittlerweile kam in der Ferne eine Flotte von Praus in Sicht, die sich immer mehr dem Ufer näherte. Schließlich lief die Flotte, die aus einer beträchtlichen Anzahl von Praus bestand, den Strand an, direkt unter dem Ast, an dem Ringkitan festhing. Als die vorderste Prau unter ihr hinwegglitt, stimmte Ringkitan ein Klagelied an:

»Ach, du Eigner der hölzernen Prau!
Erbarm dich mein, der geringen Frau,
erbarm dich mein, die ohne Glück!
Sag: Kehrt Kusoi, mein Gemahl, zurück?«

Darauf ertönte aus der Prau eine Erwiderung: »Kusoi befindet sich noch weiter draußen.« Danach glitt eine zweite Prau, gleichfalls aus Holz gefügt, aber schöner als die erste und mit prächtigen Schnitzereien verziert, unter Ringkitan dahin. Und wieder stimmte sie ihren Klagegesang an:

»Ach, du Eigner der geschnitzten Prau!
Erbarm dich mein, der geringen Frau,
erbarm dich mein, die ohne Glück!
Sag: Kehrt Kusoi, mein Gemahl, zurück?«

Da erklang aus der Prau die Antwort: »Er ist noch weiter draußen.«

Die nächste Prau glitt nun unter Ringkitan dahin, und diese war aus Kupfer gefertigt. Wieder sang Ringkitan ihr Klagelied:

»Ach, du Eigner der kupfernen Prau!
Erbarm dich mein, der geringen Frau,
erbarm dich mein, die ohne Glück!
Sag: Kehrt Kusoi, mein Gemahl, zurück?«

Und aus der kupfernen Prau erscholl die Auskunft: »Er ist noch weiter draußen.«

Die folgende Prau, aus Zinn erbaut, glitt unter Ringkitan dahin. Von neuem hob Ringkitan ihre Klage an:

»Ach, du Eigner der zinnernen Prau!
Erbarm dich mein, der geringen Frau,
erbarm dich mein, die ohne Glück!
Sag: Kehrt Kusoi, mein Gemahl, zurück?«

Darauf kam die Antwort aus der zinnernen Prau: »Er ist noch weiter draußen.«

So also ging es vor sich: eine Prau nach der anderen, von der minderwertigsten bis zur prachtvollsten, glitt unter Ringkitan vorbei.

Die nachfolgende Prau war aus Silber erbaut. Nachdem Ringkitan nach Kusoi gefragt und zur Antwort erhalten hatte, daß sich dieser noch draußen auf dem Meer befinde, wartete sie weiter. Das letzte Schiff der Flotte war eine wunderschöne Prau, aus Gold geschaffen und mit herrlichem Schmuckwerk versehen. Noch einmal sang Ringkitan, als die Prau unter ihr dahinglitt:

»Ach, du Eigner der goldenen Prau!
Erbarm dich mein, der geringen Frau,
erbarm dich mein, die ohne Glück!
Sag: Kehrt Kusoi, mein Gemahl, zurück?«

Da hielt die goldene Prau an. Ein Jüngling erschien aus dem Inneren des Bootes und fragte sogleich:

»Wer bist du?«

»Ich bin Ringkitan«, antwortete diese. »Ich will Kusoi, meinen Gemahl, empfangen. Weißt du, wo er sich befindet?«

Der Jüngling blickte suchend nach oben, woher die Stimme wohl komme. Er sah sehr kühn und glanzvoll aus, trug prächtige Kleidung und war gleich einem Königssohn anzuschauen. Als er die weibliche Gestalt am Baumast bemerkte, betrachtete er sie genau. Nachdem er sich völlig davon überzeugt hatte, daß die Gestalt wirklich Ringkitan war, sprach er:

»Ich selbst bin Kusoi, dein Gemahl. Warum hängst du da oben auf dem Baum?«

»Meine Schwestern haben mich hinaufgeschaukelt. Und

nachdem ich an den Zweigen festhing, haben sie mich alleingelassen. Hilf mir doch! Löse mein Haar von den Zweigen, damit ich herabgelangen kann.«

Schnell erkletterte Kusoi den Baum und wand die Haare auf, mit denen Ringkitan sich in den Zweigen verfangen hatte. Als er sie dann von dem Baum heruntergeholt hatte, mußte sie erkären, wie alles von Anfang an gekommen war. Und Ringkitan schilderte alles vom Beginn bis zum Ende.

»Wie verderbt und gemein sind deine älteren Schwestern!« meinte Kusoi, nachdem er den ganzen Hergang erfahren hatte. »Aber du brauchst dir keine Sorgen zu machen. Ich werde selbst die Sache zu einem Abschluß bringen.«

Kusoi befahl seinen Begleitern, eine große Truhe herbeizubringen. Dorthinein wurde Ringkitan gesetzt, damit ihre Schwestern nicht erfuhren, daß sie von Kusoi gerettet worden war.

In großer Anzahl begrüßten die Bewohner des Dorfes die Ankunft der Seefahrer, die von ihrer großen Reise heimkehrten. Staunend beschauten sie die zahlreichen Schätze, die die Seefahrer mitgebracht hatten, vor allem die zahllosen Kostbarkeiten, die Kusoi auf seiner Fahrt gesammelt hatte. Nun war dieser ein steinreicher Mann und hatte eine Menge Leute in seinen Diensten. In Scharen begleiteten die Kampungbewohner Kusoi zu dessen Haus. Dort angelangt, zeigte es sich, daß die acht Schwestern Ringkitans schon auf Kusois Rückkehr warteten. Sie hatten sich prachtvoll gekleidet und bemühten sich, Kusois Aufmerksamkeit auf sich zu lenken.

»Wo ist Ringkitan? Wo ist meine Frau? Warum sehe ich sie nicht?« fragte Kusoi und stellte sich unwissend. Da antworteten Ringkitans Schwestern:

»Wir haben gesehen, wie sie zum Ufer ging, um dich zu empfangen. Aber wir wissen nicht, wohin sie sich dann begeben hat. Hast du sie denn nicht am Strand getroffen?«

Als er diese Erklärung von ihnen vernahm, sah Kusoi sehr

betrübt aus. Ringkitans Schwestern versuchten nun, ihn zu trösten. Jede von ihnen wollte Kusois Herz für sich gewinnen. Sie versuchten es auf ganz verschiedene Weise. Einige boten ihm wohlschmeckende Speisen an, andere erfrischende Getränke und ähnliches. Gleichzeitig fand auch ein großartiges Fest im Hause von Kusoi statt.
Dann gab Kusoi einen Bericht. Er erzählte die Geschichte von seinen Fahrten in der Fremde bis zu dem Zeitpunkt seiner Heimkehr. Gespannt lauschten die Menschen dem Bericht Kusois. Schließlich erklärte er:
»Am Ufer erblickte ich eine beklagenswerte Frau. Sie hatte sich an einem Baumast verfangen. Diese Frau habe ich gerettet.«
»Wo ist sie jetzt?« fragten Ringkitans Schwestern aufs höchste erschrocken. Sie waren äußerst beunruhigt und fürchteten, daß ihr Versuch, Ringkitan zu verleumden, durchschaut worden sei.
»Wartet!« gebot Kusoi nachdrücklich. »Ich bin mit meiner Erzählung noch nicht am Ende, also unterbrecht mich nicht! Bald werden meine Begleiter sie hierherbringen. Stellt einen Stuhl zu meiner Seite auf, auf dem sie dann Platz nehmen kann.«
Bald darauf kam eine wunderschöne Frau heran, von den Seeleuten Kusois geleitet. Ihre Schönheit wurde noch durch ihre prachtvolle Kleidung und den glänzenden, alle Augen blendenden Schmuck unterstrichen. Das Erscheinen dieser lieblichen, einer Fee gleichenden Frau verwirrte alle Anwesenden, auch Ringkitans Schwestern.
Danach wurde die Frau zu dem Platz an Kusois Seite geleitet. Sie setzte sich neben ihn, vollkommen zu ihm passend, denn sie war reizend und Kusoi prächtig und kühn anzuschauen. Nach und nach wurde allen Festteilnehmern, nachdem sie genau hingeschaut hatten, klar, daß die entzückende Frau an Kusois Seite wirklich Ringkitan war.
»Dies ist die Frau, die ich am Ufer gerettet habe. Ihr wißt,

daß sie wahrhaftig Ringkitan, meine Gemahlin, ist. Mir ist bekannt, daß man sie verleumdet hat. Sie hat sich an dem Ast eines Baumes verfangen. Und wer sie verleumdet hat, habe ich schon von ihr erfahren. Aber ich brauche es euch nicht zu sagen. Bestimmt werden sich jene, die so schlecht und böse gehandelt haben, selbst ihrer Schuld bewußt. Ich werde diese böse Tat nicht vergelten.«

Darauf baten Ringkitans Schwestern sie und Kusoi um Verzeihung und gaben all ihre Schuld zu. Seitdem lebten Kusoi und Ringkitan in noch größerem Glück.

Die Schwestern kamen nicht nochmals auf den Gedanken, Ringkitan zu verleumden und ihr den Gatten zu entreißen.

13 Dickbauch

Ein Grasmäher, der bei dem hochedlen Herrn Wesir arbeitete, hatte einen Sohn, der Dickbauch hieß. Dafür gab es natürlich einen Grund. Man nannte den Jungen so wegen seiner Gestalt: Kopf und Beine waren sehr klein, wohingegen der dicke Bauch sich so vorwölbte, daß er mit Kopf und Beinen durchaus nicht übereinstimmte. Dickbauch lebte einsam. Er mied seine gleichaltrigen Spielgefährten, weil sie ihn oft wegen seiner Ungestalt verhöhnten. Am liebsten legte er Reusen aus. Tag für Tag beschäftigte er sich nur damit. Niemals aber legte er die Reuse in einem großen oder tiefen Fluß aus, denn er fürchtete, die dagegen anlaufende Strömung würde sie abtreiben. Vielmehr legte er sie in dem Graben neben dem Haus aus, durch den das Wasser aus der Küche abfloß. Natürlich gab es dort keine Fische. Und deshalb geriet auch niemals einer in die ausgelegte Reuse. Sooft der Junge auch den Fangkorb heraushob, er war stets leer.

Eines Tages fiel ein überaus heftiger Regen, der den Vorhof des Hauses überschwemmte. Diese Gelegenheit ließ sich Dickbauch nicht so einfach entgehen. Sogleich legte er die

Reuse auf dem Hof aus. Als der Regen nachgelassen hatte und das Wasser vom Hof abfloß, stieg Dickbauch hinunter, um die Reuse zu holen. Und ... o Allah! Der Korb enthielt ein zappelndes Fischlein. Das schien Dickbauch der glücklichste Tag seines Lebens, denn zum erstenmal hatte er etwas in seiner Reuse. Diesmal war es ihm endlich gelungen, ein Fischlein zu fangen!
Der Junge nahm den kleinen Fisch aus der Korbreuse heraus und setzte ihn sogleich in eine wassergefüllte halbe Kokosnußschale. Das Fischlein schwamm darin, stieß aber fortwährend gegen die Wände der engen Schale. Dickbauch lachte unaufhörlich darüber. Ab und zu steckte er den Zeigefinger in das Wasser, um das Fischlein zu betasten. Es ließ sich jedoch nicht fangen und schwamm weg. Dieses Spiel machte Dickbauch große Freude.
Seitdem kannte der Junge nichts anderes, als mit seinem kleinen Fisch zu spielen. Niemals legte er mehr eine Reuse aus. Wenn er schlafen ging, vergaß er nicht, die Kokosnußschale mit dem Fischlein neben sich zu stellen.
Weil er so vernarrt in das Spiel mit dem gefangenen Fisch war, versäumte Dickbauch, seinem Vater zu helfen. Das verdroß diesen natürlich, und eines Tages sagte er mit drohendem Blick:
»Du sollst dich nicht immer nur mit dem Fisch abgeben! Hilf mir lieber beim Grasmähen! Wenn du dich nicht änderst, mache ich den Fisch tot!«
Da bekam Dickbauch Angst. Ihm tat das Fischlein leid, das sich nun ganz zutraulich zu ihm zeigte. So versprach er dem Vater, er wolle ihm bei der Arbeit helfen.
Am nächsten Tag begleitete er seinen Vater zur Grasmahd. Bevor er ging, vertraute er die Kokosnußschale mit dem Fisch seiner Großmutter an.
»Großmutter, paß bitte auf das Fischlein auf!«
Die Großmutter nickte. Aber sie hatte selbst viel in der Küche zu tun. Sie konnte unmöglich die Kokosnußschale stets

mit herumtragen und stellte sie deshalb neben das Haus. Während Dickbauchs Großmutter emsig arbeitete, kam ein Huhn in die Nähe der Kokosnußschale mit dem Fisch. Zufällig trat Dickbauchs Großmutter gerade aus der Küche heraus. Als sie sah, daß ein Huhn nach dem Fisch ihres Lieblingsenkels pickte, erschrak sie und jagte es weg, um das Fischlein vor dem Schnabel des Huhns zu retten. Doch das Huhn flog flügelschlagend auf und verschluckte das Fischlein, das es schon im Schnabel hielt. Was war da noch zu helfen? Bei aller Liebe zu ihrem Enkel konnte sie nichts tun. Der Fisch befand sich schon im Hühnermagen, und niemand vermochte ihn wieder herauszuholen.

Als Dickbauch nach Hause kam, fragte er als erstes die Großmutter nach seinem liebsten Eigentum: »Großmutter, wo ist mein Fischlein?«

Sie blickte ihn mitleidig an und antwortete: »Das Fischlein ist von einem Huhn gefressen worden, mein Enkel! Laß uns morgen ein anderes fangen!«

Als Dickbauch vernahm, daß ein Huhn sein Fischlein gefressen hatte, weinte er und verlangte Ersatz. Er wollte aber kein anderes Fischlein, sondern das seinige zurück oder aber das Huhn, das sein Fischlein gefressen hatte. Weil Dickbauch so weinte, gab die Großmutter nach. Sie schenkte ihm das Huhn. Erst als er es bekommen hatte, hörte Dickbauch auf zu weinen.

Seitdem kannte der Junge nichts anderes, als mit dem Huhn zu spielen, das er für seinen Fisch erhalten hatte. An einem Bein des Huhns befestigte er ein Stück Bindfaden und ließ es niemals aus der Hand. Sobald das Huhn zahm war, band er es nicht mehr an. Es wurde wirklich ganz zutraulich. Wohin Dickbauch auch ging, stets folgte ihm das Huhn.

Eines Tages wollte Dickbauch wieder mit dem Vater weit weg gehen, um ihm beim Grasmähen zu helfen. Er konnte unmöglich das Huhn mitnehmen, deshalb vertraute er auch das Huhn der Großmutter an.

An diesem Tag stampfte die Großmutter Reis. Während sie dies tat, spielte das Huhn ganz in ihrer Nähe und scharrte unaufhörlich nach Reiskörnern oder Bruchreis. Daran gewöhnt, mit Dickbauch zusammen zu sein, hatte es keine Angst vor Menschen und kam beim Scharren Dickbauchs Großmutter immer näher. Sie schwang den Reisstampfer hoch. Da streckte das Huhn den Kopf vor und wollte ein Reiskorn aufpicken, das vor dem Fuß der Großmutter lag. Als der Stampfer niederfuhr, befand sich der Kopf des Huhns genau darunter und wurde zermalmt.

»O weh, da wird Dickbauch zornig sein!« rief die Großmutter aus. »Das Huhn war aber auch zu dreist!«

Sie griff nach dem toten Huhn und warf es auf den Abfallhaufen.

Dickbauch kam nach Hause und sah sein Huhn nicht. Da fragte er sogleich: »Großmutter, wo ist mein Huhn?«

»Sei nicht böse, Dickbauch, das Huhn ist tot, von dem Reisstampfer zermalmt! Es spielte nämlich zu nahe an dem Platz, wo ich Reis stampfte.«

Dickbauch schwieg. Schließlich verlangte er: »Gib mir den Reisstampfer als Ersatz!«

»Aber das ist doch Unsinn, Dickbauch! Wieso willst du den Stampfer? Ich will dir lieber ein anderes Huhn dafür geben, ein größeres!«

»Nein! Das will ich nicht! Ich will gerade den Stampfer!«

Weil Dickbauch sich durch nichts von seinem Wunsch abbringen ließ, gab ihm die Großmutter endlich den Stampfer, der den Kopf des Huhns zermalmt hatte.

Als eines Tages Dickbauch wieder mit seinem Vater zur Grasmahd ging, vertraute er den Reisstampfer dem Hirten der Wasserbüffel an. Während Dickbauch fort war, trat einer der Büffel so auf den Stampfer, daß dieser zerbrach.

Dickbauch forderte Entschädigung. Einen anderen Stampfer wollte er nicht annehmen. Er verlangte den Wasserbüffel, der seinen Reisstampfer zertreten hatte, als Abfindung. Der Hirt wollte natürlich seinen Büffel nicht hergeben. Darauf verklagte Dickbauch den Hirten bei seinem Vater, der die Sache vor seinen Herrn brachte. Das Urteil in der Verhandlung fiel zugunsten Dickbauchs aus. Er erhielt den Wasserbüffel als Schadenersatz zugesprochen.

Nun hütete Dickbauch oft seinen Büffel. Er kletterte auf dessen Rücken und ritt mit ihm auf die grasreiche Weide, wobei er fröhlich sang:

»Ich legte die Reuse auf dem Hof aus,
beim Regen fing ich ein Fischlein,
ein Huhn fraß das Fischlein auf,
deshalb wurde Hühnchen mein!
Bekam ein Huhn mit schwarzem Federkleid,
es ward vom Reisstampfer erschlagen,
Großmutter war es zu ersetzen bereit
und gab mir den Stampfer dafür!
Den langen Stampfer aus Salam-Holz
vertraute ich dem Hirten an,
der Wasserbüffel hat ihn zertreten,
darum wurde er mein sodann.
Den fetten Büffel mit spitzem Horn
leite nun ich auf die Weide,
die Weide mit dem grünen Gras.
Groß ist meine Freude!«

Als Dickbauch wieder einmal mit seinem Vater zum Grasmähen auszog, band er den Wasserbüffel an einen Durian-Baum, an dem gerade viele Früchte hingen. Rund um diesen Baum grünte das Gras, und während der Büffel dort angebunden war, füllte er sich unaufhörlich den Magen damit. Aber unglücklicherweise fiel eine riesige Durianfrucht herab, dem Wasserbüffel genau auf den Kopf. Der Kopf des Büffels wurde von dem Aufprall der großen Frucht zerschmettert, und das Tier verendete augenblicklich.

Dickbauch sah seinen Büffel tot daliegen und neben ihm die Durianfrucht. Da begriff er, daß diesen ein böses Schicksal ereilt hatte. Doch konnte er niemandem die Schuld geben. Er empfand, daß er auch selbst daran Schuld trug, hatte er doch den Wasserbüffel unter dem Durianbaum festgebunden! Tief betrübt hob er die Frucht auf, die den Kopf seines Büffels getroffen hatte. Er nahm sie mit sich und folgte seinem Vater zum Haus des Wesirs. Dorthin brachten sie Gras als Futter für die Pferde. Dickbauch ging hinter seinem Vater, der schwer beladen mit dem Korb voll Gras vor ihm her schritt.

Als sie am Prinzessinnenschloß vorüberkamen, bemerkte die wegen ihrer bezaubernden Schönheit berühmte Prinzessin Mayangsari, daß Dickbauch eine riesengroße Durianfrucht trug. Schon von deren Duft, der ihr in die Nase stieg, lief der Prinzessin das Wasser im Munde zusammen. Sie rief den Jungen herbei.

»Dickbauch, woher hast du diese Frucht?«

Der Junge drehte sich um. Verwirrt erblickte er die reizende Prinzessin, die ihn angesprochen hatte. Sogleich antwortete er: »Die Durian, o Prinzessin, habe ich als Entschädigung für den Wasserbüffel genommen, dem sie im Herabfallen den Schädel zerschmettert hat.«

»Laß sie mir ab, bitte!«

»Das ist nicht möglich!« erwiderte Dickbauch. »Diese Durian hat meinen Büffel getötet, und deshalb kann ich sie Euch nicht geben.«

Prinzessin Mayangsari wünschte keinen lauten Zank mit Dickbauch, daher schlug sie vor: »Wenn du zum Pferdestall willst, so laß die Durianfrucht solange hier. Ich will sie dir aufheben!«

»Gut«, antwortete Dickbauch. »Wenn ich dann zurückkomme, hole ich sie mir wieder, o Prinzessin!«

Nachdem er die Frucht bei der Prinzessin Mayangsari zurückgelassen hatte, folgte Dickbauch eilig seinem Vater zu den Pferdeställen. Die Prinzessin aber aß die wohlschmekkende Frucht bis auf den letzten Rest schnell auf. Die Durian

schmeckte erfrischend, hatte festes Fleisch und nur ganz kleine Kerne.
»Wahrhaftig, so gute Durian gibt es selten!« sagte die Prinzessin immer wieder.
Sobald Dickbauchs Vater den Pferden alles Gras vorgeschüttet hatte, kehrte er heim. Seinen Sohn, der ihm dabei geholfen hatte, hieß er mitzukommen. Am Prinzessinnenschloß blieb Dickbauch zurück und suchte die Prinzessin Mayangsari auf.
»O Prinzessin, wo habt Ihr meine Durian?« fragte er.
Mayangsari lachte schallend. Dabei sah sie noch reizender aus.
»Dickbauch, warum verlangst du denn deine Frucht wieder? Die habe ich doch aufgegessen! Sie hat wirklich außergewöhnlich gut geschmeckt.«
Dickbauch stand schweigend da. Starr blickte er auf Prinzessin Mayangsari. Man merkte ihm an, daß er ihr grollte, weil sie sein Vertrauen enttäuscht hatte.
»Nun gut, Dickbauch!« lenkte die Prinzessin ein, als sie seine Entrüstung spürte. »Sei nicht zornig! Ich werde sie dir ersetzen. Wieviel soll sie kosten? Ich gebe dir den Preis von zehn Früchten dafür! Sei nicht so aufgebracht!«
Die Prinzessin reichte Dickbauch Geld hin, aber er wollte es nicht annehmen. Zunächst glaubte sie, das angebotene Geld sei Dickbauch zuwenig. Sie erhöhte die Summe, doch er lehnte weiter ab. Weil die Prinzessin nun die Fassung verlor, legte sie noch andere wertvolle Dinge dazu. Doch Dickbauch blieb unbeirrt bei seiner Weigerung.
Prinzessin Mayangsari wußte sich keinen Rat. Schließlich fragte sie Dickbauch, der die ganze Zeit über nur stumm dagestanden hatte: »Womit soll ich dir denn die Durian ersetzen? Alles, was ich dir anbiete, lehnst du ab!«
Den Blick fest und unverwandt auf die Prinzessin gerichtet, antwortete Dickbauch: »Da Ihr, o Prinzessin, meine Durian gegessen habt, müßt Ihr selbst nun mein werden!«
Die Prinzessin schwieg. Sie wußte um ihre Schuld. Aber als

sie die Ungestalt des Jungen sah, der so vorwitzig zu ihr sprach, stieg Zorn in ihr hoch. Und da ihr einfiel, daß der Junge nichts als nur der Sohn eines Grasmähers war, steigerte sich ihre Empörung noch.

»Du bist verrückt, Dickbauch!« schalt sie mit wutzitternder Stimme.

Aber Dickbauch gedachte nicht, seinen Entschluß zu ändern. Er beharrte auf seiner Forderung, die Prinzessin selbst müsse ihm gehören.

»Ihr, o Prinzessin, habt mich aufgefordert, Euch die Durian anzuvertrauen. Ihr wolltet auf sie achten. Warum habt Ihr sie gegessen?«

Prinzessin Mayangsari sah ihr Vergehen wohl ein. Sie hatte ohne Erlaubnis dreist gegessen, was einem anderen gehörte. Dank ihrer Erziehung wußte sie, daß ein so ungehöriges Benehmen ihresgleichen nicht ziemte. Aber als sie an die unsinnige Forderung Dickbauchs dachte, loderte wiederum ihr Zorn auf. Wie sollte es möglich sein, auf dieses tolldreiste Verlangen einzugehen? Er, Dickbauch, der Sohn eines einfachen Grasmähers, obendrein von häßlicher Gestalt – und sie, die unvergleichliche, wunderschöne Königstochter!

Die Prinzessin versuchte, Dickbauch hinauszujagen. Doch der Sohn des Grasmähers wich keinen Schritt zurück. Er verlangte Gerechtigkeit und begehrte, daß die Angelegenheit vor den König gebracht werde. Ihn wollte er um sein Recht angehen, denn der König übte im ganzen Lande die Gerichtsbarkeit aus. Ihr Streit rief schließlich sämtliche Schloßwächter herbei, die sich anschickten, Dickbauch zu vertreiben. Sie beschimpften ihn als einen Menschen, der sein Glück nicht verstehe, die guten Sitten nicht kenne, unverschämt sei und noch anderes. Doch obwohl sie ihn sogar mit Waffen bedrohten, wollte Dickbauch nicht weichen. Er bestand auf seinem Verlangen.

Wegen dieses Aufruhrs im Prinzessinnenpalast eilte auch der König herbei, um zu erfahren, was geschehen sei.

»Was gibt es denn, daß ihr im Prinzessinnenschloß ein solches Getöse macht?« fragte er einen der Wächter.

Dieser erklärte mit einer unterwürfigen Verneigung: »Da ist ein Junge, der sich unverschämt benimmt gegenüber Ihrer Hoheit der Prinzessin, o Herr...«

»In welcher Weise benimmt er sich unverschämt?« forschte der König weiter.

»Verzeihung, o Herr, über den Anlaß weiß ich selbst nichts...«, erwiderte der Wächter.

Da trat der König auf die Prinzessin Mayangsari zu, die mit zornglühendem Gesicht dastand. Vor ihr verharrte ein dickbäuchiger Junge, den die Wächter gerade hinaustreiben wollten.

»Mayangsari«, wandte sich der König an seine Tochter. »Was gibt es denn hier für einen Aufruhr?«

Beim Anblick ihres Vaters fühlte sich Mayangsari schuldbeladen. Sie kannte die Gerechtigkeitsliebe des Königs. Bestimmt würde er es verurteilen, daß sie die Durian, die einem anderen gehörte, ohne dessen Erlaubnis verzehrt hatte. Aber sie mochte auch nicht lügen. So berichtete sie das Vorgefallene. Begonnen habe es damit, daß sie Dickbauch aufgefordert habe, ihr seine Durian anzuvertrauen. Und weil sie ihr Gelüst nicht habe bezwingen können, habe sie gewagt, heimlich die ihr übergebene Frucht zu essen. Dickbauch wolle keine andere Entschädigung annehmen als die Frucht, die sie doch schon aufgegessen habe, oder den Menschen, der sie verspeist habe.

Als er die Beschwerde der Prinzessin vernahm, verwunderte sich der König über das standhafte Verhalten Dickbauchs. Er staunte, weil Dickbauch unbeirrt blieb, obschon die Wächter ihn mit Waffen bedrohten und fortjagen wollten.

Nachdem der König alles reiflich in Erwägung gezogen hatte, gelangte auch er zu dem Schluß, daß die Schuld auf seiten seiner Tochter liege, die es gewagt hatte, die ihr anvertraute Frucht aufzuessen. Der König war als überaus gerechter Herrscher bekannt, aber bei diesem Fall befielen ihn dennoch Zweifel. Sollte er es übers Herz bringen, seine einzige, reizende, wunderschöne Tochter Dickbauch zur Frau zu geben, dem häßlichen Sohn eines Grasmähers? Der König schwankte zwischen Gerechtigkeit und dem Glück seiner zärtlich geliebten Tochter. Er überlegte lange. Endlich aber siegte seine Gerechtigkeitsliebe. Und mit leiser Stimme sprach der König zu Mayangsari: »Es ist dir wohl vorbestimmt, Mayangsari, daß du Dickbauchs Frau wirst. Zu verdanken hast du es deiner eigenen Gier nach der Frucht, die dir nicht gehörte!«

Prinzessin Mayangsari schwieg zur Entscheidung ihres Vaters, denn sie verstand besser als alle anderen, daß dieser Beschluß nicht mehr rückgängig gemacht werden konnte. Schweren Herzens verneigte sie sich und sagte: »Wenn mein Herr Vater es so beschlossen hat, darf ich mich nicht weigern...«

Darauf wandte sich der König an Dickbauch, der die ganze Zeit über mit gesenktem Kopf und gekreuzten Beinen dagesessen hatte.

»Dickbauch!« redete ihn der König an. »Wer ist dein Vater? Wo bist du zu Hause?«

Mit zitternden Händen verneigte sich Dickbauch und erwiderte: »Mein Vater, o Herr, ist ein Grasmäher Seiner Hoheit des Wesirs. Wir wohnen in einem Dorf am Rande des Urwalds, zu Füßen eines Berges.«

Der König nickte mehrmals. Dann winkt er einen der Wächter heran und trug ihm auf: »Rufe den Wesir herbei!«

Sogleich verneigte sich der Wächter ehrerbietig und ging, den Wesir zu holen. Wenig später kam er zurück und geleitete den herbeieilenden Würdenträger. Nachdem der Wesir sich verbeugt hatte, wobei er einen fragenden Blick auf Dickbauch warf, vernahm er die Ansprache des Königs:

»Erschreckt nicht, Wesir, weil Wir Euch nicht zur gewohnten Stunde rufen! Es ist etwas Außergewöhnliches vorgefallen, und so haben Wir befohlen, daß Ihr zu außergewöhnlicher Zeit erscheint.«

Der Wesir verneigte sich. »Euer Diener bittet um Verzeihung. Welches ungewöhnliche Ereignis hat meinen Herrn bewogen zu befehlen, daß sein Diener zu ungewöhnlicher Zeit komme?«

»Es ist nun die Zeit da, daß Wir Unsere einzige Tochter, Jungfer Mayangsari, ihrem Bräutigam vermählen...«

»Verzeihung, o Herr!« Betroffen verbeugte sich der Wesir. »Welcher Prinz hat die Anwartschaft, als Bräutigam der Prinzessin zur Seite zu sitzen?«

»Der Bräutigam ist kein Prinz, mein Wesir!« antwortete der König. »Er ist ein Junge, dem Ihr unmöglich das Recht darauf zuerkennen würdet, der Gemahl Unserer Tochter zu werden...«

»Wer ist wohl dieser vom Glück Begünstigte?«

»Schaut nach links, da werdet Ihr den Jungen sehen, den zukünftigen Gemahl Jungfer Mayangsaris...«

Der Wesir blickte in die angegebene Richtung und entdeckte dort Dickbauch. Außer diesem saß niemand ihm zur Linken.

»Dickbauch?« fragte er ungläubig. »Wie ist das möglich?«

»Ja, gewiß wird Dickbauch der Prinzessin Mayangsari zur Seite sitzen!« erwiderte der König in vollem Ernst, so daß der Wesir, ob er wollte oder nicht, nun doch glaubte, was er gehört hatte.

»Es ist so! Dickbauch, der Sohn des Grasmähers, der bei Euch arbeitet, wird Prinzessin Mayangsari vermählt...«

»Aber warum, Herr?« fragte der Wesir nochmals. »Gibt es denn nicht auch viele Prinzen, die zum Ehegemahl der Prinzessin taugten?«

»Es ist meiner Tochter Mayangsari so bestimmt, Wesir!« Und der König erläuterte den Grund, warum Dickbauch mit der Prinzessin verheiratet werden sollte.

Der Wesir hörte die Erklärung des Königs schweigend an. Er

bewunderte dessen Gerechtigkeit. Welchen Edelmut bewies der Herrscher, der ohne Ansehen der Betroffenen Gerechtigkeit walten ließ! Als der König geendet hatte, verneigte sich der Wesir ehrerbietig: »Wenn es sich so verhält, wie Majestät sagen, werde ich gehorchen.«

»Es gibt noch eine Schwierigkeit, Wesir!« sagte der König. »Dickbauch stammt aus einem Dorf. Obgleich der Vater ihn oft in Euer Haus mitgenommen hat, kennt er doch sicherlich nicht die Regeln des höfischen Anstands. Deshalb wünsche ich, daß er Euch begleitet und Ihr ihn in Eurem Hause aufnehmt. Ihr sollt alles regeln und ihm eine gute Erziehung vermitteln, bis der Zeitpunkt der Vermählung gekommen ist. Vergeßt auch nicht, Wesir, ihn alles zu lehren, was ein zukünftiger Kronprinz wissen muß!«

Der Wesir vollführte eine tiefe Verbeugung: »Es wird alles nach Euren Befehlen aufs beste geregelt werden, o Herr!« Dann zog er sich sogleich zurück und begab sich, von Dickbauch begleitet, in sein Haus.

Die Gemahlin des Wesirs freute sich sehr, denn obschon Dutzende von Jahren verheiratet, waren ihnen doch eigene Kinder versagt geblieben. Dickbauch wurde sofort gebadet und mit neuen Kleidern versehen. Täglich genoß er beim Wesir Unterricht in Fragen des höfischen Anstands und der Staatswissenschaften, die der künftige Gemahl der Königstochter kennen mußte. Er erwies sich als begabt. In der Tat erfaßte und begriff er rasch alle Lehren, die ihm zuteil wurden. Daher gewannen ihn der Wesir und seine Frau immer lieber.

Nach einiger Zeit hatte sich Dickbauch unter der Obhut des Wesirs vollständig verändert. Sein Bauch wölbte sich nun nicht mehr vor. Der Körper formte sich zu geschmeidiger Wohlgestalt. Sein Gesicht wirkte energisch, und die glatte Haut hatte die Farbe heller Bronze. Nichts erinnerte mehr an den häßlichen Jungen mit dem vorstehenden Bauch. Auch seinen Namen änderte man nun. Er hieß nicht mehr Dickbauch, sondern Raden Gandarasa.

Als die Zeit gekommen war, wurde Raden Gandarasa mit der wunderschönen Prinzessin Mayangsari vermählt. Das Hochzeitsfest dauerte vierzig Tage und Nächte. Das ganze Königreich nahm daran teil, denn nun hatte die einzige Prinzessin des Landes einen Gemahl.
Nicht lange danach zog sich der König wegen seines vorgeschrittenen Alters als Einsiedler in den Urwald zurück. Dort wollte er den Rest seines Lebens verbringen. Zum Nachfolger bestimmte er seinen Schwiegersohn Raden Gandarasa, der einmal Dickbauch geheißen hatte.

14 Nyi Bungsu Rarang

In längst vergangenen Zeiten lebten einmal in einem Land sieben Schwestern, deren jüngste Nyi Bungsu Rarang hieß. Ihre Eltern waren schon lange gestorben. Die sechs älteren Schwestern hatten bereits geheiratet, und jede führte einen reichen Haushalt. Sie besaßen viele wertvolle Dinge und Reis im Überfluß. Ihnen mangelte es an gar nichts.
Die Jüngste lebte noch immer in ihrem elterlichen Haus, litt aber unvergleichlich große Not. Zuweilen bekam sie am Nachmittag etwas zu essen, blieb aber am Morgen ohne Nahrung, denn ihre Schwestern nützten sie sehr aus. Wenn sie sich irgend etwas erarbeitet hatte – Essen oder Kleidung –, so blieb es nicht lange in ihren Händen, weil es immer ihre Schwestern erbaten und sie es ihnen nicht verweigern durfte.
So lebte dieses Mädchen in großem Elend. Täglich irrte sie umher, weil sie betteln mußte, wenn sie nicht durch Reisstampfen wenigstens etwas zerbrochenen Reis verdiente.
Einmal ging sie ins Dorf, wo ihre Schwestern wohnten, weil sie hoffte, daß sie ihnen um Lohn Reis stampfen solle. Der Abend brach schon an, als sie mit dieser Arbeit fertig war. Da nahm sie Abschied und bat: »Schwester, ich gehe nun

heim. Wenn du ein wenig Mitleid mit mir hast, so gib mir von dem zerbrochenen Reis für eine kleine Mahlzeit.« Darauf antwortete ihre Schwester mit Scheltreden. Sie rief aus: »Du bist wirklich die Letzte in der Familie, bist wie der Mungo im Obstgarten, wie die Maus im Haus, so siehst du aus, so groß ist deine Not! Immer nur essen, nur Lohn verlangen, hat hier den ganzen Tag nur gegessen und verlangt zum Schluß noch Lohn dafür! Schließlich brauche ich auch ein wenig Bruchreis für meine Hühner. Du bringst nur Schaden über mein Haus. Scher dich fort, geh nach Hause!«

Nyi Bungsu Rarang wandte sich bekümmert zum Gehen und brachte unter Tränen hervor: »Schwester, sei nur nicht böse! Wenn du mir nichts gibst, macht mir das nichts aus. Ich will dich ja nicht zwingen, wenn du nicht von selbst Mitleid zeigst!«

Dann kehrte sie bitterlich weinend, vom Reisstampfen erschöpft und schweißüberströmt, nach Hause zurück. Dort sann sie gekränkt über die maßlosen Schimpfworte ihrer Geschwister nach.

Von allen sechs Schwestern brachte keine Mitgefühl für Nyi Bungsu Rarang auf. Nur eine bewies etwas Mitleid mit ihr, nämlich die sechste. Zuweilen nützte sie die Unachtsamkeit der anderen aus, um der Jüngsten etwas zu schenken. Wenn sie es nicht auf diese Art tat, zankten die anderen Schwestern bestimmt mit ihr, und sie durfte der Jüngsten nichts geben.

Am folgenden Tag verließ Nyi Bungsu Rarang ihr Haus, um nach etwas Eßbarem zu suchen. Sie ging einfach, wohin ihre große Zehe zeigte. Als sie an das Ufer eines Sees kam, traf sie dort einen Jungen beim Angeln. Da blieb sie stehen und wollte dem Angler zusehen. Sie trat näher und hockte sich zu ihm hin.

Zufällig biß ein Goldfisch an der Angel an, der so groß wie ein kleiner Finger war. Diesen Fisch erbat sich Nyi Bungsu Rarang mit den Worten: »Du, gib mir diesen Fisch! Töte ihn nicht, er ist noch so klein! Davon wirst du ja doch nicht satt, wenn du ihn ißt. So gib ihn lieber mir, ich werde für ihn sorgen. Vielleicht bleibt er am Leben.«

Zu ihrem Glück überließ ihr der gutmütige Junge das Fischlein. Nyi Bungsu Rarang freute sich über alle Maßen und dankte ihm von Herzen. Sie hielt das Fischlein liebevoll in den Händen und lief damit nach Hause.

Dort suchte sie für den Goldfisch eine Kokosnußschale und füllte sie mit Wasser, damit er seinen kleinen Teich hatte. Sie nannte ihn »Leungli«.

Nun tat die Jüngste tagaus, tagein nichts anderes mehr, als mit ihrem Goldfisch zu spielen und ihn mit Reisbrei zu füttern.

So wuchs das Fischlein heran. Als es schon zwei bis drei Finger lang war, setzte sie es in den Teich an ihrem Haus. Der gelehrige Fisch kannte genau die Stimme seiner Herrin. Da er nun größer war, ließ Bungsu Rarang ihn manchmal allein. Sie bettelte um Reis, damit sie für ihren Fisch Reisbrei kochen konnte.

Einmal kehrte die Jüngste von einem Bittgang zurück und brachte eine Handvoll Reisähren mit. Schnell stampfte sie den Reis, bereitete einen Brei und lief damit zum Teich. Am Ufer hockte sie sich nieder und rief nach Leungli, indem sie sang:

»Leungli, Leungli, ich habe guten Reisbrei für dich,
gestampft in einem hölzernen Schaff,
in einer gelben Schale von der Spreu befreit
und von meiner Hand gereicht.«

Da schwamm Leungli langsam an das Ufer des Teiches und ließ sich füttern. Gesättigt zog er sich wieder bis zur Teichmitte zurück.

So geschah es alle Tage, und allmählich wuchs der Goldfisch heran. Er erreichte schon die Größe eines kleinen Kindes, und seine Schuppen glichen schimmernden Goldmünzen. Nyi Bungsu Rarang liebte ihren Schützling ganz unaussprechlich.

Aber schließlich kam zu Nyi Bungsus sechs Schwestern die Kunde, daß die Jüngste einen großen Goldfisch mit menschlichem Verstand besitze. Alsbald versuchte eine nach der anderen, Nyi Bungsu Rarang dazu zu bringen, daß sie einer von ihnen den Goldfisch überlasse. Täglich drangen die Schwestern in sie und gaben ihr schöne Worte. Sie schmeichelten: »Du freundliches und großmütiges Schwesterchen, dieser Fisch wird gewiß gut munden; komm, wir wollen ihn schlachten! Wir werden Suppe für uns alle davon kochen. Ich gebe dir ein sehr schönes langes Kain dafür!«

Nyi Bungsu Rarang entgegnete: »O Schwestern, diesen Fisch kann ich nicht hergeben, denn ich habe ja nichts anderes zum Zeitvertreib.«

Da zürnten ihr alle und wiesen sie aus ihrem elterlichen Haus.

»Wage es nicht, noch länger hier zu bleiben! Geh und laß dich in unserem Haus und Hof nicht wieder blicken! Eine so geringe Bitte haben wir ausgesprochen, aber du beträgst dich, als ob wir Fremde wären. Scher dich fort!«

Nyi Bungsu Rarang schwieg still und schämte sich für ihre Schwestern. Kein Wort der Erwiderung kam über ihre Lippen. Die Schwestern kehrten murrend nach Hause zurück, weil sie den Fisch von der Jüngsten trotz allen Scheltens nicht bekommen hatten.

Täglich erschien nun eine nach der anderen und begehrte den Goldfisch. Aber Nyi Bungsu überließ ihn keiner der Schwestern.

Doch einmal, als das unglückliche Mädchen den Leungli fütterte, belauschte eine ihrer Schwestern sie heimlich, um zu erfahren, wie Nyi Bungsu Rarang das anfing. Nyi Bungsu warnte Leungli und sprach: »Leungli, gib acht, daß dir kein Leid geschieht! Ruft dich jemand, so komme nur dann ans Ufer, wenn du meine Stimme hörst, die sanft wie die Flöte tönt. Eine fremde Stimme klingt ganz anders. Ich werde, ganz wie ich es soeben tat, nach dir rufen:

»Leungli, Leungli, ich habe guten Reisbrei für dich,
gestampft in einem hölzernen Schaff,
in einer gelben Schale von der Spreu befreit
und von meiner Hand gereicht.«

Dies versprach ihm Nyi Bungsu Rarang. Danach schwamm der Fisch langsam bis zur Teichmitte und ließ sich dort auf den Grund sinken.

Sowie die Lauscherin diese Übereinkunft der beiden vernommen hatte, eilte sie schnell zu den anderen, um ihnen das Gehörte zu berichten.

Auch Nyi Bungsu ging fort, um Futter für ihren Fisch zu suchen.

Nach einiger Zeit kamen alle ihre Schwestern zum Ufer des Teiches und brachten ein scharfes Messer mit.

Alsbald rief jene, die Nyi Bungsu belauscht hatte, singend nach Leungli und ahmte dabei so genau die Stimme und den Spruch nach, als ob es Nyi Bungsu selbst wäre. Der Fisch glaubte, es sei seine Herrin, die nach ihm riefe, tauchte empor und schwamm herbei. Der arglose Leungli war verloren. Er schnellte hin und her, sie aber stießen mit dem Messer zu, und er mußte sein Leben lassen. Dann trugen die neidischen Schwestern ihre Diebesbeute davon.

In ihrem Dorf angelangt, teilten sie den Goldfisch in sechs Stücke. Eine briet, eine röstete den Fisch, eine andere bereitete eine Fischsuppe daraus. Den Fischkopf aber warfen sie geschwind auf den Rauchfang über der Kochstelle, wo man sonst Speisen trocknet, denn sie befürchteten, daß Nyi Bungsu vielleicht den Kopf entdecken würde.

Indessen kehrte die Jüngste von ihrem Gang zurück und brachte eine Handvoll Reisähren mit. Eine düstere Ahnung erfüllte sie, daß Leungli etwas zugestoßen sein könne. Sie fühlte sich außergewöhnlich erschöpft und zitterte vor Anstrengung. Im Hause fiel sie fast vor dem Reis um, den sie stampfen wollte. Da dachte sie bei sich: ›Wie kommt es nur, daß ich mich heute so matt fühle? Und warum schlägt mein

Herz so schnell? Es wird doch niemand meinen Leungli gestohlen haben?‹

Dann zwang sie sich, den Reis zu stampfen. Daraus kochte sie Brei, den sie sodann wie sonst ans Ufer des Teichs trug. Sie rief einmal, aber der Fisch kam nicht. Sie rief ein zweites und ein drittes Mal, doch ihr geliebter Fisch ließ sich nicht sehen. Da ging sie ein Stück am Teichufer entlang nach Süden, und was sah sie dort? Blut bedeckte eine Stelle an der Erde – dort, wo Leungli hin und her geschnellt war und sein Leben gelassen hatte. Man sah das verspritzte Blut und auch die Spur davon, wie die Schwestern auf dem Weg ins Dorf Leungli ein Stück auf der Erde entlanggeschleift hatten.

Da weinte die Jüngste so, als ob ihr toter Liebster sie allein zurückgelassen hätte, denn gerade so sehr sehnte sie sich nach Leungli.

Sobald sie sich wieder etwas gefaßt hatte, forschte die Jüngste nach, wohin die Schleifspur ihres Goldfischs führte. Sie ging der blutigen Spur nach und kam vor die Tür ihrer ältesten Schwester. Nyi Bungsu Rarang grüßte, setzte sich und sprach: »Schwester, sei mir nicht böse, ich frage dich, ob du vielleicht gesehen hast, wer meinen Fisch aus dem Teich gestohlen hat.«

Gereizt schaute die Schwester aus dem Haus heraus und schalt: »Bungsu, du beleidigst mich über alle Maßen mit dieser grundlosen Beschuldigung. Habe ich es etwa nötig zu stehlen? Du solltest doch wissen, daß es mir an nichts mangelt. Wie sollte ich stehlen? Ich habe selbst viele Fische und reichlich Reis, anders als du armer Nichtsnutz!«

Nyi Bungsu Rarang ging fort, begab sich zur Zweitältesten, und dort geschah alles genauso wie bei der Ältesten. Sie verhielt sich ganz wie zuvor, wurde auch dort ausgescholten, und bei den anderen Schwestern ging es ihr ebenso. Bevor sie jedoch bei der sechsten Einlaß begehrte und vor dem Hoftor stand, gackerte eine Henne, und das hörte sich so an:

»Kotak, kotak, sontak, der Kopf von Leungli liegt auf dem Rand des Rauchfangs.«
Die sechste Schwester verjagte die Henne, warf mit Steinen nach ihr und schalt sie: »Du bringst mich in Schande! Womöglich denken die Leute, daß ich tatsächlich stehle!«
Schnell legte sie Leunglis Kopf unter das Tellerbord. Aber die Henne rief sogleich, daß der Fischkopf unter dem Tellerbord liege. Wiederum brachte die Schwester den Fischkopf eilig an einen anderen Platz. Diesmal legte sie ihn auf den Rand der Kochstelle und stülpte den Wasserkrug darüber.
Die Henne verkündete jedoch, daß der Fischkopf auf dem Rand der Kochstelle liege, unter einem Wasserkrug versteckt.
Die sechste der Schwestern wußte sich vor Ärger nicht zu lassen, schimpfte auf die Henne und warf nach ihr, bis sie tot war.
Schließlich schleuderte die Sechste Leunglis Kopf in den Hof vor dem Haus und schrie dabei wütend: »Da, nimm, Bungsu, wenn du den Kopf nun einmal unbedingt haben willst! Es ist bloß ein Fischkopf und hat nicht den geringsten Wert.«
Sogleich hob die Jüngste den Kopf ihres Goldfischs vom Boden auf, schloß ihn in ihre Arme und lief damit bitterlich weinend nach Hause.
Dort badete und reinigte sie den Kopf, umhüllte ihn mit einem weißen Leichentuch, zündete Weihrauch an, versprühte duftendes Öl darüber und begrub ihn schließlich unten im Haus, genau unter ihrer eigenen Schlafstätte, weil sie befürchtete, daß ihre Schwestern sonst noch immer keine Ruhe geben würden.
An jedem Mittwochabend und Donnerstagabend verbrannte sie auf dem Grab des Leungli Weihrauch und hielt es sauber. Besonders erflehte sie die Fürbitte der Seele ihres geliebten toten Leungli.
Allmählich wuchs aus dessen Grab etwas heraus, das wie ein Sproß der Erdnußpflanze aussah. An jedem Donnerstag und Freitag schien das Pflänzchen größer, bis es sich verzweigte

und Blätter ansetzte. Als Früchte trug es geschliffene Brillanten, Smaragde, Rubine und andere Edelsteine, viele davon so groß wie ein Hühnerei. In dem Raum über dem Grab, wo das Wunderbäumchen wuchs, wurde es ganz hell von dessen goldenem Glanz und den Edelsteinfrüchten.

Nun muß in die Geschichte über Nyi Bungsu Rarang etwas eingeschoben werden.

Der König des Landes, in dem diese Geschehnisse sich zutrugen, hatte noch keine Gemahlin.

Einmal rief er Lengser zu sich, den zuverlässigsten Hauptmann seines Palastes, und sprach: »Heute abend wollen wir verkleidet und zu Fuß durch das Land streifen.«

Lengser antwortete: »Wohin Ihr auch geht, werde ich Euch begleiten.«

So brachen sie gemeinsam auf und zogen von einem Bezirk zum anderen.

Als sie ins Dorf der sieben Schwestern und in die Nähe von Nyi Bungsu Rarangs Haus kamen, gewahrte der Herrscher den hellen Schein genau unter deren Schlafstätte.

Der König fragte den Hauptmann: »Was ist das, Lengser, was dort unter dem Haus wie eine Harzfackel leuchtet? Geh hin und sieh einmal nach!«

Lengser versuchte es herauszufinden, aber von außen gelang ihm das nicht. Da wollte es der König erst recht gern wissen, und deshalb bat der Herrscher um Einlaß.

Nyi Bungsu Rarang, die Bewohnerin des Hauses, erschrak, denn in ihrem ganzen Leben hatte sie noch keinen hochgestellten Gast empfangen und schon gar nicht einen König. Vor Scham und Furcht brachte sie kein Wort über die Lippen.

Der König sprach: »Ei, Mädchen, du brauchst dich nicht zu schämen und Angst zu haben. Komm her! Wir üben nur unsere Plicht aus und sehen im Dorf nach, ob alles in Sicherheit und Ordnung ist. Aber erkläre mir doch, was dort in dem Raum unter deinem Haus so hellen Schein ausstrahlt!«

Nyi Bungsu Rarang konnte nun ihr Geheimnis nicht länger bewahren und erzählte alles vom Anfang bis zum Ende. Darauf beeilte sich der König zu betrachten, was seine Aufmerksamkeit erregt hatte. Er erblickte ein goldenes Bäumchen mit silbernem Blattwerk, das wie Früchte die verschiedensten Edelsteine trug.

Der König versank in Nachdenken und erwog in seinem Herzen: ›Wenn ich dieses Bäumchen kaufen wollte, müßte ich mein ganzes Königreich mit allem, was sich darin befindet, dafür einsetzen, und dennoch käme mein Reichtum dem von Nyi Bungsu Rarang nicht gleich. Dabei ist es noch gar nicht sicher, ob sie es verkaufen würde. Heirate ich sie aber und erhebe sie zu meiner Gemahlin, dann steht die Sache anders: dann gehört ihr Eigentum auch mir, und sie bekomme ich obendrein.‹

Nach diesen Erwägungen säumte der Herrscher nicht länger, sondern kehrte in seinen Palast zurück und legte sich schlafen.

Am nächsten Tag rief der König den Hauptmann und trug ihm auf: »Lengser, freie für mich um Nyi Bungsu Rarang! Vielleicht will sie mich heiraten.«

Lengser grüßte ehrerbietig und antwortete: »Alle Eure Befehle werde ich ausführen.« Und sogleich begab er sich zum Hause von Nyi Bungsu Rarang.

Nachdem er nun um sie in aller Stille gefreit hatte, wollte Nyi Bungsu Rarang den König gern heiraten, und ihre Zweifel schwanden dahin.

So wurde das Hochzeitsfest mit großer Fröhlichkeit und Pracht begangen. Nyi Bungsu Rarang paßte sehr gut zum König. Sie sah aus, als ob auch sie aus königlichem Geschlecht stamme. Niemand merkte ihr die Herkunft aus dem Dorf an. Auch die Schwestern vernahmen die Kunde, daß der König die Jüngste zu seiner Gemahlin erhoben hatte. Sie kamen, um den Palast anzuschauen, und brachten aus ihren Gärten vielerlei Früchte und noch andere Gaben mit. Das erste und das zweite Mal empfing die Königin die Schwestern nicht. Als sie aber zum drittenmal erschienen und der Herrscher Nyi Bungsu befohlen hatte, die sechs Gäste zu empfangen, hieß die Jüngste alle willkommen. Sie vergab ihnen, als sie für ihre früheren Untaten Verzeihung erbeten hatten. Doch sollten die Schwestern nicht wieder in ihre Wohnstätten zurückkehren. Die Älteste mußte Reis stampfen, die zweite wurde Reisköchin, die dritte Wäscherin, die vierte Wasserträgerin, die fünfte mußte den Fußboden fegen, aber die sechste wurde Beschließerin im Palast, der Königin zur Seite.

15 Die Geschichte vom Kris aus Minangkabau

Am Fuße des Berges Merapi lebte einmal ein Edelmann, der für seinen Heldenmut berühmt war. Er hatte zwei Söhne. Der ältere hieß Darmansyah und der jüngere Sarmansyah. Beide schickte er zu sorgfältig ausgesuchten, hervorragenden Lehrern der damaligen Zeit, damit sie sich in den Wissenschaften üben sollten.

Bevor die Söhne aufbrachen, übergab der Vater jedem von ihnen einen Kris. Dann machten sich die beiden auf die Reise, ein jeder zum Wohnsitz seines zukünftigen Lehrers. Nach etwa dreizehn Jahren erreichte die beiden Jünglinge die Nachricht vom Tod ihres geliebten Vaters, die sie mit unsagbarer Trauer erfüllte. Die Jünglinge gedachten aber nicht in ihre Heimat zurückzukehren, denn der Vater, den sie sonst besucht hätten, lebte ja nicht mehr. Die Dolche – das Abschiedsgeschenk ihres Vaters – verwahrten sie wohl.

Nachdem Darmansyah seine Ausbildung beendet hatte, begab er sich in das hochberühmte Reich Sriwijaya. Dessen König ernannte Darmansyah zum Befehlshaber seines Heeres, denn niemand in seinem Land wagte sich mit Darman-

syah zu messen. Der König verlieh ihm auch einen neuen Namen.
Einige Zeit danach kam durch Zufall auch Sarmansyah in dieses Reich und bat darum, ihn in das Gefolge des Königs von Sriwijaya aufzunehmen. Dieser gab dem Wunsch sogleich statt, denn Gewandtheit, Kraft und Kühnheit des Jünglings hatten ihn sehr beeindruckt. Auch Sarmansyah erhielt einen neuen Namen, da er ja nun zu den Untertanen des Reiches Sriwijaya zählte.
Die beiden Brüder erkannten einander nicht, denn sie hatten sich lange nicht gesehen.
Eines Nachts träumte der König von der Feuergöttin. Nach diesem Traum verfiel der Herrscher sichtlich in große Unruhe. Das Essen schmeckte ihm nicht mehr, und selbst der Schlaf floh ihn. Daher befahl er Darmansyah, er solle die Feuergöttin suchen und sie nach Sriwijaya entführen. Wenn er zurückkehre, ohne die Göttin mitzubringen, werde ihm der Kopf abgeschlagen.
Nach einigen Monaten vergeblicher Suche gelangte Darmansyah an den richtigen Ort. Von fern sah man einen gleißenden, gelben Schein wie von glänzendem Gold. Dies war offensichtlich der Wohnsitz der Göttin. Geblendet schloß Darmansyah vor diesem göttlichen Glanz die Augen. Als er aber Andam Sori – so lautete der Name der Göttin – erblickte, brachte er es nicht übers Herz, sie seinem König zu übergeben. Denn alle wußten um die Zügellosigkeit des bejahrten Herrschers. Deshalb blieb Darmansyah im Lande Minangkabau, denn er erinnerte sich nur zu gut der Worte des grausamen Königs, als dieser ihn auf die Suche geschickt hatte.
Tag um Tag wartete der Herrscher vergeblich auf Darmansyahs Rückkehr. Daher befahl er Sarmansyah, nach Minangkabau aufzubrechen und die Göttin herbeizuschaffen. Sarmansyah machte sich auf die Reise.
Er glühte vor Zorn über Darmansyah, der es gewagt hatte,

dem König den Gehorsam zu verweigern. Darum forderte er Darmansyah zum Kampf heraus. Dieser sprach:
»O Jüngling, gebrauche nicht solche Worte! Höre mich erst an! Wenn mein Dolch deine Brust durchbohrt, verlierst du gewiß dein Leben. Und ich fühle Mitleid mit dir, denn du bist noch jung, und die Welt ist so weit.«
Aber Sarmansyah achtete nicht auf diese Rede. Alsbald entbrannte ein fürchterlicher Kampf, der kein Ende zu nehmen schien. Denn beide zeigten sich gleich stark und behend. Daher schlug Sarmansyah vor: »Ich will ganz ruhig stehen, und du kannst stechen, wohin du willst. Danach werde ich dasselbe auch bei dir versuchen.«
Mit aller Kraft stieß Darmansyah seinen Kris gegen die Brust des Gegners, aber der Dolch verbog sich und verwundete Sarmansyah nicht im geringsten. Sodann kam die Reihe an diesen, seinen Kris zu gebrauchen. Doch auch ihm geschah das gleiche.
Ganz verwirrt standen die beiden Jünglinge da und starrten auf ihre Dolche, die einander völlig glichen. Da erst begriffen sie, daß sie Brüder waren. Und beide weinten vor Freude darüber, daß sie sich wiedergefunden hatten.

16 *Der König und seine Tochter*

Vor langer Zeit lebte auf der Insel Kei, in der Nähe von West-Irian, ein König mit seiner Gemahlin, deren Name Watwarin lautete.
Einmal segelte der König mit seiner Prau in ein fernes Land. Bevor er die Fahrt antrat, gebot er seinem ganzen Volk, auf das Wohlergehen der Fürstin bedacht zu sein. Außerdem aber befahl der Herrscher: Wenn die Fürstin alsbald einen Sohn zur Welt bringe, so solle das Volk ihn wohl schützen. Sei es jedoch eine Tochter, so müsse sie getötet werden. Auch wenn sie noch so lieblich sei, müsse man sie umbringen!

Dann segelte der König ab. Sechs Monate später gebar die Fürstin eine Tochter. Das Kind sah wunderschön aus. Es hatte rote Lippen, schwarze Augen und eine Haut von zartem Goldton. Tiefer Kummer erfüllte die Fürstin. Wie hätte es auch anders sein können, sollte doch nach dem Befehl des Königs dieses reizende Töchterlein ums Leben gebracht werden! Die Fürstin weinte bitterlich, denn sie empfand Mitleid mit dem unschuldigen Kind.
›Nein, o nein!‹ sagte sich die Fürstin. ›Ich werde nicht mein eigenes Kind töten lassen!‹ Und so verließ sie den Palast und begab sich auf die Flucht. Ihr Kind trug sie in einem seidenen Schal. Sie schlug einen höchst beschwerlichen Weg ein, an dem überall Gefahren lauerten. Manchmal mußte die Fürstin Flüsse mit reißender Strömung überqueren oder dichte, finstere Urwälder durchwandern. Nur eine Katze und zwei Diener bildeten ihre Begleitung. Sie hießen Skiwi und Skawil.
Als der König von seiner Fahrt zurückkehrte und den Palast betrat, erschrak er, denn er fand die Fürstin nicht mehr vor. Sogleich befahl der König, man solle sie suchen. Nachdem die Königsboten einige Zeit auf der Suche gewesen waren, fanden sie die Fürstin mitten im Urwald. Doch sie weigerte sich, in den Palast zurückzukehren. Über diese Nachricht grämte sich der König sehr. Er versuchte mit wohlklingenden Schmeichelworten, das Herz der Fürstin zu rühren, aber es gelang ihm nicht.
Endlich kam nach einiger Zeit die Fürstin von selbst zum König. Sie sprach zu ihm: »Mein Gebieter, Ihr dürft Eure Tochter anschauen. Erst dann verfahrt mit dem Kind nach Eurem Wunsch!«
Der König trat näher, um seine Tochter zu betrachten. Beim Anblick des reizenden Königskindes schwand seine ursprüngliche Absicht, das Mädchen töten zu lassen. Die Fürstin jedoch hatte ihre Meinung auch geändert. Sie erklärte dem König: »Ihr, mein Gebieter, habt befohlen, dieses

Kind zu töten. Nunmehr soll Euer Befehl vollzogen werden.«
Der König versuchte, dieses Vorhaben zu vereiteln, aber er mühte sich vergebens. Die Fürstin ließ eine große Kiste anfertigen, in die sodann die kleine Prinzessin mitsamt einigen Speisen und der Katze hineingesetzt wurde. Die Fürstin gedachte die Kiste ins Meer zu versenken. Zuvor rief sie aus: »Wenn dein Vater etwa von gewöhnlicher Abstammung ist, so mag die Kiste auf dem Meer treiben. Ist er aber von edler Abkunft, soll sie untergehen!«
Die Fürstin beweinte Butri – so hieß die Prinzessin. Dann warf sie die Kiste ins Meer. Und wahrhaftig – sie ging unter! So erwies sich, daß Butri tatsächlich ein Königskind war.
Der König trauerte sehr, denn er hatte sein im Meer versunkenes Töchterlein von Herzen liebgewonnen. Er verließ den Palast und fuhr übers Meer in ein fernes Land. Als aber die Prau des Königs an den Ort gelangte, wo Butri untergegangen war, wollte das Boot sich nicht mehr von der Stelle bewegen. Das lag daran, daß dort nicht der geringste Windhauch wehte. In damaliger Zeit hatten alle Praus nur Segel, so daß sie ohne Wind liegenbleiben mußten.
Die Mannschaft wußte sich keinen Rat. Bald darauf wurden alle an Bord ganz schläfrig. Wenig später schliefen sie fest – außer Skiwi und Skawil. Diese beiden hatten die Fürstin auf ihrer Flucht begleitet, gehörten nun zum Gefolge des Königs und segelten mit ihm. Skiwi und Skawil gaben auf die Prau acht, während alle anderen schliefen. Mit einemmal hörten sie eine Stimme im Meer, und gleich darauf tauchte Butri vom Meeresgrund auf.
Fassungslos wollten Skiwi und Skawil flüchten, aber Butri wandte sich mit leiser, sanfter Stimme an sie: »Fürchtet euch nicht vor mir! Kennt ihr mich denn nicht mehr?«
Die beiden Diener blieben stehen, und große Freude erfüllte sie, weil es ihnen vergönnt war, die geliebte kleine Prinzessin wiederzusehen. Darauf fuhr Butri fort: »Hier habe ich Spei-

sen für euch beide mitgebracht. Eßt und laßt es euch gut schmecken!«
Skiwi und Skawil aßen sich ganz satt. Dann hob Butri wieder an: »Nun seid ihr gesättigt. Ich bitte euch um eure Hilfe. Wenn ihr nachher weitersegelt, nehmt diese Flasche mit! Sie enthält einige Speisen. Wenn ihr einen Mann antrefft, der vor der Tür seines Hauses sitzt, so verkauft ihm diese Flasche!«
Skiwi und Skawil versprachen, den Auftrag auszuführen. Wie aber sollten sie zu dem Land kommen, wo jener Mann wohnte, wenn doch die Prau ganz still lag? Sie fragten Butri: »Prinzessin, wir sind bereit, Euren Auftrag auszuführen, aber wie sollen wir von hier wegkommen? Ohne Wind kann unsere Prau nicht segeln!«
Butri riet ihnen: »Oh, das ist nicht schwer. Ruft den Nordwind und den Südwind herbei, dann wird von allein Wind aufkommen.«
So geschah es auch. Wind erhob sich und nahm immer mehr zu. Und die Prau mit dem König an Bord segelte weiter. Viele Tage, ja monatelang dauerte die Fahrt. Endlich erreichte das Boot einen prächtigen Hafen. Dort fanden alle Erholung und pflegten der Ruhe. Die Bewohner dieses sehr merkwürdigen Landes hatten seit alters her den Brauch, vor der Tür zu sitzen. Skiwi und Skawil suchten ja einen solchen Mann. Endlich begegneten sie ihm und verkauften ihm die Flasche mit den Speisen darin. Der Mann wollte sie auch sogleich kaufen, bezahlte jedoch nicht mit Geld, sondern mit einer goldenen Kette. Skiwi und Skawil kehrten darauf zu ihrer Prau zurück.
Nach langem Aufenthalt setzte die Prau des Königs wieder Segel und kreuzte auf dem Meer. Dabei gelangte sie abermals zum Aufenthaltsort der Prinzessin Butri. Wiederum geschah dasselbe wie zuvor. Unvermittelt legte sich der Wind, und die Prau konnte nicht weitersegeln. Und wie schon beim erstenmal fiel die ganze Mannschaft in Schlaf. Nur Skiwi und Skawil wachten. Auch diesmal tauchte Butri aus dem Meer auf. Skiwi und Skawil berichteten alles, was sich zugetragen

hatte, und übergaben ihr die goldene Halskette. Butri war es wohl zufrieden, den schönen Schmuck zu bekommen. Nachdem die Prau eine Zeitlang stillgelegen hatte, konnte das Schiff des Königs seine Fahrt in die Heimat fortsetzen. Butri blieb allein zurück.
Der Mann, der vor der Tür seines Hauses gesessen hatte, lief eines Tages ans Meeresufer. Dort stand er lange Zeit. Dann sagte er nachdenklich: »Wenn Butri gewöhnlicher Abstammung ist, wird es Flut geben; verhält es sich aber anders und ist sie von edler Abkunft, so wird Ebbe einsetzen.«
Kaum hatte er ausgesprochen, begannen die Wasser zu weichen. Das Meer trocknete aus und gab den Weg frei bis zum Aufenthaltsort Butris, ja bis zum Land des Königs der Insel Kei. Da ging der Mann zu Fuß durch das ausgetrocknete Meer. Tagelang wanderte er, ohne zu essen und zu trinken. Nichts als bloßer Sand umgab ihn. Endlich kam er bei Butris Heimstätte an. Höchst erstaunt erblickte er dort ein Haus und dachte bei sich: ›Wem mag dieses Haus gehören, so entlegen und einsam auf dem Grunde des weiten Meeres?‹
Langsam trat er näher heran. Er wußte noch nicht, ob ein guter oder ein böser Mensch darin wohnte. Aber als er Butri bemerkte, schwand sein Mißtrauen. Butri war nun erwachsen und sah so entzückend wie eine Fee aus. Der Mann verliebte sich sogleich in sie. Butri nahm ihn wohl auf. Der gutherzigen Prinzessin tat der Mann leid, der von so weit herkam. Sie bewirtete ihn mit köstlichen Speisen und Getränken.
Nach dem Mahl erzählte der Mann mit sanfter, leiser Stimme: »Gütige Prinzessin, ein Zufall hat mich hierher geführt. Ich bin unterwegs, um die Länder zu sehen, die gerade erst vom Meeresboden aufgestiegen sind. Ich habe ganz und gar nicht vermutet, hier eine menschliche Behausung zu finden. Ganz besonders erstaunt es mich zu sehen, daß Eure Halskette, Prinzessin, genau der gleicht, die ich einmal einem Fremden gab, der mein Land besuchte. Er verkaufte mir eine Flasche

mit so wohlschmeckenden Speisen, wie ich sie noch nie zuvor gekostet hatte. Weil ich die Flasche sehr gern haben wollte, nahm ich sie und bezahlte mit einer goldenen Kette anstatt mit Geld.«
Als Butri die Geschichte des Mannes anhörte, wußte sie, daß sie den Mann vor sich hatte, der damals die Flasche kaufte. Von da an lebten sie zusammen als Mann und Frau in dem neuen Land.

17 *Die drei Halbwaisen*

Irgendwo in einem Gebirge der zauberhaften Insel Bali lebte einst ein Jüngling, dessen Herz heiß für die Natur seiner Heimat schlug. Und es verhält sich ja auch so, daß Bali weithin für seine Naturschönheiten berühmt ist und sogar die Fremden es als das letzte Paradies auf Erden bezeichnen.
Unser Jüngling war noch nicht verheiratet. Er liebte die freie Natur, die Pflanzen und Bäume. Das Land, das sein Haus rings umgab, bepflanzte er mit bunten, süßen Duft verströmenden Blumen. Um die Pracht seines duftenden, vielfarbigen Blumengartens noch zu erhöhen, legte er einen Teich darin an, staute ein Flüßchen und leitete dessen Fluten zu diesem Teich. Nun gab es dort immer klares Wasser. Kurzum, der Garten dieses Jünglings stellte wahrhaft einen erholsamen Ort dar, der das Herz auf das höchste erquickte. Darinnen gediehen in üppiger Fülle vielerlei Blumen in allen Farben mit herrlichem Duft. Es gab mehrere Arten von Jasmin, rote und weiße Rosen, verschiedene Orchideen, auch Bäume mit wohlriechenden Blüten und andere Pflanzen. Der Anblick des Agung hob die Schönheit des Gartens, der dem Jüngling gehörte, noch hervor. Denn während man sich dort erholte und erfreute, konnte man auch den Sitz der Götter bewundern. Von jenem Garten des Jünglings aus erschaute man den Berg, den alle Balinesen hoch verehren, in seiner ganzen Erhabenheit.

Eines Abends, als der volle Mond seinen goldenen Schimmer über die Natur breitete, drang der Duft der bunten Blumen aus dem Garten des Jünglings bis hinauf zu einer schönen Himmelstochter namens Supraba. Die hübsche Fee spähte hinunter, und ihr heller Blick wurde von dem Reiz des Teiches im Garten des Jünglings angezogen, der unter den Goldstrahlen der hehren Mondgöttin schimmerte und glänzte. Dieser Anblick fesselte die Fee Supraba so sehr, daß sie ihre Schwestern und Gespielinnen bat, mit ihr gemeinsam in den Garten des Jünglings hinabzueilen. Auch den anderen Himmelstöchtern gefiel der Garten in seiner Pracht, und der Anblick des Teiches und seine Umgebung lockte sie wirklich sehr. Sie alle eilten hinab zum Ufer des Teiches, denn sie konnten dem Wunsch nicht länger widerstehen, in dem klaren, kühlen Wasser zu baden. Die Schönen streiften ihre Himmelsgewänder ab und legten sie über die Sträucher, die rings den Teich umgaben. Sie badeten, scherzten und spielten in dem wunderhübschen Teich. Danach pflückten sie Blumen, die in reicher Fülle im Garten wuchsen, und schmückten damit ihr aufgestecktes Haar, so daß sie noch lieblicher anzusehen waren. Schließlich schlüpften sie wieder in ihre Himmelsgewänder, flogen auf und kehrten zurück zum Himmel.

Am folgenden Tag verwunderte sich der Jüngling sehr darüber, wie er seinen Garten vorfand. Viele der Blumen waren abgepflückt, und er konnte sich nicht vorstellen, wer das wohl getan hatte.

Die Himmelsjungfrauen freuten sich sehr über den herrlichen Badeplatz. Deshalb kamen sie seit jenem ersten Mal allabendlich herunter in den Garten des Jünglings, um dort zu baden und miteinander fröhlich zu sein. Und immer, bevor sie zum Himmel zurückkehrten, pflückten sie Blumen und schmückten damit ihre Haarknoten. Aber allmorgendlich verwunderte sich der naturliebende Jüngling, wenn er gewahrte, daß man seine Blumen gestohlen hatte, obgleich er

sich nicht denken konnte, wer denn diesen Diebstahl beging.
Eines Abends entschloß er sich, aufzupassen und herauszufinden, wer jede Nacht die Blumen stahl, die er mit so vielen Mühen zog. Deshalb verbarg er sich im Gebüsch, das den Teich umstand. Die Mondgöttin sandte ihre Goldstrahlen über die Natur, und der Jüngling gab sich ganz dem prächtigen Anblick seines Gartens hin. Da sah er plötzlich einen Schwarm Vögel vom Himmel herabschweben. Er ahnte nicht, daß dieser Vogelschwarm in Wahrheit eine Schar bildhübscher Himmelsfeen war. Als aber die Himmelsgestalten sich näherten und schon über dem Teich schwebten, gewahrte er voll Verwunderung, daß er reizende Himmelstöchter für Vögel gehalten hatte. Der Jüngling beobachtete, wie die Feen ihre Himmelsgewänder abstreiften und sie auf die Büsche am Teich legten. Sodann sprangen sie ins Wasser hinein, badeten, plantschten und vergnügten sich darin im hellen Schein des Vollmondes. Der Jüngling konnte sie deutlich sehen und ebenso genau erkennen, wohin eine jede von den Feen ihr Himmelsgewand gelegt hatte. Eine der Himmelstöchter, die lieblichste von allen, gefiel ihm besonders gut, und er beschloß, ihr Gewand wegzunehmen. Während nun die Himmelsjungfrauen sich völlig dem Baden im Teich und ihrem Vergnügen hingaben, kroch der Jüngling vorsichtig dorthin, wo sie ihre Gewänder abgelegt hatten. Er nahm eines davon und versteckte es in seinem Speicher unter den Reisbündeln. Es war in der Tat kein anderes Gewand als das von Supraba, der bezauberndsten unter den Himmelstöchtern, das der Jüngling entwendet hatte.
Danach verbarg sich der Jüngling abermals hinter den Sträuchern, wo er zuerst gestanden hatte. Er bemerkte gerade noch, wie die Feen eifrig seine Blumen pflückten, um ihre Haarknoten damit zu zieren, bevor sie zum Himmel zurückkehrten. Als sie die Blumen gepflückt und in ihr Haar gesteckt hatten, legten die Himmelsfeen ihre Gewänder wie-

der an. Doch Supraba fand ihr Himmelsgewand nicht. Überall suchte sie danach, aber es blieb verschwunden. Ihre Gefährtinnen wurden unruhig. Sie konnten nicht länger warten, denn sie fürchteten, daß der Morgen sie überraschte. Schließlich mußten sie Supraba verlassen und flogen hinauf zum Himmel.
Die reizende Fee Supraba blieb allein zurück. Ihre Schwestern und Freundinnen waren alle zum Himmel geflogen. Die anmutige Fee saß klagend und weinend unter einem über und über blühenden Baum. Sie nahm es gar nicht wahr, daß ein Jüngling voller Leidenschaft nach ihr schaute. Endlich erhob sich Supraba und versuchte noch einmal, ihr Gewand zu finden. Bei der Suche klagte die Schöne: »Wer hat nur mein Gewand versteckt? Er soll es mir wiedergeben, damit ich heimkehren kann.«
Da sang der Jüngling leise vor sich hin, um die anmutige Himmelsfee auf sich aufmerksam zu machen. Erschrocken wandte sich Supraba ihm zu: »Oh! Mir scheint, hier ist jemand! Habt Ihr etwa mein Himmelsgewand versteckt?«
Der Jüngling stellte sich unwissend und fragte: »Wie? Ihr habt Euer Gewand verloren? Kommt mit in mein Haus, ich werde Euch neue Kleidung geben. Es ist wirklich nicht gut, wenn ein junges Mädchen in solcher Dunkelheit allein ist.«
»Ich bin Supraba, eine Fee vom Himmel«, erwiderte Supraba stolz. »Mit einigen meiner Gefährtinnen bin ich vom Himmel herabgekommen, und wir haben in diesem Teich gebadet. Meine Freundinnen sind schon wieder fortgeflogen und zum Himmel zurückgekehrt. Sie haben mich verlassen, weil ich mein Himmelsgewand nicht finden konnte. Hört, gebt mir mein Gewand zurück! Bestimmt seid Ihr es gewesen, der es versteckt hat. Ich werde Euch einen Klumpen Gold dafür schenken, wenn Ihr es mir wiedergebt.«
Der Jüngling erwiderte: »Gold brauche ich nicht, und wie kann ich Euch Euer Gewand wiedergeben, wenn ich es noch niemals gesehen habe?«

Supraba wollte aber seinen Worten keinen Glauben schenken, und so stritten sie hin und her. Endlich meinte der Jüngling: »Wir brauchen uns nicht zu zanken! Sicherlich hat Allah es vorbestimmt, daß Euer Himmelsgewand verlorengeht, damit Ihr nicht mehr hinaufgelangen könnt. Lehnt Euch nicht auf gegen Seinen Ratschluß! Kommt lieber mit zu meiner Hütte und willigt ein, meine Frau zu werden! Vielleicht hat Allah es so beschlossen, daß wir zusammenleben sollen.«

Supraba überlegte, daß es wohl doch ihre Bestimmung sei, die Frau dieses Jünglings zu werden. Deshalb wies sie dessen Werbung nicht ab. So heirateten sie und lebten glücklich miteinander. Auch nach der Hochzeit pflegte der naturliebende Jüngling seinen Blumengarten mit dem wunderschönen Teich ganz wie zuvor. Täglich mühte er sich vom Morgen bis zum Abend und hielt den herrlichen Garten sorgfältig sauber.

Es währte nicht lange, da gebar Supraba ein Töchterlein, ein reizendes Kind von überaus holdem Aussehen. Sein Vater nannte es Dewi Kesuma. Im folgenden Jahr kam Supraba abermals mit einem Mädchen nieder, einem lieblichen und sehr sanftmütigen Kind. Dieser zweiten Tochter gab der Vater den Namen Dewi Puspita. Als Supraba nach einigen Jahren wiederum ein Mädchen zur Welt brachte, war diese dritte Tochter noch schöner und von größerem Liebreiz als ihre beiden älteren Schwestern. Ihr gab der Vater den Namen Ratna Juwita.

Supraba lebte glücklich und zufrieden mit ihrem Mann und ihren drei Töchtern. Sie umsorgte und liebte ihre Familie, der es an nichts mangelte. Kehrte ihr Mann aus dem Garten heim, so hatte sie immer Reis und schmackhafte Beikost bereit. Nur verwunderte sich ihr Mann darüber, daß er sie niemals wie die anderen Frauen Reis stampfen sah noch je den Stampfer hörte, obgleich das Reisstampfen in jener Gegend zu den wichtigsten Arbeiten der Frauen zählte. Dabei gab es täglich

reiche Mahlzeiten, und dennoch war seine Reisscheune voll wie zuvor. Nicht ein Körnchen fehlte darin. Dieser Umstand erstaunte ihn sehr. Doch wie wir wissen, gehörte Supraba ja zu den Himmelsfeen und gebot über einen Zauber. Jeden Morgen legte sie ein Reiskörnchen, so wie es vom Halm kommt, in den Kessel, sobald ihr Mann das Haus verlassen hatte. Dieses Reiskorn kochte sie, und kraft des Zaubers füllte sich der Kessel mit dickem, weißem Reis, wenn das eine Körnchen garte.
Eines Tages wollte Suprabas Mann erst gegen Mittag in seinen Garten gehen. Supraba arbeitete wie gewöhnlich schon am Morgen in der Küche. Sie legte ein Reiskorn in den Kessel. Da rief sie auf einmal ihren Mann und bat ihn: »Liebster, möchtest du nicht für mich ein wenig auf den Reiskessel achten? Ich fühle mich matt und würde mich gern ein Weilchen hinlegen. Die Kinder spielen im Vorhof.«
»Nun gut«, antwortete er, nahm ihren Platz ein und hieß seine Frau sich ausruhen.
»Doch denke daran, mein Liebster«, mahnte ihn Supraba, bevor sie die Küche verließ, »nicht ein einziges Mal darfst du den Deckel vom Kessel öffnen!« Nach diesen Worten ging die reizende Himmelsfee ins Haus und legte sich nieder. Ihr Mann blieb zurück und gab auf den Reiskessel acht. Kaum hatte Supraba ihn alleingelassen, dachte er bei sich: ›Warum nur verbietet meine Frau, daß ich den Deckel vom Kessel lüfte? Das ist doch wahrhaftig ein seltsames Verbot, und sie wird es schon nicht erfahren, wenn ich ihn doch einmal öffne.‹ Damit hob er den Deckel ab und gewahrte im Kessel nur ein einziges Reiskorn mitsamt den Spelzen. ›Aha!‹ sagte er sich. ›Deshalb also stampft meine Frau niemals wie die anderen Reis, und aus diesem Grund nehmen auch meine Reisvorräte nicht ab.‹
Er deckte sorgfältig den Topf wieder zu und fachte das Feuer stärker an. Nach kurzer Zeit fühlte Supraba sich wieder frisch und erholt. Sie kam in die Küche, um ihren Mann abzulösen,

der nicht müßiggehen wollte und nun zur Arbeit in den Garten aufbrach. Erst am Abend kehrte er wieder heim. Sobald ihr Mann zu Hause anlangte, fragte ihn Supraba: »Liebster, hast du den Deckel vom Reiskessel abgenommen und gesehen, was darinlag?«

Ihr Mann gab es verdrossen zu.

»Wie schade!« klagte Supraba. »Denn nun ist die Zauberkraft gebrochen, und es gelingt nicht mehr, ein Reiskörnchen zu garen. Heute abend mußt du vorliebnehmen mit dem Essen, das ich gerade da habe, und von nun an muß ich täglich Reis stampfen. Da wird sich unser Speicher geschwind leeren! Das alles hat kein anderer als du selbst verschuldet, denn ich habe dir doch streng verboten, den Deckel vom Reiskessel zu nehmen. Du hast dich nicht daran gekehrt. Nun ist es geschehen und nicht mehr zu ändern.«

Suprabas Ehemann antwortete nichts darauf, denn er fühlte sich schuldig. Er schämte sich sogar sehr, weil er seine Neugier nicht hatte zügeln können, in den Reiskessel zu schauen. Wegen dieser Verfehlung war nun seine Frau gezwungen, täglich einige Bündel Reis zum Trocknen aus der Scheune zu nehmen und schwere Arbeit zu verrichten. Tag für Tag mußte sie Reis stampfen, ihn von der Spreu befreien und in einen Vorratstopf füllen, bevor sie kochen konnte. Weil ihr Mann sich ungehörig betragen hatte, gab es für seine Frau doppelte und obendrein mühselige Arbeit. Er bereute seine Neugier tief und schämte sich unaussprechlich. Aber was konnte er tun? Geschehenes kann man nicht ungeschehen machen!

Da nun täglich Reis herausgenommen wurde, leerte sich allmählich seine Reisscheune, und eines Tages gab es kein einziges Körnchen mehr darin. Doch was erblickte Supraba am Boden des Speichers? Sie fand dort nichts Geringeres als ihr Himmelsgewand, das sie längst schon vergessen hatte. Die schöne Fee freute sich unbeschreiblich über diesen Fund. Wohl hatte sie sich schon immer danach gesehnt, zum Himmel zurückzukehren, wenn sich eine Möglichkeit dafür fände. Endlich erhielt sie nun die beste Gelegenheit für die Heimkehr, als sie ihr Gewand wiedererlangte, und sie beschloß augenblicklich, sie zu nutzen. Die anmutige Fee lief zurück ins Haus, rief dort ihren Mann und sprach zu ihm: »Liebster, komm her zu mir! Ich möchte etwas sehr Wichtiges mit dir besprechen.«

Ihr Mann setzte sich neben ihr nieder und fragte: »Was gibt es denn so Wichtiges, das du mit mir besprechen willst?«

Supraba erklärte: »Es hat sich ergeben, Liebster, daß ich mein Himmelsgewand wiedergefunden habe, das du einst im Speicher unter dem Reis versteckt hattest. Das ist ein Zeichen, daß der Allmächtige meine Heimkehr zum Himmel wünscht. Sei nicht traurig, Liebster! Hast nicht du selbst damals gesagt, daß alles von Gott vorbestimmt sei? Sicherlich hat Er es so gefügt, daß ich nur für einige Jahre als deine Frau mit dir leben sollte. Nun ist für mich der Augenblick gekommen, da ich zurückkehre. Beklage nicht den Ratschluß Gottes und versuche nicht, ihn zu ändern, sondern beuge dich geduldig Seinem Gebot! Achte gut auf unsere Kinder und hüte sie, damit ihnen kein Leid geschieht! Brauchst du einmal meine Hilfe, so tue es mir kund, indem du Weihrauch anzündest. Dann sende ich dir einen Boten.«

Suprabas Ehemann erwiderte: »O du meine Geliebte, verlaß mich doch nicht! Die Kinder brauchen dich so sehr. Auch mir wirst du fehlen. War ich dir nicht immer ein treuer, liebevoller Mann?«

»Das alles ist gewiß wahr, Liebster! Wir lebten glücklich miteinander, doch jetzt muß ich in den Himmel zurück. So ist es Gottes Wille. Und wir dürfen uns gegen Seinen Ratschluß nicht auflehnen. Sei fest im Glauben und trage mit starkem Herzen das Geschick, das der Allmächtige dir auferlegt!«

Mit diesen Worten verließ die liebliche Himmelsfee das Haus ihres Mannes und flog auf zum Himmel.

Grenzenlose Trauer erfüllte das Herz von Suprabas Mann, da seine wunderschöne Frau ihn verließ.

»Weh mir! Warum nur habe ich so töricht das Verbot meiner Frau mißachtet! Bestimmt wäre das alles nicht über mich gekommen, hätte ich nicht diese Torheit begangen!« So seufzte und klagte Suprabas Mann, als die anmutige Himmelsfee in ihre Heimat zurückkehrte. Glück läßt sich nicht erzwingen und ein Verhängnis nicht abwehren!
Nun blieb der naturverbundene Vater allein mit seinen drei wunderhübschen Töchtern. Eines Tages kam eine Witwe von häßlicher Gestalt zu Dewi Kesumas Vater und sprach zu dem verlassenen Mann: »O Vater Kesumas, willst du mir erlauben, für deine Kinder zu sorgen und für dich zu kochen? Ist diese Arbeit nicht recht eigentlich eine Aufgabe für Frauen?«
Der Vater von Dewi Kesuma schaute die Witwe an, die ihn aufgesucht hatte. Ach, es war kein Vergleich möglich mit seiner zum Himmel entschwundenen Frau! Doch weil er niemanden kannte, der für ihn kochen und seine Kinder umsorgen würde, nahm er das Anerbieten der häßlichen Alten an. Und es verging nur eine kurze Zeit, da verheiratete sich Dewi Kesumas Vater mit der Witwe. So erhielten seine drei Töchter eine Stiefmutter. Nach ihrer Hochzeit trat das böswillige Verhalten der Stiefmutter zu den drei kleinen Mädchen immer deutlicher hervor. War ihr Vater nicht zu Hause, schlug und quälte die herzlose Frau die drei Kleinen immerzu. Den Reis gab sie ihnen mit Kleie vermischt zu essen, die doch nur als Schweinefutter dient. Die drei Kinder hatten wahrhaftig ein schlimmes Los. Tagaus, tagein, besonders wenn der Vater nicht daheim war, erfuhren die drei Halbwaisen eine grausame Behandlung durch die Stiefmutter. Und wagten sie es, dem Vater ihr Leid zu klagen, so drohte die niederträchtige Frau ihnen noch härtere Strafen dafür an. Aus Furcht vor Ärgerem schwiegen Dewi Kesuma und Dewi Puspita und trauten sich nicht, dem Vater etwas zu sagen. Ratna Juwita dagegen verstand noch nicht so viel und hinterbrachte ihrem Vater, daß die Stiefmutter böse sei und ihnen schlechtes

Essen gebe. Dewi Kesumas Vater befragte seine Frau darüber, doch das garstige Weib überschüttete ihn nur mit Scheltreden. So schwieg der weichherzige Mann am Ende lieber still.

Tags darauf klagte die unverständige kleine Ratna Juwita dem Vater wiederum ihr Leid, so daß abermals Streit zwischen ihm und der Stiefmutter ausbrach. So zankten sich die beiden fast täglich, weil Ratna Juwita ihrem Vater immer von den Schlechtigkeiten der Stiefmutter berichtete. Endlich befürchtete die garstige Frau, der Vater von Dewi Kesuma würde sich von ihr trennen und sie fortjagen. Deshalb mußte sie versuchen, es nicht erst dahin kommen zu lassen. Sie wußte, daß es dafür nur eine Möglichkeit gab, nämlich Ratna Juwita beiseite zu schaffen. Darum überlegte sie, wie sie die Kleinste umbringen könnte.

Eines Tages, als Dewi Kesumas Vater nicht da war, schlug die böse Stiefmutter den Mädchen vor: »Kommt, ihr Kinder, wir wollen zum Fluß baden gehen.«

Obgleich die Kleinen sich eigentlich nicht freuten, daß die herzlose Stiefmutter sie zum Baden einlud, wagten sie doch nicht, ihr zu trotzen. So gingen sie mit ihr zum Fluß. Die gehässige Stiefmutter lief voran, die drei Mädchen hinterdrein. Auf einmal gewahrte Dewi Kesuma, daß die böse Stiefmutter ein Messer mitgenommen hatte, und sie fragte: »Mutter, weshalb nehmt Ihr ein Messer mit zum Fluß?«

Doch das garstige Weib antwortete schlau: »Oh, das brauche ich, um Bananenblätter oder Gemüse abzuschneiden.«

Dewi Kesuma schwieg und lief mit klopfendem Herzen weiter hinter der Stiefmutter her. Schließlich langten sie an ihrem Ziel, dem Flußufer, an. Die drei Mädchen legten ihre Kain ab und wollten baden. Plötzlich packte die grausame Stiefmutter Ratna Juwita und sagte: »Jetzt werde ich dich bestrafen, du Störenfried! Du allein bist es, die sich immer bei dem Vater beklagt!«

Darauf stach sie der kleinen Halbwaise die Augen aus und

warf das hilflose Mädchen in den Fluß. Die unglückliche Jüngste schrie vor Schmerzen und versuchte, ans Ufer zu schwimmen, doch die haßerfüllte Stiefmutter stieß sie wieder in das Wasser und schalt: »Wohin willst du, du garstiges Kind? Willst wohl wieder deinem Vater klagen, wie? Jetzt kannst du nie mehr zurück, denn ich habe dir die Augen ausgestochen. Das ist deine Strafe, du streitsüchtiges Kind!«

Die beiden älteren Geschwister beweinten ihr bedauernswertes Schwesterchen, jedoch das böse Weib fuhr sie an: »Haltet den Mund und kommt mit mir heim! Laßt das aufsässige Kind hier allein und wagt ja nicht, eurem Vater davon etwas zu sagen, sonst steche ich auch euch noch die Augen aus!«

Dewi Kesuma und Dewi Puspita entsetzten sich über alle Maßen bei dieser Drohung ihrer grausamen Stiefmutter. Voller Furcht folgten sie ihr nach Hause. Als sie dort anlangten, fragte Dewi Kesumas Vater seine Töchter: »Hallo, wo ist eure kleine Schwester? Warum kommt Ratna Juwita nicht mit?«

Die beiden Mädchen fanden keine Zeit zu antworten, denn sofort erwiderte die böse Stiefmutter ungerührt: »Liebster! Deine Jüngste hat ihre Mutter weggeholt. Im Wald, dicht am Fluß, herzte und umarmte sie ihr Kind und ist schließlich mit ihm zum Himmel aufgeflogen.«

Der gutmütige Mann schenkte dem Bericht seiner Frau sogleich Glauben. Es fiel ihm wirklich schwer, Ratna Juwita zu entbehren, die er innig liebte. Doch gab er sich zufrieden, da er glaubte, daß sein Liebling von der Mutter mitgenommen worden sei. Er vertraute darauf, daß sein geliebtes Kind nun ganz sicher bei jemandem weilte, der ihm von Herzen zugetan war. Er wußte genau, wie sehr Supraba ihre Kinder liebte. Auch befragte er Dewi Kesuma und Dewi Puspita, ob es wahr sei, was die Stiefmutter erzählte. Aber die beiden Halbwaisen trauten sich nicht zu berichten, was sich wirklich zugetragen hatte, sondern bestätigten und bekräftigen die Lügen der Stiefmutter.

Am folgenden Tag hatte die Stiefmutter schon sehr zeitig am Morgen Reis gekocht. Sie wollte zum Markt gehen und Bataten verkaufen. Den Bambuskorb mit dem gekochten Reis stellte sie auf den Dachboden, dann ging sie fort. Als sie das Haus verlassen hatte, sprach Dewi Kesuma zu ihrer Schwester: »Puspita, jetzt kommt diese Frau nicht so bald zurück, doch sie hat einen Korb mit Reis auf den Dachboden gestellt. Laß uns etwas davon nehmen und unserer Schwester Ratna Juwita bringen! Das unglückliche Schwesterchen hat seit gestern nichts gegessen.«
»Das machen wir«, antwortete Dewi Puspita, »aber wir dürfen nicht lange säumen. Ich habe Angst, daß das böse Weib uns dabei überrascht. Sicherlich bestraft sie uns dann.«
Dewi Kesuma nahm eine gute Handvoll Reis, packte ihn in ein Stück Bananenblatt und schob das Päckchen in ihr Hüfttuch. Danach rannten die beiden Halbwaisen zum Fluß, wo sie ihr Schwesterchen zurückgelassen hatten. Am Ufer angelangt, riefen sie mit zärtlicher Stimme ihre unglückliche kleine Schwester: »Ratna Juwita, liebstes Schwesterlein, komm, ach komm zum Ufer, geliebtes Schwesterlein!«
Ratna Juwita hörte kaum, daß ihre beiden Geschwister nach ihr riefen, als das blinde, beklagenswerte Mädchen sich ihnen auch schon kriechend und tastend näherte. Dewi Kesuma umarmte die geliebte Kleine, hob sie hoch, küßte sie unter Tränen und sagte: »Schwesterchen Ratna Juwita! Hier, was wir dir mitgebracht haben! Feinen, weichen Reis! Iß, mein liebes Schwesterchen!«
Beide großen Mädchen nahmen die arme Kleine abwechselnd hoch und fütterten sie. Als sie gesättigt war, bat Dewi Kesuma: »Schwesterlein Ratna Juwita! Mein Sarung löst sich, bitte geh einen Augenblick herunter!«
Das kleine blinde Mädchen befolgte das Geheiß ihrer großen Schwester und ließ sich herabgleiten. Kaum berührten Ratna Juwitas Füße den Boden, da eilten die größeren Geschwister

davon und nach Hause. Sie fürchteten, von der Stiefmutter ertappt zu werden. Weinend rief Ratna Juwita nach ihren beiden Schwestern.

Anderntags liefen Dewi Kesuma und Dewi Puspita wieder zum Fluß, um ihrer kleinen Schwester Essen zu bringen, nachdem die Stiefmutter zum Markt gegangen war. Am Ufer angekommen, riefen die beiden Mädchen ihr Schwesterchen herbei: »Schwesterlein Ratna Juwita! Komm her, liebes Schwesterlein, wir bringen dir Essen.«

Sowie sie ihre beiden großen Schwestern hörte, kam das blinde, unglückliche Mädchen ans Flußufer. Die beiden Großen nahmen sie abwechselnd hoch und fütterten ihr armes Schwesterchen.

Als Ratna Juwita sich satt gegessen hatte, sagte Dewi Kesuma: „Schwesterlein Ratna Juwita! An meiner Wade klebt ein Blutegel. Geh einen Augenblick herunter, mein liebes Schwesterlein!«

Ratna Juwita ließ sich herabgleiten, doch sobald sie unten stand, eilten ihre großen Schwestern nach Hause. Sie hatten Angst, daß die böse Stiefmutter sie ertappen und gewiß hart bestrafen würde. Das beklagenswerte Kind blieb allein zurück.

Am folgenden Tag, als die Stiefmutter sich wieder zum Markt begeben hatte, stahlen sich die beiden Halbwaisen abermals zum Fluß, um ihrem lieben Schwesterchen ein wenig Reis zu bringen.

Am Ufer angelangt, riefen sie nach ihr. Sowie das kleine blinde Mädchen herbeikam, nahmen die großen Geschwister es abwechselnd hoch und schoben dem unglücklichen Kind dabei Reisbissen in den Mund. Als Ratna Juwita sich gesättigt hatte, sprach Dewi Kesuma zu ihr: »Schwester Ratna Juwita! Geh einen Augenblick herunter, Liebes! Ich fühle wieder einen Blutegel an meinem Bein. Oh, wie es juckt!«

»Nein, Schwester, ich will nicht, ich will nicht!« flehte Ratna Juwita weinend. »Ich will auch mit nach Hause!«

»Ach, Ratna Juwita! Eine Schlange beißt mich in den Fuß! Schnell, geh herunter, liebes Schwesterchen!«
»Nein, ich will nicht! Immer belügt ihr mich. Ich will auch mit nach Hause!«
So rief das unglückliche kleine Mädchen und klammerte sich dabei an ihre große Schwester. Da setzten sich Dewi Kesuma und Dewi Puspita weinend am Flußufer nieder. Auch Ratna Juwita schluchzte und schmiegte sich eng an ihre Schwestern. Sie befürchtete, daß sie abermals von ihnen allein gelassen würde. Die beiden großen Mädchen jedoch weinten vor Leid und Furcht. Sie ängstigten sich, daß die böse Stiefmutter sie ertappen könnte.
Unterdessen ging es auf den Abend. Dewi Kesumas Vater kehrte aus dem Garten heim, und seine Frau war wieder vom Markt zurück. Der Mann fühlte sich sehr beunruhigt, als er seine beiden großen Töchter noch nicht daheim antraf. Seit Ratna Juwitas Verschwinden sorgte sich der gutherzige Vater sehr um das Ergehen seiner beiden großen Kinder. Aufgeregt fragte er deshalb seine Frau: »Liebste, wo sind die Kinder? Der Tag geht schon fast zur Neige, doch sie kommen nicht heim!«
»Wer weiß!« erwiderte die Frau gleichmütig. »Als ich zum Markt ging, spielten sie eifrig.«
»Komm, wir wollen sie suchen«, schlug der besorgte Vater vor. »Ich befürchte, daß ihre Mutter auch die beiden Großen zu sich in den Himmel geholt hat.«
Der Frau blieb nichts anderes übrig, als suchen zu helfen. Natürlich konnte sie sich recht gut vorstellen, wohin die beiden Mädchen gelaufen waren. Dennoch tat sie so, als suche sie ebenfalls. Überall sah sie nach, nur nicht am Ufer des Flusses, in den sie Ratna Juwita gestoßen hatte. Da alle Bemühungen erfolglos blieben, die Kinder aufzufinden, dachte sich Dewi Kesumas Vater: ›Ich will doch noch zum Fluß gehen, vielleicht baden und spielen sie dort.‹ Deshalb machte er sich dorthin auf und fand seine drei Kinder

schluchzend am Ufer sitzen. Er nahm Ratna Juwita hoch, umarmte und küßte sie. Auf einmal bemerkte er, daß sein Goldkind das Augenlicht verloren hatte, denn beide Augen waren ausgestochen. Bestürzt fragte der liebende Vater: »Ratna Juwita, mein Liebling! Wer hat dir so Böses angetan? O weh, mein Herzenskind! Ich glaubte doch fest, daß du wohlgeborgen und glücklich im Himmel von deiner Mutter umsorgt seist.«

Des Vaters Stimme klang erstickt, weil es ihn tief schmerzte, sein geliebtes Kind in solch bejammernswerter Lage zu finden. Darauf erzählten Dewi Kesuma und Dewi Puspita, was sich in Wahrheit zugetragen hatte. Der liebevolle Vater vermochte seinen Zorn nicht länger zu zügeln. Er nahm Ratna Juwita in seine Arme und kehrte eilig mit weit ausgreifenden Schritten nach Hause zurück, so daß Dewi Kesuma und Dewi Puspita Mühe hatten, ihm zu folgen. Dort legte er Ratna Juwita nieder und prügelte seine Frau aus Leibeskräften durch. Das böse Weib schrie um Gnade, doch der sonst so weichherzige Mann schlug in seinem Zorn nur noch heftiger zu und wies sie dann von seinem Hof.

Alle Nachbarn rannten herbei, als sie das Geschrei der garstigen Frau hörten, und wollten wissen, was denn im Hause von Dewi Kesumas Vater vorgefallen war. Als sie an der Tür sahen und vernahmen, wie das grausame Weib das Waisenmädchen mißhandelt hatte, kannte ihre Empörung keine Grenzen, und sie fielen mit Messern und Stöcken über sie her.

»Tötet nur dieses gewissenlose Weib!« schrie der Vater von Dewi Kesuma außer sich. Es dauerte nicht lange, da hatte die Menge die böse Stiefmutter umgebracht. So ergeht es schlechten Menschen.

Als sein Zorn sich etwas gelegt hatte, nahm der gutherzige Vater sein bedauernswertes Kind in die Arme, herzte und küßte es. Mit den beiden großen Töchtern beweinte er das Geschick der geliebten blinden Jüngsten, die so sehr litt. Auf einmal erinnerte er sich der letzten Worte seiner Frau Supraba an ihn, bevor die schöne Fee zum Himmel zurückflog. Schnell holte er Weihrauch und lief damit zum Opferplatz in der Nähe seines Hauses. Dort zündete er den Weihrauch an. Ehrfürchtig saß Dewi Kesumas Vater mit Ratna Juwita auf dem Schoß davor und sah den Weihrauch höher und höher aufsteigen. Andächtig betete er zum Allmächtigen.

Doch was geschah im Himmel? Die Fee Supraba fühlte mit einemmal, wie ihre Hand kalt und feucht wurde.

›Oh, warum wird meine Handfläche plötzlich kalt und schweißfeucht, wie es bei den Menschen geschieht? Was mag meinen Kindern auf Erden zugestoßen sein?‹ ging es der lieblichen Himmelsfee durch den Sinn. Sie rief ihren Boten, die weiße Krähe, herbei und gebot ihr: »Du meine weiße Krähe, begib dich doch hinab zur Erde und sieh nach, wie es dort meinen Kindern ergeht!«

Die weiße Krähe führte den Auftrag der reizenden Himmelstochter aus und flog zum Hause von Dewi Kesumas Vater. Auf dem Dach ließ sie sich nieder und krächzte: »Krah ... krah.«

Dewi Kesumas Vater hörte das Krächzen und kam heraus.

»He! Dort sitzt ja eine weiße Krähe! Was bringt Ihr hierher, o weiße Krähe?« erkundigte sich Dewi Kesumas Vater höflich, da er wußte, daß dieser wundersame Vogel ein Himmelsbote war.

Die Krähe antwortete: »Krah! Fee Supraba schickt mich, damit ich nach ihren Kindern sehe und ihr berichte, wie es ihnen geht.«

Dewi Kesumas Vater entgegnete: »Nun, so richte deiner Herrin aus, daß ein grausames Weib, das schon gerichtet ist, beide Augen von Ratna Juwita ausgestochen hat.«

»Krah ... krah«, krächzte die weiße Krähe und schwang sich wieder zum Himmel auf.

Da oben vermeldete sie, was sie über Suprabas jüngste Tochter erfahren hatte. Die schöne Fee befahl der Krähe alsbald: »Weiße Krähe, kehre sogleich zur Erde zurück und bringe meinem armen Kind die Heilmittel, die es braucht. Trage diese drei Palmblattrippen hin, denn drei Götter beherrschen die Welt, wo die Menschen wohnen: der Gott des Feuers, der des Wassers und der des Lichts. Aus diesem Grund gilt auch die Zahl drei als heilig. Schlage dreimal sacht mit diesen Blattrippen an Ratna Juwitas Augen und beträufle sie sodann mit dem Saft dieser Frucht!«

Damit reichte Supraba der weißen Krähe die drei Palmblattrippen und eine kleine, angenehm duftende Zitrone.

Die Krähe flog mit den Heilmitteln für Ratna Juwita hinab zur Erde. Wiederum setzte sie sich auf das Haus von Dewi Kesumas Vater und krächzte: »Krah, krah!«

Dewi Kesumas Vater lief eilig vor die Tür und begrüßte sie: »Willkommen, o weiße Krähe! Was wünscht die Fee Supraba?«

Die Krähe erwiderte: »Krah, krah! Fee Supraba hat mir aufgetragen, für Ratna Juwita Heilmittel zu bringen!«

»Gib sie mir nur gleich!« bat Dewi Kesumas Vater froh. Geschwind lief der erfreute Vater ins Haus und trug Ratna Juwita in den Hof.

Alsbald schlug die weiße Krähe dreimal sanft mit den wundertätigen Blattrippen an die Augen des blinden kleinen Mädchens. Der Feuergott gab Wärme, der Gott des Wassers spendete Naß, und der Gott des Lichts gewährte Helligkeit. Danach träufelte die weiße Krähe ganz behutsam Saft von der Himmelszitrone in Ratna Juwitas Augen. Da vollzog sich ein erstaunliches Wunder! Mit einemmal waren Ratna Juwitas Augen heil und gesund wie zuvor.

Staunend blickte das kleine Waisenmädchen auf die weiße Krähe. Keine Spur, nicht einmal der kleinste Makel blieb von der Mißhandlung durch die böse Stiefmutter an Ratna Juwitas Augen zurück.

Als sie ihren Auftrag ausgeführt hatte, flog die weiße Krähe wieder auf zum Himmel und entschwand den Blicken der vier glücklichen Menschen. Schließlich wandte sich Dewi

Kesumas Vater an seine beiden großen Töchter: »Meine Kinder Dewi Kesuma und Dewi Puspita! Ihr beide habt bewiesen, daß ihr viel besser als eine Stiefmutter eure kleine Schwester Ratna Juwita hüten und umsorgen könnt. Deshalb schwöre ich euch, daß ich keine andere Frau wieder anstelle eurer Mutter nehmen werde!«

Nun blieb der naturverbundene Vater glücklich vereint mit seinen drei lieblichen Töchtern.

Sie lebten einträchtig, liebevoll eines auf das andere bedacht, und pflegten gemeinsam den Garten mit dem prächtigen Teich. Wünschten sie aber einmal die Hilfe der Fee Supraba, dann brauchten sie nur Weihrauch anzuzünden.

18 La Manjurai und Prinzessin Bosu

In alten Zeiten war der Name eines Prinzen in aller Munde; er hieß Prinz La Manjurai. Alles Volk rühmte ihn wegen seiner Tapferkeit, seiner schönen Gestalt und seiner Kraft. Es wird berichtet, daß in der Nähe seines Palastes auch eine Fürstentochter lebte, die Prinzessin Bosu genannt wurde. Diese Prinzessin aber war von ganz unvergleichlicher Schönheit. Ihr rundes, helles Antlitz schimmerte wie der volle Mond; schwarze Brauen und Augen, die wie der Morgenstern leuchteten, eine gerade Nase und rote Lippen schmückten es. Im Einklang mit ihrem lieblichen Angesicht und ihrem stets gleichen Betragen besaß sie dazu noch alle guten weiblichen Eigenschaften. Ihre Eltern liebten sie sehr. Sie überließen ihrer Tochter das obere Stockwerk des Palastes. Selten ging Prinzessin Bosu aus, um sich mit anderen jungen Mädchen zu treffen.

Die Kunde von der Schönheit der Prinzessin Bosu gelangte auch zum Ohr des Prinzen La Manjurai. Er wollte dieses wohlgeformte Antlitz selbst sehen und trug sich mit der Absicht, Prinzessin Bosu zur Frau zu nehmen. Aber wie sollte er eine Begegnung herbeiführen? Denn Prinzessin Bosu wurde von ihren Eltern streng behütet.

Einmal jedoch, in einer stockfinsteren Nacht erklomm der Prinz den Palast, in dem die Prinzessin wohnte, und drang durch das Fenster in ihr Gemach ein.

Doch zum Unglück entfiel ihm sein Kris, als er sich durch das Fenster schwang. Der Kris traf die Brust der Prinzessin, so daß sie augenblicks verschied.

La Manjurai verließ die entseelte Prinzessin und eilte davon.

Am anderen Morgen erschrak die gesamte Familie der Prinzessin sehr, als sie die Leblose fanden. Sie untersuchten die Wunde, zogen den Kris aus der Brust, forschten nach dessen Besitzer und nach dem Anlaß zu diesem schrecklichen Ereignis.

Als sie alles gründlich untersucht hatten, stellte sich heraus, daß der Kris dem Prinzen La Manjurai gehörte. Der Prinz bekannte seine Schuld und bot zugleich an, alle Folgen dieser Tat auf sich zu nehmen. Er wünschte, daß die tote Prinzessin nicht begraben werden sollte, denn er wollte für sie eine große Prau bauen, diese dann dem Fluß anvertrauen, und sich selbst erklärte er bereit, den Leichnam zu begleiten, wohin die Reise auch führen mochte.

Die Familie der Prinzessin stimmte diesem Vorhaben zu. Am vorbestimmten Tag war die benötigte Prau mit der vollständigen Ausrüstung fertiggestellt. Man trug die Tote an Bord und schob die Prau in die Strömung. Prinz La Manjurai begleitete sie.

Die Prau glitt geschwind davon und wurde von der starken Strömung des Flusses bis hinaus mitten in das Meer getragen.

Während sie auf der ziellosen Reise die See durchquerten, fand der Prinz La Manjurai genügend Gelegenheit, die in der Prau aufgebahrte tote Prinzessin wiederzubeleben.

Als sie wieder zum Leben erwachte, verwunderte sie sich sehr

und fragte, ob sie denn etwa träume. Da erzählte La Manjurai ihr alles, was sich mit ihr zugetragen hatte.
Die Prinzessin dankte dem Prinzen für den großen Beistand, den er ihr geleistet hatte, und versprach zugleich, ihm treu bis in den Tod zu bleiben.
Nicht lange danach konnte die Prau am Oberlauf eines Flusses Anker werfen. Weil der Prinz sich ermattet fühlte, schlief er ein Weilchen, während Prinzessin Bosu sich anschickte, ein Bad im Fluß zu nehmen.
Unterdessen kamen einige Hoffräulein des in der Nähe residierenden Königs zum Fluß herab. Kaum hatten diese die ungewöhnlich schöne Prinzessin Bosu erblickt, so eilten sie zum Palast zurück und berichteten, daß eine Prau mit einer reizenden Prinzessin im Fluß ankere. Seine Majestät den König verlangte es, die Prinzessin zu sehen und sich von ihrem Liebreiz zu überzeugen. Er befahl sie zu sich, doch die Prinzessin erhob Einwände und erklärte, daß sie den Schlaf ihres Gefährten bewache. Da schickte der König dreimal nach ihr, daß sie ihm im Palast ihre Aufwartung machen möge, und erst beim drittenmal folgte sie der Aufforderung.
Doch als Prinzessin Bosu im Palast anlangte, ließ der König sie einsperren, weil er sie zur Frau nehmen wollte.
Während ihrer Gefangenschaft bemühte sich Prinzessin Bosu unablässig zu entfliehen.
Unterdessen hatte der König eine Fliegende Prau vorbereitet, in der er sich mit Prinzessin Bosu vergnügen wollte. Doch jedesmal, wenn sie sich in die Lüfte erheben sollte, mißlang es, weil Prinzessin Bosu, ohne daß es der König merkte, die Segeltaue zerschnitt.
Währenddessen sorgte sich der in der Prau zurückgebliebene Prinz La Manjurai um seine Prinzessin Bosu, weil sie seine Prau schon vor einigen Tagen verlassen hatte, ohne ihm mitzuteilen, wohin sie gehe. Und bisher war sie noch immer nicht zurückgekehrt. Da begab er sich auf die Suche nach ihr. Als er in der Nähe des Palastes vorüberging, gewahrte er, wie

sich viele Leute versammelten und eine Fliegende Prau umringten. Aus der Unterhaltung der Menschen ringsum erfuhr La Manjurai, daß sie herbeigekommen waren, um jene Fliegende Prau auszubessern, die immer wieder Schiffbruch erlitt, sobald sie aufsteigen sollte.
Prinz La Manjurai schloß sich den Leuten an, trat hinzu und forschte nach der Ursache des Schiffbruchs. Als er den Grund dafür herausgefunden hatte, erkärte er dem König, daß er in der Lage sei, die Fliegende Prau vollkommen wiederherzustellen.
Der König nahm dieses Angebot an. Ganz leicht konnte der Prinz die schadhafte Stelle finden und ausbessern, weil ihm Prinzessin Bosu sagte, woran es lag.
Nachdem alles wieder in Ordnung gebracht war, bat der Prinz darum, die Prau in der Luft ausprobieren zu dürfen, ob sie wirklich benutzt werden konnte oder noch nicht. Doch bei dieser Probefahrt sollte auf seinen Wunsch hin niemand als Prinzessin Bosu teilnehmen dürfen. Auch das gewährte der König.
Und auf diese Weise konnte La Manjurai zusammen mit Prinzessin Bosu hoch zum Himmel aufsteigen, während es der König und alles Volk von unten her mit eigenen Augen ansahen. Als sie ziemlich weit hinaufgeflogen waren, winkte der König mit der Hand zum Zeichen, daß La Manjurai wieder zur Erde zurückkehren solle.
Doch der Prinz winkte nur ein Lebewohl zurück und setzte seine Reise in Richtung auf die Heimat fort. Dort gelang es ihm, mit seiner Fliegenden Prau nahe dem Elternhaus von Prinzessin Bosu zu landen.
Die Nachbarn ringsumher verwunderten sich, Prinzessin Bosu und Prinz La Manjurai zu erblicken.
Schließlich erwählte das Volk des Landes La Manjurai und Prinzessin Bosu zum Königspaar.

19 Herr Korowelang

Es lebten einmal zwei Freunde. Der eine hieß Atung, der andere Wangsa. Atung gehörte dem Stand der Kaufleute an, während Wangsa ein Bauer war. Beide aber litten Not. Obschon er Handel trieb, hatte Atung nichts als Schulden. Und Wangsa, der Bauer, besaß nur die dicke Schmutzkruste auf seiner Haut.

Allmählich ging Atung das Geld für den Handel aus. Wangsa konnte schon beinahe nicht mehr die Pacht für sein Reisfeld aufbringen.

Eines Tages kamen die beiden Freunde zusammen und erzählten einander von den Nöten ihres Daseins.

Atung atmete schwer, und seine Augen blickten trübe.

»Ich habe mein Glück mit dem Handel versucht, aber anstatt daraus Vorteil zu ziehen, ist mein Geld dabei ganz draufgegangen. Es ist wirklich traurig!« bekannte er, als Wangsa ihn nach seinem Gewinn fragte.

Wangsa senkte den Kopf. Er wagte nicht, dem Freund ins Gesicht zu schauen. Auch er holte tief und schwer Atem. Seine Stimme klang bedrückt. »Die Arbeit als Bauer ist auch nicht besser«, sagte er. »Sieh mich an! Ich lebe höchst erbärmlich, und es geht mir von Tag zu Tag immer jämmerlicher. Ich habe eine Sawah, so breit, wie sie ein Zwerghirsch überspringen kann. Aber um sie zu bearbeiten, fehlt mir das Geld ...«

Eine Weile schwiegen beide. Jeder hing seinen eigenen Gedanken nach. Schließlich brachte Atung das Gespräch wieder in Gang, indem er von seinen Erfahrungen berichtete, die er als umherziehender Händler gesammelt hatte.

»Ich bin als Kleinhändler herumgezogen«, sagte er. »Bin von einem Dorf zum anderen gewandert. Hab viele Bekannte. Zuletzt kam ich nach Cibeureum. Dort lernte ich einen Mekkapilger kennen. Hadschi Raup hieß er und war sehr reich. Die Leute behaupteten, er habe seinen Reichtum durch Zauberei erworben ...«

Wangsa hob den Kopf.
»Ach, das ist doch sicherlich bloßes Geschwätz!« meinte er.
»Wer weiß!« antwortete Atung. »Jedenfalls ist der Reichtum von Hadschi Raup kaum abzuschätzen ..., er ist unermeßlich! Der Hadschi besitzt ausgedehnte Sawahs, sein Haus ist prachtvoll. In jedem Dorf hat er auch noch Grundbesitz. Wirklich! Mit meinen eigenen Augen habe ich seinen Reichtum gesehen!«
Wangsa begann, der Erzählung Aufmerksamkeit zu schenken. Oftmals hatte er vernommen, daß Menschen reich geworden wären, weil sie von Geistern oder durch Opfer an heiligen Stätten Wohlstand erfleht hätten. Reich zu werden, schien höchst einfach, wenn solche Geschichten tatsächlich der Wahrheit entsprachen. Er hatte auch Lust, ein wohlhabender Mann zu werden, ohne sich plagen zu müssen. Bislang hatte er äußerst hart gearbeitet und lebte doch in bitterster Armut.
»Es wäre schön, wenn wir auf so einfache Weise reich werden könnten!« sagte er halb zu sich selbst, halb zu Atung gewandt.
»Ich denke auch schon einige Tage lang daran!« entgegnete Atung. »Es müßte schön sein, wenn wir zu Reichtum kämen!«
»Was meinst du, wenn wir unser Glück versuchten und die Geister anriefen?« fragte Wangsa halb flüsternd. Er hielt seinen Mund dicht an Atungs Ohr, während er mißtrauisch um sich blickte, ob etwa jemand seine Worte hörte.
Atung schwieg eine Weile. Aber ganz deutlich leuchtete sein Gesicht wie vor Freude, weil sein Freund ihn aufforderte, etwas zu tun, was er sich allein nicht recht getraute. Er überlegte ein Weilchen, als müsse er über Wangsas Vorschlag mit sich zu Rate gehen. Endlich antwortete er, ebenfalls im Flüsterton: »Weißt du, wo man die Geister anrufen kann?«
»Wie soll ich das wissen? Ich habe nur manchmal das Gerede

der Leute darüber gehört, ohne mich jemals genau danach zu erkundigen«, erwiderte Wangsa. »Aber du weißt es bestimmt, nicht wahr? Du bist es doch, der eine ganze Menge Erfahrungen und viele Bekannte hat. Hast du nicht deinen Bekannten, den Hadschi, danach gefragt?«

Atung antwortete bereitwillig: »Als ich in Cibeureum war, habe ich die Dorfleute gefragt, nicht den Hadschi selbst. Wie sollte er es mir sagen! Nein, aber seine Nachbarn – die redeten darüber und meinten, daß Hadschi Raup nach Palimanan bei Cirebon gegangen sei, um dort die Geister zu beschwören.«

Wangsa musterte Atung genau, denn er fürchtete, daß sein Freund ihm vielleicht nur etwas vorflunkere.

»Willst du wirklich und wahrhaftig dorthin? Wirst du es auch später nicht bereuen?«

Atung antwortete ernsthaft: »Letzte Nacht habe ich meinen Entschluß gefaßt. Alles habe ich mir reiflich überlegt. Es ist unmöglich, daß ich das bereuen werde.«

Wieder schwiegen sie einige Zeit. Dann raunte Wangsa: »Ich werde mich dir anschließen!«

Da sich die beiden fest entschlossen hatten, trafen sie nun ihre Vorbereitungen. Ihren Nachbarn erzählten sie nicht, wohin sie wollten. Wangsa erklärte ihnen nur: »Wir wollen auf Wanderschaft gehen und unser Glück versuchen!«

Um einen Vorrat an Lebensmitteln zu bekommen, verkauften die beiden die Reste ihrer Habe. Wangsa verpachtete seine Sawah für die Zeit einer Ernte. Sein Haus schloß er zu, denn er hatte noch keine Familie.

Atung machte sich ebenfalls reisefertig, denn auch er hatte weder Frau noch Kinder. Da Atung keine Sawah oder anderes Land besaß, verkaufte er sein Haus.

Eines frühen Morgens brachen sie in Richtung Osten auf. Nach tagelanger Wanderung langten sie schließlich in dem Städtchen Palimanan an. Es ging schon auf den Abend, und sie suchten eine Herberge auf, wo sie essen und schlafen konnten. Auch einige andere Kaufleute übernachteten dort. Sie unterhielten sich angeregt. Da Wangsa nicht genau wußte, in welche Richtung sie sich wenden mußten, erkundigte er sich verlegen bei den Herbergsgästen. Vielleicht wußte einer von ihnen, wo man die Geister antreffen konnte. Es ergab sich, daß der Wirt den Ort kannte und sich auch bereit erklärte, ihn den beiden zu zeigen. Nachdem sie von dem Wirt ausführliche Erklärungen erhalten hatten, legten sich Wangsa und Atung alsbald schlafen, um am nächsten Morgen nicht zu spät zu erwachen.

Frühzeitig brachen sie am folgenden Tag von der Herberge auf. Als sie die Stadt hinter sich gelassen hatten, schlugen sie einen ganz einsam gelegenen Weg ein. Von der Hauptstraße waren sie in einen Nebenweg abgebogen und durchquerten nun mehrere Dörfer. Dann kamen sie auf einen Fußpfad, der in die Berge hineinführte. Bald danach gelangten sie in einen Urwald. Kaum hatten sie ihn durchquert, erblickten sie eine kleine Ansiedlung, die aus nur zwei Häuschen bestand. Darin wohnten ein Wächter und sein Sohn. Dieser Wächter beschwor die Geister für die Menschen, denen sie Reichtum gewähren sollten.

Der Zufall wollte es, daß der Wächter sich daheim aufhielt. Er empfing die Gäste gebührlich, bewirtete sie und fragte dann nach den Absichten der beiden Ankömmlinge.

Wangsa, der gewandt reden konnte, nannte sogleich sein und seines Freundes Begehren. Der Wächter neigte seinen Kopf dicht an die Ohren der beiden Gäste und fragte flüsternd: »Seid ihr beide fest entschlossen? Wenn noch nicht... ihr müßt wissen, daß ihr mit Teufelsspuk in Verbindung treten wollt! Wenn dann die Zeit des Vertrages abgelaufen ist, müßt ihr hierher zurückkehren und Sklaven der Berggeister werden...«

Der Wächter war wohl schon im vorgeschrittenen Alter, dennoch behend und von kräftigem Körperbau. Er behandelte seine beiden Gäste, als ob sie seine Kinder wären.

Wangsa und Atung warfen sich einen Blick zu. Seit sie das Haus des Wächters betreten hatten, erfüllte sie Unruhe. Ihre Herzen klopften wie beim Betreten einer unbekannten, geheimnisvollen Welt. Doch auf die Frage des Wächters antworteten sie wie aus einem Munde mit der Erklärung, sie seien fest entschlossen. »Wir bleiben endgültig dabei. Sawah und Haus haben wir verkauft, damit wir hierherkommen konnten. Wir brauchen nur noch jemanden, der uns zu den Geistern führt.«

Der Wächter nickte mehrmals zum Zeichen, daß er verstanden habe. Dann sagte er, zwar noch recht bedächtig, doch nicht mehr im Flüsterton: »Meine Pflicht als Wächter ist es lediglich, euch zu dem gewissen Ort zu begleiten. Wenn ihr beiden euch die Sache reiflich überlegt habt und fest entschlossen seid – gut, so werde ich euch hinführen. Aber bevor es soweit ist, müssen erst die Bedingungen erfüllt sein.«

»Und was für Bedingungen sind das, Pak?«

Darauf erklärte der Wächter, was sie als Opfergabe und Geschenk darbringen müßten, bevor sie an den gewissen Ort kommen dürften.

Wangsa entgegnete: »Ihr sollt wissen, daß wir schon in der Stadt eingekauft haben, damit es nicht so schwierig ist, etwas aufzutreiben. Aber wir haben nur Opferblumen mitgebracht, Weihrauch und duftendes Öl.«

»Oh, die Sache ist ganz einfach!« meinte der Wächter. »Hauptsache, ihr habt Geld! Ich werde Ali zum Einkaufen auf den Markt schicken.«

»Wieviel müßte es denn sein, Pak?« fragte Atung.

»Wieviel oder wie wenig, hängt ganz von dem Vorhaben des Gebers ab. Wer reichlich Geschenke und Opfergaben bringt, wird natürlich auch eine große Gegengabe erhalten.«

Wangsa und Atung verhandelten flüsternd darüber, wieviel Geld sie spenden wollten.

Der Wächter gab ihnen noch weitere Hinweise: »Außerdem müßt ihr dann auch Geld als Hochzeitsgabe für die Prinzessinnen opfern. All das ist nicht für mich, sondern soll denen dargebracht werden, die wir aufsuchen.«

Atung und Wangsa legten beide Geld hin, worauf der Wächter seinen Sohn auf den Markt schickte.

Während sie nun warteten, gebot der Wächter, das Essen zu kochen. Er befahl, Reiskegel mit einem Ei obenauf zu bereiten, Früchte von den Bäumen zu pflücken und sie zu schälen. Die Frau des Wächters wirtschaftete eifrig in der Küche. Unaufhörlich stieg Rauch auf. Gegen fünf Uhr wurden die Gäste zum Essen gebeten. Nach Sonnenuntergang kehrte Ali vom Einkauf zurück. Er händigte alles seinem Vater aus und lief dann zum Brunnen, um sich zu waschen.

Die Frau des Wächters ordnete alles für die Opfer- und Weihgaben. Sie wurden in einem leeren Raum bereitgelegt, den eine Erdnußöllampe erhellte. Dabei blies der Wind durch die Ritzen der Wände. Der Raum diente nur für das Darbringen von Weihgaben. Kam niemand, der opfern wollte, wurde die Kammer gewöhnlich nicht betreten.

Die Opfergaben bestanden aus Reis mit Eiern, Früchten, duftendem Öl, Opferblumen und sieben anderen Sorten von Blütenzier. Dazu gehörten noch weißes Brot, verschiedene Kuchen, Kaffee mit Zuckerstücken, Betelbissen ganz nach dem Brauch, sieben Maisblattzigaretten und außerdem zwei Zigarren.

Alles lag bereit, da bat der Wächter seine beiden Gäste in den Raum mit den Opfergaben. Bevor sie eintraten, mußten sie Ringe, Messer, Waffen und allen Metallschmuck draußen ablegen. Die Frau des Wächters verwahrte die Sachen gut. Schon am Mittag hatte der Wächter den beiden Besuchern mitgeteilt, daß sie kein Wort sprechen dürften, während sie den Geistern gegenüberträten. Wenn sie etwas Merkwürdiges sehen oder hören sollten, dürften sie kein Erstaunen zeigen. Der Wächter hatte auch Geld für die Hochzeitsgabe verlangt. Nun lag dieses Geld auf dem Sarung für das Hochzeitsgewand neben der Beteldose.

Wangsa und Atung setzten sich hinter den Wächter, der Weihrauch anbrannte, dessen Rauch aufstieg und mit seinem Duft den Raum erfüllte. Der Wächter murmelte Zaubersprüche. Seine flüsternde Stimme klang unsicher. Erst nach einer Weile hörte man die Sätze etwas deutlicher, und die Stimme klang nun kräftig:

»O edler König Cindewelang,
der Ihr wohnt in Sunyaruri,
o Herr Vater aller Töchter,
opfern will jetzt Euer Diener.«

Duftharz wurde über den Weihrauch gestreut. Der Wächter wiederholte nochmals und auch ein drittes Mal seine Beschwörungsformel. Es war ganz still. Die beiden Besucher schienen nicht zu wagen, auch nur Atem zu holen. Äußerste Spannung erfüllte sie. Von draußen drang kein Laut herein. Alles blieb ruhig. Die Natur schien zu schlafen. Nicht ein Windhauch regte sich.

Bald darauf vernahm man vom Dach ein schallendes Lachen, das ihnen die Haare zu Berge stehen ließ. Der Wächter wisperte den beiden Gästen zu: »Seid ganz leise, gleich kommt er!«

Auf einmal blies der Wind ganz heftig, ja er heulte beinahe. Das Haus erzitterte, als sollte es, wie von einem Erdbeben betroffen, zusammenfallen. Es krachte dreimal, dann herrschte Stille. Der erbsengroße Schein der Lampe wies geradewegs nach oben.

Atung und Wangsa erlauschten ein Murmeln, das wie eine Unterhaltung klang, konnten aber die einzelnen Worte nicht verstehen. Gleich darauf wandte sich der Wächter an seine beiden Besucher: »Wir haben Glück! Morgen früh dürfen wir zum Geisterschloß kommen. Laßt uns jetzt hinausgehen!«

Als sie den Raum verließen, hörten sie in dem stockfinsteren Haus keinen Laut.

Aus Furcht zu stolpern oder zu stürzen, setzten sich Atung und Wangsa einfach gleich bei der Tür des Raumes nieder, wo sie die Opfergaben dargebracht hatten. Wieder erbebte das Haus dreimal hintereinander. Dann ging der Wächter hinaus, um die Lampe zu holen.

Alle drei nahmen wieder im Mittelraum des Hauses Platz, und der Wächter sagte: »Ihr habt die Erlaubnis, meine Kinder! Wir brauchen nur noch morgen den Geistern gegenüberzutreten. Ihr habt wirklich großes Glück, denn gewöhnlich werden Besucher nicht so schnell vorgelassen.«

Atung und Wangsa fühlten sich bei diesen Worten des Wächters glücklich und stolz zugleich. Ihre Augen blitzten vor Freude. Nun würden ihr Träume bald in Erfüllung gehen.

Nachdem sie sich noch eine Weile unterhalten hatten, meinte der Wächter gähnend, wobei er die Hand vor den Mund hielt: »Jetzt wollen wir schlafen gehen, es ist Nacht geworden.«

Jeder der beiden Gäste bekam ein Kissen, dann legten sie sich nieder. Sie schliefen im Mittelraum. Bevor der Wächter in seine Kammer ging, löschte er die Lampe, so daß es ringsum stockdunkel wurde.

Atung schlief bald fest ein. Sein Schnarchen durchdrang die Nacht. Wangsa aber fiel es sehr schwer, die Augen zu schließen. Seine Gedanken eilten ihm davon. Er überdachte die höchst ungewöhnlichen Erlebnisse des Tages. Voller Unrast lauschte er auf das Säuseln des Windes im raschelnden Bambusgebüsch und auf die einander antwortenden Stimmen der Nachttiere.

Am nächsten Morgen brachen sie zum Geisterschloß auf. Sie liefen einer hinter dem anderen und folgten dem Wächter. Wangsa ging als letzter. Sie schlugen einen äußerst schmalen Fußpfad ein und gelangten schließlich in dichten Urwald. Als sie bei einem großen Stein ankamen, gebot der Wächter Halt.

»Hier ist das Tor zum Geisterreich«, sagte er. »Wir müssen hier Weihrauch abbrennen und Geld niederlegen. Wieviel, steht in eurem Belieben. Während ich den Weihrauch anzünde, müßt ihr die Augen schließen.«

»Gut!« antworteten die beiden.
Atung schloß tatsächlich die Augen, wie es der Wächter verlangt hatte. Wangsa aber hielt sie ganz weit offen, blickte sogar nach oben und unten, nach rechts und links und beobachtete die Vögel, die einander in den höchsten Zweigen verfolgten.
Sowie der Wächter zum Weitergehen aufforderte, öffnete Atung die Augen. Er staunte sehr, denn was er nun sah, unterschied sich beträchtlich von dem vorherigen Anblick. Was der Wächter als Tor zum Geisterreich bezeichnet hatte, glich eigentlich einer Ehrenpforte. Auch der Weg war kein schmaler, von Gestrüpp überwucherter Fußpfad mehr, sondern eine freie, breite Straße. Sie führte zu einem Bauwerk, das sich als ein prachtvolles Schloß erwies. Bevor sie aber dort hineinkamen, durchschritten sie noch drei mit kunstvollen Schnitzereien verzierte Tore. Jeden Torflügel bestrich der Wächter mit duftendem Öl.
Die Wache an jedem Tor gab ihnen den Weg frei, und sie betraten das Schloß. Im Empfangssaal befand sich niemand. Der Raum lag verlassen. Wieder murmelte der Wächter seine Zaubersprüche. Alle drei setzten sich mit untergeschlagenen Beinen vor den leeren Thron. Abermals sprach der Wächter seine Beschwörungsformeln. Bald darauf erschien Seine Erhabenheit der König in Begleitung der Königin. Sie nahmen auf dem Thron Platz. Ihnen folgten die Prinzessinnen, fünf an der Zahl. Die fünfte war überaus hübsch und fand ihrer einmaligen Schönheit wegen kaum ihresgleichen.
Sobald alle lautlos Platz genommen hatten, verneigte sich der Wächter voll Ehrerbietung und sprach:

»O König, erlaube deinem Diener,
an unser Gespräch von damals zu erinnern,
an den alten Vertrag, der mich betrifft.«

»Meister Warunggi, sag an, was du möchtest!« antwortete der König. Darauf fuhr der Wächter fort:

»O König, großer Herrscher des Zauberreichs,
ich stelle dir einen echten Mann vor,
den zukünftigen Gatten der Prinzessin,
der gestern um sie geworben und dir gehuldigt hat.«

Der König erwiderte: »Ja, die Werbung habe ich angenommen. Sage ihm, er möge vortreten und eine von meinen fünf Töchtern wählen!«

Atung trat vor, weil der König bei seinem Gebot auf ihn gewiesen hatte. Wortlos deutete er auf die Prinzessin, die ihm unablässig verheißungsvoll zulächelte. Sie saß in der Mitte. Danach senkte Atung den Kopf. Er wagte nicht zu sprechen. Die Kehle schien ihm wie zugeschnürt, und das Blut schoß ihm ins Gesicht. Er fühlte sich verlegen und ängstlich. Verwirrt stand er den reizenden Prinzessinnen gegenüber, die man ihm sogar zur Auswahl angeboten hatte!

Der König nickte mehrmals zufrieden mit dem Kopf.

»Sei froh!« sprach er, »du konntest dir deine zukünftige Frau wählen. Aber vor der Hochzeit mußt du deinen Namen ändern. Du sollst Herr Korowelang heißen. Bitte, Meister Warunggi, wir übergeben dir Jungfer Prinzessin Limarpinjung. Verheirate sie mit Herrn Korowelang! Du mußt ihm den Vertrag erklären, damit er die Bedingungen nicht verletzt.«

Prinzessin Limarpinjung stieg von ihrem Platz herab und trat zu Herrn Korowelang. Die beiden wurden von Meister Warunggi getraut. Nach der Trauung begab sich die Prinzessin wieder an ihren früheren Platz und wandte sich dann an ihren Gatten: »Mein Gebieter, ich werde in allen Nächten, die den Göttinnen Angarrageni und Sukra geweiht sind, zu Euch kommen. Stellt bitte alles dem Brauch gemäß bereit und versäumt nichts!«

Atung oder, wie er nun hieß, Herr Korowelang nickte, brachte aber kein Wort heraus. Er wußte ja noch nicht einmal, was er bereitstellen sollte. Er hätte gern gefragt, aber sein Mund war wie versiegelt und seine Zunge wie abgestorben. Bei sich dachte er: ›Nun, ich werde eben später den Wächter fragen!‹

»Meister Warunggi«, sprach Seine Erhabenheit König Cindewelang jetzt weiter, »wir haben deine Werbung angenommen. Wir sind zufrieden. Kehrt jetzt heim und seid vorsichtig unterwegs!«

Der Wächter wunderte sich, wagte aber nicht geradeheraus zu fragen, sondern machte eine tiefe Abschiedsverbeugung: »Erlaubt, daß wir uns jetzt zurückziehen!«

Die drei Männer verließen das Schloß und gingen gemeinsam davon. Dabei überlegte der Wächter unablässig und voll Verwunderung: ›Warum ist der andere nicht angesprochen und nicht beachtet worden? Bestimmt widerstrebt noch etwas in seinem Innern...‹

Atung freute sich sehr, denn alle seine Wünsche hatten sich erfüllt. Als sie am Tor zum Geisterreich anlangten, wandten sie sich um. Doch sie sahen nur Urwald, keine Straße, kein Schloß, nur Dschungel und Berge.

Ab und zu überlief Wangsa ein Schauder. Voll Angst und Grauen zog er die Schultern hoch. Er sagte jedoch weder zu Atung noch zu dem Wächter ein Wort. Beharrlich schwieg er, sprach keine Silbe.

Von ihrem Aufbruch bis zur Rückkehr nahm Wangsa keine Verwandlungen wahr. Beim Tor zum Geisterreich bemerkte er keine große, breite, freie Straße. Die drei Torflügel, die der Wächter mit duftendem Öl bestrich, stellten für ihn gar keine mit kunstvollen Schnitzereien verzierten Tore dar, sondern scharfkantige Felsblöcke. Der Weg erschien ihm schmal und mit glitschigem Moos bewachsen. Nachdem sie dreimal Felsblöcke mit duftendem Öl bestrichen hatten, gingen sie in eine so enge und niedrige Höhle hinein, daß sie kriechen mußten. Darin erblickte er einige Schlangen von der Länge eines Palmenstammes, die sich schreckenerregend hin und her wanden. Sie erhoben die Köpfe und schauten ihn, seinen Freund und ihren Begleiter an, als wollten sie alle verschlingen. Er

gewahrte auch keine entzückende Prinzessin. Worauf Atung zeigte, war eine grauenhafte Schlange mit geflecktem, geschwollenem Leib, deren Augen zu glühen schienen.
Im Hause des Wächters redeten Meister Warunggi und Herr Korowelang Wangsa zu, er solle sich nicht entmutigen lassen.
»Wenn nicht heute, dann vielleicht bald! Verzweifle nicht!« tröstete Herr Korowelang ihn.
»Es gibt sicherlich noch einen Widerwillen in dir«, meinte Meister Warunggi. »Ist er erst beseitigt, wirst du bestimmt wie dieser da angenommen.« Und dabei deutete er auf Herrn Korowelang. »Wenn du es unablässig wünschst und mit wahrhafter Ausdauer darauf hoffst, wird das Hemmnis gewiß verschwinden.«
Wangsa schwieg dazu.
Dann rief Meister Warunggi Atung in eine Ecke, um ihn die Art und Weise zu lehren, wie er die Zauberin empfangen müsse, wenn der Tag gekommen sei. Die den Göttinnen Angarrageni und Sukra geweihten Nächte fielen auf Dienstag und Freitag. Zu dieser Zeit mußte das Haus sauber sein, und Herr Korowelang sollte in wohlriechendem Wasser baden. Warunggi zählte die bereitzustellenden Opfergaben einzeln auf, von denen keine vergessen werden durfte. Denn wenn dies vorkomme, könne die Prinzessin zornig werden. Das Gemach, wo er die Jungfer Prinzessin Limarpinjung empfange, müsse ein besonderer Raum sein, wo andere Leute keinesfalls übernachten dürften. Dienstags und freitags nachts, wenn also die Prinzessin erscheine, müsse das Gemach rein und voller Wohlgerüche sein. Die Prinzessin schlafe nicht gern an einem Ort, der solche vermissen lasse. Sobald am Morgen Prinzessin Limarpinjung wieder heimgekehrt sei, solle er unter das Kissen oder unter die Matratze schauen. Dort werde er bestimmt zurückgelassene Schuppen von einer Schlangenhaut finden. Diese seien dann für ihn, Herrn Korowelang, und würden sich in Münzen oder Gold und Silber verwandeln. Finde er keine Schlangenhautschup-

pen der Prinzessin mehr, so bedeute dies, daß der Zeitpunkt für ihn, Herrn Korowelang, gekommen sei, zum Schloß des Königs Cindewelang zurückzukehren. Er müsse dann den Vertrag erfüllen und Sklave werden. Wenn es soweit sei, werde ihn bestimmt jemand abholen. All dies erzählte Meister Warunggi Herrn Korowelang im Flüsterton und nur ihm allein. Aber Wangsa lauschte angestrengt, so daß er alles verstand.

Auf dem Heimweg erkundigte sich Wangsa: »Atung, was hast du in der Höhle gesehen?«

Der Freund sah Wangsa erstaunt an und zählte alles auf, was er bemerkt hatte: den König, die Königin und die bildschönen Prinzessinnen, das herrliche Schloß und anderes.

Darauf fragte Atung seinerseits: »Und du, Wangsa, was hast du gesehen?«

Wangsa wollte nicht mit der Sprache heraus und erwiderte nur: »Merkwürdig! Ich habe gar nichts davon gesehen. Es war alles stockdunkel wie in einer Höhle.«

Daß er sich windende Schlangen gesehen hatte, erzählte er Atung nicht, denn er befürchtete, seinen Freund damit zu kränken.

20 *Langhorn*

In alter Zeit lebten einmal in einem Dorf sehr arme Eheleute. Sie hatten eine Tochter, die sie sehr liebten. Aber ein Kummer bedrückte die beiden sehr, denn ihr Wunsch nach einem Sohn erfüllte sich lange nicht. Bei Tag und Nacht beteten sie deshalb, daß ihnen ein Sohn geschenkt werde.

Einige Jahre später wurde ihnen auch ein Knabe geboren. Aber sosehr sie sich über die Geburt des Jungen freuten, so traurig waren sie doch, als sie bemerkten, daß dem neugeborenen Kind Hörner wuchsen wie bei einem Büffel oder einem Zeburind. Sie schämten sich sehr vor ihren Nachbarn und

Bekannten. Was würde man wohl dazu sagen, daß ihr Kind nicht so wie andere kleine Kinder aussah?
So überlegten sie, wie sie es wohl anstellen sollten, das gehörnte Kind im Fluß verschwinden zu lassen, damit niemand etwas von ihm erfuhr.
Sie nahmen eine Kiste, die groß genug war, um das Kind darin zu verstecken. Dann legten sie den Knaben hinein, dazu ein Ei und einen Scheffel Reis, verschlossen die Kiste und stießen sie in den Fluß. Ihre Tochter, die große Schwester des ausgesetzten Kindes, sah traurig, daß ihr Brüderchen vom Fluß davongetragen wurde. Sie lief am Ufer entlang und folgte der immer weiter gleitenden Kiste. Sie ertrug es nicht, daß ihr eigenes Brüderchen im Fluß ertrinken sollte. Wohin die Kiste mit ihm auch trieb, beständig folgte die Schwester am Ufer entlang nach.
Ein wenig später hörte das Mädchen das Kind in der Kiste weinen. Sie glaubte, ihr Brüderchen sei hungrig, und tröstete es, indem sie sang:

»O weh, mein liebes Brüderchen,
o weh, du Langhorn,
weine nicht so sehr!
Bist du hungrig,
iß ein Körnlein Reis,
so wirst du nicht Hungers sterben.«

Es vergingen einige Tage, und aus dem Ei in der Kiste schlüpfte ein Küken, das man draußen piepen hören konnte. Als das Mädchen dies vernahm, sang es:

»O weh, mein liebes Brüderchen,
o weh, du Langhorn,
bist du hungrig,
so iß ein Körnlein Reis,
und eines gib dem Küken ab,
damit ihr nicht Hungers sterbt.«

Vielmals wiederholte sie dieses Lied, um ihr Brüderchen zu trösten und zu erfreuen.

Dabei folgte sie beharrlich der Kiste am Ufer des Flusses nach. Sie achtete nur auf ihr Brüderchen, das Langhorn, und dachte gar nicht an sich selbst.

Nach einigen Wochen endlich trieben die Wellen die Kiste an das Flußufer. Schnell lief das Mädchen hinzu, zog sie auf trockenes Land und öffnete sie.

Aus der Kiste stieg ein kräftiger, anmutiger Knabe, gefolgt von einem schönen Hahn. Es war seltsam – der Junge zählte erst wenige Wochen und konnte doch schon laufen und sprechen! Noch erstaunlicher schien indessen, daß er seine langen Hörner, die vordem auf dem Kopf wuchsen, nicht mehr hatte. Sie waren verschwunden. Jetzt sah der Knabe genauso aus wie andere. Er erwies sich sogar als besonders stark, mutig und von schönem Angesicht. Die beiden Geschwister gingen nun Hand in Hand einem Dorfe zu. Sie nahmen auch ihren schon stattlich anzusehenden Hahn mit.

Als sie am Dorfeingang anlangten, sprach einer der Dörfler sie an: »He, ihr Kinder, wohin wollt ihr?«

»Wir wollen ins Dorf hier und uns unseren Lebensunterhalt verdienen«, antworteten die beiden.

»Wißt ihr denn nicht, was im Dorf Brauch und Sitte ist? Wenn ihr in dieses Dorf hinein wollt, müßt ihr auch die Regeln befolgen, die bei uns gelten.«

»Ja, gewiß sind wir bereit, uns daran zu halten. Wohin wir auch kommen, müssen wir dem Brauch folgen«, entgegneten die Kinder.

»Wenn ihr so denkt, ist es gut«, meinte der Dorfbewohner.

Inzwischen kamen noch andere Leute aus dem Dorf herbei. Nach und nach umringten immer mehr Menschen die beiden Kinder.

Einer sagte: »Ihr müßt den Mut haben, euren Hahn mit unseren kämpfen zu lassen!«

»Ja, so ist es!« fügte ein anderer hinzu. »Und wenn euer Hahn siegt, dürft ihr ins Dorf, und euch gehört dann alles Gut, das wir auf den Sieger gesetzt haben.«

»Nun gut!« stimmten die Kinder zu.
»Aber wenn euer Hahn unterliegt, müßt ihr uns dienen!« fiel gleich ein anderer ein. »Wollt ihr das? Wenn ihr nicht den Mut dazu habt, so ist es besser, ihr gebt den Wunsch auf, in dieses Dorf zu kommen.«
»Einverstanden, wir wagen es!« gaben die Kinder zurück und fragten die Dorfleute gleich: »Was werdet ihr für den Wettkampf setzen?«
»Den ganzen Besitz aller Bewohner dieses Dorfes werden wir euch übergeben, wenn euer Hahn gewinnt.«
Sie begannen sogleich mit dem Hahnenkampf, und Langhorns Hahn siegte. Da durften die beiden Kinder hinein ins Dorf, erhielten Speise und Trank, auch Hab und Gut in großer Menge. Nachdem sie nun großen Reichtum erworben hatten, wanderten Langhorn und seine große Schwester immer weiter, von einem Dorf zum anderen. Überall, wohin sie auch gingen, ließen sie ihren Hahn mit den Hähnen der Dorfbewohner kämpfen, und stets errang ihr Hahn den Sieg. Allmählich wurden die beiden Kinder immer reicher.
Schließlich kamen Langhorn und seine große Schwester an ein volkreiches Dorf. Am Dorfeingang ruhten sie sich ein wenig aus. Da liefen einige Leute herbei und fragten: »Wer seid ihr, und woher kommt ihr? Wie heißen eure Eltern? Weshalb kommt ihr in unser Dorf?«
Darauf antwortete Langhorns große Schwester: »Wir sind unglückliche Kinder. Woher wir stammen und wer unsere Eltern sein mögen, wissen wir nicht.«
»Seid ihr denn nicht auch von dieser Erde? Wieso kennt ihr euren Geburtsort und eure Eltern nicht?« fragten die Dorfleute weiter, und das Mädchen erklärte ihnen: »Ich und auch mein Bruder sind Menschen wie ihr, nur kennen wir weder unseren Geburtsort noch unsere Eltern.«
»Aber warum nicht?«
»So hört! Als ich noch klein war, kam mein Bruder zur Welt. Bei der Geburt wuchsen ihm sogleich zwei lange Hörner am

Kopf, und deshalb nenne ich ihn Langhorn. Vater und Mutter schämten sich, weil sie ein gehörntes Kind hatten, und setzten es im Fluß aus. Ich lief ihm aber nach, bis es mir endlich gelang, das Kind zu retten. Dieses Kind ist mein Bruder Langhorn hier. Jetzt hat er keine Hörner mehr, sie sind schon lange abgefallen.«

Nachdem die Dörfler den Bericht des Mädchens zu Ende angehört hatten, erinnerten sie sich wieder an längst vergangene Ereignisse. Damals hatte in diesem Dorf eine Frau einen seltsamen Sohn geboren, dem Hörner auf dem Kopf wuchsen. Die Eltern des Kindes wollten die Sache geheimhalten und setzten es im Fluß aus. Aber was verborgen bleiben sollte, kam doch heraus. Die Leute im Dorf erfuhren schließlich davon, weil sich das Gerücht von einer solchen Merkwürdigkeit schnell verbreitete.

Dieses Dorf mußte wohl der Geburtsort von Langhorn und seiner großen Schwester sein. Nun waren sie wieder im heimatlichen Dorf angelangt, und die Kunde von ihrer Heimkehr lief noch viel rascher um als zuvor die von der Geburt eines gehörnten Kindes. Damals hatten die Kinder das Dorf in großer Trübsal verlassen, doch nun kehrten sie mit Reichtümern im Überfluß zurück.

Wahrhaftig lebten auch die Eltern der Geschwister noch. Mit großer Freude vernahmen sie die Nachricht von der Rückkehr ihrer nunmehr so reich gewordenen Kinder und eilten herbei, um sie zu begrüßen. Aber als sie ihnen endlich Auge in Auge gegenüberstanden, wurden sie enttäuscht, denn die Geschwister wollten nichts mehr von ihren Eltern wissen.

»Wir beide haben keine Eltern mehr«, erklärte Langhorn, »denn von klein auf mußten wir ohne elterliche Liebe leben. Unsere Eltern haben uns verstoßen, als wir noch klein waren. Damals begann unsere Leidenszeit. Seitdem haben wir keine Eltern mehr.«

Wieder und wieder versuchten Vater und Mutter mit Erklärungen und guten Worten, die Herzen ihrer Kinder zu rüh-

ren, aber vergebens. Die Kinder wollten sie nicht mehr als ihre Eltern anerkennen. Darüber betrübten sich Vater und Mutter sehr. Nach kurzer Zeit erkrankten sie vor Kummer und bedrückender Reue, und schließlich starben sie.
Langhorn und seine große Schwester jedoch lebten in Frieden, Eintracht und Wohlstand in ihrem Dorf.

21 *Panji Kelaras*

Vorzeiten lebte einmal ein mächtiger König. Er hatte einen einzigen Sohn, von dem der Herrscher sehr hoffte, daß er einmal nach ihm das Reich regieren werde. Aber seine Hoffnung erfüllte sich nicht, denn der eigensinnige junge Prinz wollte weder auf guten Rat hören noch etwas Ordentliches lernen. Er ergötzte sich nur am Hahnenkampf. Wenn er seinen Kampfhahn sah, vergaß er alles andere, und kein Mensch vermochte den Kronprinzen von dieser Begeisterung und Leidenschaft für den Hahnenkampf abzubringen und seine Aufmerksamkeit auf andere Dinge zu lenken. Weil der König nun sehr aufgebracht über das Verhalten des Kronprinzen war, verstieß er ihn. Der Prinz durfte nicht mehr im Palast bleiben und sich auch im ganzen Königreich nicht mehr sehen lassen.
So verließ der Prinz den Königspalast. Er wanderte bei Tag und Nacht und durchstreifte die Wälder. In einem Wald traf er eine schöne Jungfrau. Sie lebte ganz allein mitten in diesem Urwald. Die Schöne erzählte, daß sie die Tochter eines Bauern sei, aber Vater und Mutter seien schon lange gestorben. So mußte sie nun allein im Walde ihr Leben verbringen. Als Obdach hatte sie sich eine Hütte aus Kokospalmzweigen geflochten.
Der verstoßene Prinz nahm dieses Waldmädchen zur Frau, und sie lebten zusammen im Walde. Wenig später wurde das Waldmädchen guter Hoffnung. Aber als schon fast die Zeit

nahte, daß sie ihr Kind zur Welt bringen sollte, vernahm der Prinz die Kunde, daß der König, sein Vater, gestorben sei. Sogleich gedachte er in seine Heimat zurückzukehren. Er, der einzige Prinz, würde nun bestimmt als Nachfolger seines Vaters das Reich regieren. Seine Frau beschloß er im Walde zurückzulassen und sie auf keinen Fall mitzunehmen. Weil sie schon bald das Kind zur Welt bringen würde, weinte die Frau vor Kummer. Sie wollte ihren Mann begleiten und warf sich vor ihm zu Boden. Doch der starrköpfige Prinz bestand darauf, allein zu gehen, ohne seine Frau mitzunehmen. Wenn sie versucht hätte, ihren Willen zu erzwingen, hätte er sie sogar lieber umgebracht. So ging der Prinz allein davon.

Einige Monate vergingen, und die Zeit, zu der die Frau des Prinzen ihr Kind gebären sollte, kam schon fast heran. Eines Tages, als am Morgen die Sonne noch nicht so hoch am Himmel stand, saß die unglückliche Frau vor ihrer Hütte und grübelte über ihr Los nach. Wie sie so in Gedanken versunken dasaß, flog ein Raubvogel über sie hinweg, der in den Fängen ein Küken trug. Plötzlich löste sich das Küken aus der Umklammerung des wilden Raubvogels und fiel genau vor der unglücklichen Frau herab. Das Küken lebte noch, und so hob sie es auf und pflegte es. Nicht lange nach diesem Vorkommnis gebar die verlassene Frau des Prinzen einen sehr schönen Sohn.

Als das Kind neun Jahre alt geworden war, fragte es die Mutter einmal nach seinem Vater. Sie aber antwortete nur: »Mein Sohn, du hast keinen Vater.«

Sie wollte ihm nicht erzählen, was sich wirklich ereignet hatte, und der Junge fragte auch nicht weiter.

Unterdessen war aus dem Küken, das der Raubvogel in seinen Fängen gehalten hatte, ein stolzer Hahn geworden. Bei Tag und Nacht hielt sich der wundersame Hahn an der Seite des Jungen. Der Wunderhahn krähte immerzu und seltsam genug, es hörte sich wie menschliche Rede, ja sogar wie ein Reim an. So rief der Wunderhahn in einem fort:

»Ich bin der Hahn von Panji Kelaras;
seine Mutter in einer schlechten Hütte lebt,
sein Vater im Königshaus müßiggeht.«

So nannte man den Jungen Panji Kelaras, und diesen Namen hatte er wahrhaftig von dem Wunderhahn erhalten.

Damals aber war der Prinz in sein Land zurückgelangt und als Nachfolger seines Vaters zum König gekrönt worden. Nun tat er nichts anderes mehr als das, was ihn am meisten erfreute, nämlich Hahnenkämpfe abzuhalten.

Wenn der Herrscher bei seinem Kampfhahn weilte, vergaß er alles andere. Fast an jedem Tag ließ er die Besitzer von Kampfhähnen in den Hof des Königspalastes kommen. So ging es dort immer lebhaft zu, und der Hof wurde zu einer Hahnenkampfstätte und zum Wettplatz.

Auch Panji Kelaras erfuhr davon, daß der König Hahnenkämpfe sehr liebte und immer wieder veranstaltete. Eines Tages brach Panji Kelaras ganz früh am Morgen auf, um zum Palast zu wandern. Seinen Liebling, den Hahn, nahm er natürlich mit. Diesen wundersamen Hahn wollte er mit dem des Herrschers kämpfen lassen.

Als Panji Kelaras mit seinem ungewöhnlichen Hahn anlangte, herrschte im Hof des Palastes schon ein lebhaftes Treiben von wettlustigen Leuten. Panji Kelaras trat mitten auf den Kampfplatz und forderte den König auf, er möge seinen Hahn mit dem, den er selbst unter dem Arm trug, kämpfen lassen. Der Herrscher nahm die Herausforderung an. Die Menge staunte über den Wagemut von Panji Kelaras. Verwundert blickte man auf den Hahn, den er mitgebracht hatte. So sollten die beiden Hähne gegeneinander kämpfen, und viele Leute setzten auf den einen oder den anderen. Einige nahmen Partei für den Herrscher, aber einige auch für Panji Kelaras.

Mit nur einem einzigen Hieb wurde der Hahn des Herrschers besiegt. Als er seinen Gegner bezwungen hatte, krähte der Hahn von Panji Kelaras:

»Tok-tok, kikeriki!
Ich bin der Hahn von Panji Kelaras;
seine Mutter in einer schlechten Hütte lebt,
sein Vater im Königshaus müßiggeht.«

Der Herrscher und alle anderen auf dem Wettkampfplatz Versammelten verwunderten sich sehr über das Krähen des seltsamen Hahns. Sodann kehrte Panji Kelaras wieder nach Hause zurück, unter dem einen Arm seinen Lieblingshahn und unter dem anderen einen Beutel voll Geld. Seine Mutter war erstaunt und erschrocken zugleich, als Panji Kelaras zu Hause ankam und sie das Geld sah, das ihr Sohn mitbrachte. Sie fragte sogleich: »Woher hast du so viel Geld?«

Panji Kelaras antwortete gleichmütig: »Ich habe meinen Hahn mit dem des Herrschers kämpfen lassen. Wir haben gewettet, und ich gewann. Deshalb bringe ich so viel Geld mit. Du brauchst dir darum keine Sorgen zu machen. Morgen oder ein andermal gehe ich noch einmal, und ich weiß bestimmt, daß ich wieder gewinnen werde.«

Und bald darauf wanderte Panji Kelaras abermals zum Palast und nahm seinen Lieblingshahn mit, um diesen wundersamen Hahn kämpfen zu lassen. Er wollte den Herrscher nochmals herausfordern. Im Hof des Palastes drängte sich eine dichte Menschenmenge, die ihre Wettleidenschaft herbeigetrieben hatte. Alle wollten nun erleben, wie der Wunderhahn des kleinen Jungen gegen einen ausgewählten Hahn des Herrschers kämpfen würde. In dem Augenblick, da Panji Kelaras anlangte, richteten sich aller Augen auf ihn. Als der König nun Panji Kelaras mit dessen Lieblingshahn unter dem Arm herankommen sah, forderte er ihn sogleich zum Wettkampf heraus, denn er konnte seine vor wenigen Tagen erlittene Niederlage nicht verwinden. Deshalb sprach der König zu Panji Kelaras: »Dies hier ist mein Einsatz: ein ganzer Beutel voll Goldstücke! Aber du, Panji Kelaras? Was setzt du dagegen?«

»Ich setze meinen Hals ein«, gab Panji Kelaras entschieden

zurück. »Sollte mein Hahn unterliegen, bin ich bereit, mir den Kopf abschlagen zu lassen.«

Alle Leute, die das hörten, erschraken und verwunderten sich zugleich über diese kühne Antwort des Jungen. Sogar den Herrscher überraschte dessen Mut nicht wenig. In seinem Herzen fragte er sich: ›Der Junge ähnelt jemandem, den ich einst kannte. Aber wem nur? Es ist ein ganz außergewöhnliches Kind.‹

Dann erklärte der König: »Gut, mit deinem Einsatz bin ich einverstanden!« Sogleich befahl er, einen ganz bestimmten Hahn herbeizuholen, der dafür bekannt war, daß es keinen seinesgleichen gab. Die Kampfhähne wurden auf dem dafür bestimmten Platz aufeinander losgelassen, und von einem einzigen Hieb nur fiel des Herrschers Hahn zu Boden und regte sich nicht mehr.

Der König und alle anderen, die es mit ansahen, zeigten sich nicht wenig verblüfft und verwundert über den unerwarteten Ausgang des Kampfes. Wußte man doch, daß der Kampfhahn, den der Herrscher ausgewählt hatte, im ganzen Land keinen ebenbürtigen Gegner fand!

Sobald der Wunderhahn seinen Feind auf diese erstaunliche Art besiegt hatte, krähte er abermals:

»Tok-tok, kikeriki!
Ich bin der Hahn von Panji Kelaras,
seine Mutter in einer schlechten Hütte lebt,
sein Vater im Königshaus müßiggeht.«

Darüber verwunderten sich alle über die Maßen. Am meisten wunderte sich der Herrscher über das Krähen des seltsamen Hahns. Panji Kelaras aber kehrte wiederum mit einem Beutel voll Gold nach Hause zurück. Seine Mutter schloß ihn in ihre Arme. Sie war so froh, daß ihr Kind gesund heimkehrte, weil sie wußte, daß ihr Sohn seinen Kopf als Einsatz geboten hatte. Ihre Freude über die glückliche Heimkehr des geliebten Sohnes ließ sich daher nicht beschreiben. Sie hatte zuvor lange mit banger Sorge auf ihn gewartet.

Der König wollte zu gern wissen, wo Panji Kelaras wohnte und wer seine Eltern waren. Denn der Junge hatte ihn in Verwunderung gesetzt und seine Neugier erregt. Er wünschte dies besonders deshalb herauszufinden, weil der Junge auf seine Fragen nur geantwortet hatte, er habe weder Vater noch Mutter mehr und wohne nirgendwo. Deshalb folgte der Herrscher heimlich nach, als Panji Kelaras sich zur Heimkehr wandte. Als der König in den Wald gelangte, in dem er einstmals gelebt und dann seine Frau zurückgelassen hatte, erblickte er sie wieder. Und er gewahrte, wie liebevoll sie jenen Jungen umarmte, der ihn so sehr in Erstaunen versetzt hatte. Da trat der König zu der schuldlosen, treuen Frau hin, mit der er damals gebrochen hatte, zog sie an seine Brust und bat sie, ihm in seinen Palast zu folgen.

Dieses Wiedersehen der beiden so lange getrennten Gatten bewegte ihre Herzen sehr. Panji Kelaras sah überrascht, was sich da ereignete.

Schließlich fragte der Herrscher seine Frau, indem er auf Panji Kelaras wies: »Wer aber ist der Junge, den du soeben in deinen Armen hieltest?«

Die Mutter gab zur Antwort: »Das ist dein eigener Sohn, den du damals verlassen hast, noch bevor ich ihn zur Welt brachte.«

So erfuhr der König zu seiner unbeschreiblichen Freude, daß dieses Wunderkind niemand anderes als sein eigener Sohn war.

Der Herrscher nahm Panji Kelaras und dessen Mutter mit in seinen Palast und erhob die treue Frau zu seiner Königin.

Nach dem Tod des Herrschers soll Panji Kelaras als Nachfolger seines Vaters zum König gekrönt worden sein.

22 *Vom Jüngling, der sich in einen Delphin verwandelte*

Eine Witwe hatte einmal zwei Kinder, einen Jungen und ein Mädchen. Die Mutter fing einen Krebs, gab ihn der Tochter und trug ihr auf: »Koche den Krebs, und wenn dein Brüderchen weint, gib ihm die kurzen Beine zu essen. Die langen aber darfst du ihm nicht geben!« Damit ging die Mutter fort.

Der Kleine weinte so heftig, daß er schließlich auch die langen Krebsbeine zu essen bekam.

Als nun die Mutter zurückkehrte, sah sie nur noch den Körper vom Krebs und fragte: »Wo sind die langen Beine?«

Das Mädchen gab zur Antwort: »Das Brüderchen weinte so sehr, da habe ich ihm alle Beine gegeben.«

Darüber erzürnt, ging die Mutter fort. Der Kleine erwachte und weinte nach seiner Mutter. Die große Schwester sagte: »Es ist deine Schuld! Mutter ist böse, weil du alle Krebsbeine aufgegessen hast. Aber komm, wir wollen sie suchen!«

Sie spähten nach den Fußspuren ihrer Mutter und eilten diesen nach, bis sie bemerkten, daß ihre Mutter in geflochtenen Bambuskörbchen Milch, Eier und Reis für sie bereitgestellt hatte. Sie labten sich daran und folgten dann wieder eilig ihrer Mutter nach, die vor ihnen her lief, bis sie vor einem riesengroßen Wesen stand. Das war Regerege mit weit aufgesperrtem Mund, in dem die Mutter verschwand. Regerege verschlang sie, und nur ihr Haar blieb zwischen den Zähnen hängen.

Die beiden Geschwister, die ihre Mutter einzuholen versuchten, erblickten Regerege, und die große Schwester sprach: »Sieh dieses riesige Wesen dort! Es hat Mutter verschlungen. Man sieht ihr Haar noch zwischen seinen Zähnen.« Da kehrten sie um.

Das Mädchen zog ihren Bruder groß. Als er zum Jüngling herangewachsen war, ging er fort und gelangte in ein Dorf.

Dort spielten alle jungen Burschen Ball. Unser Jüngling spielte auch mit, und kein anderer konnte sich mit ihm messen.

Dann wanderte er wieder in ein anderes Dorf, wo man gerade Hahnenkämpfe veranstaltete. Der Jüngling nahm seinen Hahn mit, ein recht kleines Tier. Als die anderen das bemerkten, spotteten sie und riefen: »Wie könnte der wohl siegen!«

Doch zeigte es sich, daß dieser unscheinbare Hahn alle Kampfhähne des Dorfes tötete und dem Jüngling viel Gewinn einbrachte. Dieses Geld trug er nicht selbst nach Hause, sondern mietete sich dazu einen Chinesen.

Eines Tages wandte sich der Jüngling an seine große Schwester: »Geh zum König dieser Gegend, und bitte für mich um die Hand seiner Tochter!«

Sie zögerte, aber er mahnte: »Geh nur hin!«

Da machte sie sich auf den Weg zum König, wagte aber aus Schüchternheit nicht einzutreten.

Als der Herrscher sie erblickte, ließ er sie zu sich rufen. Da erbat sie für ihren Bruder die Hand einer der Königstöchter. Der König meinte: »Nun gut, aber er muß zuerst ein silbernes Haus für mich bauen.« Die große Schwester erwiderte: »Es soll geschehen!«

Der Jüngling murmelte eine Zauberformel, und schon entstand das silberne Haus. Nun begab er sich zum König, schlüpfte jedoch zuvor in die Haut eines Delphins und erschien in dieser Verkleidung auf den Stufen des Königshauses. Der König rief seine älteste Tochter herbei und fragte sie: »Willst du diesen da heiraten?«

Die Älteste spie auf den Delphin und sagte: »Wie könnte ich jemals einen Fisch heiraten!«

Auch die mittlere Königstochter wollte den Delphin nicht zum Manne nehmen. Der König rief nun die jüngste Tochter und fragte auch sie: »Willst du ihn heiraten?« Die Jüngste gab zur Antwort: »Ja.«

So schlief nun der Delphin im Gemach der jüngsten Prinzessin. Am Tage lag er als Delphin auf dem Fußboden des Zimmers, aber des Nachts warf er die Fischhaut ab und schlief mit seiner Frau.
Die beiden älteren Prinzessinnen schnitten ein Loch in die Wand des Gemachs ihrer Schwester, um sie und den Delphin zu beobachten. Als sie aber zu ihrer Verblüffung einen stattlichen Jüngling erblickten, wollten sie auch mit ihm verheiratet sein. Sie schalten auf ihre Schwester, weil sie ihrem Mann das Essen in einer halben Kokosnußschale vorsetzte. Jedoch die Jüngste erwiderte nur: »Das ist eben bei uns so der Brauch.«
Die beiden älteren Schwestern hätten den Delphin auch gern geheiratet, aber er wollte sie nicht. Deshalb richtete sich ihr Zorn auf ihn, und sie beschlossen, ihn umzubringen. Sie bereiteten ihm eine Speise zu und mischten Nadelspitzen hinein. Die junge Ehefrau kostete aber zuvor davon und warnte: »Iß es nicht, es sind Nadelspitzen darin!« An einem anderen Tag mengten die älteren Schwestern Gift in eine Speise, die sie für ihn gekocht hatten. Aber auch dieses Essen kostete die Frau und sagte zu ihm: »Iß es nicht, es ist vergiftet!«
Endlich schlug der junge Mann vor: »Komm, laß uns fortgehen, sonst töten sie uns eines Tages wirklich noch!«
Da kam ein Schiff herbeigefahren, das sie beide in die Heimat trug. Dort erwartete sie seine große Schwester. »Bist du nicht verheiratet?« fragte der Bruder sie, und die Schwester antwortete: »Nein, ich mag auch nicht heiraten, ich bleibe bei euch.«

23 *Weißzwiebelchen und Rotzwiebelchen*

In alten Zeiten lebte einmal in dem Dorf Dadapan eine Witwe. Sie hieß Mak Janda Dadapan.
Mak Janda nun hatte eine leibliche Tochter mit Namen Rot-

zwiebelchen und eine Stieftochter, die Weißzwiebelchen hieß. Diese beiden Töchter behandelte Mak Janda sehr verschieden. Ihre eigene Tochter verwöhnte sie und ließ ihr jeden Willen. Mit ihrer Stieftochter aber verfuhr sie überaus streng. Alle Arbeit, wie Waschen, Kochen, Fegen und anderes, bürdete sie Weißzwiebelchen auf, die tagtäglich schwer arbeiten mußte. Beging sie nur einen kleinen Fehler, wurde sie ohne Unterlaß gescholten.
Eines Tages sollte Weißzwiebelchen Wäsche waschen. Sie wusch am Fluß und wurde erst mittags damit fertig. Vor Ermattung gab Weißzwiebelchen nicht gut acht und bemerkte nicht, daß ihr ein Wäschestück abhanden gekommen war. Vielleicht hatte es die Strömung davongetragen. Als die Stiefmutter davon erfuhr, erging es Weißzwiebelchen sehr schlecht. Die Stiefmutter schlug sie mit der Rute, bis die Haut aufsprang, und schickte sie dann fort. Sie sollte so lange suchen, bis sie die verlorene Bluse wiedergefunden hätte.
Weißzwiebelchen machte sich auf die Suche. Sie lief und weinte dabei unaufhörlich. Der Hunger quälte sie, denn die Stiefmutter hatte ihr nichts zu essen gegeben. Weißzwiebelchen eilte am Flußufer entlang und folgte der Strömung. Sooft sie am Fluß jemanden traf, fragte sie ihn, ob er nicht eine Bluse auf dem Wasser habe treiben sehen.
An einer Stelle begegnete sie einem Mann, der sein Pferd wusch. Weißzwiebelchen fragte: »Onkelchen, Onkelchen, der Ihr Euer Pferd wascht! Habt Ihr vielleicht eine Bluse hier vorbeitreiben sehen?«
»Nein, Kind, aber frage nur mal das Väterchen, das dort angelt!« gab der Mann zur Antwort.
So ging Weißzwiebelchen weiter bis zu dem Angler und fragte: »Väterchen, Väterchen, der Ihr angelt, habt Ihr eine Bluse vorbeitreiben sehen?«
Allein der Mann antwortete: »Ich nicht, Kind, aber frage doch das Mütterchen, das dort in der Ferne Reis wäscht!«

Mühsam schleppte sich Weißzwiebelchen weiter am Flußufer entlang. Die Füße wollten ihr vor lauter Erschöpfung nicht mehr gehorchen, einen so weiten Weg bis an den Saum des Waldes hatte sie zurückgelegt! An der Stelle angekommen, wo das Mütterchen Reis wusch, fragte Weißzwiebelchen: »Mütterchen, Mütterchen, die Ihr Reis wascht, habt Ihr eine Bluse hier vorübertreiben sehen?«

»O ja! Gerade vorhin sah ich sie und habe sie herausgezogen«, antwortete das Mütterchen. »Komm mit mir nach Hause, dann werde ich sie dir zurückgeben.«

Weißzwiebelchen freute sich sehr über diese Auskunft und erbat Korb und Krug, um beides zu tragen. Sie vermochte es nicht mit anzusehen, daß alte Leute schwere Lasten trugen.

Wer aber war diese Alte? Sie entstammte dem Geschlecht der Riesen. Die Leute in der Umgebung des Waldes nannten sie Nini Buto Ijo.

Was für Angst und Schrecken erfaßten Weißzwiebelchen jedoch, als sie im Hause von Großmutter Buto Ijo anlangte! Dort erst gewahrte sie, daß sie sich bei einer Riesin befand.

»Hilf mir nur erst kochen, dann werde ich dir deine Bluse zurückgeben«, sagte Großmutter Buto Ijo, als sie eintraten.

Weißzwiebelchen ging sofort an die Arbeit. Furcht und Entsetzen packten sie, denn die Kochgeräte unterschieden sich sehr von denen, die sie von zu Hause kannte.

Der Reislöffel, den man zum Umrühren verwendet, war aus einem Menschenarm gemacht, als Schaff zum Wasserschöpfen diente ein Schädel. So erregten alle Küchengeräte Grausen bei Weißzwiebelchen. Das Brennholz sogar bestand aus Knochen, darunter auch Menschenknochen.

Trotz aller unbeschreiblichen Furcht arbeitete Weißzwiebelchen fleißig. Sie verlor kein Wort über ihre Angst und regte sich, als ob ihr nichts Besonderes aufgefallen wäre. Nach dem Kochen räumte sie auf, säuberte die Küchengeräte und fegte aus. Dabei erschrak sie noch einmal, denn unter den Schlafstätten lagen Knochen umher. Als sie den Tisch für die Mahlzeit deckte, gruselte ihr abermals, denn das Trinkwasser, das sie aus dem Topf einschenkte, war kein Wasser, sondern Blut.

Sobald alles bereitstand, ging sie ruhig zur Großmutter Buto und sprach: »Großmutter, alles ist fertig. Nun möchte ich heimkehren. Bitte gebt mir meine Bluse wieder!«

Großmutter Buto aber antwortete: »Kehre jetzt lieber nicht heim, denn es geht schon auf den Abend, und du könntest unterwegs Großvater Buto begegnen. Er würde dich packen. Es ist besser, du bleibst zur Nacht hier. Dann will ich dich unter einem Korb verstecken.«

Die ganze Nacht lang konnte Weißzwiebelchen nicht schlafen vor Angst, daß Großvater Buto sie packen würde. Ganz früh am Morgen lüpfte Großmutter Buto den Korb.

»Jetzt kehre heim! Der Großvater schläft noch. Hier ist die Bluse, die du gesucht hast. Zum Lohn für deine Hilfe schenke ich dir diese Melone. Aber laß sie ganz, bis du zu Hause angekommen bist!«

Voll Freude kehrte Weißzwiebelchen zurück. Sie lief den ganzen Weg, so schnell sie konnte. Wohlbehalten langte sie daheim an. Die Bluse und die Melone gab sie der Mutter. Aber was kam zum Vorschein, als sie die Melone aufschnitt? Goldgeschmeide und Edelsteine quollen heraus! Mak Janda war überrascht und freute sich sehr, denn dieser Reichtum fiel ihr ganz unverhofft zu. Dennoch gab sie sich nicht zufrieden. Sie sandte nun Rotzwiebelchen aus, damit sie es ihrer Stiefschwester gleichtue.

Rotzwiebelchen trieb der Neid, und sie brach auch sogleich auf. Sie warf eine Bluse ins Wasser und suchte dann den ganzen Fluß entlang danach. Unterwegs geschah alles ganz wie bei Weißzwiebelchen.

Als sie aber im Hause von Nini Buto ankam und die grausigen Geräte sah, zitterte sie vor Furcht. Sie wollte weder kochen

noch fegen, und Nini Buto wurde sehr böse. Sie gab auch ihr eine Melone und schickte sie heim.
Erfreut machte sich Rotzwiebelchen auf den Weg. Zu Hause angelangt, schnitt sie sogleich die Melone durch. Aber was kam da zum Vorschein? Lauter Kriechtiere drängten heraus: Schlangen, Tausendfüßler und Würmer! Da lief Rotzwiebelchen vor Schreck davon.

24 *Die arme Witwe und die Schlangenfische*

In längst vergangenen Zeiten lebte einmal eine alte und sehr arme Witwe. Sie litt solche Not, daß sie auch nicht ein einziges Wertstück mehr besaß. Ihr blieb nur noch ein Gewand, das sie immer auf dem Leib trug und das deshalb sehr zerschlissen aussah. Manchmal hatte sie etwas zu essen und zu trinken, manchmal auch nicht. Bisweilen konnte sie nur eine Mahlzeit am Tag halten. Mitunter bekam sie einen ganzen Tag lang nichts, weil es ihr nicht gelang, etwas Eßbares aufzutreiben. Es kam sogar nicht selten vor, daß sie zwei oder drei Tage lang hungrig blieb.
In ihren jungen Jahren hatte sie wohl nicht in solchen Schwierigkeiten gelebt, aber damals konnte sie noch ihre Körperkraft zu Geld machen, konnte arbeiten für angemessenen Lohn, denn sie war noch rüstig. Nun hatte das Alter sie gebeugt und ihre Kräfte nach und nach aufgezehrt, bis endlich niemand mehr ihr gegen Entgelt Arbeit geben mochte. Kein Mensch wollte sie dingen und ihr Lohn zahlen. Sie konnte einzig und allein nur noch täglich Holz oder Blätter sammeln gehen; so lange, bis sie ermüdete. Dann tauschte sie dagegen Reiskörner oder eine Schüssel voll Reis bei ihren Nachbarn ein.
Die Witwe bewohnte eine kleine baufällige Hütte, die neben dem Haus eines reichen Nachbarn stand. Ihre Hütte war schon alt, das Dach nicht mehr dicht, und in den Wänden

klafften Löcher. So schief stand das Häuschen schon, daß es fast zusammenfiel.
Die Alte konnte ihre Absicht, die baufällige Hütte auszubessern, nicht ausführen. Denn einmal hatte sie kein Geld dafür – es reichte ja nicht einmal für das Essen, geschweige denn für eine solche Ausbesserung –, zum anderen konnte sie es deshalb nicht, weil sie ganz mutterseelenallein lebte, ohne irgendwelche Verwandte. Aus diesem Grunde war keiner da, der ihr half, das Häuschen instand zu setzen, und deshalb zerfiel es immer mehr.
Diese arme Witwe hatte ihr Leben lang nichts von Gott gehört und auch niemals gebetet. Sie wußte nicht, daß es die gesamte Natur nur gab, weil Er, der Allmächtige, sie erschaffen hatte, so wie sie auch nicht ahnte, daß sie ihr Dasein auf dieser Welt Ihm verdankte und ihr ganzes Leben in der Liebe des Allerbarmers und Allgütigen lag.
Eines Tages ging die arme Witwe wie gewöhnlich wieder einmal in den Wald und wollte irgend etwas sammeln, was sie später gegen Reiskörner oder eine Mahlzeit Reis eintauschen konnte. Sie kam nur langsam vorwärts, denn sie war vor Alter ganz kraftlos. Obendrein quälte sie der Hunger, denn seit zwei Tagen schon hatte sie keinen Bissen gegessen. Ihr Weg führte sie am Ufer eines großen Flusses entlang. Es herrschte Trockenzeit, und lange schon hatte es nicht mehr geregnet. Viele Flüsse und Seen waren ausgetrocknet.
Zur hellen Mittagszeit strahlte die Sonne sengende Hitze aus. Der Fluß, an dem die arme Witwe entlangging, führte bis auf einige tiefliegende Stellen fast kein Wasser mehr.
Vom Ufer aus bemerkte die arme Alte im Schlamm dieses Flusses eine Menge Schlangenfische. Sie zappelten in einer kleinen Lache, denn die eine Vertiefung im Flußbett, in der sie alle anfangs noch Wasser gefunden hatten, trocknete wegen der Jahreszeit und der glühenden Sonnenstrahlen nach und nach aus. Die Schlangenfische hatten unter der Führung des größten, der ihr König sein mochte, an eine andere Stelle

im Fluß gelangen wollen, wo es noch Wasser gab. Aber auf halbem Wege konnten sie nicht mehr weiter, und es glückte ihnen nicht, ihr Ziel zu erreichen. Als die Witwe die vor Trockenheit schon halbtoten, zappelnden Fische erblickte, freute sie sich sehr.

›Das wird meine Rettung‹, dachte sie, ›noch ein Weilchen, und dann gibt es für mich ein Fest. Wie lange habe ich nun schon nichts gegessen! Bald werde ich leckeren Fisch genießen!‹

Der Hunger kam ihr zum Bewußtsein. Ihr lief das Wasser im Munde zusammen, wenn sie sich den Wohlgeschmack von gebratenem Schlangenfisch vorstellte. Sie gedachte einen Teil der Fische feilzubieten und vom Erlös Reis, Kokosöl und Gewürze zu kaufen. Dann würde sie sich ein köstliches Essen kochen.

Aber schließlich änderte sie ihren Entschluß. Sie zog ihre Hand zurück, die sie schon ausstrecken wollte, um die Fische zu greifen, und vermochte die Augen nicht von den zappelnden Tieren zu wenden. Je länger sie die Schlangenfische beobachtete, desto stärker fühlte sie Mitleid, wenn sie an die Qualen dachte, die sie erlitten. Sie verglich ihre eigenen Leiden mit denen der Fische. Doch empfand sie ihr Elend nicht als ebenso groß oder gar größer als das dieser Schlangenfische. Sie fühlte, daß sie bei allem, was sie erdulden mußte, doch wenigstens die drohende Todesgefahr ausschließen konnte, indem sie Holz oder andere Dinge sammelte, um dagegen Reis einzutauschen. Anders jedoch war es um diese Fische bestellt. Sie mußten Qualen erleiden und konnten nicht einmal versuchen, sich vor dem sicheren Tode zu retten.

Daher langte die arme Witwe nicht nach den Fischen, sondern blieb stehen und blickte starr auf sie herab. Plötzlich wurde sie Zeuge eines erstaunlichen Geschehens. Den größten Schlangenfisch hörte sie mit menschlicher Stimme sprechen, und danach riefen alle Fische zugleich: »O Allah! Wir flehen um Regen! O Allah, wir flehen um Regen!«

Dieser Ruf erscholl immer wieder, und die Fische erhoben dabei ihre Köpfe zum Himmel.
Die arme Witwe wunderte sich außerordentlich über dieses sonderbare Erlebnis. Sie wartete schweigend ab, denn sie begehrte zu erfahren, was sich nun ereignen würde.
Einige Augenblicke später geschah ein neues Wunder. Es ergoß sich ein heftiger Regen vom Himmel. Der Fluß erhielt durch den Regenguß wieder Wasser, die Schlangenfische konnten wieder lustig schwimmen und waren aus aller Todesgefahr gerettet. Die arme Witwe fühlte nicht, daß der Regen sie völlig durchnäßte, so sehr staunte sie über dieses wunderbare Ereignis. Dann ging sie nach Hause.
Sie gab ihre Absicht auf, Blätter oder Holz zu sammeln, fühlte den Hunger nicht mehr und nicht die Kälte. Ihr Herz erfüllte noch das Wunder, das sich soeben vor ihren Augen ereignet hatte. Auf dem ganzen Heimweg dachte sie darüber nach, wie sich die Fische verhalten hatten; wie sie, zum Himmel gewandt, Regen erflehten. Da überlegte sie bei sich: ›Wenn ich Geld von dem erbitte, den sie soeben Allah nannten . . ., vielleicht erhalte ich es! Ich werde die Worte und die Haltung der Schlangenfische nachahmen, nur mit dem Unterschied, daß die Fische vorhin um Regen baten, ich aber um Geld flehen werde.‹
Zu Hause angelangt, begann die arme Witwe sogleich damit, Allah um Geld zu bitten, unbekümmert darum, daß sie hungrig, schwach, schläfrig war und sich obendrein verkühlt hatte. Sie saß nur da, hatte den Kopf zum Himmel erhoben und rief beständig: »O Allah! Ich flehe um Geld! O Allah, ich flehe um Geld!«
Unaufhörlich wiederholte sie diesen Satz und dachte einzig und allein daran, Geld von Allah zu erbitten. Nichts anderes gab es für sie als dieses eine. Ihre Nöte, ihr Hunger und ihre Sorgen schienen nichtig. Sie glaubte daran, daß Allah ihr Geld zuwenden werde, ebenso wie Er es zuvor für die Fische im Fluß hatte regnen lassen. Diese Gewißheit ließ sie alles

andere vergessen. Ihre Zuversicht bewirkte auch, daß sie ihr Flehen unermüdlich erneuerte.
Den lieben langen Tag rief die Witwe ihre Bitte an Allah. Sie tat es ohne Unterlaß bis zum Abend. Ihr nächster Nachbar, der reiche Mann, ergrimmte, weil er die Witwe immerzu schreien hörte. In seinem Ärger kam der reiche Nachbar in ihre Hütte und schimpfte: »Schweig still! Ich habe genug von deinem Geschrei! Nie wird deine Bitte sich erfüllen. Was du da tust, ist vergebens. Denkst du vielleicht, Allah kommt hierher und gibt dir Geld? Statt solchen Unsinn zu schreien, solltest du lieber in den Wald gehen, um Holz und Blätter zu sammeln. Das bringt dir vielleicht noch etwas ein!«
Die arme Witwe achtete nicht auf den Ärger und die Schimpfreden des Reichen. Sie rief immerfort, ja sie verstärkte noch ihr Geschrei und wiederholte ihre Bitten an Allah. Nachts, als alle anderen Menschen schon sanft schlummerten, bat die arme Witwe noch immer, laut rufend, Allah um Geld. Da ging die Geduld des Reichen zu Ende. Er nahm einen großen Sack, packte ihn randvoll mit zerbrochenen Dachziegeln und Scherben und stieg, während die arme Witwe noch eifrig schreiend um Geld flehte, mit dem Sack voll Scherben auf das Dach von deren Hütte. Genau dort, wo die arme Witwe mit himmelwärts gerichtetem Kopf hockte, nahm er einige Dachziegel weg und wollte ihr so recht einen Schabernack spielen. Er warf den Sack mit dem ganzen Inhalt auf die arme Witwe hinunter. Im gleichen Augenblick wurde die arme Alte ohnmächtig, und der Reiche gab sich zufrieden, weil er dem ärgerlichen Geschrei ein Ende bereitet hatte.
Es verging ein Weilchen, bis die arme Witwe wieder zu sich kam. Als sie den Sack neben sich liegen sah, freute sie sich sehr, denn sie meinte, daß er das von Allah erflehte Geld enthalte. Deshalb verneigte sie sich in ihrer Freude ehrfürchtig vielmals vor dem Sack und sprach: »O Allah, meine Dankbarkeit ist groß, weil du mir wahrhaftig Geld gewährt

hast. Aber warum nur hast du mir gleich so viel gegeben? Hast du, Allah, denn nun auch selbst noch genug?«
Der reiche Mann fühlte sich belustigt von dem Gehabe der alten Witwe, die sich vor dem Sack verneigte und Selbstgespräche führte wie ein Mensch, der nicht mehr bei Verstand ist. Auch befriedigte es ihn, daß seine List geglückt war und die Scherben in dem Sack wirklich für Geld gehalten wurden. Er spähte hinunter und wartete darauf, was das noch für ein Ende nehmen werde. Sicherlich würde sich die arme Witwe noch vor sich selbst schämen, weil sie geglaubt hatte, der Sack sei voller Geld. Außerdem würde sie bestimmt nicht wieder Allah laut rufend um Geld anflehen, weil es sich als vergeblich erwies. Sie erhielt ja eindeutig kein Geld, sondern nur Scherben.
Die arme Witwe aber verneigte sich noch immer vor dem Sack, tanzte voller Freude auch ein wenig um ihn herum, und erst nach einigen Augenblicken öffnete sie ihn, um zu sehen, was er enthielt.
Aber was befand sich nun darin? Durch göttliche Macht hatten sich die Scherben in einen ganzen Sack voll Geld verwandelt. Der große Sack quoll über von den verschiedensten Münzen aus Kupfer, Silber und sogar aus Gold. Wie sich da die arme Alte freute, daß sie zu so viel Geld gekommen und im Handumdrehen ein wohlhabender Mensch geworden war!
Schnell verbreitete sich überall die Kunde vom Reichtum der Witwe. Ihr schiefes Häuschen wurde ausgebessert, ja ihr neues Haus glich einem großen, schönen und mit teurem Hausrat und Schmuckwerk aller Art ausgestatteten Palast. Auch schöne Kleidung kaufte sie sich und trug keine zerschlissenen Sachen mehr wie zuvor.
Ihre Nachbarn staunten und wunderten sich sehr, als sie vernahmen, wie die Witwe ihren unermeßlichen Reichtum erworben hatte. Nur einer verwunderte sich nicht darüber, nämlich der Reiche, der ihr einen Schabernack hatte spielen wollen mit seinem Sack voller Scherben. Nun war er weniger

reich als die Witwe. Er besaß nicht den zehnten, ja nicht einmal den hundertsten Teil dessen, was der Witwe gehörte. Er bereute seine Tat. Warum nur hatte er den Sack voller Scherben in das Haus der Witwe geworfen, so daß sie dadurch zu Wohlstand kam und seinen Reichtum noch übertraf? Hätte er das unterlassen, wäre die Witwe bestimmt niemals zu Reichtum gelangt.

Es reute ihn wirklich und wahrhaftig. Aber schließlich verfiel er auf einen neuen Gedanken. Er wollte nun auch das nachahmen, was der Witwe ein Vermögen eingetragen hatte. Er dachte sich, daß er gleichfalls einen Sack voll goldener und silberner Münzen bekommen könne, wenn er dasselbe täte, was die Witwe getan hatte.

Eines Tages trug er seinem Diener auf, nachts zwei Säcke voll Scherben auf das Dach seines Hauses zu schaffen. Dann sollte der Diener die Säcke von oben so hinunterwerfen, daß sie ihn, den Reichen, treffen würden.

Den ganzen Tag über saß er nun in seinem Haus, wandte seinen Kopf zum Himmel und rief dabei, indem er die Witwe nachahmte: »O Allah! Ich flehe um Geld! O Allah, ich flehe um Geld!«

Bis nachts schrie er ohne Unterlaß. Um Mitternacht stieg sein Diener mit zwei Säcken voller Scherben auf das Dach des Hauses. Er warf sie hinunter und traf damit auch den Reichen, der lauthals um Geld flehte. Der reiche Mann wurde ebenfalls für einige Zeit ohnmächtig, und als er wieder aus seiner Ohnmacht erwachte, sah er zwei Säcke neben sich. Er erhob sich, verneigte sich vor ihnen und sprach: »O Allah! Ich danke dir sehr, Allah, weil du mir wirklich Geld geschenkt hast. Aber warum ist es denn so viel? Hast du nun auch selbst noch genug?«

Er war überzeugt davon, daß ihm nun zwei Säcke voll Geld gehörten. Deshalb ging er nach wenigen Augenblicken ohne die geringsten Zweifel daran, die Säcke zu öffnen. Doch was fand er darin? Offensichtlich hatten sich die Scherben noch nicht in Gold verwandelt. Das beklagte er tief empört. Sein Körper wies durch den Aufprall der beiden großen, vollen Säcke mit den Scherben einige Beulen auf, doch sein Wunsch hatte sich nicht erfüllt. Sehr erbost schimpfte er: »Warum ist Allah ungerecht? Für andere Leute macht Er Geld, aber für mich macht Er keins!«

Dann ging es weiter mit den Schmähreden: »Vielleicht ist dieser Allah jetzt ein anderer als vorher? Der frühere Allah konnte aus Scherben Geld machen, aber der jetzige kann es offenbar nicht!«

Seit diesem Ereignis siechte der reiche Mann dahin und konnte nicht mehr für seinen Lebensunterhalt arbeiten. Schließlich vermochte er nichts mehr zu verdienen, weil er nicht arbeiten konnte, obwohl er doch jeden Tag etwas für sein Essen verbrauchte. Noch mehr Geld vertat er, um seine Gebrechen zu heilen. Jedoch auch das gelang nicht. Am Ende verarmte er und besaß nichts mehr, wie zuvor die Witwe, ehe der Sack sie traf, der vom Dach ihres Häuschens fiel.

25 *Datu Aca und die Rattenkönigin*

Diese Geschichte erzählt von Datu Aca, einem Dorfvorsteher aus Tudung östlich von Sukadana im Distrikt West-Rarang.

Datu Aca bestellte mit Lust und Liebe seine Felder, die am Fuße des Berges Sawia lagen und zum Gebiet von Sukadana gehörten. Er zog Äpfel und Zitronen, Wassermelonen, Mais und Süßkartoffeln. Wenn dann die Früchte zu reifen begannen, baute er sich am Sawia eine Hütte, um seine Pflanzung zu bewachen.

Einmal mußte Datu Aca gerade zur Mitternacht ein dringendes Bedürfnis verrichten. Als er es tat, traf sein Wasser in eine halbe Kokosnußschale, und die Götter fügten es, daß die Rattenkönigin dieses Wasser von Datu Aca austrank.

Weil die Rattenkönigin das Wasser von Datu Aca getrunken hatte, wurde sie auf einmal schwanger und brachte schließlich ein Kind zur Welt.
Nach dem Willen der Götter war es ein Menschenkind, ein schönes Mädchen. Die Mutter nahm es immer mit in ihre Schlupfwinkel in der früchtetragenden Pflanzung am Sawia, die Datu Aca gehörte. Abends verließ das Mädchen mit ihrer Mutter das Versteck, um von den Früchten zu essen. Am Tage aber kam es nicht hervor, sondern blieb mit der Mutter im Rattenloch in der Obstpflanzung, und niemand wußte etwas davon.
Als das Mädchen sechs Jahre zählte, ging Datu Aca zufällig einmal durch seine Pflanzung und pflückte von den Äpfeln. Da bemerkte er die Rattentochter mit ihrer Mutter. Während die Rattenkönigin entfloh, fing Datu Aca die Tochter ein und nahm sie mit sich heim in seine Hütte. Dort umsorgte er sie liebevoll, kleidete sie und reichte ihr Speise und Trank. Ihre Mutter, die Rattenkönigin, besuchte allnächtlich ihr Kind in Datu Acas Hütte, der jedoch nichts davon erfuhr, daß das Mächen eine Ratte zur Mutter hatte.
Mit der Zeit wuchs die Rattentochter heran, und Datu Aca heiratete sie. Es währte danach nicht lange, bis sie schwanger wurde. Als ihre Zeit gekommen war, gebar sie ein Mädchen. Datu Aca baute eine Wiege für diese Tochter. Wenn sie schlief, ging Datu Aca in seine Pflanzung, und das Kind blieb allein in seiner Wiege zurück. Die Großmutter des Kindes, die Ratte, sah oftmals nach ihrem süß schlummernden Enkelchen. Datu Acas Frau ließ sie gewähren, denn sie wußte ja, daß es ihre eigene Mutter war, die sich ihrem Kind nahte. Datu Aca aber hatte keine Ahnung davon, daß seine Schwiegermutter zum Rattengeschlecht gehörte.
Eines Tages ging Datu Acas Frau zum Fluß. Sie wollte Wasser holen und Windeln waschen. Datu Aca blieb in der Hütte und schaukelte sein Kind in der Wiege. Es dauerte nicht lange, da kam die Ratte hervor und huschte zum Lager des

Kindes. Als Datu Aca dort eine Ratte gewahrte, schlug er sie mit einem Knüppel tot. Bald danach kehrte Datu Acas Frau vom Fluß zurück und erblickte die erschlagene Ratte. Doch sie sagte nichts, weil sie sich schämte und nicht wünschte, daß man erführe, sie habe eine Ratte zur Mutter. So schwieg sie und verlor darüber kein Wort.
Die Rattenleiche warf Datu Aca in die Schlucht von Montong Tundung, die östlich von Sukadana liegt. Daher ging seine Frau nun häufiger zum Fluß, weil sie den Leichnam der Mutter aufsuchte. War sie dort angelangt, weinte sie immer stundenlang und wehklagte: »Wenn ein Mensch dahingegangen ist, hört man den Reisstampfer weithin klopfen; nun ist meine Mutter tot, und alles bleibt reglos und still wie ein Sargnagel.« So klagte und weinte sie, sooft sie den Leichnam ihrer Mutter betrachtete. Wenn sie zum Fluß lief, kehrte sie nicht so bald wieder zurück, und kam sie dann heim, sah man ihr noch die Tränenspuren an.
Das fiel Datu Aca schließlich auf, und er dachte: ›Wie kommt es nur, daß sie so spät vom Fluß wiederkehrt, wenn sie dorthin geht? Und warum sieht sie so verweint aus, wenn sie endlich heimkommt?‹ Diese Gedanken gingen Datu Aca durch den Kopf. Als seine Frau wieder einmal zum Fluß lief, folgte er ihr heimlich nach.
In der Schlucht angekommen, eilte seine Frau zu dem Leichnam der Ratte hin, weinte und klagte wie gewöhnlich. Datu Aca hörte es, trat zu seiner Frau, die den Leichnam streichelte, und fragte sie nach ihrem Kummer. Die Frau erschrak, weil er sie dabei überraschte, wie sie eine Ratte beweinte. Doch dann gestand sie ihm freimütig, daß die Ratte, die er erschlagen hatte, in Wahrheit ihre eigene Mutter sei und sie deshalb weine.
Datu Aca sprach zu seiner Frau: »Wenn es das ist, laß uns alles tun, was sich gehört! Du sollst dich nicht kränken. Wir wollen sie begraben und eine Selamatan für sie halten. Betrübe dich nicht länger!«

Datu Aca begrub seine Schwiegermutter und hielt eine Selamatan ab. Danach wendete sich alles wieder zum Guten.
Bis heute kennt man auf Lombok deshalb noch Datu Aca. Haben die Menschen einmal in ihrer Pflanzung eine Ratte getötet, die vom Reis gefressen hat, suchen sie das Grab der Rattenkönigin und das von Datu Aca in der Schlucht von Tundung auf, denn die Gräber hält man für heilig. Sie bringen fünf Arten von Reisbrei als Opfergabe mit, nämlich in glühender Asche gegarten Reis, Reisküchlein, Reisbrei mit Zukker, mit Kokos und gekochten Reis in geflochtenen Palmblättern. Dann nehmen sie Wasser von dem Grab der Ratte und bereiten damit Reisbrei für die Sawah, in der die Ratte gefressen hat. Mit Allahs Hilfe wird dann das Feld nicht wieder von Ratten befallen.

26 *Vom Ursprung des Namens Banyuwangi*

In alten Zeiten lebte einmal ein König namens Sindureja. Er herrschte über ein Reich, das im östlichen Teil von Jawa lag. Der Wesir des Landesherrn hieß Sidapaksa und hatte eine wunderschöne Gemahlin. Dennoch konnte die Mutter des Wesirs Sidapaksa ihre Schwiegertochter nicht leiden, weil sie nicht von ebenbürtiger Herkunft war. Daher billigte sie die Wahl ihres Sohnes nicht, ja sie haßte ihre Schwiegertochter sogar. Aber Wesir Sidapaksa liebte seine Gemahlin über alle Maßen, weil sie außer ihrer Schönheit auch Sanftmut und Würde besaß. Diese Liebe ihres Sohnes steigerte jedoch nur noch den Haß der Mutter auf ihre Schwiegertochter. Die hochmütige alte Frau ertrug es nicht, daß ihr Sohn als der nach dem König Höchste im Lande eine Frau erwählt hatte, die sich an Herkunft und Abstammung nicht mit ihm vergleichen konnte. So suchte sie nach einem Weg, um Wesir Sidapaksa von seiner Gemahlin zu trennen.
Schließlich kam die alte hochmütige Frau auf einen schänd-

lichen Gedanken. Sie überredete König Sindureja dazu, seinen Wesir an einen Ort zu entsenden, von dem er nicht so bald zurückkehren konnte. Der König durchschaute die böse Absicht der alten Frau nicht und schickte Wesir Sidapaksa ins Ijen-Gebirge. Dort sollte er eine Blume pflücken, die Zauberkraft besitzt, und sie dem König herbeischaffen. Denn wer diese Blume hat, dem verleiht sie ewige Jugend und Schönheit.
Diese zauberkräftige Blume, die auf den Gipfeln des Ijen-Gebirges wächst, sollte Wesir Sidapaksa der Gemahlin des Königs Sindureja überreichen. Bei der großen Entfernung bis zu dem Ort, wo die Blume blüht, und bei den Gefahren und Mühsalen, die es zu überwinden galt, stand es fest, daß Wesir Sidapaksa unmöglich bald zurückkommen konnte. Für diese Aufgabe, die ihm König Sindureja aufgetragen hatte, würde er bestimmt eine lange Zeit brauchen.
Gefaßt nahm Wesir Sidapaksa den Befehl seines Königs entgegen. Das Herz war ihm schwer, weil er seine geliebte Gemahlin verlassen sollte, besonders aber, weil die Zeit ihrer Niederkunft nahte. Aber den Beschluß des Königs mußte er achten und befolgen. Wesir Sidapaksa ahnte auch nicht, daß das harte Gebot des Herrschers auf Betreiben seiner eigenen Mutter erfolgte. Bewegten Herzens nahm er von seiner geliebten Gattin Abschied. Ehrerbietig verabschiedete er sich auch von seiner Mutter, die er inständig bat, statt seiner auf die Schwiegertochter gut achtzugeben, solange er unterwegs sei.
Sodann brach Wesir Sidapaksa mutigen Herzens auf zum Ijen-Gebirge, um der Pflicht zu genügen, die ihm der Herrscher auferlegt hatte.
Wenig später gebar die Gemahlin des Wesirs Sidapaksa einen Sohn. Eines Tages ging sie zum Baden, während ihr Söhnchen friedlich schlummerte. Da war der Augenblick für die böswillige Schwiegermutter gekommen, sich heimlich in das Gemach zu schleichen und das schlafende Kind zu rauben.

Die schlechte Alte warf das unschuldige Kind in den Fluß, der dort in der Nähe vorüberströmte. Die herzlose alte Frau brachte es über sich, ihren eigenen Enkelsohn umzubringen!

Nach dem Bade kehrte die Gemahlin des Wesirs in ihr Gemach zurück. Aber welches Entsetzen faßte die junge Mutter, als sie ihren Liebling nicht mehr in seinem Bettchen fand! Das Kind konnte ja noch nicht allein laufen, also mußte irgend jemand es fortgebracht haben. Sie suchte den Sohn überall, aber wie eifrig sie auch suchte, ihr geliebtes Kind blieb verschwunden. Das Herz wollte ihr vor Leid zerspringen. Sie sandte Leute aus, die überall nach dem Kind forschen sollten. Doch alle Mühen, das geliebte Söhnlein wiederzufinden, blieben vergeblich. Noch tagelang suchte sie nach ihrem verschwundenen Kind, obgleich alle Bemühungen ergebnislos blieben. Das Leben der unglücklichen Mutter verdüsterte sich immer mehr. Tag und Nacht beweinte sie ihren entschwundenen Liebling, bis sie zusehends abmagerte und ihre Kräfte sich verzehrten. Schließlich erkrankte die Unglückliche. Zwei Jahre waren schon seit jenem schrecklichen Ereignis verflossen. Ebenso lange hatte sich auch Wesir Sidapaksa bemüht, die zauberkräftige Blume zu finden, die auf den Gipfeln des Ijen-Gebirges wächst. Er mußte vielfältige Gefahren bestehen und Hindernisse überwinden. Doch schließlich gelang es dem getreuen Wesir, die Wunderblume zu pflücken, die der Königin ewige Jugend und Schönheit verleihen würde.

Sobald er diese Blume dem Herrscher überreicht hatte, erbat Wesir Sidapaksa Urlaub, um eilends in sein Haus zurückzukehren, das er vor so langer Zeit verlassen hatte. Er spornte sein Roß an, um schnell nach Hause zu gelangen. Denn er sehnte sich sehr nach seiner geliebten Gattin und danach, sein Kind endlich zu sehen und in seinen Armen zu halten – sein Kind, das geboren wurde, während er seinem König diente.

Als er jedoch gerade das Haus betreten wollte, lief ihm plötzlich seine Mutter entgegen. Die Alte erfüllte es mit Angst, ihren Sohn in solcher Eile heimkehren zu sehen. Sie erzählte ihm, seine Gemahlin sei eine unmenschliche Mutter, und erregte mit falschen Worten und Gebärden den Zorn des soeben Angekommenen. Sie berichtete Sidapaksa, der sich zunächst weigerte, ihr zu glauben, daß seine Gemahlin sich eines Nachts heimlich mit ihrem Kind aus dem Gemach geschlichen hätte. Als sie bis zum Fluß gelangt wäre, der in der Nähe vorüberrauschte, hätte sie es hineingeworfen. »In das trübe, nach Fäulnis stinkende Wasser des Flusses hat das verbrecherische Weib deinen Sohn geworfen!« sprach die alte Verleumderin und wies dabei zum Fluß, der nahe dem Hause vorüberströmte. Dann fuhr die Lügnerin mit scheinbar tief betrübter Stimme fort: »Wir konnten gar nichts tun, denn das Kind versank sofort im schmutzigen, fauligen Wasser.« Und feindselig, von Haß auf die Schwiegertochter erfüllt, redete sie weiter: »Und jetzt stellt sich dieses böse Weib krank, wie du gleich selbst sehen wirst. Sie verhält sich so, weil sie ihre schändliche Tat nicht mehr ableugnen kann!«
Viel erzählte die alte Verleumderin noch, um die unglückliche junge Frau ins Verderben zu stürzen.
Wesir Sidapaksa, der von einer so weiten und gefahrvollen Reise zurückgekehrt war, hörte den Bericht seiner Mutter voller Zorn an. Da er nicht den geringsten Zweifel an deren Worten hegte, betrat er ergrimmt das Gemach seiner Gattin. Er fand die unglückliche junge Frau auf einer Matte liegend, zog ohne langes Bedenken seinen Kris, trat vor sie hin und rief zornig aus: »Du Schändliche! Bevor ich dir meinen Kris in den Leib stoße, sollst du mir sagen, wie du es über dich gewinnen konntest, dein eigenes Kind in den Fluß zu werfen!«
Mit sanfter Stimme antwortete die unschuldige Frau: »O mein Gemahl Sidapaksa! Weshalb willst du mich töten? Weshalb willst du, mein Gebieter, deine Hand mit meinem un-

schuldigen Blute beflecken? Auch ohne dein Zutun wird deine Gemahlin bald diese vergängliche und schlechte Welt verlassen. Mein geliebter Gemahl Sidapaksa! Trage mich an das Ufer des Flusses! Dort werde ich den Beweis erbringen, daß nicht ich unser Kind tötete, sondern ...«

Die bösartige Alte befürchtete, daß ihr Geheimnis offenbar würde, und fuhr eilends dazwischen: »Trage nur ja nicht dieses schlechte Weib zum Flußufer! Töte die Verworfene gleich hier in ihrem Gemach! Bringe sie nicht hinaus! Wenn sie erst einmal hinausgelangt ist, läuft sie gewiß davon und bringt noch größeres Unheil über uns ...«

Wesir Sidapaksa aber achtete nicht auf die Worte seiner Mutter. Behutsam trug er seine kranke, schwache Gattin auf seinen Armen hinaus. Am Flußufer ließ er sie sacht herabgleiten und sagte zu ihr: »Nun beweise mir, daß du wahrhaftig schuldlos bist!«

Kaum hatte Wesir Sidapaksa diese Worte gesprochen, ließ sich seine unglückliche Gemahlin geschwind in das faulige, schlammige Wasser hinabgleiten. Die Verzweifelte versank ebenso schnell im Fluß wie damals vor zwei Jahren ihr Kind.

»Ach! Wer wird mir jetzt sagen, ob meine Gattin schuldig war oder nicht?«

So wehklagte Wesir Sidapaksa, als er seine Gemahlin im Fluß untergehen sah. Doch im gleichen Augenblick vollzog sich ein erstaunliches Wunder. Während der Klage Wesir Sidapaksas erschienen auf dem fauligen Flußwasser zwei strahlendweiße Blüten auf biegsamen, schlanken Stengeln, eine davon etwas größer und höher als die andere. Die beiden soeben aufgetauchten Blüten strömten einen lieblichen Duft aus. Die größere der Blumen sprach: »Mein Gemahl, Wesir Sidapaksa! Sieh hier an meiner Seite«, sie neigte sich dabei nach der kleineren Blume neben ihr, »das ist unser Kind, das ich auf dem Grunde des Flusses fand. Es wird dir selbst sagen, wer es getötet und in diesen Fluß hier geworfen hat ...«

Die kleine Blume ließ sich vernehmen: »Mein Vater, Wesir Sidapaksa! Meine Mutter trifft keine Schuld. Sie war ein reiner und edler Mensch. Die deinen Sohn tötete, ist deine Mutter! Sie hat ihren eigenen Enkelsohn ums Leben gebracht. Stolz und Hochmut haben sie zu dieser bösen Tat getrieben. So gewann sie es über sich, dein Kind in den Fluß zu werfen, als es erst wenige Tage zählte. Doch jetzt ist dein Sohn zufrieden und glücklich, denn seine geliebte Mutter weilt bei ihm. Nun sind wir für immer vereint und werden uns nie mehr trennen ...«

Nur diese Worte sprach die kleine Blume. Danach neigte sie sich, und die größere umschlang sie, ganz wie eine Mutter liebevoll ihr Kind umfaßt. Dann sanken die beiden Blumen sanft wieder hinab auf den Grund des Flusses. Seit jener Zeit haben sie sich auch nie wieder gezeigt, doch ihren Wohlgeruch ließen sie zurück.

Von dem Augenblick an, da die beiden Blüten auftauchten, verschwand der Fäulnisgeruch des Flusses ganz und gar. Die Leute, die im Fluß zu baden pflegten, staunten und wunderten sich, als sie bemerkten, daß das sonst so faulige Wasser nun angenehm duftete. So gab das nunmehr wohlriechende Flußwasser der Stadt Banyuwangi den Namen, denn »banyu« heißt »Wasser«, und »wangi« bedeutet »duftend«. Die Stadt kennen wir heute noch. Sie liegt an der Ostküste von Jawa – dort, wo man nach Gilimanuk hinüberfährt, wenn man die Insel Bali besuchen will.

27 *Die Herkunft des Namens Tengger und die Entstehung des Batok-Berges*

Wie überliefert ist, hat das Königreich Majapahit früher, als die Götter noch Gefallen daran fanden, auf die Erde herabzusteigen, Angriffe von verschiedenen Seiten erlebt. Dabei geriet das Volk in Unruhe, und die Einwohner suchten aufgeregt nach einem Zufluchtsort. So verhielt es sich auch mit den Göttern. Zu dieser Zeit begannen sie, das Gebiet von Tengger aufzusuchen. Damals sah dieses Gebiet anders aus als heute, und es hieß auch noch nicht Tengger. Der Vulkan Bromo verhielt sich noch still und ragte friedlich in die Höhe, von weißen Nebelschwaden zugedeckt, rein und sauber wie das heilige Leichentuch, mit dem ein Verstorbener umhüllt ist. Das Donnergrollen, das jederzeit die Einwohner aus dem Schlaf wecken kann, gab es damals noch nicht. Es herrschten nur Stille und Einsamkeit. Auch den heute hoch aufragenden Batok-Berg gab es noch nicht. All dies sollte erst später entstehen.

Die Götter, die in diese Gegend kamen, die heute den Namen Tengger trägt, ließen sich am Fuß des Berges Pananjakan nieder. Von dort konnten sie jederzeit den Sonnenaufgang im Osten und den Untergang im Westen beobachten.

Außer den Göttern rund um den Pananjakan lebte dort auch noch ein Gelehrter. Tagaus, tagein tat er nichts anderes, als die Schöpfung zu preisen und darüber zu meditieren. Lange lebte dieser Weise am Berg Pananjakan. Endlich, in einem glücklichen Augenblick, gebar die Frau des gelehrten Mannes einen Knaben, dessen Gesicht von strahlendem Glanz war, wie es sich bei dem Sohn eines Weisen gehört. Dieses Kind war die Verkörperung einer reinen und lauteren Seele. Als eine besondere Gabe traten Gesundheit und Körperstärke bei ihm hervor. Schon von Geburt an vermochte es zu schreien und aufzubegehren. Es griff fest zu, im Gegensatz zu anderen, gerade auf die Welt gekommenen Kindern. Und mit den Füßen trat es kräftig, ganz anders als gewöhnliche Säuglinge tun.

Daher erhielt das Kind später den Namen Jaka Seger, das bedeutet »Gesunder und starker Jüngling«.

Es wird auch überliefert, daß zu jener Zeit ein Mädchen von großem Liebreiz lebte, das von einem Gott abstammte. Man konnte wohl sagen, daß sie die einzige entfaltete Blume in jenem Bergland war. Alle Schönheit, alle Lieblichkeit verblaßte in der Nähe dieses Mädchens ob des ihr innewohnenden unübertrefflichen Glanzes. Wie es bei bedeutenden Menschen üblich ist, besaß dieses entzückende Mädchen auch eine Besonderheit – sie war stumm geboren. Als das Kind aus dem Schoß der Mutter kam, weinte es nicht. Ganz ruhig beschaute es die neue Welt. Als hätte es gar keine Veränderung gegeben, als das Kind den großen Wechsel erlebte, die Verwandlung der Welt von einer kleinen in die große, in die es eintrat. Das Kind erschrak nicht, es blieb ganz still, ganz anders, als sich Neugeborene sonst verhalten. Und deshalb erhielt es später den Beinamen Rara Anteng, das heißt »die Schweigsame«. Dieser Beiname wurde dann zu ihrem Eigennamen.

Von Tag zu Tag streckte sich Rara Antengs blühende Gestalt, und sie wuchs heran. Die Umrisse der ihr verliehenen Schönheit begannen sich deutlich sichtbar abzuzeichnen. Weil sie von einem Gott abstammte, veränderte sich ihre Schönheit nicht, ganz so wie es bei einer Göttin der Fall ist. Der Ruhm des Namens Rara Anteng drang in viele Orte und Himmelsrichtungen. Viele Königssöhne und Zauberer verliebten sich in sie. Aber Anteng besaß kein freies Herz mehr. Seit sie Jaka Seger kannte, hatte sie ihm ihr Herz geschenkt. Und nur die Zeit würde sie beide zusammenführen. Daher enttäuschte sie viele Königssöhne durch eine Ablehnung von deren Werbung.

Eines Tages warb ein Seeräuber um Rara Anteng, der durch Zauberkunst und seine Stärke berühmt, aber andererseits durch seine Übeltaten berüchtigt war. Rara Anteng, bekannt als schönes Mädchen von feinem Gefühl, wagte nicht, ihn einfach abzuweisen, weil sie um des Bewerbers Stärke und Zauberkraft wußte. Nein, eine glatte Ablehnung wagte sie nicht. Und so bat sie darum, ihr einen See mitten in den Bergen zu schaffen. Mit dieser sonderbaren Bitte glaubte sie zu erreichen, daß der zauberkundige Bewerber diese nicht werde erfüllen können. Bei dieser schwierigen Bedingung ließ sie es indes nicht bewenden, sondern fügte ihr noch eine weitere hinzu. Die Schaffung des Sees dürfe erst dann beginnen, wenn die Sonne untergegangen sei, und sie müsse beim ersten Hahnenschrei vollendet sein. Da der Räuber sehr danach verlangte, Rara Anteng zu besitzen, und auf seine Macht und Zauberkunst vertraute, die ihm verliehen waren, erklärte er sich schließlich mit Rara Antengs Bedingung einverstanden. Als die Sonne weit im Westen versank, begann die Arbeit an der Schaffung des Sees inmitten der Berge. Ganz allein scharrte er das Hochland beiseite, das die Berge in der Nähe des Tengger-Gebirges und des Vulkans Bromo umgibt. Den zufällig in der Mitte des Gebirges liegenden Vulkan mußte er abtragen. Mit einer halben Kokosnußschale begann er, die Hänge des Bromo wegzuschaufeln. Schaufel um Schaufel warf er die Erde beiseite. Je länger er arbeitete, desto größer wurde der See. Von einem Augenblick zum anderen näherte sich die Arbeit an der Schaffung des Sees inmitten der Berge ihrer Vollendung. Unaufhörlich schaufelte er die Steilhänge des Bromo zur Seite, der jetzt fast vollständig von dem See umgeben war, einem See ohne Wasser, den die Bewohner des Tengger-Gebirges heute »Trockenes Meer« nennen.

Beim Anblick dieser Tatsachen begann Rara Anteng vor sich hin zu murmeln. »Die Morgenröte zeigt sich noch lange nicht...«, sprach sie zu sich selbst, »... und die Hähne werden nicht krähen, bevor sie nicht einen hellen Streifen im Osten sehen«, fuhr sie fort. »Wenn es sich so verhält, wird der See fertig werden. Und was geschieht mit mir? Ich muß mein Los auf mich nehmen, einen Mann heiraten, den ich nicht liebe, und muß Jaka Seger im Stich lassen und dafür diesen Bösewicht mit seinem struppigen Schnurrbart eintauschen. Ach, was für ein schlimmes Schicksal!« So lautete Rara Antengs Herzensaufschrei, als sie an ihr schreckliches Los dachte. Dann legte sie sich nieder, um zu schlafen. Ihre heftig strömenden Tränen durchnäßten das Kissen, in das sie ihr Gesicht vergraben hatte. Sie vermochte nicht, ihre Gedanken zu ordnen. Immer wieder versuchte sie sich zu beruhigen, ihre Gefühle zu besänftigen, indem sie an die Götter dachte und sie anflehte, aber all dies blieb ohne Erfolg. Jaka Segers Antlitz wechselte immer deutlicher mit dem Bild des fast vollendeten Sees ab. Plötzlich empfand sie Erleichterung. All ihre verwirrten Gedanken kamen zur Ruhe, als ob ihr ein Einfall gekommen sei. Gelassen erhob sich Rara Anteng von ihrem Lager und begab sich zu dem Speicher, wo der Reis aufbewahrt wurde. Dort breitete sie eine Matte aus und stellte einen Mörser darauf. Dann begann sie Reis zu stampfen. Das langsame Klopfen durchdrang die nächtliche Stille. Allmählich weckte das Geräusch des Stampfens und das Reiben des Mörsers die noch schlafenden Hühner. Ein Hahn krähte. Der durchdringende Schrei widerhallte von Berg zu Berg, drang aber nicht bis zu den Abhängen des Bromo, wo sich Rara Antengs Freier abmühte. Doch der gleiche Hahn krähte ein zweites Mal. Und diesen Schrei begleitete das Krähen anderer Hähne. So geriet dadurch das ganze Tengger-Gebirge in Unruhe.

»Die Morgendämmerung ist angebrochen«, dachten die Gebirgsbewohner. »Aber warum bin ich denn noch so müde?« Träge deckten sie sich wieder zu. »Sollen die Hähne krähen, soll die Dämmerung kommen; diesmal schlafe ich weiter!« So sprachen die Gebirgsbewohner, die die kühle Morgenluft im Bergland nicht vertrugen.

Der Erbauer des Sees unterbrach seine Arbeit einen Augenblick. »Die Dämmerung ist schon angebrochen«, meinte er zu sich selbst. »Die Hähne krähen zu ihrer Begrüßung. Doch warum ist der helle Streifen im Osten noch nicht erschienen? Die Dämmerung ist angebrochen! Sie ist vorzeitig gekommen...«, murmelte er vor sich hin.

Dann legte er sich nieder. »Schicksal!« flüsterte er. Darauf schleuderte er die Kokosnußschale, die er noch in der Hand hielt, weit fort. Er warf sich neben den Resten des Vulkans Bromo, den er noch nicht vollständig weggescharrt hatte, aufs Gesicht. Bis heute sind die Reste der weggeworfenen Kokosnußschale in der Form eines Berggipfels noch vorhanden, der als Batok-Berg bekannt ist. Auch der See, der rund um den Vulkan Bromo geschaffen wurde, existiert bis heute und bildet ein Sandmeer. Die Bewohner des Tengger-Gebirges nennen es »Trockenes Meer« oder auch »Naturgeschenk«.

Als sich nun Rara Anteng von dem Fehlschlag bei der Schaffung eines Sees inmitten der Berge überzeugt hatte, fühlte sie sich frei und suchte weiterhin Verbindung zu Jaka. Kurz gesagt, eines Tages fand die Hochzeit Rara Antengs mit Jaka Seger statt. Indem sie diese Ehe einging, bewies sie ihre Unabhängigkeit. Jaka Seger erwählte Rara Anteng infolge seiner Liebe, die tief aus seinem Herzen kam. Gleichermaßen traf Rara Anteng ihre Entscheidung nach der Stimme ihres Herzens. Aus diesem Grund sind die Bewohner des Tengger-Gebirges bis heute bei der Heirat gleichgestellt. Sie legen der Liebe zwischen einem Jüngling und einem Mädchen keine Hemmnisse oder Hindernisse in den Weg.

Doch zurück zu Jaka Seger und Rara Anteng! Die Ehe der beiden verlief glücklich. Sie erreichten das Glück ihres Hauses ganz und gar. Um nicht untätig zu sein, rodeten sie die Wälder rings um ihren Wohnsitz und gründeten ein Dorf, das den Namen Tengger erhielt, weil es von zwei Menschen, nämlich Rara Anteng und Jaka Seger, erbaut wurde. Der Name Tengger leitet sich von Anteng her, während die Silbe »ger« von dem Namen Seger stammt. Die Silbe »teng« ist vorangestellt, und erst danach folgt die Silbe »ger« – also eine reine Abkürzung der Namen der beiden Ehegatten, weil Rara Anteng von göttlicher Abkunft war und daher eine höhere Stellung im Vergleich zu ihrem Gatten, der einer Gelehrtenfamilie entstammte, einnahm. Aus der Zusammenstellung der beiden Namen des Ehepaares ist der Name Tengger entstanden, der bis heute noch für das Gebirge und den in dieser Bergregion lebenden Volksstamm benutzt wird.

28 Die Geschichte von Jambi

In alten Zeiten lebte einmal ein König, der eine sehr große Macht besaß. Sein Königreich war als steinreich und dichtbevölkert bekannt. Die anderen Länder bewunderten diesen Reichtum sehr. Die Quelle dafür bildete hauptsächlich das Erdöl in diesem Königreich. Es gab eine überreichliche Ausbeute davon, und das erregte die Aufmerksamkeit der übrigen Länder. Der König besaß noch keine Gemahlin, weil noch keine einzige Frau den Ansprüchen des Herrschers genügt hatte.

Eines Tages vernahm der Herrscher die Nachricht, daß im Lande Minangkabau ein bildschönes Mädchen lebe. Deren Schönheit war so bekannt, daß die Kunde davon sich im ganzen Land verbreitete, ja sogar bis in andere Länder gelangte. Und so drang der Bericht bis zum König. Dieses schöne Mädchen hieß Pinang Masak, das heißt »Reife Pinang-Frucht«.

Als nun der König die Erzählungen über die Schönheit von Pinang Masak hörte, erwachte sein Verlangen, und er entsandte einen Boten, um dem reizenden Mädchen einen Heiratsantrag zu machen.

Pinang Masaks außerordentlicher Liebreiz war bekannt, aber sie besaß einen höchst habgierigen Charakter. Unstillbar war ihr Durst nach den Reichtümern dieser Welt. Eigentlich mochte Pinang Masak keinen König von häßlichem Aussehen heiraten, doch weil es sie unbändig danach verlangte, so viele Reichtümer wie möglich zu erlangen, suchte sie nach Mitteln, um den Antrag des Herrschers scheitern zu lassen und doch dessen Schätze zu bekommen. Pinang Masak nahm also den Antrag an, stellte aber eine sehr schwierige Bedingung. Sie wollte den vermögenden König heiraten, wenn dieser einen prächtigen Palast errichten und ihn in einer Nacht vollenden könne. Infolge seines großen Verlangens, die wunderschöne Pinang Masak zur Frau zu bekommen, willigte der Herrscher ein, deren Bedingungen zu befolgen. Sogleich versammelte er sein ganzes Volk und alle Handwerker. Der König befahl ihnen, einen prachtvollen Palast zu bauen, um Pinang Masaks Forderung zu erfüllen. Der Bau des neuen Schlosses müsse in einer Nacht vollendet sein.

So machten sie sich ans Werk und begannen in der Abenddämmerung. Tausende erfahrener Handwerker waren zu dieser Stunde zusammengerufen. Tausende hell leuchtender Lampen wurden aufgehängt, um den Platz zu erleuchten, wo die Menschen geschäftig arbeiteten. In der Nacht machte der Herrscher unablässig die Runde, um die Handwerker bei der Arbeit zu überprüfen. Um Mitternacht hatten sie einen Teil des Gebäudes fertiggestellt. Die neue Schloßanlage gewann an Pracht, und der Bau schritt unaufhörlich fort. Tief in der Nacht stand die neue Anlage fast völlig fertig da.

Als Pinang Masak dies sah, erfaßte sie Unruhe und Besorgnis. Wenn die Errichtung des Schlosses beendet war, bedeutete dies, daß sie wohl oder übel den königlichen Herrscher von häßlichem Aussehen heiraten mußte, den sie eigentlich gar nicht schätzte.

Auf welche Weise konnte sie den Bau des Palastes verhindern? Einzig darum drehten sich ihre Gedanken. Sie konnte schon nicht mehr schlafen. Ratlosigkeit und Sorge quälten sie heftig.

Nachdem sie auf einen Einfall gekommen war, erhob sich Pinang Masak um Mitternacht und begab sich zu den Hühnerställen. Dort öffnete sie die Türen und erleuchtete die Ställe mit hellen Lampen. Die Hühner glaubten, es sei schon Morgen. Und es erscholl das Krähen der Hähne. Nach dem Abkommen, das der König mit Pinang Masak abgeschlossen hatte, mußte der neue Palast fertig und benutzbar sein, bevor am Morgen der erste Hahnenschrei ertönte. Da nun die Hähne schon laut krähten, der Bau des Schlosses aber noch nicht beendet war, hielt sich der Herrscher für geschlagen. So mißlang sein Unterfangen, Pinang Masak zu heiraten. Aber wegen seiner großen Liebe zu ihr schenkte er den Teil der Anlage, dessen Bau bereits vollendet war, zusammen mit einer großen Zahl von Kleinoden dem Mädchen.

Doch wegen ihrer Habgier gab sich Pinang Masak noch nicht damit zufrieden, so viele Geschenke von dem König zu bekommen. Sie wollte noch viel mehr von all den Schätzen, die dem Herrscher gehörten. Daher kaufte sie von ihrem Vermögen viele Waffen und sammelte eine nicht geringe Zahl von Söldnern, um den König anzugreifen.

Dem völlig überraschenden Überfall des Heeres von Pinang Masak vermochte der ganz unvorbereitete König nicht zu widerstehen. Er wurde besiegt und ergab sich.

So fielen das ganze Königreich und alle seine Schätze an Pinang Masak. Danach wurde sie zur Königin erhoben. Seitdem war der Name Pinang Masak als der einer Königin überall berühmt. Man nannte sie oft nur Pinang, und in der Sprache jenes Landes hieß sie Jambé. Königin Pinang Masak wurde oft Königin Jambé genannt, und bald bezeichnete man auch ihr Land als das Königreich Jambé. Der Name Jambé änderte sich allmählich und wurde zu Jambi, was bis heute gilt.

Bis in unsere Tage ist Jambi für seine riesige Erdölförderung bekannt.

29 Vom Menschen, der die Himmelstochter heiratete

Irgendwo im Lande Bada' in Mittel-Sulawesi lebte einmal ein verwaister Jüngling, dessen Eltern schon lange gestorben waren. Eines Tages ging er, um nach seinem Fischteich zu sehen,

den ihm sein verstorbener Vater hinterlassen hatte. Da fand er das Wasser im Teich getrübt vor. Der Jüngling dachte bei sich: ›Vielleicht ist jemand hierhergekommen und hat meine Fische mit einem Käscher gefangen.‹
Mit diesen Gedanken kehrte er wieder zurück nach Hause. Am folgenden Tag machte sich der Jüngling abermals auf, um nachzusehen und seinen Fischteich, das Erbteil von seinem verstorbenen Vater, in Augenschein zu nehmen. Dort angelangt, bemerkte er wie schon am vorhergehenden Tag, daß das Teichwasser trübe aussah. Da sprach er bei sich selbst: ›Paß auf, der du das gemacht hast! Ich werde mich jetzt auf die Lauer legen und beobachten, wer es wagt, meine Fische zu stehlen.‹
Daraufhin ging er und versteckte sich in einem Gebüsch nahe dem Teich. Wenig später sah er einen Schwarm von Vögeln heranziehen, die auf seinen Teich, das Erbe seines verstorbenen Vaters, zuflogen. Je näher sie kamen, desto deutlicher erkannte er sie. Aus nächster Nähe schließlich blickte der Jüngling voll Erstaunen auf sie. Was er für einen Vogelschwarm gehalten hatte, erwies sich nämlich als eine Schar von Himmelsgestalten. Am Ufer des ererbten Fischteichs angelangt, legten sie ihre Himmelsgewänder eilig ab und warfen sich in den Teich. Sie badeten und scherzten voller Fröhlichkeit. Der verblüffte Jüngling wunderte sich nicht wenig über das, was sich da vor seinen Augen ereignete. Ganz deutlich konnte er wahrnehmen, daß ihrer sieben an der Zahl vom Himmel herabgekommen waren.
Der hinter dem Gestrüpp verborgene Jüngling erkannte in allen sieben Himmelsgestalten hübsch gewachsene und reizende Mädchen. Er bewunderte die Anmut der Himmelsjungfrauen über alle Maßen. Während sich nun die sieben Schönen einzig dem Vergnügen zu baden hingaben, verließ der Jüngling sein Versteck und nahm ganz heimlich eines ihrer Gewänder an sich. Dann eilte er damit nach Hause und verbarg es dort. Darauf kehrte der verwaiste Jüngling wieder

zurück in sein Versteck, um genau zu beobachten, was die Himmelstöchter, die sein Herz umstrickten, nun weiter tun würden. Bald bemerkte er, daß die Mädchen aufhören wollten zu baden. Da trat er plötzlich aus seinem Versteck hervor, ging zu den Mädchen hin und sprach sie an: »He, ihr seid es also, die immer hierherkommen und baden und dabei das Wasser in meinem Fischteich trüben! Jetzt weiß ich, wer das immer macht!«

Die Himmelsjungfrauen erschraken nicht wenig, als sie auf einmal die Stimme des Jünglings vernahmen. Sie eilten davon, um ihre Gewänder zu holen und anzulegen. Dann flogen sie auf und verschwanden am Himmel. Nur die Jüngste blieb allein zurück. Ihre sechs Schwestern hatten sie verlassen, weil sie ihr Himmelsgewand nicht wiederfinden konnte.

Die sechs Gefährtinnen waren entschwunden. Die Jüngste blieb allein zurück und beklagte ihr Mißgeschick. Ihr gelang es nicht, mit den anderen zusammen zurück zum Himmel zu fliegen. Der Waisenjüngling reichte ihr einen Sarung. Weil sie keinen anderen Ausweg wußte und sich obendrein schämte, so ganz nackt und ohne jede Hülle zu bleiben, mußte die unglückliche Jüngste der Himmelstöchter den Sarung nehmen, den ihr der Jüngling gab. Darauf schlug er der jüngsten Himmelsfee vor: »Wenn Ihr mit mir zu meiner Hütte gehen wollt, so habe ich dort vielleicht ein Gewand, das ich Euch geben kann.«

Alsbald folgte ihm die Himmelsjungfrau zu seinem Haus. Dort schenkte der Waisenjüngling ihr einige Kleidungsstücke, aber das Himmelsgewand hielt er vor ihr verborgen und gab es nicht zurück.

Dann heiratete der Jüngling die jüngste Himmelsfee und nannte sie Topitu, weil sie ihrer sieben vom Himmel kamen.

Nach einigen Monaten wurde Topitu guter Hoffnung, und bald danach gebar die jüngste Himmelsfee einen Sohn.

An dem Tage, als seine Frau sich über dem Feuer wärmte,

ging der Jüngling Holz sammeln. Bei seiner Rückkehr traf er seine Frau dabei an, daß sie Wasser kochte. Er bemerkte, daß dieses Wasser rot aussah.
Daher sagte er zu seiner Frau: »Du tust wahrhaft Schlechtes, wenn du dein Blut kochst. Es ist besser, wir trennen uns.«
Seine Frau entgegnete: »Wenn du es wünschst, soll es geschehen. Aber gib mir mein Himmelsgewand zurück, das du damals versteckt hast!«
Der Jüngling übergab seiner Frau das Himmelsgewand, das er vordem verborgen hatte. Darauf ermahnte Topitu ihren Mann: »Liebster! Bald werden wir auseinandergehen, und ich möchte dir auftragen, daß du unseren Sohn gut hütest, wenn ich fort bin. Achte wohl darauf, Liebster, daß unser Kind am Leben bleibt!«
Nach diesen Worten flog Topitu auf und kehrte heim in den Himmel. Sie konnte in ihre Heimat zurückkehren, weil sie ihr Himmelsgewand wiedererlangt hatte.
Schon wenig später bereute der Waisenjüngling seine Entscheidung sehr, seine Frau fortzuweisen. Besonders beklagte er es deshalb, weil er seinem Kind kein Essen geben konnte. Er selbst aß auch seitdem nichts mehr, denn er sehnte sich so sehr nach seiner Frau. So sprach er schließlich bei sich: »Wenn meine Ahnen wirklich gute Menschen waren, werde ich sicherlich eine Leiter finden, die bis zum Himmel reicht, damit ich mein Kind dort hinauf bringen kann.«
Kaum hatte der Jüngling das ausgesprochen, fiel ein starker Regen. Dann gewahrte er etwas, das bis zum Himmel hinaufreichte, und als er es genau betrachtete, wurde ihm klar, daß die Erscheinung vor ihm nichts anderes darstellte als die erhoffte Leiter. Sie schimmerte in allen Farben. Sogleich stieg der Jüngling darauf empor, bis er schließlich den Himmel erreichte.
Als der Jüngling oben ankam, ließ der Regen nach und hörte sogar auf. Jetzt erst bemerkte er, daß er nichts anderes als den bunten Regenbogen gleich einer Leiter soeben erklommen

hatte. Der Jüngling erblickte einige Leute, die gerade Reis stampften. Da bat er um Auskunft und fragte sie: »Wißt ihr vielleicht, wo Topitu wohnt?«
Die Leute gaben zur Antwort: »Da hinten! Dort am Ende des Dorfes!«
So ging der Jüngling weiter. Er traf wieder einige Himmelsbewohner, die Baumrinde sammelten. Auch sie fragte er nach dem Hause von Topitu, seiner Frau. Sie antworteten genau so wie die Leute beim Reisstampfen. Siebenmal bat der Jüngling die Himmelsbewohner, die er auf seinem Weg traf, um Bescheid. Endlich langte er an seinem Ziel an.
Als er vor dem Haus stand, das man ihm gewiesen hatte, fragte er den Besitzer des Hauses, wo denn seine Frau Topitu wohne, nach der er sich so sehr sehnte. Die Leute vom Hause wunderten sich sehr, einen Erdenmenschen zu sehen, der unvermutet im Himmel erschien. Da riefen Topitus Geschwister ihr, der Jüngsten, zu: »Sieh nur, dein Ehemann ist dir mit deinem Kind hierher gefolgt!«
Aus dem Haus erwiderte Topitu: »Ich glaube nicht, was ihr erzählt! Mein Mann und mein Kind weilen unten auf Erden. Dort unten leben sie. Wie wäre es möglich, daß sie im Himmel sind? Welchen Weg hätten sie gehen sollen, um hierher zu gelangen?«
Topitus Mann aber bestätigte: »Und doch ist es so, Topitu! Wir konnten bis hier herauf gelangen, weil wir den Regenbogen als Leiter benutzten.«
Topitu zweifelte wiederum: »Wenn ihr beide wirklich mein Mann und mein Kind seid, dann gelingt es euch auch ganz bestimmt, die Leiter meines Hauses bis ganz nach oben zu ersteigen und in das Haus einzutreten!«
Topitus Mann gab zurück: »Nun gut!«
Der Jüngling versuchte sogleich, die Leiter des Hauses seiner Frau zu erklettern, aber sosehr er sich auch bemühte, konnte er doch nicht hinaufgelangen. Die Leiter war viel zu glatt. Da sprach der Jüngling bei sich: ›Wenn meine Ahnen wirklich

gute Menschen waren, kann ich auch die Leiter erklimmen!‹

Kurz darauf lief eine Katze herbei und schärfte ihre Krallen an der Leiter. Davon wurde das Holz rauh, und der Jüngling stieg hinauf, um in Topitus Haus einzutreten.

Aber Topitu rief wieder aus: »Ich glaube es immer noch nicht, daß ihr beide mein Mann und mein Kind von der Erde seid; es sei denn, ihr würdet meine Schlafstätte finden! Erst wenn ihr sie gefunden habt, bin ich gewiß, daß ihr beide mein Mann und mein Kind von der Erde seid.«

Nach diesen Worten löschte Topitu alles Licht im Hause aus. Plötzlich wurde es ringsum stockdunkel, und Topitu ging und verbarg sich in ihrer Schlafstätte. Sogleich versuchte ihr Mann, sie zu finden.

Aber der Erdenmensch vermochte die Schlafstätte seiner Frau in dieser tiefen Dunkelheit nicht zu entdecken. Das machte ihn unbeschreiblich traurig. Auf einmal aber kam ein Glühwürmchen geflogen und fragte: »Warum bist du so betrübt?«

»Ach, Glühwürmchen, wie sollte ich nicht traurig sein«, sagte der Jüngling. »Ich kann die Schlafstätte von Topitu, meiner geliebten Frau, nicht finden.«

Das Glühwürmchen erwiderte: »Oh, deshalb bist du in Sorgen! Wenn es nur das ist, was dir Kummer bereitet, so will ich dir helfen. Folge mir nur immer nach! Ich werde euch beide schon ans Ziel bringen!«

Topitus Mann folgte mit dem Kind dem Glühwürmchen bis an die Schlafstätte seiner Frau. Als sie beide dort anlangten, gestand Topitu: »Jetzt erst bin ich überzeugt, daß ihr wirklich mein Mann und mein Kind von der Erde seid.«

Das Wiedersehen Topitus mit ihrem Mann und ihrem Kind rührte ans Herz. Unter Freudentränen umarmte sie sogleich ihr Kind, denn die Himmelstochter hatte sich ja auch sehr nach ihrem Sohn gesehnt.

30 *Das ungehorsame Mädchen*

Die Insel Roti ist ziemlich klein. Es gibt da keine großen Städte, nur kleine oder größere Weiler und Dörfer. In einem Dorf lebte dort einmal eine alte Witwe mit ihrer Enkelin. Ihr kleines Häuschen bestand nur aus einem einzigen Raum. Hinter dem Haus befand sich ein Gemüsegärtchen, wo Bohnen, Süßkartoffeln und andere Pflanzen wuchsen. Aber das reichte für den Lebensunterhalt der beiden nicht aus. Deshalb ging die alte Frau täglich zum Meeresufer, um Fische zu fangen. Wenn sie das Haus verlassen hatte, kochte ihre Enkelin den Reis und bereitete Gemüse zu. Am Nachmittag pflegte die alte Frau heimzukehren und Fische mitzubringen, die sie dann briet. Dann aßen die Großmutter und ihre Enkelin gemeinsam. So lebten sie einen Tag wie den anderen.

Einmal wollte die alte Frau wieder ans Meer gehen. Sie trug ihrer Enkelin auf: »Kind, heute nimmst du nur ein einziges Reiskorn zum Kochen! Das reicht für uns beide!«

Dann ging sie weg. Das Mädchen wunderte sich sehr über den Auftrag der Großmutter. Bei sich dachte sie: ›Was hat das für einen Sinn, wenn ich nur ein einziges Körnchen Reis koche? Es macht mir nur Mühe und hat bestimmt keinen Zweck, denn es ist ja unmöglich, zu zweit davon zu essen.‹

Deshalb nahm sie ein Pfund Reis zum Kochen. Sie machte Feuer, holte einen Kessel, und bald darauf setzte sie den Reis an. Das Mädchen wartete, bis er kochte. Nach einer Stunde wollte sie nachsehen, ob er gar sei. Doch kaum hatte sie den Deckel abgehoben, kochte der Reisbrei schon über, floß über den Kesselrand und strömte unaufhörlich weiter. Wie das kleine Mädchen erschrak!

»Oh, oh, wie ist denn das geschehen? Womit soll ich bloß den Reisbrei aufhalten?« rief sie aus. Das unglückliche Mädchen lief in seiner Ratlosigkeit hin und her und wußte nicht, was es tun sollte.

Mittlerweile quoll der heiße Reisbrei immerzu aus dem Kessel heraus, überschwemmte zunächst den Herd und die Küche und floß dann zur Tür hinaus. Schließlich überflutete er den ganzen Vorhof des Hauses.

Das Mädchen rannte davon, um die Großmutter zu suchen. Unterwegs weinte sie unaufhörlich, denn sie hatte große Angst vor deren Zorn. Nicht weit vom Meeresufer traf sie die Großmutter, die sich schon auf dem Heimweg befand. Schluchzend berichtete ihr das kleine Mädchen, was geschehen war. Sie verschwieg nichts, denn sie wollte niemals lügen. Die Großmutter wurde sehr böse, als sie die Geschichte vernahm, griff nach einem Stück Holz und schlug damit ihre Enkelin. Das arme Mädchen litt schreckliche Schmerzen und weinte laut.

Auf einmal aber schaute die alte Frau ganz verblüfft drein, denn . . . das Mädchen war verschwunden! An dessen Stelle erblickte sie einen Affen, in den sich das Mädchen verwandelt hatte. Der Affe sprang auf einen Baum und sprach dabei zu der Großmutter: »Nun hast du mich nicht mehr, Großmutter! Du bist allein. Und wer wird dir helfen? Niemand wird mehr Reis für dich kochen, und wenn du Kaffee trinken möchtest, trägt niemand dir Wasser herbei.« Damit verschwand der Affe.

Die alte Frau bereute das Geschehene sehr und empfand tiefen Kummer. Warum nur hatte sie ihre eigene Enkelin geschlagen? Nun war sie einsam, hatte niemanden mehr, mit dem sie plaudern konnte. Kein Mensch würde für sie sorgen.

Aus diesem Grund achten die Bewohner der Insel Roti bis heute darauf, daß Kinder oder Erwachsene nicht auf den Kopf geschlagen werden. Sie fürchten, daß sonst ein Gleiches wie in dieser Geschichte geschehen könnte.

31 *Der tapfere Soldat Sura Menggala*

Im Heer von Mangkunegara diente einmal ein Soldat namens Sura Menggala. Dies ist ein wohlklingender Name, denn er bedeutet, daß der Träger durch seine Tapferkeit berühmt ist. Aber trotz seiner Berühmtheit lebte Sura, vom Pech verfolgt, in ständiger Armut. Dies war dem Sultan wohlbekannt. Schon mehrmals hatte er Sura geholfen, damit dieser ein besseres Leben führen könne, aber immer vergeblich.

Eines Tages rief der Sultan Sura zu sich.

»Nun, Sura, wie geht es dir jetzt?«

»Es geht wohl an, o Sultan!« antwortete Sura.

Den Sultan dauerte das Unglück des verdienten Mannes. Diesmal wollte er ihm eine wirksame Unterstützung zuteil werden lassen, damit Sura mit seinem Dasein zufrieden sei. Jedoch sollte diese Hilfe des Sultans geheim bleiben, um Suras Freude darüber noch zu erhöhen.

»Sura«, sagte daher der Sultan, »geh und überbringe dem Bezirksvorsteher von Wonogiri diesen meinen Brief! Hier hast du einen Ringgit als Wegzehrung, damit du dir unterwegs etwas zu trinken kaufen kannst.«

Sura Menggala versprach, den Befehl auszuführen, aber ihn erfüllte Mißmut. ›Hat denn der Sultan gar kein Herz im Leibe?‹ sagte er zu sich. ›Einem Mann wie mir befiehlt er, so weit zu marschieren, und als Trinkgeld gibt er mir nur einen einzigen Ringgit! Das ist wirklich Pech . . .‹

Seufzend brach Sura auf. An einer Wegkreuzung traf er einen Kameraden namens Reksa Karya.

Reksa fragte: »Wohin willst du, Bruder?«

Sura antwortete: »Ach, ich habe Pech, mein Junge! Bei dieser Hitze schickt mich der Sultan nach Wonogiri, um einen Brief zu überbringen.«

»Warum nennst du das Pech, Bruder? Im schlimmsten Fall wirst du doch wenigstens dort gut bewirtet, bekommst schmackhaftes Essen und süßen Kaffee. Man weiß doch, Bruder, daß du der Bote des Sultans bist. Wieviel Geld hat er dir für den Weg gegeben?«

»Nur einen Ringgit, obwohl ich doch unterwegs übernachten muß.«

»Nun, selbst wenn ich kein Wegegeld bekommen hätte – ich wollte wohl den Weg machen!«

»Wenn das wahr ist, mein Junge, dann laß es uns so machen! Du gehst nach Wonogiri, und das Geld teilen wir«, schlug Sura freudigen Herzens vor.

»Gut!« antwortete Reksa. Sie teilten das Geld, und Sura Menggala kehrte nach Hause zurück. Er rastete in einer Kaffeestube, wo er nach Herzenslust aß und trank. Reksa machte sich wohlgemut auf den Weg nach Wonogiri.

Ohne Hindernisse kam er zum Haus des Vorstehers und übergab ihm den Brief: Sobald der Vorsteher ihn gelesen hatte, lächelte er und fragte dann: »Kennst du den Inhalt des Briefes schon, mein Sohn?«

»Noch nicht, Herr!« antwortete Reksa Karya.

»Nun, dann ist es um so besser! Jetzt bleibe nur hier!«

Reksa verweilte gern, denn der Hausherr erwies ihm wahrhaftig Ehre. Leckereien wurden ununterbrochen auf den Tisch gebracht, und dazu gab es gesüßten Kaffee. Süßigkeiten liebte Reksa über alle Maßen.

An einem der nächsten Tage erschrak Reksa jedoch ganz außerordentlich, denn viele Menschen strömten ins Haus des Vorstehers. Was geschah? Reksa wurde mit der Tochter des reichen und vornehmen Vorstehers verheiratet. Nun erst erfuhr Reksa, welche Absicht der Sultan mit seinem Brief verfolgte, den er überbracht hatte. Zweifellos hatte der Sultan den Vorsteher gebeten, dem Überbringer des Briefes seine Tochter zur Frau zu geben. Der Sultan meinte natürlich Sura Menggala, aber . . . es kommt oft anders, als man will. Kurz gesagt, Reksa Karyas Herz wollte vor Freude fast überlaufen. Wer wäre nicht glücklich gewesen, der Schwiegersohn des vornehmen und reichen Vorstehers zu werden? Oben-

drein war dessen Tochter bildschön und von großem Liebreiz.
Eines Tages hörte Sura Menggala davon, daß ein jung verheirateter Mann aus Wonogiri begehre, den Sultan aufzusuchen. Er erkundigte sich hier und da, und schließlich erfuhr er, daß der Mann Reksa Karya sei, sein eigener Kamerad. Bald suchte er ihn auf.
»Wie geht es dir, mein Junge?« fragte Sura Menggala leicht argwöhnisch.
»Danke, es geht mir gut, Bruder!« antwortete Reksa Karya lächelnd. Und dann erzählte er, daß der Bezirksvorsteher ihn als Schwiegersohn erwählt habe.
›Mich trifft der Schlag!‹ dachte Sura bei sich.
In diesem Augenblick trat eine junge Frau von reizendem, hübschem Aussehen ein und bot Erfrischungen an.
»Wer ist diese Frau, mein Junge?« fragte Sura.
»Das ist meine Frau, die Tochter des Vorstehers von Wonogiri!«
›Mich trifft der zweite Schlag!‹ dachte Sura bei sich. Laut sagte er: »So geht es mir ja immer! Aber ich freue mich von ganzem Herzen über dein Glück, mein Junge. Doch du kennst meine Lage, und so bitte ich dich um einen kleinen Anteil – nur zehn Silber-Rupiah!«
Reksa erwiderte: »Es tut mir ja sehr leid, aber so viel Geld besitze ich nicht. Hier habe ich gerade eine Rupiah, nimm sie!«
»Was soll ich machen, mein Junge? Ich bin eben ein Pechvogel. Kaum habe ich etwas in der Hand, so hat es sich auch schon wieder verflüchtigt. Lebe wohl, mein Junge, und sei glücklich mit deiner jungen Frau!«
Seufzend ging Sura von dannen.
Der Sultan erhielt Kunde von Sura Menggalas Betrug, denn nicht Sura hatte den Brief an den Vorsteher von Wonogiri überbracht, sondern Reksa. Dennoch trug es der Sultan ihm nicht nach, sondern sein Mitgefühl mit dem ewigen Pechvo-

gel Sura nahm noch zu. Der Sultan dachte: ›Sura ist wirklich einer, den das Unglück verfolgt. Aber noch einmal will ich versuchen, ob er tatsächlich niemals sein Glück machen kann.‹

Er beschied Sura wiederum zu sich. Bleich und mit klopfendem Herzen erschien dieser. Er meinte, der Sultan zürne ihm wegen der Angelegenheit mit dem Brief. Doch diese Vermutung erwies sich als falsch. Der Sultan sprach Sura freundlich zu und reichte ihm eine große Wassermelone: »Sura, nimm dir diese Melone mit! Ich habe von Pak Karto einige davon als Geschenk erhalten. Sie schmecken wirklich süß!«

Freudig nahm Sura Menggala die Gabe an.

»Danke, o Sultan!« sagte er und ging dann nach Hause.

›Und ich glaubte, der Sultan wäre schrecklich zornig‹, dachte sich Sura auf dem Heimweg. ›Ich hätte nicht erwartet, daß ich eine Melone bekommen würde. Sie schmeckt bestimmt sehr süß.‹

Da kam er an einen Laden. ›Ach ja, beinahe hätte ich es vergessen! Ich habe ja keinen Tabak mehr, und daheim fehlt es auch an Zucker und Kaffee. Am besten, ich verkaufe einfach die Melone‹, beschloß Sura bei sich.

Auf halbem Weg traf er mit einer alten Frau zusammen, die er kannte.

»Wo kommst du her, mein Sohn?« fragte die Alte.

»Von der Wache, Bu!« antwortete Sura. »Wollt Ihr nicht diese Melone kaufen? Es ist bestimmt eine ganz süße Sorte!«

»Von wem hast du sie denn?«

»Der Sultan hat sie mir geschenkt.«

»Wirklich?«

»Ganz bestimmt, Bu! Ich lüge niemals.«

»Aber dafür schwindelst du um so mehr, nicht wahr?«

»Ich will an Klebreiskuchen ersticken, wenn ich lüge!«

»Na gut, wieviel soll sie kosten?«

»Oh, für Euch, Bu, soviel Ihr geben wollt!«

»Fünfzehn Sen, ja?«

»Maschallah! Eine so große Frucht für fünfzehn Sen? Zwei Picis sind noch billig!«
»Ist sie denn reif?« fragte die alte Witwe.
»Na, ganz bestimmt! Man hat dem Sultan doch keine unreifen Melonen zugeschickt!«
»Kannst du sie nicht ein bißchen anschneiden?«
»Nein, ja nicht, Bu! Glaubt mir doch!«
Sura wußte nicht sicher, ob die Frucht wirklich noch unreif war, denn dann hätte sie natürlich nicht zwei Picis gekostet. Die alte Frau vertraute schließlich Suras Reden und gab ihm das Geld. Dafür kaufte Sura im Laden Tabak, Kaffee und Zucker. Dann ging er frohgemut nach Hause.
Am nächsten Tag verspürte die alte Witwe Durst. Ihr fiel die Melone ein. Sie nahm ein Messer und schnitt sie mitten durch. Doch welche Überraschung für sie! Die Melone enthielt kein rotes Fruchtfleisch, sondern prächtige Edelsteine im Wert von wohl vielen tausend Rupiah! Mit einem Schlage wurde die alte Witwe berühmt, denn sie gelangte durch den Kauf von Sura Menggalas Melone zu Wohlstand.
Als Sura davon erfuhr, sank er rücklings auf einen Stuhl. »Mich trifft der dritte Schlag!« jammerte er und schlug sich immer wieder vor den Kopf. »Erst wurde Reksa statt meiner der Schwiegersohn des Vorstehers; dann mußte ich sehen, wie hübsch und reizend die Tochter des Vorstehers ist, und jetzt trifft mich auch noch dies! Ich habe wirklich nur Unglück!«
Während sich Sura noch wie ein Verrückter gebärdete, kam ein Bote des Sultans mit einem Brief. Sura müsse diesen Brief selbst dem Reichsverweser übergeben.
›Na, diesmal werde ich die Gelegenheit nicht vorübergehen lassen‹, sagte sich Sura. ›Diese Auszeichnung des Sultans wird mich zu einem hochgeachteten Manne machen. Bestimmt ist sie noch größer als die früheren. Vielleicht werde ich einen höheren Rang oder mehr Gehalt bekommen. Zumindest werde ich zum Höfling oder gar zum Wesir ernannt.

Oder . . . sollte ich gar der Schwiegersohn des Reichsverwesers werden? Wenn mich meine Erinnerung nicht trügt, wäre seine älteste Tochter mir schon recht, wenn sie auch nicht so hübsch wie die des Vorstehers ist.‹ Diese Gedanken gingen Sura unterwegs durch den Kopf.

Nach seiner Ankunft überreichte Sura dem Reichsverweser den Brief, der ihn sogleich laut verlas. Er lautete:

»Herr Reichsverweser! Der Überbringer dieses Briefes hat zweimal meine Gebote übertreten. Deshalb soll er für zwei Monate ins Gefängnis gesperrt werden!«

Als Sura das vernahm, schwindelte es ihm vor den Augen. Er ließ sich auf einen Stuhl fallen und stieß einen tiefen Seufzer aus: »Jetzt ist es wirklich aus mit mir! Das war der vierte Schlag! Oh, so viel Unglück zu haben . . .«

32 *Eine Geschichte aus Toraja*

Im Lande Toraja gab es ein Dorf, in dem ein überaus mächtiger König regierte.

Eines Tages badete der Herrscher in einem großen Teich mit klarem Wasser, den Blumen und andere prächtige Pflanzen umsäumten. Bevor der Fürst ins Wasser stieg, legte er seinen Fingerring am Teichufer ab. Weil er aber einzig daran dachte, sich in dem kühlen, klaren Wasser zu erfrischen, bemerkte der König nicht, daß ein junger Bursche vorbeiging und den Ring an sich nahm.

»Zweifellos wird der Herrscher befehlen, daß man seinen Ring sucht . . .«, murmelte der Junge, während er den Ring an eine andere Stelle legte. »Und auf diese Weise kann ich mit ihm bekannt werden!«

So kam es auch. Als der König den Verlust seines Ringes bemerkte, befahl er allen Dorfbewohnern, das verlorene Kleinod zu suchen. Er versprach dem, der das kostbare Stück wieder herbeischaffe, eine hohe Belohnung. Das hörte der

Junge, der den Ring weggenommen hatte. Er eilte zu dem Fürsten und sagte untertänig: »Mein Gebieter, dein Diener weiß, wo dein verschwundener Ring sich befindet.«
»So schaffe ihn herbei, und wenn es wirklich mein Ring ist, werde ich dich bestimmt belohnen.«
Darauf holte der Junge den Ring herbei und überreichte ihn dem König, der sich außerordentlich freute. Sogleich erhielt der Junge reichen Lohn: erlesene Kostbarkeiten, schöne Kleidung und wohlschmeckende Speisen.
Danach ereignete es sich, daß eine Prau übers Meer kam und im Hafen des Dorfes vor Anker ging. Der Kapitän der Prau stieg an Land und brachte zwei Entenküken und ein schwarzes Stück Holz mit. Es war höchst schwierig zu bestimmen, welches die Spitze und welches das untere Ende dieses Holzstücks sein mochte, denn beide Enden sahen ganz gleich aus.
Der Kapitän begab sich alsbald zum Herrscher und sprach achtungsvoll: »Mein König, wenn du deinem Diener sagen kannst, welches von diesen beiden Entlein der Erpel und welches die Ente ist, so bin ich bereit, dir, o Fürst, meine gute Prau zu überlassen.«
Lange blickte der König auf die beiden Entenküken, aber es gelang ihm nicht herauszufinden, welches der Erpel und welches die Ente war. Daraufhin befahl er, den Jungen herbeizurufen, der seinen Ring gefunden hatte. Der Herrscher sprach: »Nun, mein Junge, jetzt werde ich deine Klugheit auf die Probe stellen. Da sind zwei Entenküken. Du sollst mir jetzt sagen, welches die Ente ist. Wenn du das Richtige triffst, sollst du mein Nachfolger werden. Irrst du dich aber, so werde ich Befehl geben, dich zu töten.«
Der Junge erschrak sehr, als er diese Worte des Fürsten vernahm. Er erbat sich einige Tage Bedenkzeit. Der König gewährte ihm diese Bitte.
Der Junge lief zum Meeresufer. Dort überlegte er hin und her, wie er diese Aufgabe lösen sollte. Es wurde ihm ganz

wirr davon im Kopf. Auf welche Weise konnte er ergründen, welches die Ente war, wenn doch beide Tiere ganz gleich aussahen? Der Junge wußte sich keinen Rat mehr. Ihm fiel wieder ein, wie er zuvor den Fürsten betrogen hatte.
›Sicher ist diese Sache eine List des Königs, der mich töten will. Vielleicht hat er jetzt erfahren, daß ich damals seinen Ring versteckt habe. Bestimmt wird er mich ...‹, dachte er.
›Ach, es ist besser zu ertrinken als umgebracht zu werden!‹ sagte er zu sich selbst und sprang ins Meer. Aber seine Todesstunde schien noch nicht gekommen, denn er ertrank nicht, sondern wurde nur von der Strömung erfaßt und fortgetrieben. Als er wieder zu sich kam, befand er sich an dem Platz, wo die Prau des Kapitäns ankerte. Und plötzlich hörte er, wie sich einige Matrosen auf der Prau miteinander unterhielten.
Einer von ihnen wollte wissen: »Wo ist denn jetzt unser Kapitän?«
Ein anderer antwortete: »Er ist gerade beim König. Er hat gesagt, daß er mit ihm eine Wette abschließen will.«
»Eine Wette? Worum geht es denn?« fragte wieder ein anderer.
»Um die Entenküken, die er mitgenommen hat. Er meint, daß außer ihm kein Mensch weiß, welches von den beiden der Erpel und welches die Ente ist.«
»Ach, darum! Das ist doch eine Kleinigkeit! Das kann ich erraten. Man braucht die beiden nur am Ufer freizulassen. Das Küken, das zuerst im Wasser schwimmt, ist der Erpel.«
»Aber außerdem hat er noch ein anderes Rätsel bereit. Kennt ihr das schwarze Stück Holz? Nun, unser Kapitän glaubt, daß außer ihm kein Mensch sagen kann, wo dessen Spitze und wo das untere Ende ist.«
»Oh, das ist auch ganz einfach! Man braucht nur das Holz ins Wasser zu legen, dann erklärt es sich von selbst. Denn die

Spitze ist das leichte Teil, also muß sie höher aus dem Wasser herausragen. Das andere Ende, das tiefer im Wasser liegt, ist das untere.«

Das Herz des Jungen hüpfte vor Freude, als er diese Unterhaltung der Matrosen belauschte. Nun brauchte er sich nicht mehr zu ängstigen. Er kehrte zum Königshaus zurück und trat sogleich vor den Herrscher. Ehrerbietig sagte er: »Mein Gebieter, ich bin jetzt bereit, den Befehl meines Herrn auszuführen.«

Der Kapitän wurde herbeigerufen. Er brachte die Entenküken und das Holzstück mit.

»Nun, welches von den beiden Entlein ist also der Erpel?« fragte der Fürst.

»Dein Diener bittet, die beiden Küken zum Wasser tragen zu lassen, o mein Gebieter.«

Darauf gingen alle zum Ufer und nahmen die beiden Entenküken mit.

Der Junge ließ sie dicht am Ufer frei. Was geschah? Eines von ihnen watschelte sogleich ins Wasser, dann folgte das andere.

Untertänig sprach der Junge: »Mein Gebieter, das Küken, das zuerst ins Wasser ging, ist der Erpel.«

Der Kapitän bestätigte die Wahrheit dieser Worte. Nun verlangte der König: »Jetzt sollst du versuchen zu erraten, wo die Spitze und wo das untere Ende dieses Holzes ist!«

Der Junge griff nach dem Holzstück, hielt es abwägend in der Hand und tauchte es dann ins Wasser, wobei er sagte: »Mein Gebieter, der herausragende Teil ist die Spitze!«

Wiederum erkannte der Kapitän die Erklärung als richtig an.

Da nun die Klugheit des Jungen erwiesen war, wurde er später zum König des Landes erhoben. So erlangte er durch seine Pfiffigkeit eine hohe Stellung.

33 *Der Kaufmann Mudo*

Der Kaufmann Mudo war der Sohn eines reichen Edelmanns. Bevor der Vater starb, schärfte er seinem Sohn ein: »Mein Kind, ich bin schon alt. Wenn ich tot bin und auch deine Mutter nicht mehr am Leben ist, wirst du allein in der Welt zurückbleiben. Deshalb mußt du stets aufmerken und dich klug verhalten.«

Nicht lange danach starb der Edelmann an einem tödlichen Fieber. Seine Frau betrauerte den Tod ihres Mannes tief. Der ummer zehrte immer stärker an ihr, bis schließlich auch sie starb. So blieb Mudo allein zurück. Später heiratete er ein Mädchen aus einem fernen Land. Sie lebten von den Reichtümern, die Mudo von seinen Eltern geerbt hatte. Es war ein vielfältiger Besitz – große und schöne Häuser, Reisfelder, Gärten und Vieh, aber auch Edelsteine und Goldschmuck von unermeßlichem Wert gehörten dazu. Doch Kaufmann Mudos junge Frau hatte einen Fehler. Sie konnte nicht kochen. Deshalb verdarb sie oftmals das Gemüse und andere Speisen, so daß ihr Mann häufig in Zorn geriet. Darum mußten sie sich schließlich scheiden lassen.

Kaufmann Mudo heiratete dann wieder, diesmal die Tochter seines Onkels, eines reichen Kaufmanns. Er hieß Porda Ja Diapari und wohnte weit weg am anderen Ufer des Meeres.

Einmal zog Kaufmann Mudo aus, um Handel zu treiben. Er nahm eine Pferdelast Gold mit. Unterwegs begegnete er einem Gauner, der ihn fragte: »Was kostet das Pferd mit der Ladung?«

Kaufmann Mudo verstand aber nur: »Was kostet das Pferd?« Daher antwortete er: »Hundert Rupiah.« Sogleich bezahlte der Käufer den geforderten Preis. Aber damit ging auch alles mitgenommene Gold verloren. Was sollte Kaufmann Mudo machen? Das Geschehene ließ sich nicht mehr ändern.

Nun war Kaufmann Mudo ein armer Mann. So wanderte er zum Palast des Königs und bat dort um eine Anstellung als Gärtner.
Daheim erfuhr seine Frau von diesem Vorfall. Sie empfand Mitleid mit ihrem Mann und wollte ihm helfen. Deshalb begab sie sich in die Nähe des königlichen Palastes und wurde dort Koranlehrerin. Von Tag zu Tag gewann sie mehr Schüler, und ihren Namen rühmte man im ganzen Land. Nun erdachte sie einen Plan, um ihrem Mann Hilfe zu bringen. Sie schickte einen Schüler aus, der Kaufmann Mudo aufsuchen sollte, und trug ihm auf: »Mein Sohn! Erkläre dem Gärtner im Palast des Königs, daß ich ihm weit mehr Lohn geben werde, als er jetzt erhält, wenn er in meine Dienste treten will.«
Der Schüler gehorchte. Glücklicherweise willigte Kaufmann Mudo in das Angebot der Koranlehrerin ein. Doch er wußte nicht, daß sie in Wirklichkeit seine eigene Frau war. Denn sie lebten ja schon lange getrennt, und seine Frau trug ständig einen Schleier. Sie wollte ihr Geheimnis auch noch nicht lüften, sondern gedachte, dies später zu tun, wenn sie ihr Ziel erreicht hatte.
Eines Nachmittags ging die Koranlehrerin mit einigen ihrer Schüler spazieren. Da begegneten sie dem Gauner, der Kaufmann Mudo betrogen hatte. Unvermutet fragte die Lehrerin den Spitzbuben: »Hallo, Freund, was kosten der Ring und dein Finger da?«
Der Schurke verstand aber: »Was kostet der Ring an deinem Finger da?« Und er antwortete: »Dreißig Rupiah.«
Sogleich befahl die Lehrerin, den Finger des Gauners abzuhacken. Nun erst begriff der Bösewicht, daß er sich verrechnet hatte. Aber was sollte er sagen? Er sah sich gezwungen, alle ergaunerten Schätze herauszugeben, denn hätte er sich nicht dazu bereit erklärt, wäre ihm sein Finger abgehackt worden. Diesen Schmerz wollte er natürlich nicht erleiden.
Einige Tage nach diesem Ereignis verließ die Lehrerin den

Ort und kehrte in ihre Heimat zurück. Kaufmann Mudo begleitete sie selbstverständlich. Er hatte seinen früheren Reichtum wiedererlangt.

34 Der schlaue Neffe

Es lebte einmal ein Jüngling namens Salam. Er war sehr gutherzig, aber schlechte oder gemeine Menschen mochte er nicht. Sein Onkel, ein höchst habsüchtiger Mann, besaß zwar schon Vermögen, trachtete jedoch ständig danach, seinen Wohlstand noch zu vermehren.

Eines Tages schlachtete der Onkel ein Rind, dessen Fleisch er zu einem Teil verkaufte. Den Rest aß er selbst. Seinem Neffen Salam gab er nicht das kleinste Stück von dem vielen Fleisch ab. Die Rindshaut spannte der Onkel vor seinem Haus zum Trocknen aus, denn er wollte auch sie bald verkaufen. Die Dorfbewohner kannten das garstige Verhalten und die Habgier von Salams Onkel wohl. Heimlich nahm Salam die Haut weg und kletterte damit auf einen Baum. Er saß noch nicht lange oben, als einige Diebe kamen, die ihre Beute unter dem Baum teilen wollten. Da warf Salam die Haut hinunter, die ihnen auf die Köpfe fiel. Die Diebe erschraken und liefen Hals über Kopf davon. Ihre Beute ließen sie einfach liegen. Salam stieg sogleich von dem Baum herab und nahm die wertvollen Dinge an sich. ›Ha, jetzt werde ich reich!‹ sagte er sich. Frohgemut machte er sich auf, die Beute zu verkaufen. Dreihundert Rupiah bekam er dafür. Salam freute sich sehr darüber. Er ging zum Haus seines Onkels und legte die Hälfte der erhaltenen Summe vor dessen Haustür. ›Als Bezahlung für die Rindshaut‹, sagte Salam dabei zu sich selbst.

Als der Onkel am nächsten Morgen das Geld erblickte, hüpfte sein Herz vor Freude. Er wußte, daß Salam, sein eigener Neffe, die Haut weggenommen hatte. Doch er hatte ganz und gar nicht damit gerechnet, dafür so viel Geld zu bekommen. Nun wollte er noch mehr erraffen, denn wegen seiner Habgier genügte ihm auch diese große Summe nicht. Eilig schlachtete er alle seine Rinder, da er sich sagte: ›Wenn eine einzige Rindshaut einhundertfünfzig Rupiah gilt, so sind elf Häute eintausend . . . sechshundert . . . fünfzig wert. Welch eine Summe!‹

Der Onkel geriet in die beste Laune, als er sich vorstellte, daß er ganz sicher zu so viel Geld kommen werde. Doch was geschah? Auf dem Markt galt eine Haut nicht einhundertfünfzig, sondern nur eine einzige Rupiah! Für alle elf Häute bekam er nur elf Rupiah. Natürlich war der Onkel wütend und enttäuscht. Er eilte sogleich zu Salams Haus, zündete es an und ließ es völlig niederbrennen. Salam duldete es schweigend. Er sammelte nur die Asche seines verbrannten Hauses. Dann erstieg er wieder den gleichen Baum wie damals. Und es geschah dasselbe wie in jener Nacht! Einige Diebe kamen dorthin und wollten ihre Beute teilen.

Diesmal warf Salam die Asche hinab, die den Gaunern in die Augen fiel, so daß sie glaubten, in dem Baum hause ein böser Geist, und so rasch wie möglich fortrannten.

Salam stieg hinunter und sah sich im Besitz großer Reichtümer. Den Onkel packte der Neid, als er von Salams Reichtum erfuhr, und er fragte ihn, wie das zugegangen sei.

Salam erzählte alles, was sich zugetragen hatte. Darauf zündete der Onkel sein eigenes Haus an, denn er glaubte, dadurch könne auch er schnell reich werden. Die Asche bewahrte er gut auf und trug sie dann zum Verkauf auf den Markt. Aber wieder erlebte er eine Enttäuschung. Für die große Menge Asche boten ihm die Leute nur einige Sen und sagten, sie wollten damit die roten Ameisen vertilgen. Der habsüchtige Onkel kochte vor Zorn, als er an Salam dachte. ›Er ist schuld an meinem Unglück! Aber er mag sich vorsehen – wenn ich ihn treffe, entgeht er meiner Rache nicht!‹ schwur er.

Dann machte er sich auf die Suche nach Salam, der sich mit seiner Frau und seiner alten Schwiegermutter gerade in sei-

nem Haus aufhielt. Als Salam den Onkel kommen sah, begriff er, daß dieser sich an ihm rächen wollte. Sogleich fiel ihm eine List ein.
Er gebot seiner jungen Frau, sich in einer zusammengerollten Matte zu verbergen. Als der Onkel das Haus betrat, erblickte er nur Salam und dessen alte Schwiegermutter, von der er glaubte, daß sie Salams Frau sei. Er fragte: »O Salam, warum hast du eine so alte Frau?«
Salam lächelte und antwortete: »Ach, das macht mir nichts aus, Onkel! In einem einzigen Augenblick kann ich meine Frau wieder jung machen.«
»Ha, das glaube ich nicht! Erst möchte ich es sehen!« entgegnete der Onkel.
Unbemerkt von ihm winkte Salam der Schwiegermutter, sie solle sich entfernen. Dann ergriff er einen Stock und schlug sacht einige Male an die zusammengerollte Matte. Und wer kam hervor? Salams junge, blühende Frau! Den Onkel versetzten Salams Fähigkeiten in höchstes Erstaunen. Er kehrte nach Hause zurück. Dort rief er seine Frau, die schon alt war, und befahl ihr, sich wie Salams Frau in einer Matte zu verstekken. Dann schlug er mit aller Kraft auf sie los. Er dachte: ›Je kräftiger ich zuschlage, desto schneller wird sie jung!‹ Doch es ging anders aus! Seine Frau schrie vor Schmerzen. Schließlich wickelte ihr Mann sie wieder aus, aber sie blieb so alt und häßlich wie zuvor. Ihr Gesicht war durch die Schläge obendrein völlig verschwollen.

35 Dummbart als Dieb

Es lebte einmal ein Dummbart namens Bango. Er war wirklich sehr töricht und wurde daher oft von anderen Menschen ausgenutzt. Eines Tages begegnete Bango zwei Gaunern, die ihn überredeten, im Haus eines reichen Kaufmanns auf Diebstahl auszugehen. Bango erklärte sich einverstanden.

Sie kamen am Spätnachmittag dorthin, aber es war noch nicht ganz finster. Sie warteten also die abendliche Dunkelheit ab. Zu ihrem Glück wurde es bald stockdunkle Nacht. Gebückt schlichen sich die drei an das Haus des reichen Kaufmanns heran und blieben dahinter stehen. Die beiden Diebe sprachen zu Bango:
»Nun, am besten gehst du allein ins Haus, und wir warten draußen und nehmen dir die Sachen ab, die du findest. Denkst du auch so?«
Bango stimmte zu. Er kroch durch ein Loch, das seine beiden Begleiter gebrochen hatten, in das Haus hinein. Zuvor fragte Bango: »Was soll ich denn nehmen?«
Seine Spießgesellen antworteten: »Wenn du schwere Gegenstände findest – die sollst du herausreichen!«
Bango schlüpfte in das Haus, in dem ihn vollkommene Finsternis umgab. Er mußte sich in acht nehmen, daß er keinen Lärm verursachte. Nachdem er ein Weilchen umhergetastet hatte, fühlte er etwas Hartes. Er hob den Gegenstand hoch, und er erwies sich als schwer. ›Aha, sicherlich ist es das, was meine Gesellen meinen!‹ dachte Bango. Vor Freude lachte er leise. Dann reichte er den schweren Gegenstand seinen Freunden hinaus. Sie murrten: »Ach Bango, du bist doch schrecklich dumm! Einen Stein gibst du uns heraus! Was hat das für einen Sinn?«
Bango antwortete: »Ihr habt doch vorhin gesagt, ich soll schwere Gegenstände nehmen!«
»Das ist ja wahr, aber dies ist ein Stein! Wir brauchen keinen Stein!« erwiderten seine beiden Spießgesellen ziemlich zornig. »Sieh dich jetzt noch einmal im Hause um!«
»Was soll ich jetzt nehmen?« fragte Bango.
»Wenn du einen Gegenstand von weißer Farbe findest, so mußt du diesen nehmen!«
Bango kroch wieder ins Innere des Hauses. Er tastete umher, und schließlich gewahrte er etwas Weißes. Sogleich hob er es auf und langte es hinaus. Seine Gesellen warteten schon.

Doch zu ihrer großen Enttäuschung erkannten sie, daß das Weiße nichts anderes war als ein Bambuskorb voll Kapok.
»Ach Bango, du bist wahrhaftig ein Unglücksvogel! Was hast du dir denn dabei gedacht?«
»Oh, ihr seid selbst schuld! Ich befolge nur, was ihr mir gesagt habt«, antwortete Bango. Er fühlte sich unschuldig.
»Los, sieh dich nochmals im Haus um! Und nimm, was rötlich aussieht!« verlangten die beiden Diebe.
Sie meinten natürlich Goldschmuck. Bango seufzte, stieg aber nochmals ein. Bald bemerkte er etwas Rotes. ›Diesmal erwische ich bestimmt nicht wieder das Falsche‹, sagte er zu sich. Ihm ging nicht auf, daß es sich in Wirklichkeit um rotglühende Kohle handelte. Bango nahm seinen Kopfbund ab und wickelte die Kohle hinein. Dann stieg er hinaus. Aber die Kohle brannte natürlich Löcher in das Kopftuch und rollte Stück für Stück zu Boden. Jedesmal, wenn eines hinunterkollerte, schrie Bango: »Huh, da fällt schon wieder eins heraus!«
Dies bewirkte, daß die Besitzer des Hauses vor Schreck erwachten. Sie hörten eine Stimme in der Küche und fragten:
»Hallo, wer ist da?«
»Ich, Bango«, antwortete der einfältige Dieb.
»Was suchst du hier?« fragte der Hausherr.
»Ich bin dabei zu stehlen«, erwiderte Bango.
Als die beiden draußen wartenden Diebe Bangos Antwort vernahmen, rissen sie eilends aus. Sie beschimpften und verwünschten den dummen Bango: »Er ist verrückt, er kann nicht denken . . . dieser Dummkopf!«
Unterdessen kamen die Hausbewohner mit Lampen und Waffen herbei. Sie wollten sich diesen sonderbaren Dieb anschauen und erblickten Bango, der gerade seine beschmutzte Kleidung säuberte.
Sowie Bango die vielen bewaffneten Menschen sah, erschrak er und wollte ausreißen. Doch der Hausherr hielt ihn fest und

sagte: »Halt! Du sollst uns nicht davonlaufen! Berichte uns lieber ehrlich, was hier vorging!«
Und Bango begann ausführlich zu erzählen – von dem Stein, den er für einen wertvollen Gegenstand gehalten hatte, von dem Weißen, das sich dann als bloßer Kapok erwies, und von der rotglühenden Kohle. Alle seine Zuhörer schüttelten sich vor Lachen. Dann sagte der Hausherr zu Bango: »Jetzt hör zu! Du darfst nicht wieder in die Häuser anderer Leute einbrechen und stehlen! Bleibe hier bei uns! Willst du?«
Das fiel Bango nicht schwer. Es geschah, wie der Hausherr vorgeschlagen hatte. Von Stund an lebte Bango dort und wurde schließlich so vernünftig wie andere Menschen.

36 Auf der Suche nach einem Großen der Welt

Am Fuße des Berges Merbabu lag ein Dorf namens Telaga Muncar. Der Vorsteher des Dorfes, ein alter Mann, hieß Kiyai Danalapa. Er hatte einen Sohn, der Jaka Sarwana genannt wurde und wohl sehr beschränkt, aber treu und gehorsam war.
Eines Tages wandte sich Kiyai Danalapa an seinen Sohn: »Nun, mein Sohn, dein Vater ist alt geworden und seine Sterbestunde nicht mehr fern. Wenn ich nächstens nicht mehr am Leben bin, so mache dich auf und diene einem der Großen dieser Welt! Mögest du dabei dein Glück finden und dir Ansehen erwerben! Täglich bete ich darum, daß es dir wohl ergehe. Ich hoffe, der Allmächtige erhört das Gebet deines Vaters. Du aber sollst treu, fleißig und wohlerzogen bleiben.«
Während Jaka Sarwana diese Unterweisung seines Vaters anhörte, flossen ihm reichlich die Tränen, denn sie rührte ihm tief ans Herz. Ehrerbietig erwiderte er: »Ja, Herr Vater, ich will Euren Rat gewiß befolgen.«

Wirklich erkrankte Kiyai Danalapa bald darauf und starb. Die Dorfbewohner von Telaga Muncar beratschlagten, wer sein Nachfolger werden solle. Sie einigten sich darauf, Jaka Sarwana zu erwählen.
Dieser aber entgegnete: »Ich kann nicht Dorfvorsteher werden. Ich habe meinem Vater versprochen, daß ich nach seinem Tode ausziehen will, um einem der Großen unserer Welt zu dienen. Daher möchte ich jetzt zuerst auf die Suche nach einem der Großen gehen. Wo wohnt ein solcher?«
Einer der Alten riet ihm: »Wenn es das ist, was du suchst, so begib dich nach Mataram!«
»Das werde ich tun«, sagte Jaka Sarwana und brach am nächsten Tag nach Mataram auf. Auf der Reise erlebte er nichts Besonderes. In Mataram angelangt, fragte er hier und dort, wer wohl ein Großer dieser Welt sei. Man verwies ihn auf den Reichsverweser, auf den Prinzen, auf den Großwesir, ja selbst auf den Sultan. Aber Jaka Sarwana schüttelte den Kopf, denn nach seiner Meinung waren dies alles gewöhnliche Menschen und nicht die Großen, von denen sein Vater gesprochen hatte. Daher setzte Jaka Sarwana die Suche fort.
Schon einige Tage lang zog er in dem Reich Mataram umher, hatte aber den gesuchten Großen der Welt noch immer nicht getroffen. Da erblickte er ganz unvermutet einen Elefanten, der dem Sultan gehörte. Damals ritten die Könige von Insulinde auf Elefanten. Der Pfleger hatte das Tier soeben gewaschen und wollte es wieder zurückbringen.
Jaka Sarwana dachte sich: ›Womöglich ist das der Große, von dem mein Vater gesprochen hat. Er hat ja wirklich einen riesigen Körper. Ihm soll ich wohl dienen!‹
Und er folgte dem Elefanten bis zu dessen Stall. Tag und Nacht weilte Jaka Sarwana bei dem Tier, als ob er einem König aufwarte. Er scheuerte ihm die Füße und küßte sie, kehrte den Elefantenstall und säuberte ihn. Allmählich wurden er und der Elefant die engsten Freunde.
Vierzig Tage und Nächte lang diente Jaka Sarwana schon sei-

nem »Großen«. Immer wieder forderte der Pfleger des Elefanten, Jaka Sarwana möge seiner Wege gehen, aber dieser weigerte sich.
Einmal in der Nacht hatte Jaka Sarwana einen Traum. Darin sprach ein alter Mann zu ihm: »O Jaka Sarwana, du bist wahrhaftig im Unrecht! Das ist doch nicht, was man einen Großen der Welt nennt, das ist ja nur ein Elefant, ein Reittier des Sultans! Es ist kein Mensch, sondern ein Tier! Mit deiner Arbeit beweist du aber auch, daß du ein treuer, fleißiger und gehorsamer Sohn bist. Die Großen der Welt – das sind Könige, Reichsverweser, Heerführer und ihresgleichen. Es bedeutet, daß ihre Macht groß ist, nicht aber ihr Körper! Doch wisse – morgen wird der Elefant Amok laufen. Und niemand kann ihn dabei aufhalten außer dir. Du sollst ihn aber erst einfangen, wenn der Sultan es befiehlt.«
Als Sarwana aus dem Traum erwachte, begann es zu tagen. Tatsächlich riß sich der Elefant des Sultans an diesem Morgen los und begann einen Amoklauf. Kein Mensch wagte ihn aufzuhalten. Alle fürchteten, von ihm zertreten zu werden. Da ordnete der Sultan an, daß derjenige die Stellung eines Kreisvorstehers erhalten solle, der das Tier lebend fangen könne. Diesen Befehl des Sultans vernahm Jaka Sarwana, und dabei fiel ihm ein, was der alte Mann ihm im Traum verkündet hatte. Er machte sich daher auf, den Elefanten einzufangen. Ohne Mühe packte er ihn am Rüssel und führte das Tier vor den Sultan, der sich hocherfreut über den Mut des jungen Mannes, noch mehr aber über dessen gutes und sicheres Benehmen zeigte. Sogleich ernannte der Sultan Jaka Sarwana zum Kreisvorsteher und schickte ihn alsbald zur Unterweisung zu einem erfahrenen Lehrer.
Einige Jahre später gab es in Mataram einen klugen und fähigen Reichsverweser namens Niti Gading, der beim Sultan wegen seiner Treue, seines Eifers und seiner Ehrlichkeit in hohem Ansehen stand. Es war aber niemand anders als der einstmals beschränkte Jaka Sarwana.

37 Der Weg in den Himmel

Auf einer Ladang lebte einmal ein recht altes Ehepaar. Sie wohnten in einem kleinen Häuschen, das sich nicht sehr von einer Feldwächterhütte unterschied. Von dem Ertrag ihrer kleinen Ladang konnten sie bescheiden leben. Sie lag ganz einsam in der Nähe des Urwalds, und weit und breit gab es kein Dorf, geschweige denn eine Stadt.

Wegen ihres Alters und ruhigen Lebens keimte in den beiden Alten der Wunsch auf, den Koran lesen zu lernen und ihre Kenntnisse der Religion zu vertiefen, damit sie nach dem Tode in den Himmel gelangen könnten. Sie hatten noch niemals Gelegenheit gefunden, den Koran zu lesen, denn schon seit ihrer Kindheit mußten sie hart für ihren Lebensunterhalt arbeiten. Doch weil sie sich dem offenen Grab immer mehr näherten, dachten sie ständig an das ewige Leben und all die Höllenqualen, wovon sie je andere Menschen hatten erzählen hören. Wenn sie in der Küche am Feuer saßen, sagte der Großvater oft aufseufzend zu seiner Frau: »Ach, wann werden wir wohl die Religionsschule besuchen, um den Koran lesen zu lernen, Mutter?«

Und die Großmutter antwortete, während sie bedächtig Holz nachlegte, um das Feuer im Herd zu verstärken: »Ja, vielleicht bestimmte es uns das Schicksal, daß wir dahinlebten, ohne uns um die Fragen der Religion zu kümmern. Aber wir werden ja immer älter. Es wäre an der Zeit, daß wir den Koran lesen lernten, nicht wahr?«

»Das ist es, woran ich denke. Wann werden wir zur Religionsschule gehen, um den Koran lesen zu lernen?«

»Aber wenn wir dorthin gehen, wer wird sich dann unserer Ladang annehmen? Wenn sie unbearbeitet bleibt, woher sollen wir etwas zu essen bekommen?«

»Das ist wohl wahr«, erwiderte ihr Mann grübelnd. Sein Gesicht sah bekümmert aus, da er daran dachte, daß es für sie unmöglich sei, den Koran lesen zu lernen. Ein Weilchen

schwiegen beide und schauten in die züngelnden Flammen, die das darüberstehende Teewasser zum Sieden brachten. Mit einemmal hob der Großvater den Kopf, blickte seiner Frau ins Gesicht und fragte: »Wie wäre es, wenn ich allein ginge, um zu lernen? Du bleibst hier und bestellst die Ladang.«
Die Großmutter sah ihren Mann mit einem mißbilligenden Blick an und erwiderte: »Du bist nicht dumm, wahrhaftig! Du lernst den Koran lesen, damit du in den Himmel kommst und vierzig Himmelsjungfrauen erhältst. Ich aber soll allein hier zurückbleiben, zum Opfer bestimmt für die Hölle. Nein! Nein, ich will nicht zurückbleiben! Laß uns gemeinsam gehen und lernen!«
Der Großvater ließ niedergeschlagen den Kopf wieder vornübersinken.
»Das ist auch wieder richtig!« gab er mit einem Seufzer zu. »Wenn wir den Koran lesen, bleibt die Ladang brachliegen. Und wenn wir die Ladang bearbeiten, können wir nicht den Koran lesen!«
»Was wäre also am besten?«
»Nun, machen wir es einfach so!« antwortete der Großvater, nachdem er ein Weilchen überlegt hatte. »Da wirst eben du gehen, um den Koran zu lesen. Und wenn du es dann gelernt hast, kommst du zurück und lehrst es mich!«
»Was denn? Ich soll allein gehen? Bringst du es übers Herz, mich fortzuschicken?« fragte die Großmutter, und es klang, als wolle sie weinen.
Da hörte man von draußen Stimmen, die die Grußformel riefen: »Sampurasun!«
»Rampes!« antwortete der Großvater von innen. »Wer ist da? Bitte tretet ein!«
Nach dieser Aufforderung betraten einige Jünglinge das Haus. Es waren Koranschüler, die gerade von der Religionsschule heimkehrten. Die alten Leute begrüßten die Gäste und baten sie, auf der frisch ausgebreiteten Matte Platz zu nehmen. Die Großmutter beeilte sich, Wasser aufzusetzen, um

Bataten zu kochen. Die fremden Gäste brachten den Großvater in Verwirrung. Niemals sonst kam Besuch in ihr Haus. Stotternd fragte er sie sogleich: »Oh, oh, wir sind wirklich überrascht über Euren Besuch, Ihr Herren! Wißt, wir leben einsam, selten kommen Gäste! Woher kommt Ihr Herren, daß Ihr zu dieser abgelegenen, baufälligen Hütte gelangt seid?«
Einer der Gäste antwortete: »Wir haben gerade die Religionsschule verlassen, denn unsere Lehrzeit ist zu Ende. Unsere Heimat ist noch fern und unser Mundvorrat aufgezehrt. Zufällig sahen wir Rauch aus diesem Haus aufsteigen, und so kamen wir hierher!«
Der Hausherr freute sich ungemein zu erfahren, daß er ehemalige Koranschüler zu Gast hatte. Er rief nach seiner Frau, die sich in der Küche zu schaffen machte: »Mutter! Gott ist wahrhaftig allbarmherzig! Bring schnell zu essen und zu trinken herein!«
Die Großmutter antwortete aus der Küche: »Hab ein Weilchen Geduld! Warum drängst du denn so? Die Bataten kochen ja noch gar nicht!«
»So bring erst Kaffee, Mutter!« erwiderte der Großvater. »Uns ist eine große Gnade zuteil geworden. Unsere Gäste sind alle Koranschüler. Sie haben gelernt, den Koran zu lesen, und kehren nun heim.«
»Wie? Koranschüler?« rief die Großmutter aus der Küche. Ihrer Stimme hörte man die Herzensfreude an. »Gott sei gelobt! Oh, natürlich haben die Jungen Durst, ja. Wartet nur einen Augenblick, gleich kocht das Wasser!«
Die Koranschüler wunderten sich über die außergewöhnliche Freude der beiden Landleute. Sie blickten einander an. Dann fragte einer von ihnen: »Warum zeigt Ihr so große Freude über unseren Besuch, Pak? Werden wir Euch denn nicht nur lästig fallen?«
Der Großvater lachte.
»Aber nein, Kinder, ganz und gar nicht! Das Wasser kocht

schon, und die Bataten haben wir selbst gezogen«, antwortete er. »Und wir freuen uns wirklich, Euch zu Gast zu haben . . .«
»Warum?«
»Weil Ihr Koranschüler seid, die vom Koran-lesen-Lernen heimkehren.«
Die Gäste begriffen noch immer nicht. Einer bat den Hausherrn abermals um eine Erklärung. Lachend bekannte der Großvater: »Wir sind schon alt, aber von den Fragen der Religion wissen wir gar nichts. Wir möchten lernen, den Koran zu lesen! Aber das können wir nicht, weil wir die Ladang bestellen müssen.«
Unterdessen war das Wasser heiß. Die Großmutter bot Kaffee und gekochte Bataten an.
»Bitte, nehmt erst einen Schluck Kaffee, Kinder!« sagte sie, und ihre Stimme klang überaus froh.
Die durstigen und hungrigen Gäste bliesen sogleich gierig auf die noch dampfende Speise. Während sie darauf warteten, daß das Essen abkühlte, erkundigte sich einer der Gäste wiederum: »Wozu wollt Ihr jetzt lernen, den Koran zu lesen, Großvater und Großmutter? Ist es denn nicht zu spät dazu?«
»Das ist es eben, mein Junge!« erwiderte der Großvater. »Wir sind alt. In der Jugend hatten wir niemals Gelegenheit, in der Religionsschule den Koran lesen zu lernen. Nun sind wir alt, und bald werden wir ins Grab sinken . . .«
»Ja, aber warum wollt Ihr den Koran lesen lernen?«
»Wir haben Angst, in die Hölle zu kommen! Wir möchten in den Himmel . . .«
Als sie diese Erklärung vernahmen, lachten die Gäste schallend. Sie spuckten vor Lachen sogar den Kaffee und die Bataten wieder aus, die sie im Mund hatten.
Nachdem sich das Gelächter einigermaßen gelegt hatte, meinte einer der Koranschüler, den seine Kameraden als den größten Tunichtgut kannten: »Wenn es nur das ist, daß Ihr in

den Himmel wollt, wozu wollt Ihr noch den Koran lesen lernen, Pak?«

»Wie denn anders, mein Sohn?« antwortete der Großvater, der mit Erstaunen sah, daß seine Gäste lachten, als ob er etwas Komisches gesagt hätte.

Der nichtsnutzige Koranschüler fragte: »Gibt es nicht am Rande der Ladang ein Bambusgebüsch, das sich hoch dem Himmel entgegenstreckt?«

Der Großvater und die Großmutter erwiderten gleichzeitig: »O ja, das ist wahr!«

»Das ist der Weg zum Himmel. Wenn Ihr dorthin wollt, klettert einfach den Bambus hinauf bis zur äußersten Spitze. Sie stößt genau an die Treppe zur Himmelstür!«

Der Großvater rief aus: »Ja, bei Allah! Das habe ich nicht gewußt, das hätte ich nicht gedacht! Vielleicht ist das Bambusgehölz gar kein gewöhnliches Gehölz! Mutter, wir waren einfach blind! Dutzende von Jahren wohnen wir hier und haben es nicht gewußt!«

»Das kommt davon, daß wir ungebildete Leute sind!« stimmte die Großmutter ein.

»Aber jetzt wissen wir es, Mutter! Die Jungen, wenn sie auch noch jung an Jahren sind, haben es uns gezeigt. Sie sind wirklich schlau!« sagte der Großvater. »Wie wäre es, wenn wir uns gleich aufmachten?«

»Ja, alt sind wir, und den Weg zum Himmel kennen wir jetzt auch. Willst du noch warten? Komm!« antwortete seine Frau freudig.

Die beiden kindisch gewordenen Alten verließen, ohne sich noch um irgend etwas zu kümmern, das Haus und strebten dem Bambusdickicht zu, das ihnen ihre Gäste bezeichnet hatten. Der Großvater ging voran, die Großmutter folgte ihm. Hinterher kamen auch alle Gäste, die das Verhalten der beiden Alten beobachten wollten und sich vor Lachen schüttelten. Denn sie freuten sich, daß sie die Landleute so angeführt hatten.

Ohne noch einmal nach rechts oder links zu schauen, kletterten der Großvater und die Großmutter den hohen Bambus hinauf. Nur mit großer Mühe gelang es ihnen schließlich, den glatten Stamm bis ganz oben zu erklimmen. Er schien ihnen immer höher zu werden, je länger sie dazu brauchten. Als sie beinahe die Spitze erreicht hatten, schrien die Koranschüler von unten: »Großvater! Großmutter! Die Vögel fressen Eure Ladang leer!«
Doch die beiden Alten wandten sich nicht um. Nur ihre Antwort drang hinab: »Sollen sie! Sie haben eben Glück!«
Unterdessen kletterten sie immer höher. Unter ihrem Gewicht bog sich die Spitze des Bambusstamms, als wollte sie abbrechen, und schwankte wie bei heftigem Wind. Aber die beiden Alten blieben mutig und fürchteten sich nicht. Endlich gelangten sie bis an die Spitze. Da erhob sich plötzlich ein äußerst starker Wind. Sie wurden hin und her geschaukelt und wären beinahe hinuntergefallen. Als jedoch der Wind sich legte, waren ihre Gestalten spurlos verschwunden. Niemand wußte, wohin.
Die Koranschüler starrten verblüfft in die Höhe, als sie gewahrten, daß der Großvater und die Großmutter nicht heruntergefallen, sondern verschwunden waren. Sie blickten einander bestürzt an.
Der Tunichtgut fand zuerst die Sprache wieder und sagte zu seinen Kameraden: »Seht nur! Vielleicht ist das Bambusgehölz wirklich der Weg zur Himmelstreppe! Sie sind nicht mehr zu sehen. Nun gut, ich folge ihnen dorthin!«
»Wenn wir den Weg zum Himmel schon kennen, wozu sollen wir noch länger auf dieser Welt leben?« meinte einer seiner Gefährten. »Nun, ich folge ihnen auch!«
Die beiden Jünglinge liefen auf das Bambusgebüsch zu, und alle ihre Mitschüler folgten ihnen. Keiner wollte zurückbleiben. Wie um die Wette erklommen sie die Bambusstämme. Als sie schon die Wipfel erreicht hatten, begann der Wind zu wehen. Die Spitzen der Bambusstämme schwankten hin und

her. Jeder Koranschüler klammerte sich fest an seinen Stamm. Sie schauten einander an, denn sie hatten Angst hinunterzufallen. Ihnen sank der Mut. Ihre Augen blickten verstört, die Lider flatterten, und ihre Lippen zitterten. Am ganzen Körper wuchs ihnen Fell. Sie schrien, aber nicht mehr mit menschlichen Stimmen. Alle wurden zu Affen, die wieder hinunterkletterten und über die Feldfrüchte auf der Ladang herfielen.

38 Ein unwerter Freund

Es war einmal ein Dorfbewohner mit einem Städter befreundet. Der Mann aus dem Dorf hieß Hasan und der aus der Stadt Machmud. Man konnte denken, daß sie wirklich treue Freundschaft hielten. An jedem Sonntag und an jedem freien Tag kam Machmud und besuchte seinen Freund im Dorf. Und immer, wenn er wieder zurück in die Stadt ging, trug er ein Geschenk heim. Niemals kehrte er mit leeren Händen in die Stadt zurück. Die Gabe bestand zumeist aus Früchten, die Hasan in seinem Garten selbst gezogen hatte, wie zum Beispiel Bananen, Papaya, Jambu, Maniokwurzeln, Bataten oder anderes. Manchmal erhielt Machmud von Hasan auch Hühner oder Eier, denn die Bauern im Dorf sind nun einmal freigebig, aufrichtig und gesellig. Aber seltsamerweise hatte Hasan noch niemals die Besuche seines Freundes aus der Stadt erwidert, obgleich beide wirklich schon lange befreundet waren und Machmud ihn häufig im Dorf besuchte. Es schien, als hätte Hasan keine Lust, weil er bedachte, daß er eben nur ein Dorfbewohner und einfacher Bauer war. Machmud wiederum fragte Hasan niemals, warum dieser seine Besuche nicht erwiderte. Und so blieb eine lange Zeit alles beim alten.
Eines Tages heiratete Hasan und vergaß auch nicht, seinen Freund aus der Stadt einzuladen. Machmud nahm gern an

dem Hochzeitsfest teil und übernachtete sogar im Hause seines Freundes. Als er dann zur Stadt zurückkehrte, trug er reichlich bemessene Gaben nach Hause. Hasan hatte alles selbst zurechtgemacht, was sein Freund sich erbat. Nach dem Hochzeitsfest erntete Hasan selbst die Ambon-Bananen, die er dem Freund zugedacht hatte. Zeitig am Morgen stand er schon auf und fing vier schöne, fette Hühner ein. Vierzig Hühner- und Enteneier stellte er in einem Korb mit Reisstroh bereit, denn er gehörte zu denen im Dorf, die eigenes Land besaßen. Obendrein holte er noch aus seinem Garten Gemüse wie Kohl, Kartoffeln und grüne Bohnen. Weil es so schwer wog, was sein Freund mitnehmen sollte, trug Hasan einem seiner Leute auf, die Gaben mit einem Pferd fortzubringen. Hasan selbst geleitete seinen Freund bis zur Hauptstraße. So freigebig erzeigte sich dieser Dorfbewohner.
Einige Tage vergingen. Da kam eines Sonntags nach seiner Gewohnheit Machmud, um seinen Freund im Dorf zu besuchen. Freudig empfing ihn Hasan, wie es Brauch ist, denn im Dorf sind die Menschen ehrlich, aufgeschlossen und großzügig! Als Machmud dann aufbrechen wollte, um zur Stadt zurückzukehren, gab Hasan seinem Freund wieder, wie er es zu halten pflegte, Geschenke mit. Auch diesmal begleitete er Machmud bis zur Hauptstraße. Als aber Machmud schon fort war, erkundigte sich Hasans Frau: »Wer ist eigentlich dieser Stadtbewohner, Liebster?«
Stolz erzählte Hasan, daß es niemand Geringeres sei als sein treuer Freund Machmud, und er pries dessen Güte und Treue dabei. Darauf fragte Hasans Frau wieder, ob denn nicht er es sei, der dem Freund immer Geschenke mitgebe, wenn jener heimkehre in die Stadt. Hasan antwortete selbstbewußt: »Aber natürlich, mein Liebling, wie könnte ich meinen ergebenen Freund mit leeren Händen von mir gehen lassen?«
Doch seine Frau forschte weiter: »Hast du denn schon jemals seine Besuche erwidert?«
Ein wenig unsicher klang Hasans Antwort: »Hm, eigentlich

noch nicht! Aber das ist doch nicht so wichtig. Und schließlich wird es mein lieber Freund schon nicht übelnehmen, wenn ich ihm keinen Gegenbesuch mache.«
Seine Frau lächelte nur über die Antwort ihres Mannes. Sie begann an der Aufrichtigkeit von Machmuds Freundschaft zu ihrem Mann zu zweifeln. Eines Tages überredete sie ihren Mann schließlich dazu, in die Stadt zu gehen, um seinem Freund einen Besuch abzustatten. Hasan kleidete sich so schön wie möglich, denn nun wollte er in die Stadt zu seinem Freund. Er ritt auf einem sehr schönen Schimmel. Am Hause seines Freundes angelangt, band er das Pferd an einem Baum fest. Dann trat er mit einem Gruß ins Haus. Machmud bat ihn, Platz zu nehmen, und Hasan setzte sich bescheiden, steif und unbehaglich in die Sitzecke seinem Freund gegenüber. Aber kaum saß er ein Weilchen, als er auch schon fühlte, daß irgend etwas seinen Freund beunruhigte. Er bemerkte, daß Machmud nicht so fröhlich und aufgeschlossen war wie sonst, wenn er ihn im Dorf besuchte. Endlich fragte er, was seinen Freund so bedrücke, und Machmud gab zur Antwort:
»Ach, mein lieber Hasan! Ich habe vernommen, daß der König heute sehr zornig ist. Sein schönster Schimmel ist ihm abhanden gekommen. Nun hat er seinen Soldaten befohlen, daß sie jeden, der einen Schimmel reitet, gefangennehmen. Soeben sind die Soldaten ausgeschwärmt, um alle Stadtviertel zu durchsuchen. Sie sind sehr aufgebracht und werden jeden verprügeln, der es wagt, einen Schimmel zu reiten. Ich weiß, wie grob und gewalttätig diese Soldaten sind. Sie fragen meist gar nicht erst lange, sondern schlagen gleich drauflos oder mißhandeln alle, auf die ihr Verdacht fällt. Ich bin sehr in Sorge, was geschieht, wenn sie hier vorbeikommen und deinen Schimmel erblicken. Oh, es beunruhigt mich sehr, mein Freund Hasan, wie es dir ergehen könnte!«
Wie sehr erschrak da Hasan über diese Rede seines Freundes! Er stand sogleich auf und verabschiedete sich, weil er sofort

wieder nach Hause wollte. Doch versäumte er nicht, sich zuvor bei Machmud zu bedanken. Er dachte bei sich: ›Wenn mein wohlmeinender Freund mir nicht sofort erzählt hätte, daß dem König ein Schimmel gestohlen worden ist, wäre mir bestimmt Böses widerfahren.‹
Machmud tat, als wollte er den Freund noch zurückhalten, aber Hasan mochte aus Furcht dessen Bitten nicht nachgeben. Er befürchtete, die groben, rohen Soldaten des Königs würden ihn ergreifen. So bestieg er schnell sein Pferd und gab ihm die Sporen.
Seine Frau staunte sehr, daß Hasan so schnell zurück war, und fragte ihn: »Wie kommt es, daß du so eilig heimkehrst?«
Ganz ehrlich erzählte Hasan, was sein Freund ihm mitgeteilt hatte, und lobte dabei Machmuds Umsicht. Hasans Frau durchschaute die Sache und lächelte nur zu dem Bericht ihres Mannes. Im stillen pries die kluge Frau dessen Aufrichtigkeit und Ehrlichkeit. Sie schwur bei sich, der ungleichen Freundschaft zwischen Machmud und ihrem Mann ein Ende zu bereiten.
Eines Sonntags kam Machmud abermals seinen Freund besuchen. Zufällig arbeitete Hasan gerade in seinem Garten. Machmud traf nur die Frau seines Freundes an, die vor dem Haus saß. Er fragte sie nach Hasan.
»Oh!« antwortete Hasans Frau und gebärdete sich ganz verzweifelt. »Meinen Mann hat ein schreckliches Schicksal getroffen!«
»Wieso denn?« fragte Machmud erstaunt.
»Ach! Kein einziger Mensch darf mehr dieses Haus betreten! Wen auch immer er hereinkommen sieht, den packt und verprügelt er. Seit ein paar Tagen hat ihn dieser Wahn befallen. Ah, dort kommt er schon!«
Zufällig hatte Hasan aufgehört zu arbeiten und wollte nach Hause, um sich auszuruhen. Weil Machmud den Worten von Hasans Frau Glauben schenkte, verabschiedete er sich in

größter Eile und wollte fort. Er befürchtete, daß sein Freund wahrhaftig verrückt sei und ihn schlagen würde. Da jedoch Hasan von weitem sah, daß jemand vor seinem Haus stand, schulterte er die Hacke und beschleunigte seine Schritte. Dies bewirkte, daß Machmuds Furcht noch wuchs und er um so fester daran glaubte, daß Hasans Frau die Wahrheit gesagt habe.

Am Hause angelangt, fragte Hasan sofort seine Frau: »Wer war das denn, Liebste? Weshalb kam er, und warum hatte er es dann plötzlich so eilig fortzukommen?«

Seine Frau gab zur Antwort: »Oh, dieser Mensch war kein anderer als dein treuer und hochherziger Freund aus der Stadt. Er kam her, um einen Reisstampfer zu leihen. Ich habe ihm gesagt, er möge warten, bis du aus dem Garten zurück bist. Aber weil er noch etwas Wichtiges vorhatte, ist er hastig wieder davongegangen.«

»Warum hast du ihm denn keinen gegeben?« bedauerte Hasan. »Wir haben doch mehr als genug.«

Und weil er sehen konnte, daß Machmud sich noch nicht sehr weit entfernt hatte, nahm Hasan schnell einen kräftigen, guten Stampfer, lief damit seinem Freund nach und schrie aus vollem Hals: »He, Machmud! Warte doch, ich bringe dir den Reisstampfer, um den du gebeten hast!«

Machmud ängstigte sich noch mehr, als er Hasan schreiend mit dem Reisstampfer drauflos rennen sah. Er glaubte nur um so gewisser, daß Hasan völlig verrückt sei. Daher lief er desto schneller davon. Er hatte große Angst, daß Hasan, den er für besessen hielt, ihn mit dem großen Reisstampfer verprügeln werde. Auch Hasan lief immer eiliger, als er seinen Freund so rennen sah, und er schrie und rief ihm nach. Ein Dorfbewohner, ehrlich und gebefreudig, kann es nun einmal nicht ertragen, daß ein Freund ohne irgendein Geschenk heimkehrt. Aber Machmud gewann immer sicherer die Überzeugung, daß Hasan tatsächlich wahnsinnig sei, und fürchtete sich schrecklich. So rannten die beiden Freunde

eine ganze Weile hintereinander her. Der eine versuchte den anderen einzuholen, weil er es nicht ertragen konnte, daß sein Freund mit leeren Händen zurückkehrte. Der andere floh, weil er fürchtete, von seinem für besessen gehaltenen Freund mit dem Reisstampfer verprügelt zu werden.
Schließlich kehrte Hasan mit dem Reisstampfer doch wieder um, da er Machmud nicht mehr einzuholen vermochte. Er als schlichter Dorfbewohner beklagte es sehr, daß er seinem Freund den Wunsch nicht erfüllen konnte. In seinem Innersten sagte er sich: ›Ach, bestimmt ist mein lieber Freund sehr böse auf mich, weil er nicht einmal auf mein Rufen achten wollte.‹
Wie aber stand es mit Machmud? Völlig erschöpft langte er zu Hause an; einmal, weil er noch nie zuvor so schnell gelaufen war, und zum anderen vor Angst. Er lag sogar ein paar Tage lang krank und wagte seitdem nicht mehr, seinen Freund Hasan aufzusuchen. Ihn peinigte die Furcht, der verrückt geglaubte Freund würde ihn durchwalken. Hasan wartete unablässig auf seinen Freund, der niemals mehr kam. Er selbst wollte Machmud nicht aufsuchen, weil er glaubte, daß sein Freund sehr erzürnt über ihn sei.
So endete schließlich die Freundschaft dieser beiden, weil Aufrichtigkeit und Ehrlichkeit nur von einer Seite ausgingen. Bei jeder Freundschaft aber müssen diese Eigenschaften auf beiden Seiten vorhanden sein.

39 *Der Dieb und der kluge Knabe*

In alten Zeiten, als im Binnenland von Süd-Sulawesi noch häufig Kindesraub an Halbwüchsigen verübt wurde, gelang es einmal einem Dieb, einen Knaben aus dessen Elternhaus zu entführen. Der Überlieferung zufolge wurden Kinder zu dem Zweck geraubt, aus ihnen Sklaven zu machen oder sie mit gutem Gewinn zu verkaufen.

So führte auch jener Dieb den Knaben weit mit sich fort in einen Wald, damit er sich nicht den Weg merken und nach Hause zurückkehren könne.
Erst als sie schon eine lange Strecke hinter sich gebracht hatten, erkannte der Junge, daß er einem Dieb in die Hände gefallen und weit von seinen Eltern entfernt war. Daher sann er auf eine List, um sich zu befreien. Er mühte sich nach Kräften, allein er vermochte sich nicht zu erinnern oder herauszufinden, wie er wieder nach Hause gelangen könne. Schließlich ergab er sich in sein Los und vertraute sein Schicksal Gott an.
Mit einemmal kam der Junge auf den Gedanken, dem Dieb lästig zu fallen. Er warf sich schreiend auf die Erde und klagte über plötzliche Leibschmerzen. Der Dieb redete ihm zu, er möge doch weiterkommen, aber der Junge stöhnte unaufhörlich und jammerte, daß er nicht mehr laufen könne, schon gar nicht in solch dichtem Gestrüpp. Endlich mußte der Dieb nachgeben und sah sich gezwungen, den Jungen auf seinen Schultern zu tragen. Dabei erzählte er ihm einige lustige und seltsame Geschichten, die bisweilen ganz und gar unglaublich klangen. Er wollte auf diese Weise den Jungen beruhigen und sich selbst von der Anstrengung beim Tragen ablenken. Unter anderem erzählte er dem Knaben, daß es vor Zeiten einmal einen riesengroßen Baum gegeben habe, der so groß gewesen sei, daß nicht einmal dann, wenn man alle Bäume der Welt nehmen und zusammenbinden würde, sie jenen Riesenbaum überragten.
Dem Jungen blieb nichts weiter übrig als zuzuhören und die Geschichte des Diebs zu glauben, und dabei war sie doch ganz und gar unvorstellbar.
Dann beschrieb der Dieb eine Axt, die so groß sein sollte, daß das eine Ende davon im Osten lag, wo die Sonne aufgeht, und das andere bis dorthin reichte, wo sie im Westen untergeht.
Auch berichtete der Dieb noch von einem außergewöhnlich großen Büffel. Wenn dieser sich bewegte, erzitterte die ganze

Welt, und diese Bewegungen des Büffels seien es wohl, die immer wieder Erdbeben hervorriefen.
Und weiter erzählte der Dieb von einem Rotan-Zweig, der so lang gewesen sei, daß er sieben Länder und sieben Meere umschlingen konnte.
Alle diese wahrhaftig ganz und gar unglaublichen Geschichten des Diebs hörte sich der Junge ruhig an und widersprach dabei nicht im geringsten.
Weiter schilderte der Dieb ihm auch ein Haus, das so groß und so ungewöhnlich hoch sei, daß ein vom First des Hauses heruntergeworfenes Hühnerei erst dann auf der Erde ankomme, wenn das Küken geschlüpft und ein richtiges Hühnchen mit vollem Federkleid geworden sei. Die Erzählungen des Diebs fesselten den Knaben über alle Maßen. Er hörte sie sehr aufmerksam an, denn er wollte nun selbst ein völlig unglaubliches Märchen erfinden, das womöglich die Schilderungen des Diebs noch übertreffen sollte.
Sobald der Dieb seine Geschichte beendet hatte, begann der Junge zu erzählen. Er berichtete von einer riesigen Trommel in früheren, längst vergangenen Zeiten. So groß war sie, daß sie von allen Menschen auf dieser Erde und sogar bis zum siebenten Himmel gehört wurde, wenn man sie schlug.
Kaum aber hatte der Junge seinen Bericht angefangen, als ihn der Dieb auch schon unterbrach. Dieser meinte, daß es eine so große Trommel auf der ganzen Erde nicht geben könne. Woher hätten die Menschen so langes Holz genommen, um sie zu bauen? Und womit hätten sie einen so großen Baum gefällt?
Der Junge gab zurück, daß es der Baum aus der Geschichte des Diebs gewesen sei, den sie dafür gefällt hätten. Die Axt, die sie zum Fällen brauchten, stamme ebenfalls aus jener Schilderung. Es sei nämlich die, deren einer Teil im Osten lag, wo die Sonne aufgeht, während der andere Teil bis dorthin reichte, wo sie im Westen untergeht.
Der Dieb widersprach abermals und meinte, wenn sie auch

Holz und Axt gehabt hätten, woher sollten sie denn das Trommelfell dafür nehmen, und wie sollten es die Menschen befestigen?
Darauf entgegnete der Junge, daß sie den Büffel aus der Erzählung des Diebs getötet und dessen Haut dafür genommen hätten. Für die Befestigung des Trommelfells aber hätten sie den Rotan benutzt, der so lang gewachsen war, daß er sieben Länder und sieben Meere umspannen konnte, wie es der Dieb in seiner Geschichte erzählt hatte.
Der Dieb wollte noch immer nicht klein begeben und fragte wiederum: »Wo haben sie denn eine so große Trommel aufgehängt?«
Der Knabe antwortete, daß es sehr wohl einen Platz gegeben habe, um die Trommel aufzuhängen, nämlich unter dem gerade genannten großen Haus, das so hoch ragte, daß ein vom Dachfirst heruntergeworfenes Ei erst unten auf der Erde ankam, wenn schon das Küken geschlüpft und ein richtiges Huhn in vollem Federkleid geworden war.
Der Dieb verwunderte sich sehr über diese Antworten des Knaben, der alle seine Geschichten ganz genau wiedergab. Hätte der Dieb soeben ausgespien, so würde der Junge ihm auch den Speichel unverändert zurückgeben. Das dachte der Dieb insgeheim bei sich.
Danach fragte er nach der Familie des Jungen; wieviel Geschwister er habe und das wievielte Kind in der Familie er sei. Der Junge antwortete auf eine Art, die den Dieb noch mehr verwirrte. Er sagte nämlich, daß sein älterer Bruder zwei jüngere Geschwister habe, aber der jüngere Bruder habe zwei ältere Brüder. Dann gab er dem Dieb auf, selbst herauszufinden, was er mit dieser so verwickelten Antwort meinte.
Der Dieb konnte das Rätsel, vor das er sich gestellt sah, allein nicht lösen, und seine Gedanken liefen immer mehr in die Irre. Die richtige Antwort lautete, daß es im Elternhaus drei Geschwister gab. Der Junge selbst war das zweite Kind. Sein großer Bruder, der Älteste, hatte zwei Geschwister, ihn

selbst und noch einen, den Jüngsten. Dieser hatte zwei Brüder, nämlich ihn, den Jungen hier, und den Ältesten der Brüder.
Schließlich überlegte der Dieb: ›Wenn ich diesen Knaben noch weiter mitnehme, wird er mir womöglich noch gefährlich. Den Gewinn, den ich mir von ihm erhofft habe, kann ich nicht erlangen, denn der Junge ist wirklich ungewöhnlich klug. Er ist überaus pfiffig und schlägt mich aufs Haar genau.‹
Deshalb brachte er den Jungen zurück ins Haus seiner Eltern. Er wagte es nicht, länger diesen schlauen Jungen bei sich zu behalten. Er sah ein und gab zu, daß der Knabe klüger war als er selbst und daß es ihm nur zum Nachteil gereicht hätte, ihn noch länger mitzuschleppen. Der Dieb bewunderte den scharfen Verstand dieses kleinen Jungen sehr. Daher gab er ihn wohlbehalten seinen Eltern zurück.

40 *Pak Moksel*

Es lebte einmal ein verarmtes Ehepaar, Pak Moksel und Mak Moksel mit Namen. Was sie besaßen, reichte nicht für das tägliche Leben. Sie stritten alle Tage nur noch miteinander.
Eines Tages ließ sich Mak Moksel in einem lebhaften Wortwechsel hinreißen zu sagen: »Es ist besser, ich kehre zu meinen Eltern zurück, als daß es mit uns immer so weitergeht!«
»Bitte sehr, wenn du das möchtest«, gab Pak Moksel darauf zurück.
Alsbald machten sie sich beide auf den Weg zum Kadi, um ihre Scheidung vollziehen zu lassen.
Mak Moksel galt in der ganzen Stadt als eine Schönheit. Auch war sie noch jung an Jahren wie natürlich auch Pak Moksel. Ihre Hochzeit lag noch nicht lange zurück, und sie hatten auch noch keine Kinder.

Mak Moksels Reize nahmen den Kadi sogleich gefangen, als das Ehepaar dessen Haus betrat.
»Was für ein Begehren führt euch hierher?« fragte er Pak Moksel und Mak Moksel.
»Ich möchte von meinem Mann geschieden werden«, gab Mak Moksel zur Antwort.
Ein solches Anliegen von ihr zu vernehmen, entzückte den Kadi. Ohne viele Umstände zu machen, vollzog er die Scheidung der beiden. Nachdem diese Angelegenheit erledigt war, kehrte Pak Moksel nach Hause zurück. Mak Moksel aber forderte der Kadi auf, noch zu bleiben.
Allein mit ihr, gab der Kadi Mak Moksel zwanzig Ringgit und bedeutete ihr, daß er nach dem Abendgebet zu ihr kommen wolle.
»Wo wirst du heute nacht schlafen?« fragte der Kadi, und nach kurzem Überlegen erwiderte Mak Moksel: »Dort, wo ich immer geschlafen habe – im Hause von Pak Moksel!«
»Aber der ist doch jetzt nicht mehr dein Ehemann, nicht wahr?«
»Natürlich nicht. Wir sind ja jetzt geschieden«, antwortete Mak Moksel. »Er wird auch heute abend nicht nach Hause kommen, sondern bei seinem Bruder übernachten.«
Damit verabschiedete sich Mak Moksel und ging heim. Auf halbem Weg traf sie den Herrn Bürgermeister. Von ihrer reizvollen Erscheinung angezogen, fragte er Mak Moksel: »Woher kommst du?«
»Ich komme vom Kadi«, antwortete Mak Moksel.
»Was wolltest du dort?«
»Dort habe ich mich von meinem Mann scheiden lassen.«
Von dieser Auskunft befriedigt, meinte der Bürgermeister: »Bleibe du dann, nach dem Abendgebet, recht hübsch zu Hause! Ich will dich besuchen.«
So sprach er und steckte dabei Mak Moksel zwanzig Ringgit zu. Sie nahm vergnügt das Geld und setzte ihren Heimweg fort. Wenig später begegnete Mak Moksel dem Herrn Haupt-

mann. Von der Schönheit Mak Moksels gefesselt, fragte dieser sogleich: »Wo kommst du her?«
»Ich komme vom Kadi.«
»Was wolltest du dort?«
»Die Scheidung von meinem Mann vollziehen lassen.«
»Oh, welch eine Neuigkeit!« fiel ihr der Hauptmann in die Rede. »Da werde ich heute abend gegen neun zu dir kommen. Geh nur ja nicht aus!«
So sprach der Hauptmann und reichte Mak Moksel zwanzig Ringgit. Frohgemut nahm sie das Geld und lief weiter. Jetzt war sie reich. Sie besaß sechzig Ringgit. Den ganzen Weg lang dachte sie nach.
›Am besten ist es, wenn ich mich wieder mit meinem Mann versöhne. Früher habe ich gut mit ihm gelebt, als wir noch Geld hatten im Überfluß. Weshalb nur habe ich ihn jetzt im Unglück verlassen? Ich habe Schuld auf mich geladen, als ich die Scheidung verlangte. Mann und Frau gehören zusammen in der Freude wie im Leid.‹
Zu Hause angekommen, trat sie vor Pak Moksel und bat ihn um eine Aussprache.
»Was gibt es noch zu besprechen?« fragte Pak Moksel. »Unser Verhältnis ist doch schon geklärt, oder etwa nicht?«
»Warte doch!« meinte Mak Moksel. »Werde nur nicht gleich böse! Jetzt gehören mir nämlich sechzig Ringgit!« Und damit legte sie dieses Geld vor ihn hin. Dann fuhr sie fort: »Es tut mir leid, daß ich vorhin die Scheidung verlangt habe. Das Beste wäre, wir würden uns wieder vertragen.«
Das freute Pak Moksel sehr, doch dann erkundigte er sich: »Woher hast du denn so viel Geld?«
Da erzählte Mak Moksel ihm alle ihre Erlebnisse und fügte hinzu, daß der Kadi, der Herr Bürgermeister und der Herr Hauptmann kommen würden.
»Wenn es so ist, laufe ich lieber gleich fort, denn vor denen fürchte ich mich«, bekannte Pak Moksel.
»Sei ohne Sorge!« entgegnete Mak Moksel ganz ruhig. »Ich

weiß einen Ausweg, wie wir beide allen Gefahren entgehen können. Hauptsache, du richtest dich nach meinen Vorschlägen!«

Damit erklärte sich Pak Moksel einverstanden. Mak Moksel ging nun zum Markt und kaufte Puder, Parfüm, Schellenreifen und einen Stock.

Am Nachmittag hieß Mak Moksel ihren Mann sich ausziehen. Von oben bis unten rieb sie ihn mit Ruß ein, bis er ganz schwarz aussah. Danach puderte sie ihm helle Streifen auf die Haut. An seinen Hand- und Fußgelenken brachte sie die Schellenreifen an. Sodann mußte Pak Moksel sich in einem der Zimmer verstecken. Mak Moksel trug ihm auf: »Nimm diesen Stock hier! Wenn heute abend der dritte Gast erschienen ist, kommst du einige Minuten später in mein Zimmer. Denke aber daran: langsam, doch geräuschvoll! Du mußt es so machen, daß du bei jedem Schritt die Schellen an Händen und Füßen klingeln läßt und dabei noch den Stock auf den Fußboden aufstößt. Wenn du kommst, muß es sich so anhören: Bumm, klingling – bumm, klingling – bumm, klingling!«

Pak Moksel richtete sich genau nach den Anweisungen seiner Frau, obwohl er keine Ahnung hatte, was sie damit bezweckte. Indessen badete Mak Moksel schnell und schmückte sich. Sie legte ihre schönste Kleidung an, kämmte das Haar fein und versäumte auch nicht, Puder und Parfüm zu gebrauchen. Der Schmuck hob ihren natürlichen Liebreiz noch mehr hervor. Sobald sie diese Vorbereitungen getroffen hatte, setzte sie sich ins Gästezimmer und erwartete ihre Besucher.

Der Kadi rief am späten Nachmittag alle Moscheediener zu sich. Sie sollten sein Haus bewachen. Er erklärte ihnen: »Ich werde jetzt im Dorf eine Runde machen und sehen, ob alles in Ordnung ist. Sollte heute nacht etwa irgend jemand hier angelaufen kommen, so fragt nicht erst lange, sondern ergreift und verprügelt ihn so, daß er nicht wieder kommt.

Wenn ich selbst zurückkomme, merkt ihr das ja genau, denn ich fahre mit dem Delman.«
Nach dieser Unterweisung machte sich der Kadi auf zum Hause von Mak Moksel.
Beim Herrn Bürgermeister ging es nicht anders zu. Am späten Nachmittag versammelte er seine Untergebenen und trug ihnen auf: »Sollte heute nacht jemand hierhergelaufen kommen, so fangt ihn ein und verprügelt ihn ohne Umstände und langes Verhör! Wenn ich dann selbst zurückkomme, ist das ja deutlich zu bemerken, denn ich benutze das Bendi.«
Nachdem er diesen Auftrag erteilt hatte, machte sich der Herr Bürgermeister auf zu Mak Moksels Haus.
Ebenso ging es beim Herrn Hauptmann zu. Dieser versammelte am späten Nachmittag seine ganze Mannschaft und gab den Befehl: »Sollte heute nacht einer hier angerannt kommen, so nehmt ihn einfach fest und verprügelt ihn, ohne lange zu fragen! Wenn ich selbst komme, ist das klar zu sehen, denn ich benutze das Fuhrwerk.«
Nach diesen Worten machte sich auch der Hauptmann auf den Weg.
Fast mit dem Glockenschlag acht Uhr abends traf der Kadi im Delman beim Hause von Mak Moksel ein.
Vertraulich begrüßte Mak Moksel ihren Gast.
»Am besten ist es, wenn sich Pak Kadi gleich auszieht«, sagte Mak Moksel. Als dieser sich seiner Kleidung entledigt hatte, bat sie ihn in das Schlafzimmer. Dort rieb sie den Kadi am ganzen Körper mit Ruß ein. Er ließ das auch über sich ergehen, bis er vom Kopf bis zu den Füßen wie ein schwarzer Affe aussah.
Unterdessen war es fast halb neun geworden, und man hörte ein Bendi in den Hof von Mak Moksels Haus einbiegen. Einen Augenblick danach rief draußen jemand und klopfte vernehmlich an die Tür. Darüber erschrak der Kadi fürchterlich und fragte: »Wer klopft da draußen?«
»Der Stimme nach scheint es der Herr Bürgermeister zu

sein«, antwortete Mak Moksel ganz gelassen. Aber der Kadi blickte nach dieser Auskunft sehr ängstlich drein.
»Wenn Pak Kadi sich fürchtet, ist es am besten für ihn, sich schnell zu verbergen«, schlug Mak Moksel vor. »Geschwind in die Zimmerecke und dabei diese Lampe in die Hand, damit seid Ihr gerettet!«
Eilig lief Pak Kadi in die Ecke des Zimmers, blieb dort still und stumm stehen und hielt die Lampe hoch. Einen Augenblick später glich er einem geschnitzten Lampenträger, denn wegen der schwarzen Farbe durch den Ruß sah er einem menschlichen Wesen ganz unähnlich.
Sobald Mak Moksel auf diese Weise den Kadi verborgen hatte, öffnete sie die Tür.
Herein trat der Herr Bürgermeister. So wie sie es bei Pak Kadi getan hatte, nahm sie dem Bürgermeister die Kleider ab und rieb ihn ganz mit Ruß ein. Der Herr Bürgermeister ließ sich diese Behandlung auch gefallen.
Inzwischen langte gegen neun Uhr der Herr Hauptmann mit seinem Fuhrwerk an, klopfte an die Tür und begann zu rufen. Der Bürgermeister schrak zusammen, als er das hörte, und fragte Mak Moksel: »Wessen Stimme ist das?«
»Es scheint der Herr Hauptmann zu sein«, gab Mak Moksel ruhig zur Antwort.
Den Bürgermeister machte diese Auskunft ganz ratlos.
»Wenn der Herr Bürgermeister Angst hat, ist es am besten, er verbirgt sich«, riet Mak Moksel und faßte ihn bei der Hand. Der Bürgermeister ließ sich von Mak Moksel in die Ecke des Zimmers führen, dicht neben die Lampe, die Pak Kadi hielt, der damit wie ein schwarzes Standbild wirkte. Mak Moksel brachte einen kleinen Tisch und hielt ihn über den Kopf des Bürgermeisters. Er ergriff das Tischchen und hielt es auch folgsam fest, weil er meinte, daß Mak Moksel die gute Absicht habe, ihn zu retten und zu verbergen.
Sodann öffnete Mak Moksel die Tür und ließ den Herrn Hauptmann ein. Wie zuvor den anderen Gästen nahm Mak

Moksel ihm, dem letzten Ankömmling, die Kleider ab. Auch den Hauptmann rieb sie mit Ruß ein, bis er am ganzen Leibe wie ein schwarzer Affe aussah. Und auch der Hauptmann ließ alles mit sich geschehen.
Gerade als Mak Moksel den Hauptmann völlig eingerieben hatte, lief Pak Moksel los und auf das Schlafzimmer zu. Der Stock bumste auf den Fußboden, und die Schellen klingelten, so daß es klang: Bumm, klingling – bumm, klingling – bumm, klingling.
Bei diesem Geräusch packte den Kadi, den Bürgermeister und den Hauptmann Entsetzen, das sich noch steigerte, als sie das schwarze, weißgestreifte Geschöpf langsam immer näher kommen sahen. Pak Kadi konnte schließlich sein Grauen nicht länger unterdrücken. Er schrie aus Leibeskräften und rannte vor dem soeben hereingekommenen Wesen davon, wobei er noch immer die Lampe hochreckte.
Der Bürgermeister verlor erst recht die Fassung. Denn was er gerade noch für einen Lampenständer gehalten hatte, bewegte sich plötzlich und nahm die Lampe mit fort. Vor Schreck und Angst warf er den kleinen Tisch von sich. Der aber fiel dem Kadi auf den Fuß, der Kadi stürzte kopfüber hin, und die Lampe erlosch.
Bei diesen erschrecklichen Ereignissen und dem entstandenen Durcheinander machte sich der Hauptmann schnellstens aus dem unheimlichen Haus davon und wollte heim. Er dachte weder an seine Kleider noch an seinen Wagen, sondern hastete nackt und am ganzen Körper schwarz von Ruß nach Hause.
Pak Kadi und der Herr Bürgermeister machten es nicht anders. Sie ließen Delman wie Bendi stehen und rannten mit rußgeschwärzten Leibern nackt in ihre Häuser zurück. Der Kadi wurde zu Hause von seinen Moscheedienern verprügelt, der Bürgermeister von seinen Untergebenen und der Hauptmann von seiner Mannschaft.
Pak Moksel und seine Frau waren glücklich aller Gefahr ent-

ronnen und obendrein reich geworden, denn sie kamen zu Delman, Bendi, Pferd und Wagen. Die Kleider des Kadis, des Bürgermeisters und des Hauptmanns hatten sie auch, und bestimmt fand sich darin noch reichlich Geld. Pak Kadi, der Bürgermeister und der Hauptmann schämten sich einer wie der andere, die zurückgelassenen Sachen abzuholen. Sie befürchteten nämlich, daß dann ihre Abenteuer ruchbar würden.

41 Pak Tolpatsch

In einem Dorf lebte einmal ein Mann, der Pak Tolpatsch genannt wurde. Wie dieser Name besagt, war er wohl sehr einfältig, aber auch fleißig und ehrlich.
Eines Tages trug ihm seine Frau auf, ihren Wasserbüffel zu verkaufen. Sie gebot: »Pak, bringe morgen den Büffel zum Markt! Verkaufe ihn, aber nimm nicht weniger als zweihundertfünfzig Rupiah!«
Pak Tolpatsch antwortete: »Gut!«
Das Gespräch über den Büffelverkauf hatte Pak Bösewicht belauscht, der wegen seiner Schlechtigkeit und heimtückischen Art berüchtigt war. Als er hörte, daß Pak Tolpatsch seinen Büffel zu verkaufen gedachte, regte sich sogleich seine Bosheit. Er beschloß, Pak Tolpatsch hereinzulegen.
Alsbald begab er sich zu seinen Spießgesellen, Pak Beutelschneider und Pak Spitzbube, um mit ihnen gemeinsam Pak Tolpatsch übers Ohr zu hauen.
In aller Frühe, etwa gegen fünf Uhr, verließ Pak Tolpatsch das Haus, um den Büffel zum Markt zu führen. Es war noch empfindlich kühl, und Pak Tolpatsch brummte: »Meine Frau verlangt zuviel! Bei dieser Kälte soll ich zum Markt! Nicht einmal Kaffee getrunken habe ich, vom Frühstück ganz zu schweigen. Na, warte nur, ist der Büffel erst verkauft, werde ich mich satt essen!« In dieser Weise nörgelte er die ganze Dorfstraße lang vor sich hin.

Kaum hatte er das Dorf hinter sich gelassen, begegnete er Pak Bösewicht. Dieser fragte: »Ihr geht wahrhaftig zeitig von zu Hause fort! Wohin des Wegs, Pak?«
»Will zum Markt, den Büffel verkaufen«, gab Pak Tolpatsch mißvergnügt zur Antwort
»Büffel verkaufen? Wo habt Ihr denn einen Büffel?« erkundigte sich Pak Bösewicht scheinheilig.
»Seht Ihr ihn wirklich nicht? Ist das etwa kein Büffel, was ich hier am Strick führe? Ein so großes Tier nicht zu sehen!«
Pak Bösewicht besah sich den Büffel eingehend. Er befühlte das Tier vom Kopf bis zum Schwanz, sogar bis zu den Beinen. Dann schüttelte er sich vor Lachen.
»Ha, ha, ha! Wer schon Pak Tolpatsch heißt, muß ja einfältig sein! Das hier ist kein Büffel, das ist eine Ziege. Für wieviel gebt Ihr sie her? Ihr braucht Euch nicht erst bis zum Markt bemühen. Laßt sie mir nur gleich ab, ich zahle fünfzig Rupiah.«
Murrend setzte Pak Tolpatsch seinen Weg fort, ohne jenen einer Antwort zu würdigen.
»Er ist verrückt! Hält einen Büffel für eine Ziege! Dabei glaubt er, ich wäre einfältig. Er will mich bloß hereinlegen. Hoho, Pak!«
Er war noch nicht weit gekommen, als er Pak Beutelschneider traf, der leutselig fragte: »Wohin bringt Ihr denn diese Ziege, Pak?«
Aufgebracht entgegnete Pak Tolpatsch: »Das ist keine Ziege, das ist ein Büffel!«
»Ein Büffel?« gab Pak Beutelschneider zurück und tat, als ob er ganz erstaunt wäre. Er betastete den Büffel von vorn bis hinten und ahmte dabei das Meckern einer Ziege nach.
»Wieviel wollt Ihr dafür, Pak Tolpatsch?«
Dieser versetzte: »Zweihundertfünfzig.«
»Zweihundertfünfzig? Jetzt sagt einmal, wieviel Ihr wirklich verlangt, Pak! Wie kann eine Ziege dieser Größe einen so hohen Preis haben?« erwiderte Pak Beutelschneider.

»Wo ist hier eine Ziege? Seht doch erst einmal richtig hin! Wie kann man ein derart großes Tier eine Ziege nennen? Überlegt, bevor Ihr schwatzt!« antwortete Pak Tolpatsch immer zorniger.

»Ihr könnt es nennen, wie Ihr möchtet, Pak Tolpatsch. Meinethalben Büffel, Ziege oder Elefant! Fest steht nur, daß für dieses Tier auf dem Markt höchstens vierzig Rupiah geboten werden. Statt daß Ihr Euch abmüht und erst damit zum Markt lauft, gebt sie ganz einfach mir, und ich zahle Euch fünfzig Rupiah«, meinte Pak Beutelschneider.

Ohne darauf zu antworten, ging Pak Tolpatsch weiter. Aber er begann unsicher zu werden und überlegte: ›Ist das nun ein Büffel oder eine Ziege? Warum haben diese beiden gesagt, daß es eine Ziege sei?‹ Er blieb stehen, beklopfte seinen Büffel und betrachtete ihn eingehend.

›Ach, natürlich ist es ein Büffel! Die beiden vorhin wollten mich nur betrügen!‹

Pak Tolpatsch lief weiter, und ständig drehten sich seine Gedanken im Kreise: Büffel oder Ziege, Büffel oder Ziege? Während er im Gehen so über seinen Büffel nachdachte, redete ihn unvermutet ein Mann an: »So früh am Morgen schon treffe ich Euch hier! Wohin wollt Ihr denn, Pak Tolpatsch?«

Der Angesprochene wandte sich um und erblickte Pak Spitzbube. Pak Tolpatsch erklärte: »Zum Markt will ich.«

Da fragte Pak Spitzbube: »Für wieviel gedenkt Ihr die Ziege da zu verkaufen?«

Pak Tolpatsch geriet immer mehr in Verwirrung. Er schaute Pak Spitzbube forschend ins Gesicht, dann richtete er seinen Blick auf den Büffel. Insgeheim fragte er sich: ›Was ist nun richtig? Meine Frau hat gesagt, es sei ein Büffel; die anderen heißen es eine Ziege!‹

Pak Tolpatsch antwortete: »Zweihundertfünfzig Rupiah.«

»Wie denn, so teuer?« meinte Pak Spitzbube. »Sagt fünfzig, ja?«

Pak Tolpatsch versank in Nachdenken. Pak Spitzbube tat, als wollte er weitergehen, und fragte noch einmal: »Ja oder nein, Pak? Wenn Ihr nicht wollt, so laßt es. Ich habe es nämlich eilig, weil ich zum Markt will, eine Ziege kaufen. Dort sind sie billiger.«
›Ach, es ist wirklich eine Ziege‹, dachte Pak Tolpatsch. ›Bestimmt wollte meine Frau mich zum Narren halten. Sie hat die Ziege einen Büffel genannt.‹
Schnell rief er Pak Spitzbube hinterher: »Pak, kommt her!«
»Was gibt es?« stellte sich Pak Spitzbube ganz teilnahmslos.
»Bezahlt diese Ziege!« sagte Pak Tolpatsch zögernd. Pak Spitzbube zog den Beutel aus seiner Tasche. Er öffnete ihn und nahm alles Geld heraus. Es reichte genau, um Pak Tolpatsch die fünfzig Rupiah zu bezahlen. Er erhielt sein Geld und gab den Büffel hin. Dann trennten sie sich.
Pak Tolpatsch beeilte sich, nach Hause zu kommen. Daheim wunderte sich seine Frau, daß er schon so früh zurückkehrte. Sie meinte: »Du bist ja zeitig zurück, Pak! Er fand wohl schnell einen Käufer?«
»Es traf sich wirklich günstig«, gab Pak Tolpatsch zurück. »Ich hatte das Dorf kaum hinter mir, da war der Verkauf erledigt. Hier, nimm das Geld!«
»Wieviel hast du?« Sie nahm es und zählte nach.
Mak Tolpatsch wunderte sich, daß es nur fünfzig Rupiah waren: »Das sind erst fünfzig, da fehlen noch zweihundert!«
»Ich konnte nur für fünfzig verkaufen«, sagte Pak Tolpatsch.
»Was? Für fünfzig verkaufen? So einen großen Büffel verkaufst du für fünfzig Rupiah?« rief Mak Tolpatsch ärgerlich.
»Das war ja kein Büffel, sondern eine Ziege«, setzte ihr Pak Tolpatsch auseinander.
Als sie diese Rede hörte, erfaßte Mak Tolpatsch noch ärgerer

Zorn. Sie langte sich die Querstange von der Tür. Die linke Hand in die Hüfte gestemmt, in der rechten die Querstange, rief sie aus: »He, Pak, dumm bist du! Bist alt und grau geworden und kannst noch immer nicht eine Ziege von einem Büffel unterscheiden! Los, mach dich auf zum Markt und suche den, der den Büffel gekauft hat! Verlange die zweihundert Rupiah nach! Kommst du ohne das Geld zurück, sollst du was erleben. Ich schlage dir die Querstange hier um den Kopf, und wenn sie zerspringt!«

Schleunigst machte sich Pak Tolpatsch auf und davon. Er fühlte sich sehr niedergeschlagen und bedrückt, weil Pak Spitzbube ihn betrogen hatte. Hin und her überlegte er, wie nun er Pak Spitzbube betrügen könne, nachdem der ihn hereingelegt hatte. Da kam er auf eine List, die ihresgleichen suchte. Auf dem Markt angekommen, begab er sich sogleich zu einigen Ladeninhabern. Er händigte ihnen Geld aus und vereinbarte mit ihnen: »Nachher komme ich mit meinen Freunden hierher. Sorgt dafür, daß sie gut bedient werden! Wenn ich dann mit dem Kopf schüttle und dabei ein Glöckchen bimmelt, sagt Ihr, es sei alles schon bezahlt.«

Darauf suchte Pak Tolpatsch nach Pak Spitzbube und dessen Gesellen. Er traf sie fröhlich feiernd an, weil es ihnen geglückt war, ihn hineinzulegen. Den ergaunerten Büffel hatten sie für zweihundertfünfzig Rupiah verkauft und damit zweihundert Rupiah gewonnen.

Pak Tolpatsch trat zu ihnen hin und lud sie ein: »Kommt, Freunde, ich will euch bewirten, ihr sollt zufrieden sein! Den Erlös der Ziege laß ich mich das kosten!«

Ohne Argwohn folgten ihm die drei in einen Warung, wo er Essen und Trinken bestellte. Als alle satt waren, fragte Pak Tolpatsch den Wirt: »Wieviel macht das?«

Dieser antwortete: »Fünfzehn Rupiah.«

Pak Tolpatsch schüttelte den Kopf, so daß das Glöckchen ertönte. Der Wirt hörte es klingen und sagte: »Schon bezahlt!«

Pak Tolpatsch begab sich hinaus, und die drei Betrüger schlossen sich ihm über alle Maßen erstaunt an. Bei einem Zigarettenhändler blieb Pak Tolpatsch stehen. Er nahm vier Päckchen Zigaretten und verteilte drei an seine Begleiter, so daß jeder ein Päckchen erhielt. Dann schüttelte Pak Tolpatsch den Kopf und ließ das Glöckchen erklingen. Daraufhin rief der Zigarettenhändler: »Schon bezahlt!«
Die drei Schelme blickten einander höchst verwundert an. Sie hielten dieses Glöckchen für zauberkräftig. Wiederum begab sich Pak Tolpatsch zu einem Warung und bestellte für sie alle Speisen und Getränke. Abermals schüttelte er den Kopf, als sich alle satt gegessen hatten, damit wieder das Glöckchen bimmelte. Der Wirt erklärte, daß er schon bezahlt sei, obwohl Pak Tolpatsch ihm nicht einen Sen ausgehändigt hatte. Nun waren die drei völlig von der Zauberkraft des Glöckchens überzeugt. Deshalb verabredeten sie untereinander, Pak Tolpatsch das Glöckchen abzukaufen. Pak Bösewicht begann: »Pak Tolpatsch, wie kommt es nur, daß Ihr kein einziges Mal einen Sen bezahlt, sooft Ihr auch in einen Warung geht und reichlich mit uns eßt und trinkt? Wieso braucht Ihr nur den Kopf zu schütteln und das Glöckchen klingeln zu lassen?«
»Oh, das ist ein Geheimnis«, gab Pak Tolpatsch zur Antwort. »Aber wenn Ihr den Mund halten könnt und niemandem davon erzählt, will ich es Euch erklären.«
Die drei Schelme versprachen es.
»Das ist nun so«, berichtete Pak Tolpatsch. »Von meinem Vater habe ich ein Glöckchen geerbt, das geheime Kräfte hat. Denn wenn man etwas kauft und das Glöckchen erklingen läßt, erweckt es in dem Verkäufer die Vorstellung, daß er schon sein Geld bekommen habe. Deshalb antwortete er auch: ›Schon bezahlt!‹«
»Pak, laßt mir dieses Glöckchen ab!« bat Pak Bösewicht. »Ich zahle Euch zweihundert Rupiah dafür.«
»Ach, wo denkt Ihr hin? Wenn ich mein Glöckchen verkaufe,

verliere ich ja die Grundlage für meinen Lebensunterhalt!« wandte Pak Tolpatsch ein.
»Machen wir es so, Pak! Wenn das Glöckchen erst einmal mir gehört, werde ich Euch nicht vergessen, sondern Euch jeden Tag schicken, was Ihr zum Leben braucht!« setzte ihm Pak Bösewicht auseinander.
»Kann ich mich darauf verlassen?« fragte Pak Tolpatsch scheinheilig. »Aber laßt es keinen wissen, auch nicht meine Frau! Und gebt wenigstens zweihundertfünfzig Rupiah dafür!«
Ohne langes Besinnen übergab Pak Bösewicht ihm die zweihundertfünfzig Rupiah, den Erlös für den Büffel. Pak Tolpatsch nahm sie freudig in Empfang und reichte dann Pak Bösewicht das Glöckchen hin.
Die drei betrachteten es von allen Seiten, sobald Pak Tolpatsch fortgegangen war. Es sah kein bißchen anders aus als die gewöhnlichen Glöckchen, mit denen die Kinder spielen.
Nun wollten sie seine Zauberkraft erproben. Sie begaben sich in einen Warung, bestellten leckere Speisen und gute Getränke dazu und aßen und tranken nach Herzenslust. Danach fragte Pak Bösewicht: »Was macht das?«
»Fünfundzwanzig Rupiah«, antwortete der Wirt.
Pak Bösewicht schüttelte den Kopf, und das Glöckchen bimmelte: Klingling! Noch schwieg der Wirt still dazu. Nun erhoben sich Pak Bösewicht und seine Spießgesellen und schickten sich an, den Warung zu verlassen. Da fragte der Wirt: »Wo bleibt mein Geld?«
Pak Bösewicht schüttelte den Kopf, und wieder ging es: Klingling!
»Das Geld! Wo bleibt es?« wiederholte der Wirt.
Pak Bösewicht dachte, der Wirt habe das Bimmeln des Glöckchens überhört. Deshalb schüttelte er wieder und wieder den Kopf, so daß es tönte: Klingling, klingling, klingling! Jetzt kam der Wirt wirklich in Wut, weil er sich verhöhnt und

betrogen fühlte. Er ergriff den Türriegel und verprügelte damit Pak Bösewicht und dessen Gesellen.
»Eßt und trinkt nicht im Warung, wenn ihr kein Geld habt, ihr Betrüger! Seit wann wird Essen und Trinken mit Glöckchengebimmel bezahlt?«
Und er prügelte sie alle drei grün und blau.

42 *Kabayan und sein Schwiegervater*

Mit Anbruch der Regenzeit machten sich alle Bauern daran, ihre Ladang zu bearbeiten. Schon mehrmals hatten Regenfälle die Erde durchfeuchtet, die während der Trockenzeit von der Sonnenglut ausgedörrt war.
Als eines Spätnachmittags ein leichter Sprühregen fiel, sagte der Schwiegervater zu Kabayan: »Es ist an der Zeit, Kabayan, die Ladang zu bestellen!«
»Gewiß, Pak!« erwiderte Kabayan zustimmend.
»Ich weiß, daß bei Pasir Muncang ein sehr fruchtbares Stück Land liegt. Es wäre bestimmt sehr günstig, wenn wir da eine Ladang anlegten. Dort gibt es auch nicht so viele Wildschweine. Wie denkst du darüber, wenn wir dort unsere Ladang hätten?«
»Schön, Pak!«
»Wenn du einverstanden bist, wie wäre es, wenn wir morgen zum Roden losgingen?«
Kabayan antwortete nicht. Sein Schwiegervater wartete einige Augenblicke auf Kabayans Zustimmung, aber es kam keine. Da Kabayan einfach schwieg, glaubte der Schwiegervater, er sei einverstanden. Und so fügte er nach einer kleinen Weile hinzu: »Wir brechen zeitig auf! Bei Tagesgrauen! Und jetzt leg dich hin, damit du es morgen nicht verschläfst!«
Kabayan, der schon mehrmals gegähnt hatte, erwiderte nichts. Sogleich suchte er seine Kammer auf. Kurz danach

vernahm man sein lautes Schnarchen, das die nächtliche Stille durchdrang und in das Zirpen der Grillen und das Quaken der Frösche im Sprühregen mit einstimmte.
Aber als am nächsten Morgen beim ersten Tagesschimmer der Schwiegervater Kabayan wecken wollte, bekam er keine Antwort. Das Schnarchen war verstummt. Aus der Kammer drang nur schmerzliches Stöhnen.
»Was ist mit dir, Kabayan?« fragte der Schwiegervater.
Mit weinerlicher Stimme antwortete Kabayan: »Mein Magen ... tut mir so weeeeeh!«
Der Schwiegervater erschrak. Unschlüssig stand er eine Weile da. Kabayans Stöhnen klang immer gefährlicher. Endlich faßte der Schwiegervater einen Entschluß: »Gut, Kabayan, wenn du krank bist, hat es keinen Sinn für dich, jetzt nach Pasir Muncang loszugehen. Ich gehe inzwischen voraus. Wenn dir besser ist, kommst du nach. Trink bittren Tee, ganz heiß, dann wird es bald wieder gut!«
Nur Gestöhn antwortete ihm.
Als sich jedoch der Schwiegervater weit genug vom Haus entfernt hatte, hörte man aus Kabayans Kammer kein jammervolles Ächzen mehr, nur sein Schnarchen, denn er schlief behaglich weiter. Die Magenschmerzen schienen verschwunden.
Den Tag über arbeitete der Schwiegervater hart. Er rodete den Dschungel, wo er bei Pasir Muncang die Ladang anlegen wollte, ganz allein. Erst als die Nacht herabsank, kehrte er heim.
»Wie geht's dir, Kabayan?« fragte er, zu Hause angekommen, seinen Schwiegersohn.
»Jetzt ist es ein wenig besser, Pak!« antwortete Kabayan.
»Gott sei Dank«, meinte der Schwiegervater darauf. »Morgen mußt du mir helfen, damit ich schnell fertig werde.«
Und Kabayan versprach: »Morgen helfe ich dir bestimmt, Pak.«
Aber als am nächsten Morgen der Schwiegervater nach Ka-

bayan rief, um ihn zu wecken, erhielt er keine Antwort. Immer wieder versuchte er es und klopfte an die Kammerwand, doch Kabayan kam nicht heraus.
»Kabayan! Kabayan, steh auf! Es ist schon Tag! Steh auf!« Doch alles blieb still.
Kabayans Schwiegervater fragte sich: ›Ob er schon zur Wasserstelle gegangen ist, um sich zu waschen?‹
Und er machte sich fertig und ging dann los. Die Wasserstelle mit dem Badeplatz lag an dem nach Pasir Muncang führenden Weg. Doch Kabayan befand sich nicht dort. Der Schwiegervater traf nur seine Tochter an, Kabayans Frau, die gerade Reis wusch.
»Ikem! Wo ist dein Mann?« fragte er.
»Wird wohl noch schlafen!« antwortete Saikem, seine Tochter.
Kabayans Schwiegervater wurde wütend. Er begriff, daß Kabayan nur so getan hatte, als hörte er sein Rufen nicht. Da er ihn so lautstark geweckt hatte, konnte Kabayan es keinesfalls überhört haben. Er hatte offenbar nur aus Faulheit nicht geantwortet.
›Unverschämtheit!‹ dachte der Schwiegervater bei sich. ›Dieser Faulpelz! Wahrhaftig, wo kommt es vor, daß einer mehrmals geweckt wird und seelenruhig weiterschläft!‹
Er verspürte keine Lust, umzukehren und Kabayan aus dem Schlaf zu rütteln. Daher machte er sich allein auf nach Pasir Muncang. Zorn erfüllte ihn auf seinen arbeitsscheuen Schwiegersohn.
Nach zwei Tagen des Rodens türmten sich die Abfallhaufen am Rand der Ladang. Wenn sie vier, fünf Tage in der Sonnenglut lagen, würden sie bestimmt ausgetrocknet sein.
Als er heimkam, traf er Kabayan noch auf seiner Matte liegend an. Kabayan blickte seinen Schwiegervater an und fragte:
»Wie ist es, Pak, seid Ihr fertig mit Roden?«
Noch immer wütend, würdigte ihn der Schwiegervater kei-

ner Antwort. Er ging schnell ins Haus hinein und steckte sein Haumesser in eine Wandritze.

Vier Tage später sagte der Schwiegervater zu Kabayan: »Jetzt ist der Abfall trocken. Es ist Zeit, ihn zu verbrennen. Morgen gehen wir auf die Ladang.«

»Gut, Pak!« antwortete Kabayan rasch.

»Schwindle nicht wieder, du!« drohte der Schwiegervater.

»Oh, wieso sollte ich nicht mit Euch zur Arbeit auf die Ladang gehen, wenn ich nicht krank bin?«

Am nächsten Morgen folgte Kabayan tatsächlich seinem Schwiegervater auf die Ladang. Es war noch dunkel, die Luft sehr kühl und Kabayan eifrig darauf bedacht, die Abfallhaufen anzubrennen. Während er sich am Feuer wärmte, röstete er Heuschrecken und Grillen. Unaufhörlich kaute er diese fettigen Bissen.

Als zu Mittag die Sonne ihre glühenden Strahlen niedersandte, wurde Kabayan müde. Er half seinem Schwiegervater nicht mehr, die Abfallhaufen in Brand zu halten, sondern legte sich unter einen schattenspendenden Baum und pfiff dabei, das Zwitschern der zahlreichen Vögel nachahmend.

Als der Schwiegervater dies bemerkte, erfaßte ihn ein schrecklicher Zorn. Er arbeitete allein mit aller Kraft weiter.

Zu Mittag kam seine Tochter, Kabayans Frau, und brachte das Essen. Sowie Kabayan ihr Kommen bemerkte, sprang er auf, ging ihr entgegen und langte nach dem Essen, das sie brachte.

»Ich habe geröstete Heuschrecken und Grillen da. Die schmecken zum Reis bestimmt gut“, sagte Kabayan.

Nach dem Essen verzog er sich und verschwand irgendwohin, so daß auf der Ladang nur der Schwiegervater zurückblieb und sich abplagte.

Einige Tage danach kam die Zeit zum Aussäen. Kabayans Schwiegervater mahnte: »Kabayan, morgen müssen wir aussäen. Du kommst mit auf die Ladang und hilfst mir.«

»Ja, Pak!« nickte dieser.
Als am nächsten Morgen Kabayan ganz zeitig von seinem Schwiegervater geweckt wurde, stand er sogleich auf. Während er sich seinen Sarung umwickelte, sagte er zu seinem Schwiegervater: »Geht immer voraus, Pak! Ich will noch zum Fluß, ich habe einen Magenkrampf.«
Der Schwiegervater glaubte ihm. Er nahm an, Kabayan wolle zum Fluß, um seine Notdurft zu verrichten. Am Wege wartete er auf Kabayan, aber der Schwiegersohn tauchte nicht auf. Deshalb hielt er sich nicht länger auf, sondern ging weiter zur Ladang. Bis die Sonne unterging und alle Arbeit getan war, ließ Kabayan sich nicht blicken. Da begriff der Schwiegervater, daß der faule Kabayan ihn abermals geprellt hatte, und ärgerte sich sehr.
Als er zu Hause anlangte, fragte er seine Frau: »Wo ist Kabayan hingegangen?«
»Er ist den ganzen Tag zu Hause geblieben und hat sich hingelegt«, erwiderte seine Frau. »Warum fragst du?«
Der Schwiegervater gab keine Antwort. Doch schimpfte er weder auf Kabayan, noch machte er ihm Vorwürfe. Er beachtete nur seit diesem Vorkommnis Kabayan überhaupt nicht mehr und würdigte ihn keines Wortes. Auch wenn er auf der Ladang arbeitete, bat er niemals mehr seinen Schwiegersohn um Hilfe. Er wußte ja, daß Kabayan bestimmt einen Vorwand finden würde, um der Arbeit aus dem Weg zu gehen. Einige Monate darauf hatte er die Ladang vollständig gerodet. Außer Reis pflanzte Kabayans Schwiegervater nun Bohnen, Bataten und andere Feldfrüchte. Alles wuchs und gedieh vortrefflich. Wenige Monate später färbten sich die Reisähren gelb, und auch die Bohnen reiften. Die Ladang von Kabayans Schwiegervater sah in der Tat vielversprechend aus. Pflanzenkrankheiten traten nicht auf, und auch die Tiere des Waldes verschonten die Ladang.
Bei diesem Anblick empfand Kabayans Schwiegervater große Befriedigung, hatte er sich doch nicht umsonst geplagt

und abgemüht. Aber wenn er an das Verhalten seines Schwiegersohns dachte, stieg der Ärger wieder in ihm hoch.
Eines Tages sagte er daheim in der Kammer zu seiner Frau: »Frau, bald werden wir ernten. Der Reis und alles andere sind sehr gut geraten. Aber wir behalten alles für uns! Soll doch Kabayan spüren, daß wir nicht mit ihm teilen! Schließlich wollte der Faulpelz mir nicht helfen!«
Er sprach absichtlich laut, damit Kabayan das Gespräch mit anhören sollte. Der lag auch richtig noch in seiner Kammer und hörte ganz betroffen jedes Wort seines Schwiegervaters. Bislang hatte er auf dessen Gutmütigkeit gehofft. Er würde schon seinen Teil bekommen, ohne daß er sich anzustrengen brauchte. Bei dieser Drohung aber schwand seine Hoffnung dahin wie vom Winde verwehter Rauch.
Tag und Nacht dachte Kabayan über einen Ausweg nach, so daß er immer weniger schlief und selbst das Essen ihm nicht mehr zu schmecken schien.
Eines Tages wandte er sich an seine Frau: »Ikem, wie heißt doch dein Vater?«
Sie schaute ihn verwundert an und runzelte dann die Stirn: »Warum redest du solchen Unsinn? Frag nicht so dreist, das gehört sich nicht! So einfach den Namen des Vaters nennen, heißt Unglück über uns zu bringen!«
»Ja, aber was ist, wenn irgend jemand mich einmal nach dem Namen deines Vaters fragt? Ist es nicht peinlich, wenn ich dann nicht antworten kann?«
Es gelang Kabayan, seine Frau zu überzeugen. Mit zitternder Stimme – denn sie fürchtete Unheil damit heraufzubeschwören – hauchte sie zögernd: »Guto.«
Drei Tage danach forderte Kabayans Schwiegervater seine Frau auf, mit auf die Ladang zu kommen, um mit der Reisernte zu beginnen. Gewöhnlich halten sich die Bauern zur Erntezeit gleich auf der Ladang auf, wo sie sich eine Schlafhütte bauen. Bis der Reis trocken ist und heim ins Vorrats-

haus gebracht werden kann, bleiben die Bauern auf der Ladang und übernachten in der Hütte.
Das alte Ehepaar begab sich allein auf die Ladang. Kabayan forderten sie nicht auf mitzukommen. Nicht einmal ihre einzige Tochter baten die Eltern darum – so sehr verachteten sie ihren Schwiegersohn Kabayan!
Und die Ernte begann. Nach dem Abernten wurde der Reis getrocknet. Das Wetter blieb auch günstig, und so dauerte dies nicht lange. Die getrockneten Ähren banden sie in Doppelbündel.
Als die Reisbündel aufgehäuft zum Heimtragen bereitlagen, ging Kabayan auf den Markt und kaufte eine Packung gegorenen Klebreis. Den darin enthaltenen Saft preßte er aus. Am nächsten Morgen stand er ganz zeitig auf und bestrich sich überall mit dem ausgepreßten Saft. Danach wälzte er sich auf einem Haufen Kapok, bis sein ganzer Körper voller weißer Kapokflocken klebte, als trüge er ein Federkleid. Dann machte er sich auf den Weg zur Ladang seines Schwiegervaters.
In deren Nähe befand sich ein Grab. Weil es im Schutz eines schattenspendenden Waringin-Baumes lag, wurde dieses Grab als ein Heiligtum angesehen. Manchmal kamen auch Wallfahrer dorthin.
Ungesehen erstieg Kabayan den Waringin-Baum. Gegen Mittag erblickte er seinen Schwiegervater, der gerade die Reisbündel ordnete, um sie nach Hause zu tragen. Offensichtlich arbeitete er mit Freude daran, den Lohn seiner monatelangen Mühen einzusammeln.
Kabayan warf einen eigentümlichen Blick auf seinen eifrig sich mühenden Schwiegervater. Dann rief er mit überlauter Stimme: »Gutooo! Gutooo!«
Kabayans Schwiegervater fuhr zusammen. Er schaute nach rechts und nach links, um zu erkennen, wer wohl seinen Namen gerufen habe. Bei den Sundanesen ist es Sitte, den Vater mit dem Namen seines Kindes anzusprechen. Seit Dut-

zenden von Jahren hatte Kabayans Schwiegervater seinen eigenen Namen nicht mehr nennen hören. Immer rief man ihn einfach »Pak Ikem«, was wörtlich »Ikems Vater« bedeutet. Daran war er so gewöhnt, daß er seinen eigenen, von den Eltern erhaltenen Namen schon beinahe selbst vergessen hatte. Von den Bewohnern seines Dorfes wußten ihn nur noch einer oder zwei der Alten, also seiner Spielgefährten aus der Kinderzeit. Aber die konnten schon aus Altersschwäche unmöglich in Pasir Muncang sein, das weitab vom Dorf lag!

Er gewahrte keinen Menschen. Daher glaubte er, er habe sich einfach verhört, und setzte seine Arbeit alsbald fort. Aber kaum hob er ein Bündel Reisähren von dem Haufen hoch, da vernahm er wieder den lauten Ruf: »Gutooo! Gutooo!«

Er konnte nicht länger daran zweifeln. Tatsächlich rief jemand seinen Namen. Aber wer? Sogleich fielen ihm die geheimnisvollen Wesen ein, die Pasir Muncang angeblich bevölkerten. Er wandte den Kopf, der ihm plötzlich wie tausend Pfund schwer vorkam, nach dem heiligen Grab, das sich nicht weit von seiner Ladang befand. Da schrak er zusammen, denn dort sah er ein weißbefedertes Wesen, das schaukelnd auf dem untersten Ast des Waringin-Baumes hockte. O weh! Vielleicht saß da der Geist, der in Pasir Muncang wohnte? Womöglich hatte er sein heiliges Grab einfach verlassen?

Als der weißbefederte Geist bemerkte, daß Guto vor lauter Furcht zitterte, rief er sogleich noch einmal schallend: »Guto, hörst du nicht meinen Ruf?«

»Ja, Ahnherr, ich höre ...«, erwiderte der Schwiegervater mit bebender Stimme.

»Komm hierher, ganz nahe!«

Dem Schwiegervater erschlafften alle Gelenke, und ihm schien, als hätte er keine Knochen mehr im Leibe. Aber er wagte nicht, den Befehl zu mißachten, sondern bemühte sich, näher an den heiligen Waringin-Baum heranzutreten.

Doch scheinbar konnten seine Füße keinen Schritt mehr tun. Sie klebten fest an der Erde.
»Komm hierher, schnell!«
Immer heftiger zitterten ihm die Knie, aber er näherte sich doch dem heiligen Grab. Aus Angst vermochte er nicht, nach oben zu blicken. Sein Mut war verschwunden, wie fortgeblasen.
Langsam rückte er näher, bis er schließlich unter dem Waringin-Baum stand. Da grüßte er ehrerbietig und setzte sich mit gekreuzten Beinen vor den weißbefederten Geist. Noch immer traute er sich nicht, in die Höhe zu schauen, sondern hielt die Augen niedergeschlagen.
»Guto! Falls du es nicht weißt – ich bin der Ehrwürdige Herr Zaubrischer Skorpion, der hier in Pasir Muncang wohnt.«
»Segen über Euch, Ahnherr«, stotterte Guto als Antwort. »Was bewegt Euch, hochedler Herr, daß Ihr geruht, nach Eurem unwürdigen Nachkommen zu rufen?«
»Du hast hier in meinem Machtbereich eine Ladang angelegt«, antwortete der Ehrwürdige Herr Zaubrischer Skorpion mit erhobener Stimme, als ob er zornig wäre.
»Segen über Euch, hochedler Herr... es war nicht meine Absicht...«
Der Ehrwürdige Herr Zaubrischer Skorpion unterbrach Guto rasch: »Rede nicht so viel! Du hast hier eine Ladang ohne meine Billigung angelegt. Du bist dir deiner Schuld bewußt, nicht wahr?«
»Ich bitte Euch um Gnade...«
»Gut«, erwiderte der Zaubrische Skorpion. »Ich verzeihe dir deine Schuld für diesmal. Wenn du aber wünschst, daß es dir stets wohlergehen möge, so mußt du die Ernte deiner Ladang mit meinem Urenkel teilen...«
Guto erschrak. Wer mochte der Urenkel des Ehrwürdigen Herrn sein? Er war ratlos, getraute sich aber nicht zu fragen.
»Du bist wahrhaftig mit Blindheit geschlagen!« Der Zaubri-

sche Skorpion wurde böse. »Weißt du nicht, daß dein kluger und weiser Schwiegersohn mein Urenkel ist?«
»Mein Schwiegersohn?«
»Ja, dein Schwiegersohn! Kabayan heißt er.«
O weh! Wie nachlässig hatte er bislang seinen Schwiegersohn behandelt! Wenn der Ehrwürdige Herr Zaubrischer Skorpion das wüßte, würde er ihm bis ans Ende seiner Tage zürnen, würde ihn verfluchen und verdammen.
»Nun, jetzt weißt du es! Behandle ihn rücksichtsvoll! Du sollst ihn lieben! Und erteile ihm nicht dauernd Befehle!«
»Segen über Euch, hochedler Herr!«
»Jetzt darfst du heimgehen!«
Guto verbeugte sich ehrfürchtig, dann stand er auf und wollte zu der Hütte auf der Ladang zurückkehren. Aber kaum hatte er einige Schritte getan, vernahm er, wie der Zaubrische Skorpion wiederholte: »Guto! Vergiß es nicht: Die Ernte deiner Ladang hier teilst du mit meinem Urenkel Kabayan!«
Hastig wandte sich Guto um, verneigte sich und antwortete: »Ich werde es tun, hochedler Herr!«
»Hüte dich, daß du nicht lügst!«
»Wie könnte ich das wagen!«
»Allah sei Dank!«
Als er die Erlaubnis dafür erhalten hatte, machte sich Guto rasch auf zu seiner Hütte, um die Arbeit zu vollenden.
Unterdessen kletterte Kabayan von dem Waringin-Baum herab. Er badete im Fluß und säuberte seinen Körper. Allen daran klebenden Kapok spülten die Fluten des Flusses fort. Dann legte Kabayan wieder seine gewöhnlichen Kleider an und eilte geschwind nach Hause. Seine Frau hielt sich noch in der Küche auf und kochte. Kabayan erzählte ihr nichts, sondern bat sie nur, sie möge schnell das Essen bereiten.
An diesem Tag brachte sein Schwiegervater die Reisernte von der Ladang heim. Weil er aber so viel geerntet hatte, konnte er nicht alles an einem Tag forttragen. Erst nach drei Tagen war alles im Vorratshaus untergebracht.

Nach vollbrachter Arbeit bat der Schwiegervater am Nachmittag Kabayan zu sich. Als sie einander gegenüberstanden, sprach der Schwiegervater mit leiser, liebevoller Stimme: »Kabayan, ich möchte dir die ganze Ernte der Ladang übergeben. Es soll dir überlassen sein, was du damit beginnst. Ich und Mutter möchten nur unseren Lebensunterhalt von euch haben. Nimm alles hin!«
Kabayan antwortete lächelnd: »Vielen Dank, Pak!«
Seitdem wagte es der Schwiegervater nicht mehr, von Kabayan etwas zu fordern oder ihn ungebührlich zu behandeln, denn er glaubte fest, daß Kabayan von dem Ehrwürdigen Herrn Zaubrischen Skorpion abstammte, der Pasir Muncang bewohnte.

43 *Kabayan geht in den Urwald*

Obwohl schon verheiratet, war Kabayan ein Faulpelz, dessen Tätigkeit zumeist im Schlafen bestand. Am Spätnachmittag zog er sich bereits in seine Kammer zurück und stand am nächsten Morgen erst auf, wenn es schon heller Tag war, also gegen acht Uhr morgens. Da hatte seine Frau schon den Reis gekocht und die höchst bescheidenen Beilagen zubereitet. Sobald er sich den Schlaf aus den Augen gerieben hatte, machte sich Kabayan auf in die Küche.
»Wo steht der Reis?« erkundigte er sich.
Mit einem sehr mißmutigen Gesicht warf ihm seine Frau einen Blick zu. Sie mochte nicht antworten. Aber Kabayan wartete auch keine Antwort ab. Noch im Halbschlaf ging er stracks auf die geflochtene Bambusschale zu, in der sich die Speisen befanden. Ohne Aufforderung, ja auch ohne Bedienung durch seine Frau nahm er sich eine Portion Reis, so groß wie ein ausgewachsener Pferdekopf. Außer Reis gab es nichts, nur Sambal und Salz. Doch Kabayan machte keine Umstände. Er ließ sich den Reis auch mit Salz und Sambal

munden und aß alles auf. Endlich gesättigt, rülpste Kabayan laut und gähnte. Infolge des Gefühls der Sättigung überfiel ihn von neuem Müdigkeit. Er begab sich also in das Innere des Hauses und verschwand in seine Kammer. Bald darauf vernahm man lautes Schnarchen – er war eingeschlafen.
Als er die Augen wieder öffnete, sich gemächlich reckend und streckend, ging die Sonne im Westen schon unter. Der Abendhimmel erstrahlte in den verschiedensten roten Farbtönungen. Kabayans Frau hatte wiederum Reis gekocht, der noch dampfte, weil sie ihn gerade erst aus dem Reisdämpfer herausgenommen hatte. Kabayans Augen leuchteten auf, als er den fertigen Reis sah. Wieder aß er gierig, ohne eine Aufforderung abzuwarten. Daraus bestand tagaus, tagein die einzige Arbeit Kabayans. Zu seinem Glück wohnte er bei seinen Schwiegereltern, die täglich schwer arbeiteten, sich mit der Feldarbeit abmühten, Bäume im Urwald fällten, die Ladang bearbeiteten, Holz zum Verkauf in die Stadt brachten und noch vieles mehr taten. Ganz zeitig am Morgen stand der Schwiegervater schon auf, um den Lebensunterhalt zu verdienen, und erst bei anbrechender Nacht kam er heim. Er unterschied sich wahrhaftig von Kabayan, seinem Schwiegersohn. Der dachte gar nicht daran zu arbeiten, um den Lebensunterhalt von seiner Frau zu bestreiten, ja nicht einmal seinen eigenen.
Über dieses Verhalten ihres Schwiegersohnes, der nur schlief und faulenzte, ärgerten sich die Schwiegereltern sehr. Sie zankten sich oft und beschuldigten sich gegenseitig. Wiederholt sagte der Schwiegervater zu seiner Frau: »Du bist es doch gewesen, die unser einziges Kind mit diesem Faulpelz und Bummler verheiraten wollte!«
Die Schwiegermutter mochte sich die Schuld nicht zuschieben lassen und widersprach heftig: »Wer? Wer hat denn die Schlafmütze als unseren Schwiegersohn aufgenommen? Warst nicht du das?«
Natürlich bekam Kabayan diesen sich beinahe täglich wie-

derholenden Streit niemals zu hören, denn er schlief ja immerzu in seiner Kammer.
Eines Tages, als Kabayan in der Küche frühstückte, forderte ihn seine Schwiegermutter auf: »Kabayan, geh in den Wald und hole irgendwo etwas Holz! Vielleicht gibt das ein Auskommen für deine Familie!«
Kabayan blickte seine Schwiegermutter an. Es war ungewöhnlich, daß sie sich überhaupt an ihn wandte. Da sie sich wütend ärgerten, hatten sowohl der Schwiegervater als auch die Schwiegermutter ihn niemals mehr einer Unterhaltung gewürdigt. Daher wunderte sich Kabayan einigermaßen, als er sich von seiner Schwiegermutter angesprochen hörte.
»Gut, Mutter!« antwortete er dann, als er den Reis hinuntergeschluckt hatte, an dem er noch kaute.
Die Schwiegermutter freute sich zu hören, daß Kabayan sich bereit erklärte, in den Wald zu gehen. Im Gegensatz zu sonst reichte sie Kabayan ein Stück schwärzlichen Salzfisch, das beim Rösten angebrannt war.
Als er aufgegessen hatte, machte sich Kabayan auf in den Urwald, der gar nicht so weit entfernt lag. Wenn die Dorfbewohner Holz oder Früchte sammeln oder auf die Jagd gehen wollten, zogen sie in diesen Urwald. Auch Kabayan hatte ihn schon ein- oder zweimal betreten, allerdings nicht, um gleich den anderen etwas zu sammeln, sondern nur in der Absicht, umherzustreifen und sich unter dem feuchtkühlen Blätterdach wohlzufühlen. Auch diesmal bestand seine Tätigkeit darin, herumzustromern und kaum erkennbare Melodien zu pfeifen. Er lauschte auch dem Zwitschern der Vögel, die in den Ästen hoher Bäume oder auch auf den Zweigen niedriger Büsche saßen, an denen reife Früchte hingen. Höchst geschäftig flatterte die ganze Vogelwelt von Zweig zu Zweig. Kabayan hüpfte bei diesem wirklich wunderschönen Anblick das Herz.
So lief er, bis er schließlich zu einem schattenspendenden, stolz aufragenden Baum gelangte, der seine Wurzeln tief in

den weichen Waldboden gesenkt hatte. In seinem Schatten wuchsen weder Gras noch Gebüsch. Nur die dürren abgefallenen Blätter bedeckten den Boden wie ein Teppich. Dort ließ sich Kabayan eine Weile nieder.
Alsbald überkam ihn Müdigkeit, während ein sanfter Wind seinen Körper erfrischte. Beinahe wäre er ins Traumland geglitten, wenn nicht ein Blatt genau auf sein Ohr gefallen wäre. Er schrak zusammen und erfaßte mit der Hand ein weiches Gebilde, das auf seinem Ohrläppchen lag. Als er es besah, war es ein vergilbtes Blatt. Murrend warf er es beiseite und zertrat es. Dann legte er den Kopf zurück und schaute nach oben. Da erblickte er auf dem untersten Ast ein riesengroßes Bienennest. Staunend sah Kabayan auf das schwärzliche Ding, das wie ein aufgehängter kupferner Reiskessel aussah. Tausende von seinen Bewohnern schwirrten rund um das riesige Nest. Manche flogen fort, andere kamen gerade – wohl von der Honigsuche – zurück.
Beschaulich und gemütlich sah Kabayan dem Treiben der Insekten zu. Deren Summen wirkte obendrein einschläfernd, so daß Kabayan wiederum Müdigkeit überkam. Unmerklich schlief er ein. Als er die Augen öffnete, dämmerte es bereits. Im Urwald herrschte schon Finsternis. Schnell sprang Kabayan auf. Wiederum hörte er das Gesumm der Bienen, aber jetzt jagte es ihm einen Schrecken ein. Und sogleich trat er den Heimweg an.
Seine Schwiegermutter saß betelkauend da, als er zu Hause anlangte. Als sie sah, daß er so angeschlendert kam, verfinsterte sich ihre Miene.
»Wo kommst du her, Kabayan? Wo warst du den ganzen Tag über, daß du erst jetzt heimkommst?«
»Aus dem Wald«, antwortete Kabayan. »Habt Ihr mir nicht gesagt, ich soll in den Wald gehen?«
»Ja, aber hast du gar nichts gefunden, daß du mit leeren Händen ankommst?«
»Ich habe ein Bienennest entdeckt . . .«

»Aber den Honig, hast du den nicht genommen?«
»Nein!« erwiderte Kabayan gelassen.
Die Schwiegermutter schimpfte: »Wenn du ein andermal ein Bienennest findest, mußt du es von unten mit einer Fackel ausräuchern. Wenn die Bienen dann weg sind, nimmst du den Honig.«
»Gut!«
Kabayan ging in die Küche und bat seine Frau um Reis. »Ich bin hungrig; ich habe den ganzen Tag im Wald nach etwas zum Lebensunterhalt gesucht.«
»So, nach etwas zum Lebensunterhalt gesucht!« schalt seine Frau, denn sie hatte das Gespräch zwischen ihrem Mann und ihrer Mutter mit angehört. »Du hast ein Bienennest entdeckt und doch den Honig nicht genommen! Hast etwas zum Lebensunterhalt schon greifbar gehabt und nicht mitgebracht!«
Kabayan verteidigte sich: »Ein Bienennest habe ich zwar gefunden, aber das ist doch nichts zum Lebensunterhalt!«
»Du verstehst eben dein Glück nicht!« knurrte seine Frau ihn an und reichte ihrem Mann die geflochtene Bambusschale. Kabayan hatte keine Lust, der Nörgelei seiner Frau Beachtung zu schenken. Er schlang gierig den Reis in sich hinein, nach dem sein Magen schon seit langem verlangt hatte.
Am folgenden Tag wurde Kabayan von seiner Schwiegermutter abermals in den Urwald geschickt. Bevor er losging, schärfte sie ihm mehrmals ein: »Wenn du wiederum Glück hast und etwas findest, vergiß nicht: Von unten mit einer Fackel anbrennen!« Und Kabayan antwortete jedesmal: »Ja, gut!«
Bald machte er sich wieder auf den Weg, nachdem er sich zuvor noch tüchtig den Bauch mit Reis vollgeschlagen hatte. Kabayan wußte aber die Richtung nicht mehr, in der sich das Bienennest befand, das er tags zuvor entdeckt hatte. In einem ziemlich dichtbelaubten Gebüsch jedoch bemerkte er einen

Zwerghirsch, der im Schatten eines Baumes so fest schlief, als ob er tot wäre. Der Zwerghirsch erwachte nicht einmal, als Kabayan sich ihm näherte. Ganz vorsichtig schlich sich Kabayan an das Tier heran. Da er das gegen den Wind tat, schlummerte der Zwerghirsch weiter, obgleich Kabayan schon ganz dicht neben ihm stand. Ein dickes, feistes Tier! Allerdings war es auch bestimmt nicht mehr ganz jung, wie sein schön gegabeltes Geweih bewies. Staunend blickte Kabayan darauf und betrachtete sich den Zwerghirsch genau. Dabei fiel ihm der Auftrag seiner Schwiegermutter ein. Er griff in die geflochtene Umhängetasche, die er über der Schulter trug, und nahm eine Fackel und eine Lunte heraus. Während er die Fackel zurechtmachte, empfand Kabayan die Tasche als lästig, denn er wußte nicht, wohin er sie legen sollte. Sie einfach wieder umzuhängen, erschien ihm nicht tunlich. Schließlich hängte er sie an eines der Geweihenden des Zwerghirschs.

Als die Fackel brannte, hielt Kabayan sie, ohne lange zu zögern, an das Hinterteil des Zwerghirsches. Weil die Flamme heiß war, erwachte das Tier und raste voller Schrecken davon. Es setzte so schnell über die dichten Büsche, als ob es flöge. Als Kabayan den Zwerghirsch erschreckt fliehen sah, wobei dieser auch die Tasche mitnahm, schrie er:

»Du, Zwerghirsch! Trage die Tasche nicht fort! Sie gehört mir nicht! Es ist die Tasche meines Schwiegervaters! Bring sie zurück, sonst ist er böse mit mir!«

Doch der Zwerghirsch machte keine Anstalten umzukehren. Je lauter Kabayan schrie, desto rascher floh er.

Schließlich kehrte Kabayan verzweifelt um. Müde und verzagt lief er dahin.

Als er zu Hause anlangte, fragte seine Schwiegermutter: »Kabayan, was hast du im Wald gefunden?«

Kleinlaut erwiderte Kabayan:

»Da war ein Zwerghirsch. Er schlief fest. Ich dachte an Euer Gebot und hielt eine brennende Fackel an sein Hinterteil. Er

lief erschreckt davon. Dabei hat er noch Vaters Tasche mitgenommen!«
»Das geht zu weit, Kabayan!« schrie die Schwiegermutter wütend. »Wieso brennst du das Hinterteil eines Zwerghirschs an? Wenn du ein andermal in den Wald gehst und dir so etwas wieder begegnet, stichst du es einfach mit einem Speer tot und bringst es hierher, damit wir Dendeng aus dem Fleisch machen können.«
Kabayan antwortete nicht, nickte aber mit dem Kopf. Er war froh, daß die von dem Zwerghirsch fortgeschleppte Tasche nicht noch lange beredet wurde.
Als Kabayan am nächsten Tag wieder in den Wald ging, trug er nicht mehr eine Tasche mit Fackeln über der Schulter, sondern einen Speer mit verrosteter Spitze, der seinem Schwiegervater gehörte.
Als er auf dem sich durch den Urwald schlängelnden Pfad entlangschritt, kam ihm zufällig ein hübsches Mädchen entgegen. Kabayan bemerkte, daß ihm etwas entgegenkam, und sagte sich: »Das ist es!«
Er hielt den Speer bereit. Mit scharfem Auge beobachtete er das Mädchen, damit es ihm nicht davonlief. Als es nahe heran war, schleuderte Kabayan seinen Speer nach dem Mädchen. Er traf genau. Dem unglücklichen Mädchen war die Brust durchbohrt. Es starb im gleichen Augenblick.
Kabayan freute sich. Er zog den Speer aus dem Körper seines Opfers. Als er das Blut aus der Wundöffnung fließen sah, fiel er beinahe in Ohnmacht. Die Augen der Toten waren weit aufgerissen, als wollten sie ihn verschlingen. Er fürchtete sich und eilte rasch nach Hause.
Als er dort ankam, fragte seine Schwiegermutter ihn: »Was hast du im Wald gefunden, Kabayan, daß dein Gesicht so bleich und blutleer ist?«
Kabayan antwortete kurz angebunden:
»Es ist von meinem Speer totgestochen.«
»Was ist von deinem Speer totgestochen?«

»Das Mädchen!« brummte Kabayan.
Die Schwiegermutter fragte: »Welches Mädchen?«
Kabayan erwiderte: »Als ich im Wald war, kam ein Mädchen. Da tat ich, was Ihr mir aufgetragen habt. Ich habe den Speer nach ihr geworfen, und sie war tot ...«
»Maschallah! Kabayan, du bist ja wahnsinnig!« schrie die Schwiegermutter. »Warum bringst du Menschen um? Wenn du wieder in den Wald gehst und so etwas siehst, so lade es hierher ein. Bring es ja nicht ums Leben!«
Kabayan nickte und ging in seine Kammer.
Als er sich am nächsten Tag wieder in den Wald aufmachte, traf er kein Mädchen. Aber als er sich dann unter eine Kokospalme setzte, bemerkte er einen Tausendfüßler, der mit seinen unzähligen Beinen vorwärtskroch. Trotz der vielen Füße bewegte sich der Tausendfüßler sehr langsam. Sobald irgendetwas seinen Körper berührte, rollte sich das Tier sogleich zusammen, so daß es einem Rad glich.
Der Anblick dieses merkwürdigen Geschöpfes fesselte Kabayan. Er beobachtete voller Aufmerksamkeit, wie das Tier dahinkroch. Dann stand Kabayan auf und sprach zu dem Wesen, das sein Mitgefühl erregt hatte:
»Tausendfüßler! Komm mit mir nach Hause!«
Dabei schnippte Kabayan mit der Zehe nach dem Körper des Tausendfüßlers. Und wegen dieser Berührung rollte sich das Tier sogleich zusammen.
Da sagte Kabayan: »Na, zier dich nicht, Tausendfüßler! Meine Schwiegermutter hat mir wirklich aufgetragen, dich mit nach Hause zu bringen. Wenn du mich nicht begleitest, wird sie gewiß böse! Und wenn sie böse ist, geht es mir schlecht! Du willst doch nicht, daß es mir schlecht geht, nicht wahr? Dann komm also, laß uns nach Hause zu meiner Schwiegermutter gehen!«
Lange Zeit verging, bis der Tausendfüßler sich endlich wieder aufrollte und weiterkroch.
»Na also!« meinte Kabayan freudig bewegt.

Doch der Tausendfüßler kroch nicht in die Richtung, wo Kabayans Schwiegermutter wohnte, so daß Kabayan ihn wieder anstieß: »Nicht dorthin, dahin!«
Wegen der Berührung rollte sich das Tier aufs neue zusammen. Doch Kabayan wartete geduldig, bis der Tausendfüßler wieder weiterkroch.
Als die Dämmerung hereinbrach und anzeigte, daß es bald Nacht werden würde, waren sie noch weit entfernt vom Haus der Schwiegermutter. Kabayan stieß den Tausendfüßler nochmals an:
»Beeil dich ein wenig! Es wird Nacht!«
Wegen der Berührung rollte sich das Tier abermals zusammen. Als Kabayan sah, daß der Tausendfüßler sich zusammenrollte, als ob er schlafen wolle, sagte er seufzend:
»Oh, du meinst also, wir sollten gleich hier übernachten? Nun gut!«
Und auch Kabayan richtete sich zum Schlafen ein.
Erst nach zwei Tagen kam Kabayan heim zu seiner Schwiegermutter.
Als diese seiner ansichtig wurde, fragte sie:
»Wo kommst du denn her, Kabayan? Du bist ja überhaupt nicht nach Hause gekommen!«
»Aus dem Wald!«
»Und warum bist du zwei Tage lang nicht heimgekommen?«
»Weil ich doch den Tausendfüßler begleiten mußte«, erwiderte Kabayan und wies mit der Hand auf das neben ihm kriechende Tier.
»O Allah, Kabayan! Du hast es zu genau genommen! Einen Tausendfüßler hast du hierhergebracht? Wenn du wieder einmal so etwas siehst, kümmerst du dich überhaupt nicht darum!«
»Gut, Mutter!« sagte Kabayan.
Am nächsten Tag gebot die Schwiegermutter Kabayan wiederum, in den Wald zu gehen. Er machte sich sogleich auf den

Weg. Aber an diesem Tag fand er gar nichts. Nichts erregte seine Aufmerksamkeit. Den ganzen Tag lang saß er im Halbschlummer unter schattigen Bäumen. Etwa zur Zeit des Nachmittagsgebets ging er nach Hause.
Auf dem Heimweg traf er, als er in das Dorf hineinging, Leute, die gerade bei einem Festmahl saßen. Das Gebet war gesprochen, die Speisen waren aufgetragen. Als diese Leute Kabayan vorüberkommen sahen, luden sie ihn sogleich ein, zu verweilen und am festlichen Essen teilzunehmen.
Doch Kabayan wollte dem Gebot seiner Schwiegermutter Folge leisten. Er kümmerte sich nicht um die Einladung, er wandte sich nicht einmal um. Er ging einfach weiter ... nach Hause.

44 *Kabayans Frau ist verschwenderisch*

Kabayan saß mit seiner Frau plaudernd vor der Kochstelle, wo sie sich wärmten.
»Frau! Frau, was würdest du machen, wenn wir Geld hätten?« fragte Kabayan.
»Ich würde Näschereien dafür kaufen, schöne Kleider und gutes Essen und mich des Lebens freuen.«
»O weh! Das ist nicht gut! Du bist ja verschwenderisch!«
»Schön, aber was würdest denn du damit machen?«
»Aufheben!«
»Aufheben? Sollen es vielleicht die Termiten fressen? Ach, das ist ja dumm, Kabayan! Besser, wir geben es aus und vergnügen uns, kaufen Naschwerk, schmausen und feiern Feste!«
Sie konnten sich nicht einigen. Kabayan geriet schließlich in Zorn und schlug seine Frau, bis sie wie ein Kind anfing, laut zu weinen. Da schaute der Schwiegervater aus seiner Kammer heraus: »Was gibt es, Tochter? Warum weinst du?«

»Ich habe sie geschlagen, Pak«, kam Kabayan schnell der Antwort seiner Frau zuvor.
»Aber warum?«
»Sie ist eine Verschwenderin! Sie will unser Geld verprassen, Pak.«
»Woher habt ihr denn Geld?«
»Wenn wir welches hätten!«
»Wie, was höre ich? Das Geld ist noch gar nicht da, und schon schlägst du sie wegen Verschwendung?«
»Ja, weil sie schon so verschwendungssüchtig ist, wenn noch gar kein Geld im Haus ist. Was soll da erst werden, wenn wir welches haben!« sagte Kabayan und ging fort.

45 Kabayan hat Wunschträume

Eines Tages schickte der Schwiegervater Kabayan mit dem Auftrag los, Kokosnüsse für den Verkauf zu pflücken. Von je zehn Stück sollte Kabayan eine als Lohn erhalten. Als Kabayan oben auf der Palme hockte, begann er vor sich hin zu träumen. Er sann: ›Wenn ich das Geld für die Kokosnüsse habe, die ich als Lohn bekomme, kaufe ich davon Eier. Die lasse ich ausbrüten und halte dann Hühner, bis es recht viele geworden sind. Nachher verkaufe ich sie und schaffe vom Erlös ein Ziegenpärchen an. Habe ich viele Zicklein verkauft, kaufe ich einen Büffel... oder nein, besser, ich kaufe erst ein Pferd, ein Rennpferd! Da werde ich Jockei und nehme an Wettrennen teil!‹
Dabei setzte er sich auf der Blattrippe eines Kokoswedels zurecht, als ob er auf einem Pferd ritte, und begann, sich auf und nieder zu wiegen. Plötzlich brach der Wedel ab, und Kabayan fiel hinunter. Zum Glück befand sich unter ihm ein Teich, und so wurde er nur klatschnaß und mit Schlamm besudelt.
›O weh‹, dachte er in seinen Schmerzen. ›Wie gut, daß ich ein

gewöhnliches Pferd gekauft habe und nicht etwa Burok, das geflügelte Reittier des Propheten!‹

46 Kabayan pflanzt eine Bananenstaude

Als Kabayan einmal eine Grube aushob, kam Ki Silah dort vorbei.
»Kabayan, wofür hebst du diese Grube aus?«
»Will eine Bananenstaude pflanzen!«
»Warum willst du sie pflanzen?«
»Damit ich ihre Früchte essen kann.«
»Und wofür soll das gut sein?«
»Das gibt Kraft!«
»Wofür brauchst du Kraft?«
»Um Gruben auszuheben!«

47 Kabayan ist gescheit

»Kabayan, ich höre, daß du dir einbildest, gescheit zu sein«, sagte Ki Silah. »Wenn das stimmt, so zähle doch mal, wieviel Sterne am Himmel stehen!«
Kabayan raffte schnell mit einer Hand Sand zusammen und gab ihn Ki Silah.
»Bitte! Genausoviel wie diese Sandkörner hier!«
»Und wieviel sind das?«
»Zähle nur die Sandkörner!«
Ki Silah gab sich noch nicht geschlagen. Er fing wieder an: »Kabayan, wenn du wahrhaftig gescheit bist, so binde mir die Hände mit Wasser!«
»Bah, dazu muß ich doch erst ein Seil aus Wasser machen, begreifst du das nicht?«
»Mach es, wenn du gescheit genug dafür bist!«
»Das geht schon! Gib mir nur erst ein Beispiel!«

Ki Silah gab es noch immer nicht auf. Wieder fragte er: »Kabayan, bist du schon einmal dem Teufel begegnet?«
»Er steht sogar gerade vor mir!« gab Kabayan zurück.
Ki Silah war gekränkt von dieser Antwort, wollte nicht mehr mit Kabayan reden und lief weg.

48 *Kabayan soll sich entscheiden*

»Kabayan, was würdest du von den zwei Dingen wählen: Geld oder Verstand?«
»Beides!«
»Das ist nicht erlaubt, nur eines von beiden darfst du wählen!«
»Verstand!«
»Und weshalb?«
»Geld kann nicht Verstand verleihen, aber Verstand schafft Geld!«

49 *Kabayans neue Jacke*

Eines Tages weinte Kabayan lauthals los. Sein Freund fragte ihn: »Kabayan, was soll das, daß du weinst wie ein kleines Kind?«
»Das hier ist meine neue Jacke!«
»Was gibt es da zu weinen, wenn man eine neue Jacke hat?«
»Ach, sie wird ja einmal auch alt sein!«

50 *Warum Kabayan niemals reich wird*

Kabayan und seine Frau begaben sich zum Berg Gedé. Sie wollten gern zu Wohlstand kommen und lebten deshalb dort wie Einsiedler.

In dieser Zeit erschien ihnen ein Gott. Er sprach: »Kabayan, du darfst Wünsche an mich richten, und ich werde sie dir gewähren. Aber es dürfen nicht mehr als zwei sein. Darum besprich dich zuvor mit deiner Frau!«
Mann und Frau beratschlagten nun miteinander. Aber einigen konnten sie sich doch nicht, denn Kabayan wollte viel Geld haben, seine Frau dagegen reiche Reisernten. Schließlich verlor Kabayan die Geduld und rief wütend: »O Gott, ich wünschte, daß meine Frau so häßlich wie ein Affe würde!«
Dieser Wunsch ging sogleich in Erfüllung, und seine Frau verwandelte sich in einen Affen. Aber bei diesem Anblick tat sie Kabayan leid, und so wünschte er sich schnell, daß seine Frau wieder ihre vorherige Gestalt erhalten möge. Auch das wurde gewährt. Damit jedoch waren die zwei Wünsche vertan, und Kabayan blieb bis an sein Lebensende arm.

51 Kabayan will Gäste zu einem Essen einladen

Trotz seiner Armut wollte Kabayan sich doch nicht zum Gespött der Leute machen. Als die Zeit für eine Selamatan kam, lud er deshalb einige seiner Freunde zum Essen zu sich. Er erwähnte jedoch dabei, daß sein Haus ausgebessert werde und obendrein der Weg dorthin völlig aufgeweicht sei.
Die Freunde erschienen nun zur verabredeten Zeit und wunderten sich sehr, weil nichts vorbereitet war. So fragten sie: »Kabayan, wo hast du das Essen? Sind wir nicht zur Selamatan geladen?«
Kabayan schämte sich sehr und flüsterte seiner Frau zu: »Sie sind wahrhaft zu gierig! Kommen hierher, obwohl sie doch gehört haben, daß der Weg völlig aufgeweicht ist und das Haus gerade ausgebessert wird! Sicherlich tun sie das, weil der Reis so teuer ist!«

52 *Kabayan ist in eine Witwe verliebt*

Kabayan hatte sich in eine junge Witwe verliebt. In tiefer Nacht schlich er heimlich durch den Kücheneingang in das Haus der Witwe. Wegen der Dunkelheit stieß er aber mit dem Kopf gegen das Tellerbord, so daß die Teller klirrend herunterfielen. Die Leute im Hause erschraken und riefen: »Wer ist da?«

Kabayan fürchtete, erkannt zu werden, und antwortete: »Miau, miau! Ich bin die Katze!«

53 *Kabayan ist heiratslustig*

Kabayan wollte heiraten und fragte, wie das vor sich gehe. Sein Vater erklärte ihm: »Geh nur zum Kadi! Dort sagst du ganz einfach das, was er dir vorspricht!«

So suchte Kabayan den Kadi auf. Dieser fragte: »Worum geht es, mein Lieber?«

»Worum geht es, mein Lieber?« wiederholte Kabayan.

»Na, was ist denn das für eine Art?«

»Na, was ist denn das für eine Art?«

»Bist du übergeschnappt?« Der Kadi fühlte sich verhöhnt, wurde zornig und ohrfeigte Kabayan schließlich. Kabayan schlug zurück, und sie begannen miteinander zu raufen.

Als Kabayan endlich mit dem Kopf voller Beulen wieder nach Hause kam, fragte sein Vater: »Na, was ist nun? Bist du schon verheiratet?«

Kabayan schüttelte den Kopf: »Da ist nichts daraus geworden! Es macht keine rechte Freude zu heiraten. Ich habe den Mut dazu nicht mehr, Vater, besser ist, ich suche mir nur eine Geliebte!«

54 *Kabayan als Hadschi*

Kabayan hatte schon lange nichts besonders Gutes mehr gegessen und hätte sich zu gern wieder einmal ein Hühnchen schmecken lassen.

Er wußte, daß sein Schwiegervater immer herrliche Speisen auftragen ließ, wenn er einen Hadschi als Gast empfing. Deshalb verkleidete Kabayan sich als Pilger und begab sich ins Haus seines Schwiegervaters, der auch tatsächlich sofort seiner Frau gebot, ein Huhn zu schlachten. Erst am Ende der Mahlzeit stellte es sich heraus, daß der bewirtete Hadschi niemand anderes war als Kabayan. Der Schwiegervater ärgerte sich und sann auf Rache.

Eines Tages verkleidete auch er sich als Pilger und suchte seinen Schwiegersohn auf. Kabayan rief sofort nach seiner Frau.

»Frau, Frau, wir haben einen Hadschi zu Gast! Wir müssen ihm Ehre erweisen und etwas Gutes auf den Tisch bringen. Schlachte die Ziege!«

»Woher soll ich eine Ziege nehmen, Kabayan? Wir besitzen ja doch nicht einmal einen Ziegenschwanz, wie kann da von einer Ziege die Rede sein?«

»Ach, du bereitest mir Schande, das so auszuschreien! So schlachte doch einfach deines Vaters Ziege, die hinter unserem Haus angepflockt ist!«

Als der falsche Hadschi hörte, was Kabayan vorhatte, wehrte er schleunigst ab und rief: »Laß das sein, Kabayan, es ist ja meine einzige Ziege!«

»Verzeih nur, Vater! Ich habe gedacht, du bist ein Gast aus Hadramaut.«

55 *Kabayan im Zorn*

Eines Tages stellte Kabayan frühmorgens fest, daß ihm jemand seinen Büffel gestohlen hatte. Aber in der Hast hatte der Dieb seinen Kopfbund liegenlassen, und zufällig wußte Kabayan, daß dieser Kopfbund Ki Silah gehörte.
›Ach, das war bestimmt Ki Silah, der meinen Büffel gestohlen hat‹, sagte sich Kabayan und schärfte sein Haumesser. ›Den bring ich um!‹ dachte er. ›Frechheit, mir meinen Büffel zu stehlen!‹
Und mit gezücktem Haumesser und dem Kopfbund als Beweisstück eilte er zu Ki Silah, dabei einzig von dem Gedanken erfüllt: ›Den bring ich um, den bring ich um!‹
Im Hause Ki Silahs herrschte ihn sogleich der baumlange, bärtige Mann an: »Was machst du denn hier?«
»Äh, äh – hier bringe ich deinen Kopfbund, der bei mir liegengeblieben ist!«
»Danke sehr!« schnarrte Ki Silah.
»Bitte sehr!« antwortete Kabayan und zog sich mit höflichen Verbeugungen zurück.

56 *Kabayan holt Mais*

Der Schwiegervater trug Kabayan auf, den Mais aus der Pflanzung zu holen. Aus Faulheit lud Kabayan den Mais auf das Pferd, stieg selbst auf und nahm dabei die Last mit der Tragstange auf die Schulter.
Als er zu Hause anlangte, fragte sein Schwiegervater: »Kabayan, was soll denn das bedeuten? Warum sitzt du auf dem Pferd und trägst doch die Last an der Tragstange?«
»Pak, das mache ich, damit mein Pferd es nicht zu schwer hat!« gab Kabayan zur Antwort.

57 *Kabayan möchte gern eingeladen sein*

Der Nachbar verheiratete seine Tochter. Auf dem Fest ging es hoch her. Es gab Puppenspiel zu sehen, ein Büffel und ein Schaf wurden geschlachtet. Kabayan erhielt jedoch keine Einladung. So dachte er sich eine List aus.

Als das Fest richtig im Gange war, rannte und tanzte Kabayan splitternackt in den Festgarten hinein. Natürlich waren alle Gäste starr vor Staunen. Der Nachbar eilte schnell herbei und rief: »Kabayan, Kabayan! Bist du übergeschnappt? Schämst du dich denn nicht? Du als Erwachsener benimmst dich wie ein Kind und rennst splitternackt im Garten herum!«

»Ach, wenn ich wirklich erwachsen wäre, hätte ich doch bestimmt eine Einladung bekommen!«

58 *Kabayan ist stark verschuldet*

Kabayan wußte nicht, wie er seine Schulden an einen arabischen Geldverleiher zahlen sollte, weil er nichts, aber auch gar nichts mehr besaß. Da strengte er seinen Kopf an und sann auf eine List. »Ha!« sagte er froh zu seiner Frau. »Jetzt habe ich einen Ausweg gefunden!«

Seine Frau freute sich auch, als sie hörte, was ihr Mann sich ausgedacht hatte. Sie füllte einen großen Zuber mit gegorenem Palmsaft. Kabayan badete darin und wälzte sich danach auf Kapokflocken, bis er davon am ganzen Leibe weiß aussah. Dann kroch er in einen großen Hühnerkorb.

Wenig später kam der Wucherer in Kabayans Haus, um sein Geld einzufordern.

»Kabayan ist nicht zu Hause, Herr!« erklärte Kabayans Frau.

»Was? Wo ist er?«

»Er wartet dem König auf.«

»Dem König? Wieso?«

»Er berichtet ihm, daß er soeben einen seltsamen Vogel gefangen hat.«
»Was für einen seltsamen Vogel?«
Der Geldverleiher wollte ihn gern sehen, aber Kabayans Frau schlug es ihm ab. Sie behauptete, daß der Vogel dem König als Ehrengabe zugedacht sei. Sie befürchte Schelte, denn Kabayan habe ihr eingeschärft, niemand dürfe den Vogel sehen, bevor ihn nicht der König erblickt habe. Durch diese Erklärung steigerte sich die Neugier des Geldverleihers nur noch. Schließlich gab Kabayans Frau nach. Sie gingen hinter das Haus, um den Vogel in dem großen Käfig zu betrachten. Der Wucherer öffnete den mit Tüchern verhängten Käfig sogleich, um genau zu sehen, was darin sei. Doch kaum stand der Käfig halb offen, rannte Kabayan mit lautem »barakataktak, barakataktak« davon und verschwand.
»O weh, Herr!« rief Kabayans Frau und tat, als ob sie schluchzte. »O weh, was wird der König sagen! Nun muß ich Kabayan natürlich bekennen, daß der Vogel wegen des Herrn Geldverleihers entwischt ist! Und auch Kabayan wird dann dem König alles melden!«
Als er das vernahm, bekam der Wucherer große Angst und flehte: »Nur nicht! Laßt das und sagt Kabayan und dem König nichts!« Und in seiner Furcht erklärte er alle Schulden Kabayans für beglichen.

59 *Zählen ist schwierig*

Vier Männer gingen einmal gemeinsam auf Fischfang zum Fluß. Sobald sie genügend Fische gefangen hatten, kehrten sie eilig wieder heim. Auf halbem Wege aber blieb plötzlich einer von ihnen stehen und sagte: »Eh, Freunde, es scheint, daß wir einen von uns verloren haben. Er wird doch hoffentlich nicht ertrunken sein? Als wir von daheim losgingen,

waren wir zu viert. Und jetzt sind wir doch nur noch unser drei. Eins, zwei, drei!«
Dabei zählte er nur seine Freunde – eins, zwei, drei –, ohne sich selbst mitzuzählen.
Schließlich zählten sie einer nach dem anderen, wieder und wieder, und alle kamen immer zu dem gleichen Ergebnis.
Kabayan kam zufällig dort vorbei und erkannte sofort ihren Irrtum beim Zählen.
»Was gibt es, Freunde?« rief er aus.
»Wir haben einen von uns verloren«, gaben sie zur Antwort. »Wir sind heute am frühen Morgen zu viert von zu Hause weggegangen, und jetzt sind wir nur noch drei. Wir befürchten, daß die Strömung ihn mit sich fortgerissen hat.«
»Oh, wirklich? Ich denke vielmehr, daß euer vierter Freund kein Mensch, sondern ein Geist ist, der sich in einen eurer Freunde verwandelt hatte. Ach, ich fürchte mich!« rief Kabayan, lief davon und schrie dabei: »Gespenster, Gespenster!«
Da rannten auch die anderen Hals über Kopf davon, jeder in sein Haus. Kabayan lief aber nicht weit weg. Er kehrte alsbald um und holte sich die Fische. Die Männer hatten sie in ihrem Schreck liegenlassen. Schon vom Hof seines Hauses her rief er seiner Frau zu: »Frau, Frau! Schnell, nimm und brat sie!«

60 *Kabayan verkauft einen Flughund*

Ki Silah hatte unlängst seine reichen Eltern beerbt. Er lief an Kabayans Pflanzung vorüber. In diesem Augenblick sah Kabayan einen Flughund an einem Zweig seines Feigenbaums hängen.
»Ich brauche Geld, Silah«, sagte Kabayan. »Willst du meinen Kopfbund kaufen, den ich dort zum Trocknen an den Zweig gehängt habe?« Und dabei wies er in die Richtung, wo der

Flughund hing. »Er ist aus Pekalongan und besonders schön!«
Ki Silah schaute auf, und weil er viel Geld besaß, zahlte er ohne langes Feilschen. Sowie Kabayan die Summe erhalten hatte, machte er sich davon.
Ki Silah erstieg den Baum, um sich den neuerworbenen Kopfbund zu holen. Als er aber die Hand danach ausstreckte, flog der Flughund fort. Ki Silah war hereingefallen.
»Elender Balg!« fluchte er. »Dieser Kabayan hat mich angeführt. Einen Flughund hat er für einen Kopfbund ausgegeben!«

61 *Kabayan wehrt den Regen ab*

Man weiß nicht mehr recht, wie es zugegangen war – irgendwann hatte sich plötzlich herumgesprochen, daß Kabayan den Regen abwehren könne. Das brachte ihm allerhand ein, denn man lud ihn oft zu Festlichkeiten, damit er für gutes Wetter sorge. Und zumeist erwarb er sich auch Dankbarkeit und kehrte mit den Taschen voll Geld heim.
Einmal wurde er wiederum zu einem Fest eingeladen, damit er den Regen abwehre. Am Himmel hingen schon dunkle Wolken, als er am Festhaus anlangte. Kaum hatte er die Treppe erreicht, begann es in Strömen zu gießen.
Kabayan zog sich eilends aus und sprang in Unterhosen in den Hof hinaus, rannte hin und her und schwang dabei seinen ererbten Kris gegen den Himmel. Doch der Regen strömte nur noch heftiger, und es zog ein Gewitter mit rollendem, grollendem Donner auf. Kabayan aber kehrte sich nicht daran. Er lief weiter umher und stieß mit seinem Kris zum Himmel hinauf. Schließlich ermattete er und schlüpfte wieder ins Haus hinein.
»Kabayan«, sagte der Hausherr, »was soll das heißen? Jetzt regnet es ja noch heftiger!«

»Hoho! Was wäre erst geschehen, wenn ich nichts dagegen getan hätte?« fertigte Kabayan ihn kurz ab.

62 *Kabayan fängt einen Hirsch*

Kabayan und sein Schwiegervater hatten einmal verabredet, daß sie eine Falle anlegen wollten, um einen Hirsch zu fangen.
»Pak!« sagte Kabayan. »Laß uns gemeinsam die Falle graben! Wenn wir Glück haben, gerät ein Hirsch hinein. Den greifen wir dann und schlachten ihn.«
»Ach, weißt du, grabe du nur allein! Ich stelle lieber eine Vogelschlinge auf«, meinte der Schwiegervater.
»Na, schön«, gab Kabayan zur Antwort, »aber fange ich wirklich einen Hirsch, bekommst du auch nichts von dem Fleisch ab!«
»Einverstanden, Kabayan! Dann kriegst du aber auch nichts von mir, wenn ich einen Vogel erwische.«
Am anderen Tag verließ der Schwiegervater schon in aller Frühe das Haus und sah nach seiner Vogelschlinge, ob sich vielleicht etwas darin gefangen hätte. Doch vergebens; er fand alles noch so vor, wie er es verlassen hatte. Dabei gewahrte er auch in Kabayans Falle einen großen Hirsch. ›Na, da habe ich aber Glück!‹ dachte der Schwiegervater, zog einen Strick um den Hals des Hirsches und hängte ihn damit an den Vogeldraht. Dann eilte er, so schnell er konnte, nach Hause zurück, um seinen Schwiegersohn zu wecken, der noch schlief.
»Kabayan, Kabayan, steh auf! Es ist schon lange Tag! Wir wollen doch nach Vogelschlinge und Falle sehen!«
Kabayan gähnte und rekelte sich. Endlich erhob er sich.
Als sie dort ankamen, wo der Schwiegervater die Vogelschlinge angebracht hatte, brach dieser in Freudenschreie aus: »Kabayan, sieh dir das an, sieh nur! In meiner Schlinge hat sich ein Hirsch gefangen!«

Kabayan schwieg still dazu, besonders weil er bemerkte, daß seine Falle leer war.

Die Frühstückszeit kam, aber Kabayan ließ sich nicht blikken. Wohin konnte er nur gegangen sein? Seine Frau begann sich zu sorgen. Sie befürchtete, ihm könne etwas zugestoßen sein. So sagte sie zu ihrem Vater: »Pak, wo ist Kabayan hingegangen? Frühstückt er heute nicht? Ich habe Angst, daß ihn ein Tiger gefressen oder ein Waldgeist erwürgt hat. Oder man hat ihn entführt und braucht ihn für die neuerbaute Brücke als Opfer!«

Weil er seine Tochter weinen sah, beeilte sich der Schwiegervater mit dem Frühstück und machte sich dann auf die Suche nach Kabayan. Er traf ihn schon bald dabei an, wie er am Flußufer gedankenvoll in die Strömung starrte.

»He, Kabayan, was machst du da? Frühstückst du denn gar nicht?«

»Sieh bloß, Pak! Ist das mit dem Flußwasser nicht seltsam? Sieh dir das nur an!«

»Was ist daran seltsam?«

»Na, sieh doch hin! Das Wasser fließt immerzu stromaufwärts ins Binnenland!«

»Ach, Kabayan, das ist ja unmöglich! Seit wann fließt denn Wasser zum Binnenland hin? Es muß ja stromab fließen!«

»Wieso ist das unmöglich, wenn sogar ein Hirsch mit der Vogelschlinge gefangen werden kann?«

Der Schwiegervater schämte sich und gestand schließlich offen seinen Betrug ein. Den Hirsch gab er Kabayan auch zurück. Aber aus Rache wollte Kabayan ihm nicht das kleinste Stück von dem Hirschfleisch abgeben. Er ließ ihm nur die Knochen übrig.

63 Kabayan löscht seinen Durst

An einem heißen Tag fühlte sich Kabayan von der Hitze und auch, weil er von weit her den Reis von der Sawah zum Haus des Schwiegervaters tragen mußte, ganz ermattet. So hielt er erst einmal bei einem Limonadenverkäufer an.

»Gib mir bitte ein Glas Limonade!«

Er erhielt es, trank es zur Hälfte leer und sagte dann: »Ach, weißt du, das ist zu süß, zu viel Sirup drin, gib bitte noch etwas Wasser daran!«

Der Limonadenhändler füllte in Kabayans Glas Wasser auf bis zum Rand. Wieder trank Kabayan halb aus. Dann begann er abermals:

»Ach, nun ist es zu viel Wasser! Gib bitte noch etwas Sirup dazu, damit man etwas davon schmeckt.«

Der Limonadenhändler erfüllt Kabayan auch diesen Wunsch. So ging es einige Male. Immer wenn das Glas zur Hälfte ausgetrunken war, bat Kabayan entweder um mehr Wasser oder um Sirup, bis sein Durst gestillt war.

»Ich danke dir, mein Lieber«, sagte Kabayan dann und wischte sich mit dem Handrücken die Lippen ab.

64 Kabayan pflückt eine Nangka

Kabayan war wieder einmal faul und bequem. Er wollte nur noch zu Hause herumbummeln. Sein Schwiegervater ärgerte sich über dieses Verhalten und schickte Kabayan in die Pflanzung. Dort sollte dieser eine Nangkafrucht pflükken.

»Suche aber eine aus, die schon groß genug ist, Kabayan!« schärfte ihm der Schwiegervater ein.

Mit bleischweren Füßen schlich Kabayan hin, erstieg dann den Baum und nahm eine reife Frucht ab.

Lange danach kehrte er mit leeren Händen zurück.

»Was ist los, Kabayan? Wo ist die Nangka?«
»Ist sie noch nicht hier, Pak?«
»Wie meinst du das: noch nicht hier?«
»Vorhin habe ich sie vorausgehen heißen.«
»Vorausgehen heißen? Wie das?«
»Wenn sie schon groß genug ist, kann sie den Weg hierher doch allein finden!«
Der Schwiegervater hörte sich halb lachend, halb verärgert die Antwort seines Schwiegersohns an. Dann eilte er, so schnell er konnte, zur Pflanzung, weil er befürchtete, daß andere sich die Nangka nehmen würden.

65 *Kabayan soll vom Schwiegervater überlistet werden*

Kabayan und sein Schwiegervater gingen, um Palmfasern zum Verkauf auf dem Markt zu holen. Als sie genügend davon zurechtgemacht hatten, mußten sie die Palmfasern erst noch nach Hause bringen. Kabayan aber mochte sich dazu nicht bequemen, besonders deshalb, weil er bemerkt hatte, daß sein Schwiegervater beim Einsammeln der Fasern nicht so fleißig wie er selbst gearbeitet hatte. Deshalb kroch er in das Bündel Fasern hinein. Der Schwiegervater bemerkte es nicht und glaubte, das sei ein ganz gewöhnliches Bündel Palmfasern. So trug er es mit den übrigen nach Hause. Erst dort bemerkte er die List seines Schwiegersohns. Nun sann er auf Vergeltung.
Tags darauf gingen beide wiederum Palmfasern holen, und jetzt versteckte sich der Schwiegervater in einem der Bündel. Kabayan hatte das jedoch beobachtet. Er rief einen vorübergehenden Mann an:
»Hallo, Onkel, könnt Ihr mir mal mit Streichhölzern aushelfen? Ich will dieses Bündel Palmfasern verbrennen. Es sind gar zu viele Raupen drin.«

Als der Schwiegervater das hörte, kroch er aus Angst, mit verbrannt zu werden, sofort heraus.

66 *Kabayan stiehlt eine Nangka*

Kabayan hatte eine Nangkafrucht gestohlen und wurde dabei vom Besitzer erwischt.
»He, Kabayan, du hast meine Nangka gestohlen!«
»Gar nicht wahr!«
»Jawohl, deine Lippen beweisen es! Sie sind klebrig vom Saft!«
»Wie kann das sein, wo ich sie mir doch eigens vorher noch mit Öl eingerieben habe!«

67 *Kabayan stiehlt Palmsaft*

Als Kabayan wieder einmal auf eine Palme kletterte, um deren Saft zu zapfen, ertappte ihn der Besitzer. Aber bevor dieser zu Worte kam, rief Kabayan hinunter:
»Bruder, weißt du vielleicht, ob das hier der Weg zum Himmel ist?«

68 *Affe und Schildkröte*

Die Schildkröte besaß einmal eine Ladang mit Bananenstauden. Immer, wenn die Früchte reiften, kam der Affe mit seiner ganzen Familie, um die Bananen zu pflücken und dann wieder in den hohen Bäumen zu verschwinden, wobei alle genüßlich schmatzten. Darüber ärgerte sich die Schildkröte natürlich. Sie bearbeitete die Ladang, sie setzte die Bananenstauden, und andere genossen die Früchte!
So grub sie eines Nachts ein tiefes Loch als Falle und steckte

spitze Bambusstöcke hinein. Am nächsten Morgen sah sie den Erfolg ihrer Mühen. Einer der Affen war in die Falle gestürzt und dabei umgekommen. Die Schildkröte nahm den toten Affen, verbrannte den Leichnam und zerstieß die Knochen, bis sie wie Kalk zum Betelbissen aussahen. Als sie dies vollbracht hatte, lud die Schildkröte den Affen und seine Familie ein, gemeinsam eine Selamatan zu begehen und darum zu beten, daß die Bananenstauden größeren Ertrag geben möchten. Der Affe nahm die Einladung an und erschien mit seiner ganzen Familie.

Nach dem Essen verteilte die Schildkröte an alle Affen Päckchen mit den Zutaten zum Betelbissen. Danach machten sich die Affen auf den Heimweg.

Aber sie hatten sich noch gar nicht weit entfernt, da hörten sie die Stimme der Schildkröte: »Laßt euch den Betelbissen mit dem Kalk aus Affenknochen gut schmecken!«

Die Affen fragten zurück: »Was sagst du?«

Die Schildkröte rief: »Ich sagte: Seid vorsichtig, damit nicht eins eurer Kinder vom Baum fällt!«

Kaum wollte die Affenfamilie weiterziehen, da rief die Schildkröte wieder: »Laßt euch den Betelbissen mit dem Kalk aus Affenknochen gut schmecken!«

Nun wurden die Affen mißtrauisch: »Vielleicht hat sie unseren Bruder ermordet und seine Knochen zu Kalk für den Betelbissen gestampft...«

Sogleich kehrten sie um und nahmen die Schildkröte gefangen. Sie bemerkten ein Astloch in einem Baum und wollte die Schildkröte hineinquetschen.

»Vielen Dank!« meinte die Schildkröte. »Dieses Haus paßt wirklich gut für mich!«

Da zerrten die Affen die Schildkröte sogleich wieder heraus und gedachten, sie mitten in das Alang-alang-Gras zu werfen. Nun bat die Schildkröte weinend um Gnade. Aber darüber freuten sich die Affen nur und warfen die Schildkröte wirklich in das Alang-alang-Gras. Kaum fühlte sich die

Schildkröte frei, sagte sie wieder: »Ach, als Bleibe für mich paßt dieses Alang-alang-Gras besser als der Baum!«
Daraufhin fingen die Affen die Schildkröte erneut ein und beschlossen nun, sie ins Wasser zu werfen. Wieder bat die Schildkröte weinend um Erbarmen. Als sie dies hörten, schleuderten die Affen die Schildkröte wirklich ins Wasser. Natürlich fühlte sie sich im Fluß am wohlsten. Rasch verbarg sie sich zwischen den Steinen im Flußbett.
Da die Affen sie wieder einfangen wollten, biß die Schildkröte sie alle in die Hände, so daß sie schließlich vor Schmerzen schrien. Nun bat die Affenfamilie einen Zwerghirsch um Hilfe, der gerade zur Tränke kam. Er sollte das Wasser des Flusses austrinken. Diese Bitte konnte der Zwerghirsch natürlich nicht erfüllen.
Seitdem blieben die Schildkröte und ihre Ladang mit den Bananenstauden von den Affen unbehelligt, denn sie fühlten sich der listigen Schildkröte unterlegen.

69 *Elefant und Ameise*

Eines Tages feierte der Ameisenkönig das Hochzeitsfest seiner Tochter. An alle Ameisen waren Einladungen ergangen, zu einer ausgedehnten Wiese zu kommen, wo das Fest stattfinden sollte. Und alle Ameisen aus allen vier Windrichtungen versammelten sich nun auf dieser Wiese.
Da kam zufällig der König der Elefanten dort vorüber. Als er die fröhlich lärmenden Ameisen erblickte, fragte er zornig, was für einen Aufruhr sie denn da vollführten. Die Ameisen antworteten, sie seien herbeigeeilt, um an dem Hochzeitsfest der Tochter des Ameisenkönigs teilzunehmen. Mit groben Worten beleidigte der König der Elefanten den Ameisenkönig, den er ein winziges Tier niedriger Abkunft nannte, das sich aber aufspielen wolle, als herrschte es allein über die Welt. Allen anwesenden Ameisen drohte

er, sie totzutreten, falls sie nicht augenblicklich auseinandergingen.

Wütend hörte sich der Ameisenkönig diese Rede des Königs der Elefanten an, die ihm die versammelten Ameisen hinterbrachten. Unverzüglich suchte er den Elefantenkönig auf und erklärte ihm den Krieg. Höhnend nahm dieser die Herausforderung an.

Nun rief der König der Ameisen seine Untertanen zusammen und befahl ihnen, unter der Wiese einen tiefen Graben auszuheben als Vorbereitung für die Schlacht.

Am festgesetzten Tag strömten sowohl das Ameisenheer als auch die Elefantenscharen zum Schlachtfeld. Der Kampfplatz war schwarz von Ameisen. Der Urwald zitterte vom Stampfen der Tausende von Elefanten.

Als die Affen den Aufmarsch der beiden Heere bemerkten, fragten sie, was es denn für einen Anlaß für die Kriegsvorbereitungen gebe. Der Ameisenkönig erwiderte, er habe dem Elefantenkönig den Krieg erklärt, weil er von ihm beleidigt worden sei. Die Affen erinnerten jedoch daran, daß kein einziges Tier im Urwald ohne Zustimmung des Großkönigs streiten oder kämpfen dürfe. Beide Gegner gaben zu, daß ein solches Gesetz bestand, und einigten sich, die Schlacht um einen Tag zu verschieben, damit sie vom Großkönig des Urwalds die Erlaubnis erhielten. Darauf begaben sich die beiden Könige zum Zwerghirsch, dem gewählten Großkönig, und trugen ihm ihren Fall vor. Nachdem dieser beide Seiten angehört hatte, schlug er vor, die Auseinandersetzung friedlich zu beenden. Doch weder der Ameisenkönig noch der König der Elefanten wollte nachgeben. Dies führte dazu, daß der Großkönig zusagte, Schiedsrichter in der Schlacht zu sein, damit der Kampf gemäß den Gesetzen und dem Adat des Urwalds ausgetragen werde.

Am nächsten Morgen befahl der Ameisenkönig den stärksten und giftigsten Ameisen, sich in dem Graben zu verstecken und dort den Elefanten aufzulauern, die den Angriff begin-

nen würden. Der Rest des Ameisenheeres stand am Rand des Grabens und reizte die Elefanten mit Verspottungen und Beleidigungen.
Wutentbrannt griffen alle Elefanten gleichzeitig ihre Gegner blindlings an. Als sie an die Stelle gelangten, wo die Ameisen unter der Wiese den Graben ausgehoben hatten, stürzten sie in diese Falle hinein. Sogleich folgten die Ameisen und fielen über die Elefanten her. Sie krochen ihnen in die Ohren und in die Rüssel, bissen da und dort, bis endlich alle Elefanten an den giftigen Bissen zugrunde gingen.
Daher soll man auch nicht Menschen beleidigen, die man für geringer oder schwächer hält, denn wenn die Schwachen sich vereinigen, wird ihre Stärke die der größten Riesen auf der Welt übertreffen.

70 *Zwerghirsch und Krokodil*

Seit er den Tiger getötet hatte, der über der Höhle im Baum auf einem Zweig aufgespießt hing, irrte der Zwerghirsch ziellos umher. Nun hatte er keine Bleibe mehr, denn die Höhlung des Baumes, bisher sein Lager, konnte er wegen des toten Tigers ja nicht benutzen. Zum Unglück regnete es auch noch heftig, und der Zwerghirsch suchte um so verzweifelter nach einem geschützten Platz. Er fühlte sich schuldig, weil er ein Lebewesen getötet hatte, bereute es aufrichtig und empfand, daß er dieser Sünde wegen ein so schwieriges und peinvolles Dasein führen mußte. Er mühte sich, einen Schlupfwinkel zu finden. Doch wohin er sich auch wandte, immer fürchtete er, daß Feinde ihn umlauerten, nämlich die Jungen des getöteten Tigers. Überall glaubte er sein Leben bedroht.
Nach einiger Zeit gelangte er an das Ufer eines Flusses. In seiner Besorgnis paßte er nicht auf und trat mit den Vorderbeinen schon ins Wasser. Nur mit den Hinterbeinen stand er

noch fest auf dem Ufer. Gedankenverloren plätscherte er im Wasser. Auf einmal erschrak er fürchterlich. Ein Krokodil hatte sein Vorderbein gepackt. Sich loszureißen und das Bein zu befreien, schien unmöglich. So verhielt er sich zunächst still und bewegte sich kein bißchen, sondern suchte nach einer List, um dieser Todesgefahr zu entrinnen.

»Jetzt bist du verloren, Zwerghirsch! Ich bin hungrig. Schon tagelang habe ich nichts mehr gefressen. Nun kamst du zufällig hierher, und ich werde dich auch sogleich verschlingen«, erklärte das Krokodil, das des Zwerghirschs Vorderbein festhielt.

»Was sagst du da, Krokodil?« fragte der Zwerghirsch gefaßt. »Mich willst du verschlingen?«

»Jawohl«, gab das Krokodil zurück. »Schon lange habe ich nichts mehr zu fressen gehabt, und nun bringst du mir so zufällig Fleisch her!«

Der Zwerghirsch empfand wohl Schmerzen, ließ sich aber nichts anmerken. Er tat, als ob nichts geschehen wäre, damit er seinen Plan, wie er dem Tode entgehen wollte, ausführen konnte.

»Wenn du mich doch fressen willst, warum verschlingst du mich nicht sofort?« fragte der Zwerghirsch.

»Halte ich etwa nicht dein Vorderbein gepackt?«

»Vorderbein? Mein Vorderbein gepackt?« spottete der Zwerghirsch lachend. »Du bist wahrhaftig ziemlich dumm, du Krokodil! Kannst nicht einmal eine Baumwurzel von meinem Vorderbein unterscheiden! Schön und gut! Laß dir nur schmecken, was du da festhältst – ich mache mich auf und davon!«

Das Krokodil meinte, es könnte den Worten des Zwerghirschs Glauben schenken, und dachte, es habe wirklich eine Baumwurzel zwischen den Zähnen, wie es der Zwerghirsch behauptete. So öffnete es seinen Rachen und versuchte, nach dem Hals des Zwerghirschs zu schnappen. Aber im gleichen Augenblick, da er sich vom Biß des Krokodils frei fühlte,

sprang der Zwerghirsch auch schon eilig auf das Trockene. Ohne sich umzusehen, lief er, der tödlichen Gefahr glücklich entronnen, so schnell er konnte, davon.
Da merkte das Krokodil, daß der Zwerghirsch es geprellt hatte, und drohte, ihn zu töten, wann immer es ihm begegne. Sodann erzählte es seinen Artgenossen von der Verschlagenheit des Zwerghirschs. Darauf kamen alle Krokodile überein, daß sie einander sogleich wissen lassen sollten, wenn eines dem Zwerghirsch begegne, damit sie ihn gemeinsam jagen könnten. So listig auch der Zwerghirsch war, würde man ihn doch besiegen, wenn man ihn vereint überfalle.
Eines Tages fühlte sich der Zwerghirsch recht schläfrig. Es herrschte gerade Trockenzeit und drückende Hitze. Alle Flüsse waren ausgetrocknet. Der Zwerghirsch lief umher auf der Suche nach einem kühlen Plätzchen zum Schlafen. Inmitten eines Flußbettes lag ein großer, flacher Stein. Vielleicht eignet sich dieser Ort für einen erholsamen Schlummer. Der Zwerghirsch brauchte wegen des ausgetrockneten Flußbettes nicht zu schwimmen. Ohne Mühe gelangte er zu dem Stein. Sowie er dort oben lag, schlief er fest ein.
In dieser Zeit ging am Oberlauf jenes Flusses ein heftiger Regen nieder, dem eine gewaltige Überschwemmung folgte. Daher füllte sich das soeben noch trockene Flußbett schnell mit Wasser, das auch den Stein umspülte, auf dem der Zwerghirsch schlief. Bald glich der Stein einer kleinen einsamen Insel inmittel des breiten Flusses.
In der großen Wasserflut wimmelte es jetzt von Krokodilen. Eines von ihnen entdeckte den schlummernden Zwerghirsch und berichtete es allen anderen. Da fanden sich schnell Dutzende von Krokodilen ein und drängten sich dicht um den Stein zusammen. Der Zwerghirsch aber schlief so fest, daß ihn nicht einmal die nahende Wasserflut weckte.
Als er jedoch aus seinem Schlaf erwachte, erschrak er fürchterlich. Er sah, daß er ringsum vom Wasser eingeschlossen war und nicht mehr von dem Stein zum Ufer gelangen

konnte; und noch viel mehr erschrak er, als er rundum die aufgesperrten Krokodilrachen gewahrte.

›Jetzt gibt es wirklich keine Rettung mehr‹, dachte er . ›Das kommt davon, daß ich damals das Krokodil überlistet habe. Diesmal werde ich dem Tode nicht entrinnen, da zwei große Gefahren mich gleichzeitig bedrohen: die Überschwemmung und die Krokodile. Selbst wenn die Krokodile mich verschonten, würde ich doch in den Wasserfluten zugrunde gehen. Welche List könnte mich bloß aus diesen Gefahren retten?‹

Der Zwerghirsch verhielt sich still und wagte sich nicht zu rühren.

»He, Zwerghirsch«, rief das Krokodil, das er damals geprellt hatte. »Jetzt kommst du nicht wieder davon! Diesmal kannst du nicht entwischen!«

»Ich habe auch gar nicht die Absicht zu fliehen«, gab der Zwerghirsch zurück. »Ich habe eingesehen, daß ich falsch gehandelt habe, als ich dich damals betrog. Das Bewußtsein meiner Schuld hat mich tagtäglich gequält. Ich fand kein ruhiges Dasein mehr, weil mich beständig dieses Gefühl verfolgte. Aus diesem Grund bin ich hierhergekommen, denn ich wollte mich dir ausliefern. Sicherlich ist es mir von Allah bestimmt, von einem Krokodil gefressen zu werden. So hat es mir nichts genützt, daß ich mich damals von deinem Biß befreite, da ich nun sowieso einem deiner Gefährten zum Opfer fallen werde. Was also hat es für einen Sinn für mich, das Sterben hinauszuschieben, wenn mich am Ende doch ein Krokodil verschlingt?«

Der Zwerghirsch hielt einen Augenblick inne, dann fuhr er fort in seiner Rede: »Aber weshalb bist du jetzt mit so vielen Artgenossen hierhergekommen?«

»Wir wollen dich gemeinsam auffressen«, antwortete das Krokodil.

»Ach, das ist ja schrecklich!« seufzte der Zwerghirsch.

»Warum?«

»Ich möchte nicht auf diese Art zum Zankapfel werden. Es wäre mir lieber, wenn du allein mich fressen würdest. Daher ist es besser, du schickst deine Gefährten einfach weg.«
»Nein, das geht nicht! Ich habe sie ja gerade aufgefordert, mit mir zusammen hierherzukommen, damit wir dich gemeinsam verspeisen.«
»Warum das? Womöglich hattest du Bedenken, daß ich mich wieder mit einer List wie damals befreie? Das hast du doch gedacht, nicht wahr?«
»Ja, natürlich.«
»Du siehst, daß diese Vermutung ganz falsch war. Du hast es nicht nötig, mich mühsam aufzustöbern. Ich selbst habe mich dir bereitwillig ausgeliefert. Aber wie machen wir es denn nun? Deine Gefährten sind allzu viele, und mein Körper ist so klein. Er kann ja nicht einmal dich satt machen, geschweige denn deine vielen Artgenossen. Du wirst am Ende mit deinen Gefährten noch um mein Fleisch kämpfen, um etwas davon zu erwischen. Hättest du eine Waage mitgebracht, könntest du jedem gleiches Gewicht geben und mein Fleisch gerecht verteilen.«
»Ja, das stimmt!« gab das Krokodil zu. »Sogar ich werde es nicht fertigbringen, ganz gerecht zu teilen.«
»Nun, es ist wahr, daß gerecht zu teilen keine einfache Aufgabe ist«, fuhr der Zwerghirsch fort. »Teilst du ungerecht, werden deine Gefährten dagegen Einspruch erheben, und es ist sehr wahrscheinlich, daß es deshalb noch zum Kampf zwischen dir und deinen Freunden kommen wird.«
»Ja, das ist richtig. Was du sagst, stimmt voll und ganz«, bestätigte das Krokodil. »Wie wäre es, wenn du selbst die Verteilung besorgtest?« schlug es dann vor. »Auf diese Weise ginge es vielleicht gerecht dabei zu.«
»Bist du denn einverstanden, und sind es auch deine Gefährten, wenn ich selbst diese Aufgabe übernehme?« fragte der Zwerghirsch.
»Ja, wir sind einverstanden«, antwortete das Krokodil.

»Steht es so, dann gut!« sagte der Zwerghirsch entschieden. »Aber ihr müßt euch alle dann an meine Anordnungen halten! Stimmt ihr auch dem zu?«

»Einverstanden, ja!« riefen alle Krokodile zugleich. »Wir richten uns nach deinem Gebot. Hauptsache ist, du teilst ehrlich!«

»Natürlich bemühe ich mich, das so gerecht wie nur möglich zu tun!« sprach der Zwerghirsch. »Laßt uns unverzüglich beginnen! Reiht ihr Lieben euch nur alle auf – von hier bis dort zum Ufer, damit ich euch leicht zählen und danach ehrlich teilen kann!«

Die Krokodile gehorchten und bildeten von dem Stein an, wo der Zwerghirsch stand, bis nahe zum Flußufer eine lange Reihe. Nun begann der Zwerghirsch mit der Ausübung seines Amtes. Zuerst sprang er auf den Kopf des Krokodils, das ihm am nächsten lag, und rief dabei: »Na, du bekommst meine linke Kopfhälfte als Anteil!«

Dann hüpfte er auf das zweite und versprach: »Du erhältst die rechte Kopfhälfte.« Von dort sprang er auf den Kopf des dritten Krokodils und sagte: »Du bekommst meinen Hals als Anteil!«

So ging es weiter. Das vierte Krokodil sollte das linke Vorderbein erhalten, das fünfte das rechte Vorderbein. Schließlich kam der Zwerghirsch auf dem Kopf des letzten Krokodils an, das dem Ufer am nächsten lag. Da rief er aus: »Und du hast das meiste Glück, du bekommst als Anteil meinen Kot!« Mit diesen Worten ließ er etwas fallen, dem Krokodil genau auf die Schnauzenspitze, und rettete sich eilig ans Ufer. Dann lief er, so schnell er es vermochte, davon.

So befreite sich der Zwerghirsch abermals aus Todesgefahr.

71 *Wie der Zwerghirsch seine Feinde überlistete*

Es herrschte damals eine außerordentlich lange Trockenzeit. Fast alle Bewässerungsgräben, Abflußkanäle und Nebenflüsse trockneten aus und wurden von der Hitze rissig. Alle Blätter der Bäume verwelkten und vergilbten. Der Boden wurde so trocken, als ob jedes Leben in ihm erstorben wäre. Weit und breit sah man nicht einen grünen Grashalm oder ein grünes Blatt. Das ausgedehnte Grasland, das gewöhnlich saftig grün schimmerte, glich nun einer weiten, trockenen, gelblichen Ebene, in der alles in Totenstarre lag. Ein höchst trauriger Anblick bot sich dem Betrachter. Und dazu sandte die Sonne mitleidlos ihre glühenden Strahlen herab – vom Morgen bis zum späten Nachmittag.

Ein Zwerghirsch trabte sorgenvoll mitten durch die weite Ebene und hoffte, er werde bald zu einem Flüßchen gelangen. Ein solcher Wasserlauf würde dem durstigen Tier Rettung bringen. Es wäre ein großes Glück, wenn dessen Quelle in großer Tiefe läge, weil er dann nicht so schnell austrocknete.

Der Zwerghirsch hatte in der Tat unter der glühenden Sonnenhitze zu leiden. Staub bedeckte sein schönes, gelbes Fell über und über.

Auch der kleine Teich, der ihm als Tränke gedient hatte, zeigte sich statt von grünem Gras umgeben jetzt inmitten vertrockneter, verwelkter Blätter und Gräser. Der Zwerghirsch empfand großen Hunger und tiefe Ermattung, doch am meisten quälte ihn der maßlose Durst. Aber an einem Flüßchen würde er genug Wasser finden und sich an frischem Gras satt fressen. Wieder bei Kräften, würde er einen sicheren Ort suchen, um sich auszuruhen und zu erholen. Die Hoffnung ermutigte ihn, die Suche fortzusetzen. Er mußte alle Kraft zusammennehmen. Vielleicht wäre er auch langsamer gelaufen, hätte er sich nicht der Hitze entziehen wollen, die höllischem Feuer gleichkam. Oftmals versammelten sich zu dieser Jahreszeit die verschiedensten Tiere an jenem Platz. Sie zogen dorthin, um ihren Durst zu stillen und den Magen mit weichem, zartgrünem Gras zu füllen. Gewöhnlich fanden sich dort Elefanten ein, Nashörner, Pferde, Esel, Ziegen, Schafe, Hirsche, Zwerghirsche und andere. Aber jetzt erblickte er nicht ein einziges Tier. Scharenweise hatten sie den Ort verlassen und andere Stellen aufgesucht, wo sie ihr Leben fristen konnten, ohne Hunger und Durst leiden zu müssen.

Eines Tages würde auch für ihn, den Zwerghirsch, die Zeit kommen, in fremde Gegenden zu wechseln, obwohl er diese Wildnis sehr liebte, wo er geboren war. Ein wahres Glück, daß er bei seinem Umherstreifen schon einmal diese Wasserstelle gefunden hatte, die ihm nun Rettung bringen sollte.

Aber was bewegte sich plötzlich zwischen den Sträuchern? Immer deutlicher wurden Umrisse sichtbar. Obendrein ließ sich ein Rascheln vernehmen. Der Zwerghirsch zitterte am ganzen Körper. Ein wohlgenährter, kräftiger Wildhund kam auf ihn zu.

Aber auch rechts von ihm bewegte sich etwas auf einem Ast. Ein sehr abgemagerter Panther mit funkelnden Augen lauerte dort. O Allah! Welch Unglück für den Zwerghirsch! Der blutgierige Wildhund näherte sich ihm Schritt für Schritt.

Ganz deutlich erkannte der Zwerghirsch dessen bösartiges, spitz zulaufendes Gesicht, die kurzen Vorderpfoten und die langen Hinterbeine, ja auch das gefleckte, dichte Fell. Auch er ging vorwärts, während er die Schritte des Wildhundes beobachtete. Der Zwerghirsch befand sich jetzt in einer höchst gefährlichen Lage. Er wandte den Kopf mit den spitzen, geraden Hörnern dem Wildhund zu. Dann richtete er ihn mißtrauisch nach oben, dem Panther zu, um sich vor den Angriffen beider Raubtiere zu schützen.

Da sprang der Panther herab und stand nun dem Wildhund genau gegenüber. Erst jetzt bemerkte dieser, daß noch ein anderes Tier dem Zwerghirsch auflauerte. Er zog die Lippen hoch und ließ seine scharfen Zähne sehen. Sein Nackenfell sträubte sich, und wütend starrte er den gleich großen Panther an. Der fletschte ebenfalls die Zähne und brüllte fürchterlich. Wenn jetzt der Kampf zwischen beiden losbrach, ließ sich noch nicht absehen, wer daraus als Sieger hervorgehen würde. Dabei standen die drei Tiere in geringer Entfernung voneinander eine Weile still, und jedes verfolgte argwöhnisch die Bewegungen der anderen.

Was sollte der Zwerghirsch tun, um sich vor dem Tod zu retten? Sollte er den Angriff der beiden abwarten, mit seinen Hörnern um sein Leben kämpfen oder fliehen, so schnell er konnte? Das Herz klopfte ihm zum Zerspringen. Floh er, würden der Wildhund und der Panther ihn doch verfolgen und jagen, bis er vor Erschöpfung tot umfiel. Aber stehenzubleiben und gegen seine Feinde den Kampf aufzunehmen, bedeutete ebenfalls, sich darein zu ergeben, daß er von den beiden Raubtieren aufgefressen wurde. Nur eine List vermochte ihn davor zu bewahren! Mit seinen sanften, aber klaren Augen verfolgte er genau jede Regung seiner beiden Feinde.

Auf einmal begann der Zwerghirsch mit bewegter Stimme zu sprechen: »Ach, meine Brüder, seit vielen Tagen sehe ich euch zum erstenmal.«

»Das kann ich wohl auch sagen!« antwortete der Wildhund mit gefletschten Zähnen. »Deshalb bin ich sehr erfreut über diese Begegnung.«

Der Panther und der Wildhund lachten ein wenig und rückten dem Zwerghirsch einen Schritt näher, der zwei Schritte zurückwich.

»Ganz richtig!« rief der Wildhund wieder. »Diese unheilvolle Trockenzeit dauert wahrhaftig schon lange. Etwas so Schreckliches habe ich noch nie erlebt, solange ich mich erinnern kann. Nur meine Großeltern haben einmal von einer ähnlich schwierigen Zeit erzählt, aber das liegt schon weit zurück. Maschallah, alles, was läuft, kriecht oder fliegt, ist geflüchtet! Nicht einmal eine Fliege ist mehr zu sehen. Jetzt muß ich mir schnell andere Jagdgefilde suchen. Aber natürlich freue ich mich sehr, eine so prächtige Mahlzeit zu bekommen!«

Der Wildhund leckte sich die Lefzen, als schmecke er den Leckerbissen schon. Still und reglos hörte sich der Panther dieses Geschwätz an und tat, als hörte und sähe er nichts. Wiederum trat der Wildhund einen Schritt vor, und abermals zog sich der Zwerghirsch zwei Schritte zurück.

Nun erst ließ der Panther seine Stimme vernehmen. Nach einem schreckenerregenden Gebrüll sprach er: »Du hast wahr gesprochen, Wildhund! Wir sind ganz sicher einer Meinung. Ich habe wirklich großes Glück gehabt, daß ich zuerst von meinem hohen Ast aus den jungen Zwerghirsch, meine Beute, entdeckt habe. Wenn du mir nun Ehre erweisen willst und weißt, was sich gehört, so laß mich fressen. Ich bin der erste, der auf ihn ein Recht hat. Ich werde dir auch seine Knochen übriglassen.«

»Was sagst du? Du führst wahrhaftig bissige Reden!« schimpfte der Wildhund zornig. »Ich will mich mit dir über diese Frage nicht streiten. Aber ich werde dir etwas sagen, und du sollst gut zuhören! Ich erkenne nur ein Recht an: das Recht, das für die weiten Ebenen und auch für den Urwald gilt, nämlich das Recht des Stärkeren!«

»Ach, so ist das? Dann werden wir also kämpfen!« fauchte der Panther und entblößte sein Gebiß bis zu den scharfen Reißzähnen. »Und zwar auf Leben und Tod!«

Unterdessen sprang der Wildhund an die Stelle, von der sich der Zwerghirsch soeben einige Schritte zurückgezogen hatte. Keuchend vor Angst und mit zitternden Beinen stand er in einiger Entfernung von den beiden Raubtieren da.

Der Panther geriet über das Verhalten des Wildhundes in Wut und griff ihn sogleich an. Es gelang ihm, dessen Hinterteil zu packen. Aber der Wildhund konnte sich fest in des Panthers

Nacken verbeißen. Ein heftiger Kampf entbrannte. Beide Raubtiere gebrauchten ihre scharfen, kräftigen Reißzähne, mit denen sie sogar starke Knochen zermalmen. Der Kampf ging mit wechselndem Glück weiter – einmal lag der Panther unten, dann der Wildhund. Von den tiefen Bissen und Hieben waren ihre Felle ganz blutüberströmt.

Unterdessen aber sprang der Zwerghirsch beiseite – ein, zwei, drei Schritte, dann blieb er wieder stehen. Nochmals tat er einen Schritt, und als er sich weit genug vom Kampfplatz entfernt hatte, floh er mit Windeseile von diesem gefährlichen Ort. Der Panther konnte ihn nicht mehr verfolgen, allenfalls noch der Wildhund.

Aber als er sich umschaute, zeigte sich keines der beiden Raubtiere. Der Zwerghirsch beschleunigte seine Flucht noch mehr und raste pfeilschnell auf die weite Ebene hinaus. Um seine Verfolger irrezuführen, floh er in einem weiten Bogen. Endlich erblickte er von weitem ein grünes Wäldchen und Strauchwerk in der Nähe des gesuchten Wasserlaufs. Es war höchste Zeit, wenn er nicht vor Durst und Erschöpfung tot umfallen sollte. Sein Atem ging keuchend, sein völlig mit Staub, Schweiß und blutenden Wunden bedecktes Fell juckte. Er verminderte seinen Lauf und spähte vorsichtig nach rechts und links in die Umgegend. Zum Glück schien keine Gefahr zu drohen. Deshalb lief er auf das Flüßchen zu. Dort angelangt, trank er und stillte an der Quelle seinen Durst. Das kühle Naß umspielte seine Beine und erfrischte seinen ganzen Körper. In der wunderschönen Umgebung der Quelle wuchsen überall wohlriechende Blumen und üppiggrüne Pflanzen. Aber der Zwerghirsch durfte sich nicht lange an der Schönheit der Natur erfreuen. Er mußte rasch frisches Gras äsen und wieder zurücklaufen in die weite Ebene. Denn dort drohte ihm weniger Gefahr als in diesem Waldstück, wo leicht Raubtiere aus dem dichten Gesträuch hervorbrechen konnten, die von der nicht ausgetrockneten und stets kühlen Quelle angelockt wurden. Obendrein gab es im Urwald Tiger, diese gefürchteten Könige der Wälder. Der Zwerghirsch gehörte hinaus in die weite Ebene, wo er herankommende Feinde schnell zu erspähen vermochte.

Er zog bis an den Rand des offenen Flachlandes und fraß unter einem hochaufragenden Baum weiches, grünes Gras. Dabei versäumte er nicht, den Urwald und das Waldstück aufmerksam zu beobachten.

Während er so dahinzog, richteten sich seine Hoffnungen darauf, daß doch seine beiden Feinde, der Wildhund und der Panther, sich so heftig bekämpfen möchten, daß sie lebensgefährliche Wunden davontrügen. Dann würden sie keine Neigung mehr verspüren, ihn zu verfolgen. Die beiden Raubtiere handelten doch überaus töricht. Sie hätten sich nur einigen müssen, ihre Beute zu teilen. Nun würden sie, wenn nicht tödliche, so doch schwere Wunden davontragen.

Der Zwerghirsch legte sich unter den schattenspendenden Baum, um sich auszuruhen. Wenn er sich wieder frisch fühlte, wollte er an seinen alten Standplatz, in das weite Flachland zurückkehren. Er konnte kaum noch seine Erschöpfung bezwingen. Die Augen drohten ihm zuzufallen. Doch ein plötzliches Geräusch ließ ihn hochschrecken und sogleich aufspringen.

In der Ferne bemerkte er hin und her schwankende Äste. Kam dort der Panther? Hatte er richtig gesehen?

Tatsächlich, er irrte sich nicht. Da näherte sich der Panther wieder. Und draußen auf der Ebene bewegte sich auch das Alang-alang-Gras. Richtig, dort kam der Wildhund angehinkt. Viele blutverschmierte Wunden hatten sein dichtes Fell zerfetzt. Das linke Ohr war abgebissen, und die Wunde blutete heftig.

Auch der Panther sah böse zugerichtet aus. Er lag auf einem Ast und wartete ab. Aus vielen großen Rissen und Bissen floß ihm noch immer das Blut.

Rasch verbarg sich der Zwerghirsch im dichten Unterholz.

Auf einmal vernahmen der Panther und der Wildhund das fürchterliche Gebrüll des Tigerkönigs, das die Luft erschütterte. Das drohende Brüllen erscholl aus Farnbüschen und stachelbewehrten Sträuchern, wie sie im Urwald kreuz und quer durcheinanderwachsen. Darauf folgte ein Rascheln der Pflanzen und schwere, schleichende Tritte.

»Hallo! Du, Wildhund, und du da oben! Warum sucht ihr eure Beute in meinem Jagdgebiet? Verlaßt diesen Ort augenblicklich, sonst gebrauche ich meine Krallen!«

Der Wildhund und der Panther saßen da wie angenagelt. Das mußte der Tigerkönig sein, der da in der Abenddämmerung auf Jagd nach Beute ausging.

»Na, ihr rührt euch ja noch immer nicht!« ertönte wieder die Stimme aus den Farnbüschen. »Ich werde euch lehren ...«

Zugleich mit dieser Drohung ließ sich ein Rascheln vernehmen. Obgleich der Wildhund hinkte, rannte er wie der Blitz davon. Auch der Panther schlich sich beiseite.

Der Zwerghirsch, der diese Auseinandersetzung von weitem mit angehört hatte, blinzelte einen Augenblick lang in die untergehende Sonne. Dann lief er gleich dem geflohenen Wildhund in das Flachland hinaus. Es wurde hohe Zeit für ihn, denn vielleicht würde sonst der Tigerkönig auch ihn noch aufspüren.

Glücklicherweise war es ihm gelungen, seine beiden Feinde anzuführen.

72 *Vom Reiher und den Fischen*

Es lebte einmal ein Reiher an einem Teich, in dem es viele Fische gab. Tag für Tag fing sich der Reiher dort einen Fisch. Eines Tages kam der Reiher auf den Gedanken: ›Wenn ich viele Fische auf einmal fangen könnte, würde ich bestimmt immer satt werden.‹

Wie konnte er das anfangen?

Er erhob sich in die Luft und flog weit weg von dem Teich, bis er plötzlich einen großen See erblickte.
›Ha, jetzt habe ich's!‹ dachte er und lachte in sich hinein. Dann kehrte er zu seinem Standplatz zurück.
»Hallo, Reiher! Wo bist du denn gewesen?« fragten alle Fische gleichzeitig. Der Reiher antwortete: »Geduldet euch nur ein Weilchen, dann werde ich es euch erzählen. Es ist eine sehr bemerkenswerte Geschichte und höchst bedeutungsvoll für euch alle!«
Die Fische gerieten in Unruhe, denn sie warteten sehr gespannt auf die Geschichte des Reihers, ihres Nachbarn. Alle versammelten sich, und der Reiher begann zu berichten: »Ich war weit weg von hier, im Süden. Dort habe ich einen riesengroßen See mit ganz klarem Wasser gesehen. Aber nicht das ist das Wichtigste. Etwas anderes ist viel wichtiger!«
»Und was ist das?« fragten alle Fische zugleich.
»Nun, als ich hierher zurückkehrte, bemerkte ich einige Menschen, die sich eifrig miteinander unterhielten. Was ich erlauschte, war folgendes: ›Sobald wie möglich wollen wir uns an die Arbeit machen und den Teich zuschütten. Vergeßt nicht, die Bambuskörbe mitzubringen, denn es gibt viele Fische im Teich!‹ Ich erschrak, als ich diese Rede vernahm. Denn sie meinten gewiß keinen anderen Teich als den unsrigen. Das jedoch bedeutet, daß sie uns alle umbringen wollen. Denn wenn ihr alle tot seid, muß auch ich sterben.«
Der Reiher begann jämmerlich zu weinen, tat dies aber aus reiner Heuchelei. Die Fische hörten voller Bestürzung die Geschichte des Reihers an. Was sollten sie tun, um der drohenden Todesgefahr zu entgehen? Sie mußten ihren Aufenthaltsort, den Teich verlassen und sich einen anderen Platz zum Leben suchen. Die Ältesten unter den Fischen hielten in der Mitte des Teiches Rat und besprachen diese schwierige Angelegenheit.
»Nun, wer unter uns weiß einen Ausweg?« fragte einer. Alle schüttelten den Kopf. »Ha! Vielleicht kann der Reiher uns

helfen?« meinte ein anderer aus der Menge der Fische. Und sie schwammen los, um den Reiher aufzusuchen.
»Reiher, wenn es zutrifft, was du uns gerade berichtet hast, ist uns allen der Tod gewiß. Weißt du einen Weg, wie wir uns retten können? Wir haben uns bemüht, einen Ausweg aus der Gefahr zu finden, aber es ist uns nicht gelungen. Du weißt ja, wir vom Volk der Fische können nicht wie du an einen anderen Ort fliegen. Deshalb bitten wir dich jetzt mit aller Ehrerbietung um deine Hilfe.«
Hoffnungsvoll blickten die Fische zum Reiher auf. Man konnte sie alle an der Oberfläche des Wassers sehen. Sie vertrauten auf seine Hilfe. Der Reiher erfaßte die Lage und verbarg ein höhnisches Lächeln. ›Es wird mir ganz leichtfallen, die dummen Fische irrezuführen.‹ Er schluckte, denn das Wasser lief ihm schon im Schnabel zusammen. ›Oh, das wird ein Genuß!‹ Er schmeckte bereits das köstliche, zarte Fleisch der Fische auf der Zunge. Dann sprach er mit sanfter, leiser Stimme, voll Mitgefühl: »Ach, meine Freunde, nicht ihr allein seid in Gefahr, sondern auch ich. Denn wir alle haben das gleiche Schicksal. Und daher tun wir uns besser zusammen, um der Bedrängnis zu entgehen. Ist es nicht so, meine Freunde?«
Die Fische nickten.
»Nach meiner Meinung ist der beste Weg so: Wie ich schon berichtet habe, befindet sich weit von hier ein großer See. Nun, ich denke, darin könntet ihr alle friedlich leben. Außerdem bietet er wegen seiner Größe mehr Bewegungsfreiheit. Wie denkt ihr darüber? Seid ihr bereit, meine Freunde, dorthin zu ziehen?«
»Natürlich sind wir bereit«, antworteten alle Fische auf einmal. »Aber wie sollen wir zum See gelangen? Zu Lande nicht, denn wir können ja nur im Wasser schwimmen. Das weißt du selbst genau. Deshalb bitten wir dich um Hilfe! Gib uns einen Rat, auf welche Weise wir dahin übersiedeln können!«
Der Reiher tat, als ob er ernsthaft nachdächte, und meinte

dann: »Ihr Fische, meine Freunde, diese Sache ist wirklich höchst schwierig. Dennoch weiß ich einen einfachen Weg.«
»Welchen Weg? Sag es uns nur frisch heraus, damit uns Rettung zuteil wird!« antworteten die Fische hoffnungsfroh. Sie rückten immer dichter an den Reiher heran, dessen Hunger sich beim Anblick der fetten Fische noch steigerte. Kaum vermochte er noch das Verlangen zu bezwingen, nach einem von ihnen zu schnappen. Verführerisch stieg ihm der Duft des frischen Fischfleisches in die Nase. Aber zu seinem Glück gelang es ihm, seine Gelüste zu bezähmen. Sodann sprach er gelassen: »Der Weg ist folgender, meine Freunde! Wenn ihr es verlangt und Mut genug habt, so kann ich euch durch die Luft zu jenem See bringen. Aber natürlich nicht euch alle zusammen, sondern nacheinander. Zum Beispiel immer vier oder fünf von euch auf einmal. Ihr müßt allerdings Wagemut aufbringen, sonst ist es besser, davon abzusehen!«
Alle Fische stimmten dem Vorschlag des Reihers zu, der nun begann, sie durch die Luft davonzutragen.
Doch wohin brachte der Reiher die Fische? Nicht in den See, der ihr neuer Aufenthaltsort werden sollte, sondern zu einem hohen Baum am Seeufer. Dort ließ sich der Reiher auf einem Ast nieder und fraß die Fische mit Genuß auf. Die Gräten ließ er hinunterfallen. Allmählich bildete sich daraus ein hoher Haufen. Der Reiher täuschte die Fische stets auf die gleiche Art, denn die noch im Teich verbliebenen erfuhren nicht, daß ihre Gefährten ihm zum Opfer gefallen waren. Und so fraß der böse Reiher schließlich alle Fische auf. Nur ein einziger Teichbewohner blieb übrig, dem der Reiher noch nicht »geholfen« hatte. Es war ein Krebs, der natürlich nicht allein im Teich zurückbleiben wollte. Gewiß würden ihn sonst die Menschen töten, die zum Fischfang dorthin kamen. Deshalb bat der Krebs den Reiher eindringlich, er möge ihn wie zuvor die Fische zu dem See bringen. So nahm der Reiher auch den Krebs mit auf die Luftreise, der aber stets auf seiner Hut war. Unablässig beobachtete er die Augen des Reihers. Er kannte

dessen Falschheit und Arglist. Der Krebs dachte bei sich: ›Hüte dich, Reiher! Wenn du böse Absichten hegst, werde ich dir den Hals durchbeißen!‹

Kurz danach erreichten sie den großen Baum, unter dem die Gräten der Fische lagen. Mit einemmal gewahrte der Krebs den Berg gebleichter Gräten unter dem Baum und begriff augenblicklich, daß der Reiher alle Fische aus dem Teich betrogen hatte. Sogleich nahm er sich vor, sie an dem Verräter zu rächen. Er wartete nur auf eine günstige Gelegenheit, die sich bot, als der Reiher einmal nicht achtgab. Schnell wie der Blitz packte der Krebs den Hals des Vogels, der angsterfüllt flehte, ihn loszulassen. Doch der Krebs biß nur noch fester zu und sagte: »Das kommt davon, wenn man seine Nachbarn betrügt! Jetzt fühlst du es selbst, du Bösewicht!«

Der Reiher wollte schreien, vermochte es aber nicht. Sein Hals war wie zugeschnürt. Endlich konnte er dem Schmerz nicht länger standhalten und stürzte zu Boden. Er zuckte noch ein Weilchen mit den Beinen, dann mußte auch er sein Leben lassen.

Der Krebs erreichte mit großer Mühe schließlich das Ufer des Sees.

73 *Der listige Sittich*

Im Lande Aceh lebte einmal ein Junge, der Meuseukin hieß. Eines Tages suchte er im Urwald nach Brennholz. Auf einem Baum bemerkte Meuseukin viele Vogelnester. Als er genauer hinschaute, gewahrte er, daß darin Sittiche nisteten.

›Haha, das ist sehr günstig für mich‹, dachte Meuseukin. ›Wenn ich alle diese Vögel fange, kann ich sie bestimmt für einen gehörigen Preis losschlagen, und für das Geld kaufe ich mir Kleider und Betel für die Mutter.‹

Es kam jedoch anders. Am nächsten Morgen ging Meuseukin wieder in den Urwald. Er trug einen klebrigen Pflanzensaft als Vogelleim bei sich. Bei dem Baum angekommen, kletterte er behend hinauf und strich auf jedes Nest diesen Saft. Danach kehrte er wohlgelaunt nach Hause zurück. ›Nun, morgen werden alle die Vögel dort mir gehören‹, dachte Meuseukin bei sich.

Die Sittiche pflegten tagsüber weit weg auf Futtersuche zu fliegen. Erst abends kehrten sie heim zu ihrem Nistbaum, und jeder Vogel suchte sein Nest auf. Aber wie erschraken die schönen Vögel, als sie bemerkten, daß sie an etwas hängenblieben! Einer von ihnen rief: »Hört, meine Freunde, fühlt ihr nicht, daß ihr an etwas festklebt?«

»Ja, so ist es! Ich merke, daß ich mich nicht mehr bewegen kann«, stimmte ein anderer bei.

»So geht es auch mir«, fiel ein dritter ein.

Da sprach der König der Sittiche: »Ihr meine Gefährten! Wir sind einer List der Menschen zum Opfer gefallen. Sicherlich ist während des Tages ein Mensch hierhergekommen. Er möchte uns fangen, deshalb hat er unsere Nester mit Leim bestrichen, damit wir daran klebenbleiben und er uns auf diese Weise leicht greifen kann. Aber ihr braucht euch nicht zu ängstigen. Ich habe einen guten Gedanken. Hört mir zu! Wenn der Mensch morgen früh wieder hierherkommt, stellen wir uns so, als ob wir alle tot wären. Wir verhalten uns ganz still, und keiner darf sich auch nur ein wenig regen! Da wird der Mensch ganz sicher glauben, daß wir wirklich alle tot seien, und uns hinunter auf den Boden werfen. Ihr müßt, jeder für sich, zählen, bis neunundneunzig Vögel heruntergefallen sind, und dann alle zugleich auffliegen. Habt ihr alles verstanden?«

»Ja, wir haben verstanden«, erwiderten die Sittiche.

Am nächsten Morgen kam Meuseukin tatsächlich zu dem Nistbaum der Vögel. Sein Herz klopfte. Ihm war, als hätte er schon alle Vögel in der Hand. Er erklomm den Baum, aber was mußte er sehen? Alle Vögel schienen tot, ihre starren Körper bewegten sich nicht mehr. Ganz niedergeschlagen und entmutigt warf Meuseukin die Vögel, die er für tot hielt, hinunter auf den Boden. Das Nest des Sittichkönigs befand sich an der höchsten Stelle, und deshalb griff Meuseukin nach ihm zuletzt. Als er nun den Sittichkönig ebenfalls hinunterwerfen wollte, fiel sein Messer plötzlich hinab. Die Sittiche, die bereits unten lagen, glaubten, daß jetzt auch ihr König heruntergefallen sei, und sogleich erhoben sie sich in die Lüfte.

Mit welcher Bestürzung sahen sie, daß ihr König noch an seinem Nest klebte! Doch was sollten sie tun? Was geschehen war, konnten sie nicht ändern. Völlig überrascht gewahrte Meuseukin, daß alle Vögel, die er für tot gehalten hatte, mit einemmal aufflogen. Dann begriff er, daß diesmal die Sittiche ihn überlistet hatten. »Wartet nur, das nächste Mal werdet ihr mich nicht wieder täuschen!« schimpfte Meuseukin wütend vor sich hin. Er blickte nach rechts und links. »Haha! Da ist ja noch einer! Na, du sollst mir nicht entkommen!«

Er gewann seine gute Laune zurück und näherte sich dem Sittichkönig.

›Oh, wie wunderschön er ist! Vielleicht ist es gar der König dieser Vögel‹, sagte sich Meuseukin.

»Du entgehst mir nicht! Warte, ich trage dich nach Hause, damit meine Mutter dich braten kann!« drohte er dem Sittichkönig, der sich schrecklich fürchtete und sein Schicksal besiegelt glaubte. Man würde ihn schlachten! Nein, nein! Er wollte nicht sterben! Er versuchte loszukommen, aber der Leim, an dem er klebte, hielt ihn fest.

»Jetzt ist es aus mit mir!« seufzte der König und ergab sich in sein Los. Die Kräfte verließen ihn. Meuseukin ergriff den Vogel und trug ihn nach Hause. Unterwegs sprach der Sittichkönig mit leiser, schwacher Stimme zu Meuseukin: »Herr, tötet mich nicht! Pflegt mich gut, dann werdet Ihr Euer Glück machen und ein schönes Leben führen.«

»Ist das wahr, was du sagst?« fragte Meuseukin.

»Warum solltest ich Euch belügen?« antwortete der Sittichkönig. Meuseukin glaubte ihm.

Zu Hause angelangt, setzte Meuseukin den Sittich in einen schönen, grün- und gelbbemalten Käfig. Kaum saß der König darin, als schon alle seine Untertanen zum Hause Meuseukins geflogen kamen und sich auf dem Dachfirst niederließen. Der Sittichkönig sah wunderschön aus, und nach kurzer Zeit rühmte man seine Schönheit im ganzen Lande. Hunderte, ja Tausende von Menschen strömten zu Meuseukins Haus, um den Sittichkönig anzuschauen. Obendrein konnte dieser ganz ausgezeichnet singen. Seine Stimme klang lieblich und einschmeichelnd. Wer auch immer sie vernahm, schwärmte für den Vogel. Täglich kamen Leute von überall her, um ihn zu bewundern. Einige brachten wohlschmeckende Speisen, andere spendeten Geld, und wieder andere schenkten schöne Kleider. Natürlich galten diese Gaben nicht alle dem Sittichkönig, sondern die meisten davon bekam Meuseukin. Nach kurzer Zeit lebte dieser in Wohlstand.
Über das Land herrschte ein König, der auch von dem prachtvollen Sittich, der so schön sang, Kunde erhielt. Der Herrscher entsandte einen Diener zu Meuseukin, um ihm sagen zu lassen, er möge vor dem König erscheinen und den Vogel mitbringen. So geschah es. Meuseukin legte seine besten Kleider an und begab sich zum Palast. Den Vogel trug er in einem schönen Bauer mit sich. Im Palast gebot der Herrscher, Meuseukin solle den Vogel singen lassen. Und der Sittichkönig begann zu singen. Seine liebliche Stimme erfüllte, bald laut, bald leise, den Raum. Manchmal, kaum noch vernehmbar, glich sie dem säuselnden Wind, dann wieder tönte sie bezaubernd wie die höchsten Triller einer Flöte. Der König und alle Zuhörer empfanden Entzücken. Noch niemals hatten sie eine solche Vogelstimme gehört. Daraufhin verlangte der Herrscher von Meuseukin, er möge ihm den Vogel verkaufen. Zunächst zögerte Meuseukin, aber der Sittichkönig flüsterte rasch: »Herr, verkauft mich dem Fürsten, Ihr werdet keinen Schaden davon haben. Euer Reichtum wird sich sogar noch mehren!«

Meuseukin ging auf den Vorschlag des Sittichkönigs ein und verkaufte dem Herrscher den Vogel für tausend Rupiah. Mit dem Geld und noch anderen Geschenken des Fürsten kehrte Meuseukin heim in sein Dorf. Seitdem lebte er sorgenfrei, und sein Reichtum nahm ständig zu.

Der Sittichkönig lebte behaglich im Palast. Er saß in einem goldenen Käfig, erhielt reichliches und wohlschmeckendes Essen – kurz gesagt, er konnte wohl zufrieden sein. Dennoch wünschte er sich sehr, wieder zu seinem Volk zurückzukehren. Daher suchte er beständig nach einem Weg, wie er aus dem Käfig entfliehen könne. Eines Tages stellte er sich tot, wie er es schon einmal getan hatte. Reglos und still lag er da. Als der Herrscher den toten Vogel erblickte, fühlte er sich tief betrübt. Lange schaute er ihn an, und die Tränen liefen ihm herab. »Ach, nun werde ich deinen lieblichen Gesang nie mehr hören!« seufzte der König bekümmert. Ihm schien es, als hätte er einen seiner liebsten Freunde verloren. Aber was sollte er sagen? Das Schicksal hatte es so bestimmt.

Und der Herrscher befahl, daß man den toten Vogel mit den gebührenden Ehren begrabe. Ein Diener trug ihn an einen blumenübersäten Platz. Dort sollte der prächtige Vogel begraben werden. Doch kaum fühlte der Sittichkönig, daß man ihn auf die Erde gelegt hatte und ein Grab für ihn aushob, da schwang er sich in die Lüfte. Wie sehr frohlockte er! Endlich hatte er seine Freiheit wieder erlangt. Und er flog davon, um seine Untertanen, die anderen Sittiche, zu suchen.

So gewann er durch Klugheit die Freiheit wieder.

74 Warum der Wasserbüffel keine Vorderzähne hat

In alten Zeiten, als diese Welt noch in allem vollkommen war, besaß auch der Wasserbüffel wie die anderen Tiere ein vollständiges Gebiß. Er hatte Mahlzähne und Vorderzähne.

Den Wasserbüffel traf aber ein Schicksal, dem er nicht entrinnen konnte. Als diese Welt sich weiterentwickelte, geschah es, daß er trotz seines großen Körpers von einem viel kleineren Wesen unterjocht wurde, nämlich von dem Menschen.
So trieb einst ein kleiner Junge, der eine Peitsche bei sich trug, einen großen Wasserbüffel zur Sawah. Der Kleine lief hinter dem Büffel her, und sooft dieser ein wenig trödelte und in zu langsamen Gang fiel, sauste ein Peitschenschlag auf seinen Rücken nieder, worauf der Büffel wieder schneller lief.
Dies beobachtete eine Pythonschlange, die zufällig auf dem Ast eines Baumes lag. Die Schlange geriet richtig in Zorn, als sie sah, wie groß der Büffel war und dennoch nichts gegen das kleine Menschlein unternahm.
Sie rief den Büffel an und fragte ihn, wie es möglich sei, daß ein so mächtiges Tier sich von einem winzigen Menschen quälen lasse, ohne im geringsten dagegen aufzubegehren.
Der Wasserbüffel gab zur Antwort, daß der Mensch zwar kleiner sei als er selbst, aber eine unüberwindliche Macht besitze. Der Büffel wußte selbst nicht, welcher Art diese große Macht eigentlich sei.
Die Pythonschlange verspottete ihn und behauptete, daß sie bei solcher Behandlung sich um den Menschen herumringeln und ihn totbeißen würde.
Darauf meinte der Wasserbüffel: »Nun, wir werden ja sehen, ob dir das gelingt!«
Wenig später fingen die Menschen die Pythonschlange und sperrten sie in einen Käfig. Der Büffel erblickte die Schlange darin und erinnerte sie an ihre Worte, doch nun gab sie die gleiche Antwort wie zuvor der Büffel.
Über diese Entgegnung mußte der Büffel lachen. So sehr schüttelte er sich vor Lachen, daß er gar nicht bemerkte, wie sich oben ein Vorderzahn nach dem anderen löste und herausfiel.
So kommt es, daß bis auf den heutigen Tag der Wasserbüffel keine Vorderzähne hat.

75 Der Gibbon und der Riese

In einem Urwald lebte einmal ein altes, höchst grausames, Angst und Schrecken verbreitendes Wesen von kräftigem, riesigem Körperbau. Nicht zu Unrecht nannten es die Waldbewohner den Riesen. Dieser Hüne hauste mitten im Urwald, hoch oben an der Lehne eines Berges. Den Gipfel dieses Berges bildete ein Krater, der unaufhörlich dichten Rauch und feurig glühende Brocken ausstieß. In einer Höhle des feuerspeienden Berges befand sich die Wohnstätte des Riesen. Sein Leben lang peinigte er Menschen und Tiere und erschwerte ihnen nach Kräften das Dasein. Häßlich und furchterregend sah das Gesicht des Alten aus. Die Haut war aufgesprungen und voller Runzeln und Falten, von Regen und Hitze gegerbt. Sein weißes Haupthaar hing ebenso zottelig herab wie sein Bart.

Einmal sprang ein kleiner Gibbon namens Atang lustig von Baum zum Baum. Plötzlich erblickte das kleine Äffchen den Riesen. Ängstlich fuhr der Kleine zusammen und wollte flüchten. Es gelang ihm aber nicht, denn mit raschem, festem Zugriff hatte ihn der Riese gefangen. Atang kreischte vor Angst und flehte den Riesen an, er möge ihn freilassen. Jedoch bettelte er vergebens, denn das Herz des Riesen glich einem Stein und ließ sich nicht erweichen. Der Riese trug den kleinen Gibbon nach Hause und fesselte ihn dort mit Rotan-Schlingen an eine weit vorspringende Felsnase. Der unglückliche Affe wußte, daß der Böse ihn umbringen würde. Denn der Hüne gierte ganz besonders nach dem dickwolligen Fell, um sich eine Mütze oder mit anderen Gibbonfellen zusammen einen Mantel daraus zu fertigen. Das arme Tier zitterte am ganzen Körper, nicht nur aus Furcht, sondern auch wegen der ungewöhnlichen Kühle in der Höhle.

Als der Riese den kleinen Atang von dem Ast des dichtbelaubten Jambu-Baums wegfing, verbarg sich ein Bruder des Äffchens zwischen den dicken Ästen. Er folgte Atang und dem Riesen mit größter Vorsicht bis zu dessen Hütte, ohne das geringste Rascheln der Blätter zu verursachen. In der Nähe der Höhle hielt er sich versteckt und wartete geduldig auf eine günstige Gelegenheit.

Es begann zu dunkeln, und Atangs kleiner Bruder konnte noch immer nichts für die Befreiung des Gefangenen tun. Schon lange saß er still und bewegungslos. Auf einmal erblickte er einen schwarzen Panther, der aus dem dichten Urwald heraustrat und in der Umgebung der Höhle herumschnüffelte. ›Na, warte!‹ dachte der Kleine, als höre er den Panther schon fauchen.

Langsam und ganz vorsichtig ließ er sich vor der Tür zur Höhle nieder, die aus Bambusstäben bestand. Leise kratzte er an den Stäben. Der Panther, der ziemlich weit entfernt sich gerade lauernd umschaute, vernahm das Geräusch nicht. Nochmals scharrte der Kleine an dem Bambus, diesmal recht heftig. Dann lauschte er mit gespannter Aufmerksamkeit.

Sein scharfes Gehör vermochte schleichende Schritte wahrzunehmen, die sich aus dem Inneren der Höhle näherten. Rasch sprang der Kleine auf und verschwand im Dickicht. Plötzlich wurde die Bambustür heftig aufgestoßen. Heraus trat mit schweren Schritten der Riese, der einen glitzernden, langen Speer in der Hand hielt. Argwöhnisch blickte er um sich. Kaum wurde er des Panthers ansichtig, da jagte er ihm nach.

Blitzschnell huschte der kleine Gibbon in die Höhle. Als er seinen gefangenen Bruder entdeckte, rief er: »Ich komme, dich zu befreien!«

Atang schluchzte vor Freude über die unerwartete Hilfe. Doch wieder traf ihn Mißgeschick. Der Riese kehrte schnell zurück. Er hatte vergeblich den schwarzen Panther verfolgt. Atangs Brüderchen konnte gerade noch in einen großen leeren Kessel springen, in dem der Riese sonst Wasser oder Speisen aufbewahrte.

Leise vor sich hin schimpfend ging der Alte zur Feuerstelle

und ließ sich daneben nieder. Er ärgerte sich sehr, daß ihm das schöne Fell des Panthers entgangen war. Er briet nun ein paar Waldhühner und aß die wohlschmeckenden, duftenden Braten gierig auf.
Aus dem Kessel spähte vorsichtig der kleine Gibbon heraus. Sein großer Bruder Atang, der sich schon beinahe frei geglaubt hatte, saß jetzt ganz niedergeschlagen da. Kaum konnte er die Tränen zurückhalten.
Gesättigt wischte sich der Riese mit dem Handrücken den Mund, setzte sich dann vor das Feuer und starrte in die Glut. Ab und zu fiel ihm der Kopf vornüber, weil ihn der Schlaf übermannte. Endlich vernahm der kleine Gibbon in seinem Kessel ein kräftiges und anhaltendes Schnarchen. Es wurde immer lauter und klang, als ob jemand Holz sägte. Der Kleine kletterte aus dem Kessel heraus und hüpfte zu dem glühenden Feuer. Er griff nach einem schwelenden Scheit von der Feuerstelle, sengte damit die Rotan-Schlingen durch, die seinen Bruder fesselten, und befreite ihn. Die beiden flüsterten einen Augenblick lang miteinander, danach sprangen sie hinaus. Zuerst öffneten sie die Tür ganz weit. Dann bauten sie einen Turm aus allen Kesseln und Töpfen, deren sie habhaft wurden. Das fiel ihnen durchaus nicht leicht. Den obersten Kessel füllten sie mit Wasser.
Ein kurzes Weilchen betrachteten die beiden frechen Affchen ihr prächtiges Bauwerk. Dabei kicherten sie vor Freude, hielten sich aber damit nicht lange auf. Atang stieß den zuunterst stehenden Topf mit dem Fuß weg. Und siehe da – der hohe Turm stürzte ein, und die Töpfe zerschellten am Boden. Das Wasser ergoß sich mit großer Gewalt über des Riesen Kopf, und die Topfscherben flogen ihm um die Ohren.
Klatschnaß und mit wutverzerrtem Gesicht sprang der Riese auf. Die beiden kleinen Gibbons standen an der Tür und hielten sich den Bauch, um nicht vor Lachen herauszuplatzen. Doch entflohen sie sogleich, so schnell sie konnten, von diesem gefährlichen Ort.

76 *Ein schrecklicher Kampf*

Einmal streifte ein großer, kräftiger Orang Hutan im Urwald umher. Er war von ungewöhnlicher Größe und außerordentlicher Stärke. Zwei kleine Augen glitzerten schwarz umwimpert in seinem glatten dunklen Gesicht. Er wirkte wahrhaft furchteinflößend, und jedermann ging ihm aus dem Weg, obschon er niemand belästigte, wenn er nicht gestört oder gar angegriffen wurde.

Der Orang Hutan schwang sich geschwind von einem Ast zum anderen, schneller als ein Mensch laufen kann. Plötzlich erblickte er auf dem Erdboden einen Frosch. Der Menschenaffe hielt ein und fragte: »Was ist mit dir, Frosch? Bist du krank?«

Der Frosch stöhnte. »O weh! Ich war gerade dabei, auf einen umgestürzten Baumstamm zu klettern. Plötzlich rutschte ich aus und strauchelte. Mit einem Bein blieb ich hängen, und nun ist die Sehne am Fuß gerissen. Ich kann mich nicht mehr bewegen. Hunger und Durst quälen mich und werden mich umbringen. Wenn ich nur bis zum Hause von Pak Dul kommen könnte! Er würde mir sicherlich Arznei geben und mich heilen.«

»Verlier die Hoffnung nicht, Frosch! Jeder muß, so gut er kann, dem beistehen, der Hilfe braucht! Ich werde dich zum Hause von Pak Dul bringen, obwohl ich selten dorthin komme.« Vorsichtig nahm der Orang Hutan den Frosch hoch und bettete ihn auf seine Schulter. Auf diese Weise legte der Frosch den langen und beschwerlichen Weg bis zum Rande des Urwalds zurück, wo das Haus von Pak Dul stand. Unterwegs fiel nicht ein einziges Wort. Ab und zu holte der Frosch tief Atem. Der Menschenaffe achtete auf die am Weg lauernden Gefahren. Er fürchtete keinen Feind im ehrlichen Kampf, mußte sich aber beständig vor heimtückischen und plötzlichen Überfällen vorsehen, wie wilde Tiere sie oftmals ausführen.

Endlich erreichte er den Hof von Pak Dul, der gerade sein Messer schärfte. Pak Dul hob den Kopf und erblickte den Orang Hutan.
Dieser grüßte sehr unbeholfen und sagte: »Pak Dul, hier ist ein Frosch. Ich habe ihn mit einer Verletzung am Hinterbein im Urwald gefunden. Vielleicht seid Ihr bereit, ihm zu helfen.«
»Aber gewiß, mein Freund aus dem Walde! Von so weit zu kommen und den Frosch hierherzubringen ist wahrlich großherzig. Wohl nicht jeder Mensch würde dir das nachmachen!«
Pak Dul reichte dem Menschenaffen einige Stücke Bataten, die dieser gierig verzehrte. Danach säuberte sich der Orang Hutan seinen Kinnbart und kehrte heim in seinen Urwald.
Der Frosch blieb bei Pak Dul, bis er sein Bein wieder richtig gebrauchen konnte. Pak Duls Kinder fingen Fliegen, Moskitos und andere Insekten und fütterten den Frosch damit. Daher brauchte er gar nichts selber zu tun außer zu fressen und zu schlafen, so daß er rund und dick wurde. Dank der guten Pflege im Hause Pak Duls konnte der Frosch schon bald in seine früheren Jagdbezirke zurückkehren.
Einmal hüpfte der Frosch zwischen Sträuchern ganz nahe beim Lager des Menschenaffen hin und her. Das Lager bestand aus Zweigen, ausgepolstert mit trockenem Gras. Auf einmal schrak der Frosch zusammen. Nicht weit von diesem Lager lauerte eine Schlange – eine schwarze Kobra! Ganz unzweifelhaft galt das einem der Jungen des Orang Hutan. Wenn die Affenfamilie sich an Zweigen und jungem Palmenmark gelabt hatte und zu ihrem Lager zurückkehren wollte, mußte sie dort vorbeikommen, wo die Kobra lag. Der Frosch wußte, daß die Orang Hutan sehr gern junge Gräser und Bambustriebe fressen und saftige Zweige kauen. O Allah! Welch ein Unglück, wenn die Kobra über sie herfallen würde!
Sie glitt so schnell dahin wie der Blitz, und die zwei Reihen

ihrer Giftzähne würden sich ins Fleisch der Beute verbeißen. In wenigen Augenblicken wäre das unglückliche Tier tot. Die Kobra würde es fortzerren und an einem sicheren Ort auffressen.

Er, der Frosch, könnte ihnen Hilfe bringen, wenn er dem Orang Hutan meldete, daß eine Kobra seine Kinder anfallen wollte. So konnte er sich dankbar für den Beistand des Orang Hutan erweisen.

Vorsichtig hüpfte er davon und wählte einen Weg, der um den Platz der Kobra herumführte. Bald gelangte er in ein Bambusdickicht, wo er von fern das Geräusch brechender Zweige vernahm. Der Orang Hutan war mit seinen Kindern beim Fressen und daher nicht so auf der Hut wie sonst.

Der Frosch näherte sich ihm und grüßte höflich.

Der Menschenaffe hielt einen Augenblick im Fressen inne und meinte: »Hallo, Frosch! Erzähl nur! Es scheint, daß du mir etwas sagen möchtest. Ich sehe, daß du wieder ganz gesund bist.«

»Ja, das bin ich, dank der Heilkunst von Pak Dul und deines Beistands. Nun will ich dir deine gute Tat vergelten. Dort zwischen den Bäumen hält sich eine Kobra verborgen, die unablässig dein Lager belauert.«

»Oh, wirklich? Welch ein Glück, daß du mich warnst, Frosch! Nun gut, wir werden mit diesem gefährlichen und verräterischen Tier abrechnen. Es macht schon lange diese Gegend unsicher.«

Der Orang Hutan gebot seiner Frau, gut achtzugeben. Dann machte er sich mit dem Frosch auf den Weg.

Als sie an den Ort gelangten, wo sich die Kobra verborgen hielt, stellte sich der Orang Hutan schweigend auf die Hinterbeine. Die Kobra hatte keine Ahnung von der Nähe des Menschenaffen. Erst als der Orang Hutan ein schreckliches Gebrüll ausstieß, fuhr die Kobra hoch. Sie versuchte zu fliehen, doch der Orang Hutan stand zu nahe, und sie begriff, daß es nun einen Kampf auf Leben und Tod galt.

Behende ringelte sich die Kobra zusammen und bereitete den Angriff vor. Ihre Halsmuskeln schwollen an, so daß der Hals das Aussehen eines Löffels annahm. Das ist bei der Kobra stets der Fall, wenn sie angreift. Wütend schwang sie den Kopf langsam hin und her.

»Kobra«, rief der Orang Hutan, »in ehrlichem Kampf werde ich dich töten, nicht wie ein Feigling den Feind aus dem Hinterhalt überfällt.«

Die Kobra öffnete ihren Rachen weit und fuhr blitzschnell auf den Gegner los. Doch der große und scheinbar träge Orang Hutan wich schnell und mühelos zur Seite. Dann hämmerte er sich mit den Fäusten zornig gegen die Brust. Er fletschte die langen gelben Zähne und sprang auf die Schlange zu, um sie zu packen. Dem rasenden Orang Hutan, der in seiner Wut einen schrecklichen Anblick bot, gelang es, die Kobra beim Hals zu greifen. Sie versuchte, sich um den Körper des Menschenaffen zu winden und ihn auf diese Weise zu ersticken. Aber mit der anderen Hand bekam der Orang Hutan den Mittelteil des Schlangenleibes zu fassen, der sich um ihn wand. Die Schlange besaß außerordentliche Kräfte, doch kamen sie nicht der ungeheuren Stärke des gereizten Orang Hutan gleich. Durch den kräftigen Zugriff des Menschenaffen erschlaffte der ganze Körper der Kobra. Da schleuderte der Orang Hutan die Schlange gegen einen Baum, so daß der Kopf zermalmt wurde. Die Kobra fiel zu Boden und tat ihren letzten Atemzug. Der Orang Hutan hatte den Feind zerschmettert und die tödliche Gefahr für seine Kinder gebannt, dank der Wachsamkeit und Umsicht eines kleinen, verachteten Frosches.

77 Der kluge Richter

Nicht weit entfernt vom Ufer eines Flusses stand an einer erhöhten Stelle ein Reiher und schaute aufmerksam auf das Wasser. Geduldig wartete er, ob er nicht einen der darin schwimmenden kleinen Fische überlisten könne. Plötzlich schien es ihm, als hätte er einige Schritte von seinem Beobachtungsplatz entfernt das Glitzern eines springenden Fisches gesehen. Er breitete die Flügel aus und flog auf, um sich der Beute zu bemächtigen. Aber ach! Eine Wildente stieß im Sturzflug herab und schnappte ihm den Fisch vor dem Schnabel weg.

Dies freute den Reiher natürlich nicht, und lärmend erhob er Klage gegen die Wildente. Er, der Reiher, habe den Fisch zuerst gesehen, und deshalb sei es auch sein Recht, ihn zu bekommen. Als die Wildente sein Geschrei und Geschimpf nicht beachtete, lief er vor Wut bläulich an und fiel über sie her. Im Nu entbrannte ein heftiger Kampf.

Beide Vögel trieben zusammen mit dem Fisch bis an das sandige Flußufer. Dort ließ die Wildente ihre Beute los, um sich zu verteidigen und den Hieben des langen und scharfen Reiherschnabels auszuweichen.

»Mir gehört er!« schrie die Wildente.

»Du lügst!« antwortete wütend der Reiher.

Wiederum fuhren beide unbarmherzig mit den Schnäbeln aufeinander los und sparten nicht mit den verschiedensten Schmähungen und Beschimpfungen. Die Federn der beiden stoben nach allen Seiten, einige davon sogar blutverschmiert. Es gab wirklich einen wilden und schrecklichen Kampf, erbittert und gnadenlos.

Nun kam gerade in diesem Augenblick ruhig und zufrieden eine Schildkröte am Kampfplatz vorbei. Von weitem schon vernahm sie den Streit, der in einen Kampf überging. Das Geschrei, das Gekreisch und die Rauferei verursachten einen ohrenbetäubenden Lärm. Die hohen Sumpfpflanzen hinderten die Schildkröte eine Weile daran, außer dem Lärm, den sie hörte, Genaueres zu bemerken. Weil sie daran krankte, alles wissen zu wollen, strebte die kleine Schildkröte eilig dem Kampfplatz zu. Bald konnte sie sich davon überzeugen, wie die beiden einander beschimpften und schlechtmachten und sich gegenseitig die Federn ausrissen. Am Ufer, in der Nähe der beiden Vögel, erspähte die Schildkröte einen fetten Fisch von der Art, wie sie ihn besonders gern mochte. Bei diesem Anblick lief ihr das Wasser im Munde zusammen.

›Ach, wie könnte ich bloß zu dieser leckeren Mahlzeit kommen?‹ dachte sie.

Sie begriff nun, daß der Zank um den köstlichen Fisch ging. Weil sie Streit ganz und gar nicht liebte und obendrein sehr klug war, beschloß sie, die beiden Vögel miteinander zu versöhnen.

Mit einemmal stand sie vor dem Fisch zwischen den beiden Raufbolden und sagte beschwichtigend: »Nun, was muß ich denn hier sehen? Was ist denn eigentlich geschehen, daß ihr so heftig miteinander rauft?«

Der Reiher und die Wildente hielten einen Augenblick inne und betrachteten die Schildkröte zunächst höchst verblüfft. Dann rissen sie die Augen weit auf, als wollten sie sagen: ›Misch dich nicht in unsere Angelegenheiten! Oder willst du vielleicht auch ein paar Hiebe von uns abbekommen?‹

Die Schildkröte bemerkte es wohl, fürchtete sich aber nicht und blinzelte listig mit den Augen.

»Na, na! Sicherlich geht es um etwas sehr Wertvolles. Erzählt doch bitte, wie sich die Sache eigentlich verhält! Ich werde es bestimmt verstehen, und vielleicht kann ich euch sagen, wer im Recht ist.«

Der Reiher und die Wildente schauten einander einen Augenblick an. Dann begannen sie gleichzeitig zu schimpfen und zu lärmen, so daß man überhaupt nichts mehr verstand.

»Ruhig, ruhig!« rief die ratlose Schildkröte. »So kann doch niemand etwas verstehen! Zuerst einmal du, Reiher!«

»Ich stand hier, besser gesagt, da neben jenem Schilfrohr«, begann der Reiher, doch die Schildkröte fiel ihm sogleich in die Rede: »So genau kannst du das nicht sagen. Erzähle nur, was nötig ist!«
Ziemlich gekränkt setzte das Langbein seinen Bericht fort: »Ich stand hier, so war es! Plötzlich bemerkte ich einen Fisch. Ich flog auf, und als ich ihn fassen wollte, kam die Wildente, die an meinen Bewegungen gewiß erkannt hatte, daß es etwas zu fangen gebe, im Sturzflug von oben und schnappte mir den Fisch weg.«
»Jetzt du!« wandte sich der kleine Richter der Wildente zu, der er mehrmals hatte Zeichen geben müssen, daß sie noch den Schnabel halten möge.
»Ich flog über dem Fluß und spähte dabei hinunter, als ich plötzlich einen Fisch schwimmen sah. Ich stieß hinab, aber in diesem Augenblick flog auf einmal auch der Reiher vom Flußufer herbei. Sicherlich hat er gesehen, daß es etwas zu fangen gebe.«
»Du lügst!« schrie der Reiher wütend.
»Nein, du! Du Dieb!« verteidigte sich die Wildente.
»Ruhe! Seid still!« verlangte die Schildkröte. »Ich werde den Fall so gut wie möglich klären, so daß beide Seiten zufriedengestellt sind. Nun weiter, Reiher! Wo befand sich der Fisch, als du ihn zuerst sahst?«
»Etwa in der Mitte der Strömung! Dort, wo die kleinen Inseln aus Wasserbrotwurzeln und Wasserpflanzen stromabwärts treiben!«
»Aha! Hm! Wahrhaftig, du hast scharfe Augen, daß du von so weit her den Fisch sehen konntest. Ein Zeichen, das die Wildente nicht freuen wird! Und wo warst du, Wildente, als du den Fisch bemerktest?«
»Ich flog über den Hibiscus-Strauch, auf dem jetzt gerade ein Falke sitzt.«
»Oh, wirklich? Du hast noch schärfere Augen. Einen so scharfen Blick wünschte sich wohl ein jeder! Aber nun

möchte ich prüfen, ob ihr wahrhaftig so weit sehen könnt. Ich begebe mich in eine gewisse Entfernung von hier, und dann werde ich euch etwas zeigen. Ihr sollt mir nacheinander sagen, was es ist.«

Sowohl der Reiher als auch die Wildente stimmten diesem Vorschlag zu. Die Schildkröte lief ziemlich weit weg, verschwand zwischen Wasserpflanzen und tauchte danach im Wasser wieder auf, wobei sie etwas im Maul trug. Sie hielt das Ding hoch und rief: »Was ist es?«

Der Reiher zog zunächst sein rechtes Bein hoch, sodann das linke, öffnete und schloß abwechselnd beide Augen und krächzte schließlich: »Ein Fisch!«

»Und nun du, Wildente!« schrie die Schildkröte dieser zu.

Die Wildente legte den Kopf schief und starrte angestrengt hin. Zögernd riet sie: »Ein Schlangenfisch!«

Langsam und würdevoll kehrte die Schildkröte nun zu den Vögeln zurück. Dabei sprach sie kein einziges Wort, denn sie dachte eifrig nach. Deutlich erkannten der Reiher und die Wildente, daß sie ihnen weder einen Fisch noch einen Schlangenfisch gezeigt hatte, sondern nur einen kleinen, ängstlich zappelnden Frosch, der wohl sein letztes Stündlein gekommen glaubte. Vergeblich versuchte er sich zu befreien.

»Habt ihr's nun gesehen?« fragte die Schildkröte etwas von oben herab, während sie den unglücklichen Frosch mit ihrem rechten Bein festhielt.

»Und jetzt, mein lieber Freund, geh!« sagte die Schildkröte darauf zu dem Frosch. »Du hast deine Pflicht getan.«

Froh hüpfte der kleine Frosch mit einem Riesensprung davon und verschwand zwischen den Wasserpflanzen.

»So! Und nun hört mal zu!« wandte sich die Schildkröte an die beiden recht beschämten Vögel. »Beide habt ihr behauptet, ihr hättet den Fisch auf eine Entfernung erblickt, die doppelt so groß ist wie die, aus der ich euch den Frosch zeigte. Aber selbst in solcher Nähe konnte keiner von euch einen Frosch von einem Fisch oder einem Schlangenfisch unterscheiden, ganz zu schweigen von einem, der im Wasser schwimmt. Alles, was ihr vorgebracht habt, ist Schwindel, Angabe und Prahlerei. Ihr habt beide nicht die Wahrheit gesagt. Daher kann ich auch keine Entscheidung treffen und nicht feststellen, wer auf den strittigen Fisch ein Recht hat. Und weil ich als Richter ein Anrecht auf Lohn habe, erlaube ich mir, den Fisch für mich zu nehmen. Lebt wohl! Weiterhin guten Fang!«

Blitzschnell ergriff die Schildkröte ihre Beute, und bevor sich die beiden Vögel von ihrer Verblüffung erholten, verschwand die Schildkröte zwischen Wasserbrotwurzeln und anderen Wasserpflanzen und tauchte – plumps! – im kühlen Wasser unter.

78 Der schlaue Papagei

Eines Abends herrschte im Urwald eine sehr sonderbare Stimmung. Kein einziger Vogel schwang sich mit fröhlichem Zwitschern aus seinem Nest. Nirgends ließen sich kleine Tiere wie Eichhörnchen, Gibbons, Makaken und andere bei lustigem Spiel sehen. Offenbar wollte sich keines von seinem Nest entfernen. Selbst die Zibetkatze, der Wildhund, der Tiger, der Bär und die Schlange schliefen in ihren Höhlen. Furcht erfüllte alle Waldbewohner.

An jenem Tag kehrte ein Papagei heim, der einige Tage lang seine Tante besucht hatte. Mitten im Urwald stand ein Feigenbaum mit einem dichten Blätterdach. Ein großes Astloch in dessen Stamm hatte sich die Papageienfamilie als geschützten Brutplatz erwählt. Als der Papagei nun bei seiner Höhle ankam, rief er nach seinen Kindern und Geschwistern, aber niemand antwortete ihm. Das erschien ihm merkwürdig, und er setzte sich verwundert nieder. Unruhe überfiel ihn. Was war nur geschehen? Warum begrüßte ihn niemand bei seiner Heimkehr? Er ließ mehrmals einen Schrei hören, denn er

wollte die Urwaldfee Longlina herbeirufen. »Fee Longli . . .! Fee Lina . . .!«
Doch auch die Königin des Urwalds gab keine Antwort. Da befiel den Papagei tiefe Sorge. Er beschloß, die Fee Longlina zu suchen und sie zu fragen, was sich denn ereignet habe. Während er über die Wipfel flog, überkam ihn ein Gefühl der Verzagtheit, das sich immer mehr verstärkte. Keine ihm bekannte Stimme ließ sich vernehmen. Und doch erfüllten den Urwald Geräusche – flüsternde und furchterregende Stimmen.
Fern inmitten des Waldes lag eine große Höhle. Tausende von Glühwürmchen, die hin und her flogen, erleuchteten sie. Auf einem erhöht gelegenen Stein thronte die Urwaldfee Longlina auf weichem, trockenem Gras und Blättern. Darunter ruhte eine große Schlange, deren Augen funkelten und einen so hellen Schein warfen, als ob Lampen ringsum leuchteten. Dieser Drache beschützte die Urwaldfee. Der Papagei schlug mit den Flügeln und schrie aus Leibeskräften: »Hallo, Fee Longli! Wo seid Ihr? Antwortet schnell!«
Da schien es, als wollten die Zweige ringsum ihn festhalten. Einige schlugen nach ihm. Auf einmal hörte er von fern der Fee Longlina angstvolles Rufen: »Ich bin hier in der Höhle! Ach Papagei, komm schnell her!«
Rasch breitete der Papagei die Flügel aus und schwebte hinab zur Höhle der schönen und sanften Urwaldfee. Die Affen, die verborgen auf den Zweigen vor der Höhle saßen, riefen aufgeregt und mit ängstlicher Stimme: »Flieg ganz schnell hinein, Papagei! Fee Longlina ist in der Höhle und hat großen Kummer!«
Der Papagei flatterte in das Höhleninnere und erblickte die Fee Longlina, die auf ihrem Polster aus Gras und trockenen Blättern mit untergeschlagenen Beinen saß. Longlina sagte mit trauriger und erstickter Stimme: »Papagei, du bist sicherlich gekränkt, weil kein einziger Waldbewohner dich bei deiner Heimkehr begrüßt hat und du auch keinen von ihnen

zu Gesicht bekommen hast. Das liegt aber daran, daß sich kein einziges Tier in den großen Urwald traut...«
»Fee des Urwalds, was ist denn eigentlich geschehen?«
»Höre wohl, o weiser Papagei! Ein böser Waldgeist ist in unseren Urwald eingedrungen... ohne daß ihn jemand gesehen hat. Ganz plötzlich hat er sich in der leeren Höhle des schwarzen Bären eingenistet.«
Der Papagei fragte höchst erschrocken: »Was hat er getan? Welche Schlechtigkeiten hat er begangen?«
»Nun, Papagei, er hat alle Pflanzen und Bäume verzaubert. Vor einigen Tagen sind wir dessen gewahr geworden. Die Tiere, die nachts auf Beute ausgehen, bemerkten, daß die Pflanzen, Bäume und Blätter sich in Gesichter von Bösewichtern verwandelten. Sie lachten und zischelten mit schreckenerregenden Stimmen, so daß man sich fürchten mußte. Zweige und Äste wurden zu langen Armen, die alles schlugen und festhielten, was vorüberkam... Sogar die größten Tiere griffen sie an. Wie sehr ich mich auch bemüht habe, die Zweige zu besänftigen, und sie bat, meinen Weisungen als Urwaldfee zu folgen – es hat nicht das geringste genützt. Sie lachten mich aus und flüsterten mir zu: ›Der Waldgeist, der in der Bärenhöhle wohnt, nicht Ihr, nicht Ihr.‹ Eigenartig ist aber, daß tagsüber alle die bösen und häßlichen Fratzen verschwinden. Es scheint, als hätte der Waldgeist am Tage keine Macht. Nun sind alle Tiere von Furcht erfüllt. Weder bei Tage noch bei Nacht wagen sie sich in den Urwald hinein. Unser Wald ist verzaubert...«
Die Fee Longlina versank in bekümmertes Nachdenken. Gleich darauf fuhr sie fort: »Oh, Papagei, was sollen wir nun tun? Du bist klüger und weiser als wir alle. Gib uns einen Rat, denn wir wissen nicht aus noch ein.«
Der Papagei sah nachdenklich drein, schüttelte den Kopf und sagte dann: »Wartet ein wenig und laßt mich ein Weilchen überlegen!«
Sinnend saß er da und blinzelte bisweilen mit seinen runden,

glitzernden Augen. Einmal neigte er den Kopf nach rechts, dann nach links, während die anderen gespannt warteten.
Endlich rief der Papagei: »Schöne und gutherzige Fee Longlina! Ruft alle Waldbewohner herbei! Sie mögen sich in dieser Höhle versammeln. Es ist genug Platz da. Ich werde ihnen erzählen, was ich mir reiflich überlegt habe, damit wir alles Böse überwinden.«
»Wer soll sie zusammenrufen?« fragte Longlina.
Die Urwaldfee selbst eignete sich natürlich nicht dafür. Sie war eine Fee, und wenn ihr die Bäume Böses antaten, so hätten die Waldbewohner wohl ihre Königin eingebüßt. Die Schwalbe antwortete mutig: »Ich werde mich aufmachen, Longlina, denn ich kann ihnen schnell die Botschaft übermitteln. Ich verabrede mit allen Tieren, daß sie sich so rasch wie möglich in dieser Höhle versammeln.«
Longlina nickte zum Zeichen, daß sie dem Vorschlag der Schwalbe zustimmte.
»Nun gut, Schwalbe. Bitte erkläre alles so, daß nicht ein einziges Tier zu Hause bleibt, denn der Papagei will zu allen sprechen.«
Darauf flog die Schwalbe geschwind davon, während Longlina, der Papagei und der Drache geduldig auf die Ankunft der Waldbewohner warteten. Die Bäume, die Sträucher und selbst die Blumen zischelten geheimnisvoll und voll böser Absichten. Es wurde ein grausiger Weg für die Tiere. In Scharen strömten alle Waldbewohner langsam der Höhle der Fee Longlina zu. Einige liefen, andere krochen, wieder andere flogen. Alle aber bebten vor Angst, denn sie sahen fürchterliche Fratzen; die winkenden Blätter behinderten sie und streiften dicht an ihnen entlang. Die Tiere erreichten die Höhle, aber sie dachten noch zitternd an ihren schaurigen Weg. Jedes erzählte von seinen Erlebnissen, und daher ging es in der Tat lebhaft in der geräumigen Höhle zu.
Endlich rief der Papagei mit durchdringender Stimme: »Brüder! Freunde! Ihr Tiere alle aus Longlinas Feenreich! Hört

gut auf das, was ich euch sagen möchte! In dieser Höhle hat Fee Longlina mich um Rat gebeten, was zu tun sei, damit wir uns der Anfeindungen durch den Waldgeist erwehren. Ich habe wahrlich lange die Sache überdacht und einen Weg gefunden, der vielleicht uns allen Hilfe bringt. Dafür bedarf es jedoch außergewöhnlichen Mutes. Und wer von euch allen ist so mutig?«

Alle schwiegen. Kein Wort fiel.

Wiederum rief der Papagei laut: »Wer ist beherzt?«

Nach kurzem Schweigen ertönte eine zarte Stimme, die zögernd antwortete: »Ich!«

Als die anderen Tiere diese feine Stimme hörten, faßten sie mit einemmal alle Mut und riefen durcheinander: »Ich auch!« – »Und ich!« – »Wir, wir!«

Schallend mahnte der Papagei, das Geschrei solle sogleich aufhören, und fuhr dann fort: »Ihr habt recht! Ihr alle seid tapfer! Nun befolgt meinen Vorschlag gut! Laßt uns alle gemeinsam in den Urwald hineingehen! Jedoch darf kein einziger zeigen, daß er sich fürchtet. Beachtet das wohl! Zischeln die Bäume und Pflanzen böse und schlechte Worte, so antworten wir ihnen freundlich und zeigen eine fröhliche Miene.«

Verwundert murmelten alle Tiere vor sich hin, doch der Papagei sprach weiter: »Ihr braucht mich nicht zu fragen, warum ihr so handeln sollt! Später werde ich es euch sagen. Ich bin noch nicht fertig ... Wenn die Bäume oder die Pflanzen euch schlagen oder festhalten, so bittet höflich und sanft, daß sie euch nicht belästigen.«

Allgemeines Murren erhob sich.

»Ja, ja, ich weiß! Aber murrt nicht schon vorher! Vertraut mir ... Außerdem müssen zwei Tiere sich in den Urwald begeben und dort einen kleinen Korb voll süßer, weicher Maulbeeren pflücken. Das Körbchen mit den wohlschmeckenden Früchten stellen die beiden dann vor die Bärenhöhle, wo der Waldgeist haust. Dort rufen sie schmeichelnd: ›Wohlgesinnter Waldgeist, hier sind reife und erquickende Maulbeeren für Euch!‹«

Von allen Seiten erhob sich heftiger Widerspruch. Alle Tiere empörten sich. Deshalb stellte sich Fee Longlina neben den Papagei und rief aus: »Meine geliebten Tiere! Ich nehme den Vorschlag des Papageis an, denn ich weiß, daß er von uns am klügsten und verständigsten ist.« Da schwiegen die Tiere. Keines sagte mehr ein Wort, und Longlina fuhr in ihrer Ansprache fort: »Ich rufe dich, Eichhörnchen, und dein Weibchen auf, die süßen Maulbeeren zu pflücken. Ihr anderen begebt euch in den Urwald und verhaltet euch so, wie es der Papagei wünscht. In einer Stunde sollt ihr alle zurückkehren!«

Und die Tiere gingen in den finsteren Urwald hinein. Die Frechheiten der Sträucher und Bäume beantworteten sie mit freundlichen Worten. Der Eichkater und sein Weibchen lösten die ihnen gestellte Aufgabe aufs beste.

Eine Stunde später fanden sich alle wieder an ihrem Platz in der Höhle ein. Ein großes Glücksgefühl erfüllte sie.

Der Papagei ließ sich auf seinem Sitz nieder und fragte: »Familie Eichhorn, was habt ihr erreicht? Kommt doch bitte hierher und erzählt, was ihr erlebt habt!«

Die Eichhörnchen sprangen zu dem Papagei hin und berichteten: »Wir fanden schöne und süße Maulbeeren, die wir in einen sehr kunstvoll geflochtenen Korb legten. Dann eilten wir mit der wohlschmeckenden Gabe zu der großen Höhle an dem Baum. Die Tiere, die wir unterwegs trafen, erzählten uns, daß die Bäume sich immer mehr beruhigten, wenn alle Unart mit Freundlichkeit vergolten wurde. Die häßlichen Fratzen verwandelten sich ebenfalls in freundliche, nette Gesichter, die langen Fangarme in gewöhnliche Äste. Dann kamen wir bei der Behausung des Waldgeistes an. Wir stellten den Korb mit den Maulbeeren vor die große Höhlung und riefen einschmeichelnd: ›Wohlgesinnter, schöner Waldgeist, hier bringen wir ein Körbchen voll süßer, reifer Maulbeeren für Euch! Genießt sie mit Freude!‹ – Gleich darauf vernahmen wir einen entsetzlichen Schrei, und eine sehr häßliche Gestalt flog mit Windeseile aus der Höhle heraus. ›Ich bin verloren! Ich bin vernichtet!‹ stöhnte sie. Und sogleich verwandelte sie sich in eine dicke Wolke, die schnell am Himmel verschwand. Die Bäume und Sträucher gewannen ihr früheres gutes und schönes Aussehen wieder, und auch die Blumen schauten uns lachend an.«

Das Eichhorn hielt einen Augenblick inne, aber die anderen Tiere riefen laut: »Ja, so war es!« – »Es ist ganz richtig!« schrien sie alle durcheinander.

Der Papagei hüpfte nach vorn und sprach: »Seid bitte einen Augenblick still! Hört mich an ...! Ihr seht, daß ich euch einen guten Rat erteilt habe. Gibt es unter euch einen, der zu erklären vermag, warum der böse Waldgeist verschwand?«

Keines der anwesenden Tiere konnte diese Frage beantworten. Da stand die Urwaldfee Longlina auf und sagte leise: »Weil das Gute stets über das Böse siegt, wie es auch immer zugehen mag!«

»Richtig!« rief der Papagei, und seine Augen glitzerten froh. Alle Tiere brachen in großen Jubel aus.

Der Friede im Urwald der Fee Longlina war wiederhergestellt.

79 *Warum Hund und Katze einander feind sind*

Es wird erzählt, daß in alten Zeiten einmal alle Tiere in Frieden und Eintracht lebten. Eines war der Freund des anderen, und keines fraß andere Tiere auf. Damals gab es keine Feindschaft zwischen ihnen.

Eines Tages sollte nun dem Brauch gemäß eine Versammlung abgehalten werden. Alle Tiere nahmen daran teil, um über das allgemeine Wohlergehen zu beraten.

An jenem Tag waren schon fast alle Tiere zur Beratung erschienen. Nur das Kamel ließ sich noch nicht sehen. Man wartete und wartete, aber es kam noch immer nicht. Damals führte gerade der Löwe den Vorsitz, und er befürchtete, daß dem Kamel etwas zugestoßen sei. Deshalb erbat er von den Anwesenden Unterstützung. Einer von ihnen möge sich doch bereit erklären, das Kamel herzugeleiten. Der Hund, der darauf vertraute, daß er flink und schnell laufen konnte, besann sich nicht lange, sondern fand sich bereit, das Kamel abzuholen. Weil er sich aber nicht so genau an dieses Tier erinnerte, erkundigte er sich nach dessen Aussehen. Der Vorsitzende erklärte ihm, das Besondere am Kamel sei der Höker auf dem Rücken. Darauf lief der Hund eilig los, um das Kamel herbeizuholen.

Mittlerweile aber lief die Katze rasch dem Versammlungsort zu, weil sie wohl wußte, daß sie sich verspätet hatte. Besorgt dachte sie daran, daß man sie längst erwartete. Bei einem Dickicht erschrak sie, weil sie plötzlich dem Hund begegnete, der auch geschwind rannte, um das Kamel zu suchen. Vor Schreck blieb die Katze stehen, rundete ihren Rücken und buckelte. Der Hund vermeinte beim Anblick des Katzenbuckels, dies sei ein Höcker. Daher hielt er die Katze für das Kamel und sprach sie an: »He, Freundchen, schnell! Alle warten auf dich!« Und beide eilten zum Versammlungsort.

Als sie aber dort ankamen, staunten alle Tiere sehr, denn wer da in Begleitung des Hundes anlangte, war ja nicht das Kamel, sondern die Katze. Die versammelten Tiere konnten ihr Vergnügen über die Verwechslung nicht verbergen und schüttelten sich vor Lachen. Der Hund wunderte sich, daß er ausgelacht wurde, und fragte: »Warum lacht ihr denn?«

Der Vorsitzende erklärte ihm: »Du hast nicht das Kamel hergebracht, sondern die Katze! Sieh sie doch an! Sie hat ja keinen Höcker!«

Der Hund betrachtete die Katze genau, und tatsächlich bemerkte er keinen Höcker. Er knurrte vor Ärger und wollte

die Katze packen. Diese aber war auf der Hut. Als sie den Hund knurren hörte, stand sie schon auf dem Sprung. Der Hund sprang los, um sie zu fassen, doch die Katze flitzte davon, und er erwischte sie nicht. Durch den Mißerfolg steigerte sich seine Wut, und er nahm knurrend Anlauf, um die Katze zu packen. Doch diese raste nun auf einen Baum zu und kletterte hinauf. Der Hund jagte hinter ihr her, aber er konnte nicht klettern. Mit zornroten Augen blickte er unverwandt hinauf und wartete, daß die Katze herunterkomme. Er kläffte: »Du, Katze! Von heute an erkläre ich Feindschaft zwischen deinem und meinem Geschlecht! Wo auch immer meine Nachkommen mit den deinigen zusammentreffen, werden sie diese packen und zu Tode beißen!«
Und daher kommt es, daß bis heute ständige Feindschaft zwischen Hund und Katze herrscht.

80 *Zwerghirsch und Affe*

Einst hielt ein Zwerghirsch mit einem Affen Freundschaft. Sie waren sehr gute Freunde. Wohin sie auch gingen, stets blieben sie beisammen. Und die beiden unternahmen auch alles gemeinsam.
Eines Tages sagte der Affe zum Zwerghirsch: »Ich empfinde unser Leben immer so schwierig. Bei jeder Mahlzeit stellen uns die Menschen nach und wollen uns ständig ans Leben.«
»Freilich«, gab der Zwerghirsch zurück, »doch nur deshalb, weil wir uns vom Diebstahl in ihren Pflanzungen ernähren.«
»Was also sollen wir künftig tun, damit wir ungestört und ohne Furcht davor leben können, daß uns die Menschen töten?« fragte der Affe.
»Wir müssen selbst etwas anbauen«, meinte darauf der Zwerghirsch. »Wir müssen selbst das pflanzen, was wir gern

mögen. Wenn wir unsere eigene Ernte einbringen, wird uns niemand bedrohen oder nachstellen, und kein Mensch wird uns töten.«

»Nun gut«, stimmte der Affe zu, »versuchen wir also, etwas anzubauen. Und was sollten wir am besten dafür wählen?«

»Für den Anfang pflanzen wir am günstigsten Bananen«, antwortete der Zwerghirsch, »denn die Bananenstaude ist einfach zu setzen und nicht schwer zu pflegen.«

»Schön, laß uns anfangen!« sprach der Affe.

»Aber ich habe dazu noch einen Vorschlag. Am sinnvollsten ist es, wenn wir gemeinsam anbauen und die Ernte danach auch gemeinsam verzehren, nachdem wir ehrlich geteilt haben.«

»Das versteht sich«, gab der Zwerghirsch zurück, »fangen wir an!«

Da pflanzten der Affe und der Zwerghirsch Bananenstauden; eine setzte der Zwerghirsch und eine der Affe.

Doch die Pflanze des Affen wollte nicht gedeihen und Früchte bilden, denn immer wenn sich ein junger Trieb daran zeigte, kletterte der Affe hoch und verspeiste ihn. So starb die Bananenstaude des Affen schließlich ab. Dagegen gedieh diejenige des Zwerghirschs prachtvoll und trug endlich auch Früchte.

Als die Früchte der Bananenstaude, die dem Zwerghirsch gehörte, schön reif geworden waren, fertigte dieser einen Korb an, damit die Früchte bei der Ernte hineingelegt werden konnten. Weil aber der Zwerghirsch nicht klettern kann, bat er den Affen, daß er sie pflücken sollte. Sie würden die Ernte dann in zwei gleiche Hälften teilen.

Der Affe erklärte sich damit einverstanden und ließ sich vom Zwerghirsch den Korb für die Bananen geben.

Dann erklomm der Affe die Bananenstaude und nahm den Korb mit hinauf. Oben angelangt, erblickte er die ausgereiften Bananen, und schon fiel ihm eine List ein. Er pflückte die reifen Bananen eine nach der anderen, aß sie auf und legte

ihre Schalen in den Korb. Als er alle Früchte verspeist hatte, kletterte er wieder hinunter, übergab den Korb mit den Bananenschalen und sagte: »Dies ist dein Anteil. Ich habe schon oben in zwei gleiche Hälften geteilt und meine gleich dort aufgegessen. Was übrigblieb, ist alles dein.«
Der Zwerghirsch nahm den Korb und wurde sehr böse, als er bemerkte, daß sich nicht Bananen, sondern nur Schalen darin befanden. Doch er konnte nichts anderes tun, als seinen Ärger zu bezwingen. Er bereute, daß er mit dem verschlagenen Affen Freundschaft geschlossen hatte. Rache nehmen konnte er aber auch nicht, weil der Affe sich eiligst auf einen Baum hinaufschwang, wobei er den Zwerghirsch verspottete.
Einige Wochen danach trug wieder eine der Bananenstauden des Zwerghirschs Früchte. Als er das gewahrte, freute er sich von Herzen darüber und dachte: »Zuvor hat mich der Affe betrogen und mir nichts von meiner Bananenernte übriggelassen. Nun trägt wieder eine Staude Früchte, und das wird der Ausgleich für meinen früheren Verlust sein. Diesmal wird mich der schurkische Affe nicht wieder überlisten können.«
Von da an bewachte der Zwerghirsch beständig seine Bananen; er bewachte sie bei Tag und Nacht aus Sorge, der Affe könne sie stehlen.
Eines Tages, als die Bananen des Zwerghirschs reif waren, erschien der Affe.
»Weshalb kommst du her?« fragte der Zwerghirsch zornig.
»Ich sah, daß deine Bananen schon reif sind«, meinte der Affe, schaute immer wieder nach den Früchten und schluckte an seinem Speichel.
»Was kümmert es dich, ob meine Früchte reif sind?«
»Vielleicht erinnerst du dich noch an unsere Abmachung von damals, die Ernte in zwei gleiche Hälften zu teilen. Deshalb komme ich hierher, um meinen Anteil zu holen.«
»Nein! Dir gebe ich nichts davon!« zürnte der Zwerghirsch.

»Du hast mich damals betrogen, hast alle Bananen aufgegessen und mir nur die Schalen übriggelassen. Ich werde dir nicht den kleinsten Teil davon geben!«

»An diese alte Sache erinnerst du dich wirklich noch immer?« meinte der Affe kleinlaut.

»Gewiß! In meinem ganzen Leben werde ich das nicht vergessen!«

»Und wenn ich dich jetzt um Verzeihung bitte?«

»Nein, ich werde dir das nicht verzeihen!«

»Das heißt, du willst mir nicht den allerkleinsten Teil davon abgeben?« jammerte der Affe.

»Nein, ich werde dir auf gar keinen Fall etwas davon geben«, bekräftigte der Zwerghirsch.

»Nun gut, wenn du meinst, dann werde ich eben fortgehen«, seufzte der Affe entmutigt. Gleichzeitig fiel ihm aber doch noch ein Ausweg ein, und während er sich zum Gehen wandte, sagte er: »Womöglich hast du dich in der Zeit, in der wir uns nicht mehr getroffen haben, im Klettern geübt und verstehst das nun auch. Nun gut, wenn es an dem ist, laß dir deine Früchte gut schmecken!«

»He, warte doch nur!« rief der Zwerghirsch. Ihm fiel ein, daß er ja nicht klettern und darum auch die Bananen nicht pflükken konnte, wenn ihm der Affe dabei nicht half.

»Was willst du, warum hältst du mich zurück? Du hast doch schon gesagt, daß du mir nichts ablassen willst. Weshalb also hältst du mich auf? Willst du, daß ich mir deine Kletterkünste vorführen lasse und dann zuschaue, wie du deine Bananen allein aufißt?« erkundigte sich der Affe.

»Nicht doch! Ich möchte dich um Hilfe bitten. Klettere hoch und pflücke die Früchte! Ich kann nicht klettern.«

»Ach nein, das will ich nicht. Du gibst mir ja nichts davon.«

»Ich werde dir etwas abgeben«, wiederholte der Zwerghirsch. Natürlich war er besorgt und voller Argwohn, wenn er den Affen auf seine Bananenstaude klettern ließ, aber weil

er das selbst nicht vermochte, blieb ihm ja nichts anderes übrig. Er mußte also den Affen hinaufschicken, und deshalb sprach er: »Hilf mir nur und steige hoch, ich werde dir die Hälfte abgeben.«
Mit diesen Worten händigte der Zwerghirsch dem Affen den Korb aus. Dieser nahm ihn und schwang sich gleich damit hinauf. Oben angekommen, stiegen ihm beim Anblick der vielen reifen Bananen gleich wieder böse Gedanken auf. Stück für Stück begann er die Früchte zu pflücken, schälte sie und verspeiste sie dann.
Als der Zwerghirsch das mit ansah, wurde er zornig. Wenn er das hinnahm, würde er sicherlich nicht an dem Mahl teilhaben. Da fiel ihm ein, wie er der Falschheit des Affen begegnen könne. Er begann den Affen zu verspotten und zu beschimpfen: »He, du Affe! Stille nur deine Gier auf die Bananen; ich weiß schon lange, daß du gefräßig, gierig und selbstsüchtig bist. Ich habe dich hinaufgeschickt, weil ich deine Gefräßigkeit kenne. Du bist niederträchtig und hast einen schlechten Charakter. Es steht sowieso fest, daß du mir nichts übrigläßt. Affen sind eben heimtückisch und gemein!«
Als der Affe diesen Spott und Schimpf vernahm, übermannte ihn die Wut. Zuerst bewarf er den Zwerghirsch mit den Bananenschalen, aber der wich ihnen aus und schimpfte weiter. Darum wurde der Affe immer wütender und warf unablässig nach dem Zwerghirsch. Bald aber, weil es so überstürzt zuging, warf er keine Schalen mehr, sondern Bananen nach dem Zwerghirsch. Der hob eine nach der anderen auf und verzehrte sie, während er weiterhin auswich und immerzu höhnte und schimpfte.
Endlich hatte der Affe sämtliche Bananen abgerissen und nach dem Zwerghirsch geworfen. Auf diese Weise konnte der Zwerghirsch den Betrug des Affen vergelten, der nur wenige Bananen gefressen, die meisten aber nach dem Zwerghirsch geworfen hatte.
Erst als er alle Früchte abgeerntet hatte, merkte der Affe, daß

er überlistet worden war. Beschämt schied er von dem Zwerghirsch. Seither sind die beiden nicht mehr befreundet.

81 Ameise und Heuschrecke

Eines Tages unternahmen eine Ameise und eine Heuschrecke gemeinsam einen Spaziergang. Sie gelangten zum Ufer eines schmalen Flusses. Die Heuschrecke sprach: »Freundin Ameise, ich kann dieses Flüßchen überspringen, und wie steht's bei dir?«
»Sicherlich kann ich das auch«, gab die Ameise zurück. Schon sprang die Heuschrecke los und landete auf der anderen Seite.
Die Ameise versuchte es auch, doch glitt sie aus und wurde vom Fluß abgetrieben.
»Hilf mir doch, Heuschrecke, zieh mich an einem Seil heraus!« rief sie angsterfüllt.
Die Heuschrecke eilte davon, um ein Seil zu suchen. Sie traf ein Schwein und sprach zu ihm: »Freund Schwein, hilf mir doch! Gib mir ein paar von deinen Borsten! Aus denen will ich ein Seil drehen, um der Ameise zu helfen, die im Flusse treibt.«
Das Schwein gab zur Antwort: »Gib mir nur zuerst eine Kokosnuß, dann will ich dir viele Borsten von mir geben.«
Sogleich eilte die Heuschrecke zur Kokospalme und rief: »O Kokospalme, hilf mir doch! Gib mir eine von deinen Nüssen, damit ich sie dem Schwein geben kann, weil es mir dann Borsten gönnt, aus denen ich ein Rettungsseil machen will für die im Fluß abgetriebene Ameise.«
»Verjage nur zuerst die Krähe, die auf meinen Blattwedeln sitzt und sie so niederdrückt, dann gebe ich dir auch eine Nuß«, antwortete die Kokospalme.
»Krähe, sei doch so gut und verlasse diese Kokospalme, da-

mit sie bereit ist, mir eine Frucht zu schenken, die ich dem Schwein geben will, damit es mir Borsten überläßt, aus denen ich ein Seil winden will, um die abtreibende Ameise zu retten.«

Und was sagte die Krähe dazu?

»Gut, ich werde fortfliegen, wenn du mir ein Ei verschaffst«, entgegnete sie.

Die Heuschrecke beeilte sich, suchte das Huhn auf und bat es um ein Ei. Doch das Huhn antwortete ihr: »Bring mir ein paar Körner Reis und Mais, dann will ich dir ein Ei geben.«

Schnell begab sich die Heuschrecke zum Reisspeicher, weil sie ein paar Körner Reis und Mais erbitten wollte.

Der Reisspeicher gab darauf zur Antwort: »Verscheuche nur zuerst die Maus, die in meinem Inneren nistet, dann bekommst du Reis und Mais.«

Die Maus wollte nur unter der Bedingung ausziehen, daß sie zuvor Kuhmilch zu trinken bekomme. Nun machte sich die Heuschrecke auf den Weg zur Kuh, um ein wenig Milch von ihr zu erbetteln. Die Kuh aber sagte:

»Bring mir ein Bund Alang-alang-Gras, und ich gebe dir ein Schälchen frische Milch.«

Sogleich eilte die Heuschrecke auf die Ladang, schnitt Alang-alang-Gras, bündelte es und brachte es der Kuh. Von der Kuh erhielt sie frische Milch, die sie der Maus brachte. Die Maus nahm die Milch und verließ den Speicher. Vom Speicher bekam die Heuschrecke ein paar Körnchen Reis und Mais, die sie eilig dem Huhn brachte. Das Huhn gab der Heuschrecke ein Ei, das diese schnell der Krähe hintrug. Die Krähe nahm das Ei und flog von der Kokospalme weg. Von dieser erhielt die Heuschrecke eine Nuß, die sogleich das Schwein bekam. Nun überließ das Schwein der Heuschrecke einige seiner Borsten. Sobald sie diese hatte, flocht die Heuschrecke daraus ein Seil.

Damit kam sie eilends der Ameise zu Hilfe. Sie warf ein Ende des Seils bis in die Mitte des Flusses, das andere hielt sie fest.

Die Ameise umklammerte das Seil und gelangte glücklich ans Ufer.
»Ich danke dir, meine Freundin Heuschrecke«, rief die Ameise voll Freude aus.
»Schon gut!« meinte die Heuschrecke lächelnd, »Freunde müssen einander beistehen.«

82 *Walfisch und Delphin*

In einem Weiler lebte einst ein Palmblattzapfer. Täglich schnitt er Zuckerpalmen an, um Palmwein zu gewinnen. Eines Tages noch vor dem Morgenrot machte er sich wie gewöhnlich wieder ans Werk. Während er gerade die Blütenkolben der soeben erstiegenen Palme anschnitt, erblickte er plötzlich zwei Menschen, die auf einer Ladang fleißig arbeiteten. Da sprach er bei sich: »Was sind das wohl für Leute, die ihre Ladang schon so zeitig am Morgen bestellen?«
Und es stieg in ihm ein Verlangen auf, nachzusehen und herauszufinden, wer diese seltsamen Menschen sein könnten.
Er näherte sich der Ladang, auf der jene so schwer arbeiteten, und erklomm dort einen Baum. Als die Morgenröte den Himmel überzog, sprach einer der auf der Ladang Arbeitenden zum anderen: »Komm, mein Gefährte, laß uns heimkehren, damit uns nicht das Sonnengestirn ereilt, das sogleich im Osten erscheint!«
So wendeten sich die beiden zum Gehen. Der Palmsaftzapfer sah, wie die beiden sonderbaren Leute ihre Kleidung, die sie auf einen Zaun gehängt hatten, an sich nahmen. Doch dann gewahrte er voller Erstaunen, daß sich die beiden verwandelten, einer in einen Walfisch, der andere in einen Delphin. Sie stürzten sich ins Meer hinein und waren nicht mehr zu erblikken.
Den Palmsaftzapfer verwunderte das seltsame Ereignis, das er miterlebt hatte, über alle Maßen. Er stieg wieder vom

Baum und kehrte zu seiner Hütte zurück. Was er da bei jener Ladang erblickt hatte, beeindruckte ihn sehr. In seinem Herzen faßte er den Entschluß, mehr über die beiden sonderbaren Leute in Erfahrung zu bringen. Anderntags, lange bevor der Morgen graute, hatte er schon den Baum bei der Ladang wieder erklommen. Er sah, wie der Walfisch und der Delphin herbeikamen, ihre Kleidung ablegten und sich in Menschen verwandelten. Die Kleidung hängten sie wieder auf den Zaun und bearbeiteten dann wie zuvor ihre Ladang. Sobald es aber zu tagen begann, beeilten sie sich, ihre Kleidung anzulegen, verwandelten sich abermals in Fische, warfen sich ins Meer und verschwanden. Auf diese Weise beobachtete der Palmsaftzapfer die beiden seltsamen Wesen täglich.
Eines Tages erblickte er die beiden geheimnisvollen Wesen abermals, doch diesmal wurden sie von sieben Mädchen begleitet, die er genau beobachtete. Dabei bemerkte er auch, daß die Jüngste überaus schön war. Sie hatte eine feine Gestalt und reizende Gesichtszüge. Dem Palmsaftzapfer hatte es die Jüngste, die auf der Ladang mitarbeitete, besonders angetan.
Sobald die Morgenröte heraufzog, merkte er sich den Platz, an dem die Jüngste ihre Kleider aufgehängt hatte. Als es zu tagen begann, hörte er den Delphin zu seinem Gefährten sagen: »Auf, Freunde, laßt uns heimkehren! Es wird hell, und wir verspäten uns sonst.«
Die bis dahin fleißig auf der Ladang Arbeitenden hielten inne und beeilten sich, ihre Kleider zu holen. Sie legten sie an, und augenblicklich wurden sie wieder zu Fischen. Sie stürzten sich ins Meer und entschwanden.
Doch jetzt kannte der Palmsaftzapfer die Stelle, wo die Jüngste, die ihm so gut gefallen hatte, ihr Kleider ablegte. Anderntags war der Palmsaftzapfer schon lange vor dem Morgengrauen zur Stelle. Gleich darauf sah er die Fischwesen herbeikommen, die Ladang zu bestellen. Auch die Mädchen jäteten sofort fleißig das Feld. Er sah ihre Kleidung auf dem

Zaun und konnte erkennen, wo die Jüngste ihr Gewand aufgehängt hatte. Er ließ sich vom Baum herabgleiten, und vorsichtig kroch er bis dorthin, nahm das Kleid der Jüngsten an sich und versteckte es. Danach erstieg er wieder den Baum. Als es zu tagen begann, sagte der Anführer: »Hört, laßt uns schnell heimkehren, damit uns nicht das Sonnengestirn zuvorkommt!«

Der Delphin, der Wal und alle Mädchen nahmen ein jeder rasch seine Kleidung. Eilig zogen sie sich an und waren blitzschnell wieder in Fische verwandelt. Nur allein die Jüngste konnte ihr Gewand nicht finden. Überall suchte sie es, doch gelang es ihr nicht, es zu entdecken. Deshalb rief sie ihre Gefährten an: »Ach, ihr meine Brüder, kommt doch zu mir, bevor ihr euch auf den Weg macht, und helft mir, mein Kleid zu finden! Ich habe es schon die ganze Zeit hier und da gesucht, aber bis jetzt konnte ich es nicht wiederfinden.« Aber ihre Geschwister gaben zur Antwort: »Gleich ist es Tag, und wir müssen fort, bevor das Tagesgestirn uns überrascht. Suche nur selbst dein Gewand!«

Und schon waren die Fische ins Meer gesprungen und verschwunden. Die Jüngste blieb allein zurück. Ach, wie traurig sie sich fühlte, so verlassen von den Brüdern und Gefährtinnen!

Als nun der Palmsaftzapfer sah, daß sein Liebling, die Jüngste, allein zurückblieb, stieg er von dem Baum, auf dem er sich versteckt hatte, herunter und näherte sich langsam dem unglücklichen Mädchen. Er fragte sie: »Was sucht Ihr wohl?«

Das Mädchen erwiderte: »Ich suche mein verschwundenes Gewand. Schon eine Zeitlang suche ich danach und konnte es doch bis jetzt nicht finden.«

Er aber gab zurück: »Und wenn ich Euch zeigen kann, wo es liegt, wollt Ihr mich dann heiraten?«

Sie gab zur Antwort: »Sprecht nicht so! Ich suche doch nur mein verlorenes Kleid. Wäre ich ein gewöhnliches Menschenkind, so würde ich Eure Werbung annehmen, aber ich bin kein Mensch wie Ihr. Deshalb fürchte ich, Ihr könntet es später bereuen.«

»Bestimmt werde ich meine Wahl nicht bereuen. Wenn Ihr mich heiratet, werde ich Euch das Kleid zeigen. Es fällt mir ganz leicht, das zu tun.«

Nun blieben die beiden als Mann und Frau auf der Ladang. Sie bauten sich eine Hütte, um darin zu wohnen. Und nach einiger Zeit gebar die Frau des Palmsaftzapfers einen Sohn, der schließlich heranwuchs. Seine Abstammung war seltsam genug: der Vater ein Palmsaftzapfer und die Mutter ein Fischweibchen! Dieser Junge benahm sich nicht, wie es sich gehört. Er war sehr unartig und erbettelte sich immerzu Speisen wie Sago, Mais, Bataten und anderes von seinen Gespielen. Die anderen Kinder demütigten ihn, ja sie verhöhnten ihn sogar und nannten ihn einen Schnorrer.

Als er eines Tages wieder einmal verspottet und von seinen Gefährten Schnorrer genannt worden war, lief er nach Hause und klagte weinend seiner Mutter, daß sie ihn verhöhnten und Schnorrer nannten. Die Mutter empfand es als eine Kränkung, daß ihr Kind so beschimpft wurde. Sie fühlte sich in ihrer Ehre getroffen und berichtete diese Sache ihrem Mann. Doch der Palmsaftzapfer wagte es nicht, dem entgegenzutreten. Da glaubte sie sich von ihrem Ehemann sehr schlecht behandelt, weil sie sich schämte, wenn ihr Kind verhöhnt und von seinen Kameraden Schnorrer genannt wurde, während ihr Ehemann nicht eingreifen wollte und nur dazu schwieg. So wollte sie in ihre Heimat zurückkehren, aber es gelang ihr nicht herauszufinden, wo ihr Gewand lag. Sie war nun sehr betrübt und ging mit finsterer Miene umher.

Nun wird berichtet, wie eines Tages die unglückliche Frau vor der Kochstelle saß. Plötzlich gewahrte sie, als sie gerade Wasser aus einem Krug nehmen wollte, wie sich auf dem Wasserspiegel das Abbild ihres Gewands zeigte. Sie hob den Kopf und erblickte ihr Kleid, das am Dachbalken des Hauses hing. Die Frau kletterte hinauf, griff danach und erlangte schließlich doch das Kleid zurück, nach dem sie so lange gesucht hatte. Sorgfältig verbarg sie es und kochte die Mahlzeit weiter. Als das Essen fertig war, holte sie Teller für den Sohn und den Ehemann herbei. Auf den Teller des Sohnes legte sie einen edelsteinbesetzten Ring und häufte dann Reis darauf. Danach sprach sie zu ihrem Sohn: »Das Essen für dich und deinen Vater steht bereit. Ich gehe jetzt zur Ladang. Merke auf, was ich dir jetzt sage: Wenn du dann deinen Reis ißt und dabei etwas auf deinem Teller findest, so ist das ein Zeichen, daß du mich wiedersiehst. Aber wenn du deinen Reis ißt und nichts darin findest, so bedeutet das, daß du mich nicht wiedersehen wirst.«

Nach dieser Rede ging sie fort. Dann legte sie ihr so lange vermißtes Gewand an und verwandelte sich wieder in einen Fisch. Sie warf sich gleich ins Meer und kehrte in ihre Heimat zurück.

Unterdessen saßen Vater und Sohn am Tisch und ließen sich das vorbereitete Essen wohlschmecken. Der Sohn des Palmsaftzapfers fand den Edelsteinring, den die Mutter ihm auf den Teller gelegt hatte, und bewahrte ihn sorgsam.

Als es Abend wurde und seine Frau noch nicht zurückgekehrt war, fragte der Palmsaftzapfer seinen Sohn: »Wohin ist denn deine Mutter gegangen?« Der Junge antwortete: »Ich weiß es nicht; Mutter hat nur gesagt, daß sie ein Weilchen auf die Ladang gehen will. Vielleicht bleibt sie dort über Nacht.« Am nächsten Tag war die Frau des Palmsaftzapfers noch nicht zurück. Als sie aber auch am dritten Tag noch immer nicht heimkam, ging der Palmsaftzapfer zur Ladang, um seine Frau zu suchen. Doch die Schutzhütte auf der Ladang war leer; er fand sie dort nicht. Rufend suchte er nach ihr, aber sie blieb verschwunden. Schweren Herzens kehrte der Mann nach Hause zurück. Dort sagte der Sohn zu seinem Vater: »Mein Vater! Jetzt erinnere ich mich daran, was meine Mutter mir gesagt hat, bevor sie fortging. Als sie das Essen für uns beide zubereitet hatte, sagte sie mir folgendes: ›Wenn du dann ißt und etwas auf deinem Teller findest, so ist das ein Zeichen dafür, daß du mich wiedersiehst. Aber wenn du deinen Reis ißt und nichts darin findest, so bedeutet das, daß du mich nicht wiedersehen wirst.‹ Und wie du, mein Vater, selbst weißt, habe ich einen Edelsteinring in meinem Reis gefunden.«

Da blickte der Palmsaftzapfer zu der Stelle hinauf, wo er das Gewand seiner Frau versteckt gehalten hatte. Er gewahrte, daß es nicht mehr an seinem Platz hing. Nun begriff er, daß seine Frau gewiß in ihre Heimat zurückgekehrt war. Er und sein Sohn schoben schnell ein Boot ins Wasser und ruderten damit los, um die verschwundene Frau zu suchen. Außer der Wegzehrung nahmen sie auch Betelnüsse und Betelblätter sowohl feinster als auch gewöhnlicher Art mit.
So ruderten sie kreuz und quer über das Meer und trafen nach kurzer Zeit einen Kaletbet-Fisch, der zwischen den Mangrovenstämmen, die dort reichlich standen, umherschwamm.
Der Sohn des Palmsaftzapfers sprach traurig zu ihm: »O du Kaletbet-Fisch! Hast du nicht meine Mutter gesehen?«
Der Fisch gab zurück: »Wie konnte ich denn deine Mutter sehen, da du doch selbst bemerkst, daß ich mich hier zwischen den Mangroven verborgen halte. Ich weiß gewiß nicht, wohin deine Mutter etwa gegangen ist.«
Der Sohn des Palmsaftzapfers gab dem Kaletbet-Fisch von den einfachen Betelnüssen und Betelblättern, weil jener nicht wußte, wohin die Mutter sich gewendet hatte.
Vater und Sohn machten sich wieder auf die Reise. Schon bald begegneten sie einem Farun-Fisch, der zwischen den Klippen umherschwamm. Traurig fragte der Sohn des Palmsaftzapfers: »O du Farun-Fisch! Hast du nicht meine Mutter gesehen?« Der Farun-Fisch antwortete: »Wie könnte ich wissen, wohin deine Mutter sich gewandt hat, da du doch selbst

siehst, daß ich immer hier zwischen den Klippen bleibe. Ich weiß wahrhaftig nicht, wohin deine Mutter gegangen ist.«
Der Sohn des Palmsaftzapfers reichte dem Farun-Fisch gewöhnliche Betelnüsse und Betelblätter, denn der Fisch hatte ihm ja keine frohe Botschaft gebracht.
Wieder setzten Vater und Sohn ihre Reise fort. Nach kurzer Zeit begegneten sie einem Manyifit-Fisch. Und abermals fragte der Sohn des Palmsaftzapfers betrübt: »O du kluger Manyifit-Fisch, hast du denn nicht meine Mutter gesehen?«
Da gab dieser zur Antwort: »Gewiß habe ich deine Mutter gesehen, und du hast auch den richtigen Weg gewählt; reise nur in dieser Richtung weiter, und du wirst sie bestimmt finden.« Diese Worte des Manyifit-Fisches ermutigten den traurigen Jungen, und darum reichte er dem Fisch von den feinen Betelnüssen und Betelblättern sowie Kautabak.
Der Palmsaftzapfer und sein Sohn fuhren weiter. Als sie eine Zeitlang ihr Boot gerudert hatten, trafen sie einen Bisbisul-Fisch. Der Junge fragte abermals mit trauriger Stimme: »O du weiser Bisbisul-Fisch, hast du denn nicht meine Mutter gesehen?«
Da antwortete dieser: »Natürlich habe ich sie gesehen und weiß, wo sie wohnt, nämlich dort in jenem Dorf. Dort lacht sie immer fröhlich und scherzt mit ihren Freundinnen. Rudert nur so weiter, das Dorf ist nicht mehr so fern, bald werdet ihr es erreichen.«
Der Sohn des Palmsaftzapfers gab dem Bisbisul-Fisch die besten Betelnüsse, Betelblätter und dazu noch Tabak, weil er hocherfreut über die sichere und beglückende Kunde war. Und danach fanden und erreichten sie auch sicher den Aufenthaltsort der von ihnen gesuchten Frau. Doch wagten sie nicht, in das Dorf des Walfisches und des Delphins hineinzugehen, deshalb überredeten sie einen Alten und belohnten ihn dafür, daß er die Frau des Palmsaftzapfers bitte, sie möge einwilligen, zu ihrem Mann zurückzukehren.

Der alte Bote richtete seinen Auftrag aus und trug der Frau den Wunsch des Palmsaftzapfers und dessen Sohnes vor. Sie hatte sich schon nach ihrem Kind gesehnt und war bereit, zu ihrem Gatten zurückzukehren. So versöhnten sich Mann und Frau wieder. Dann stieg das Fischweibchen in das Boot ihres Mannes. Sie streifte ihre Fischhaut ab, und zur Zufriedenheit ihres Gefährten und für das Glück ihrer Familie warf sie das Fischkleid weit von sich. Darum wurde sie von jenem Augenblick an ein Mensch und wollte nicht mehr in die Welt der Fische zurück.
Die drei ruderten nun ihr Boot wieder in die Heimat. Der Palmsaftzapfer zankte die Kinder gehörig aus, die seinen Sohn verhöhnt und als einen Schnorrer beschimpft hatten. Er vergalt ihnen den Kummer und die Kränkung, die sie seiner Frau zugefügt hatten.

83 Warum die Eule gern bei Vollmond schreit

In alten Zeiten, so erzählt man, gab es einmal im Himmel ein Königreich. Es wurde von einem Königspaar regiert, das drei Söhne hatte.
Weil dieses Reich sich im Himmel befand, nannte man es auch nach seiner Lage das »Königreich im Himmel«.
Man erzählt weiterhin, daß dieses Land blühte und gedieh, die Menschen darin friedlich und in Eintracht lebten, so daß es niemanden verwunderte, wenn es viele Kaufleute und Händler anzog.
Unter ihnen gab es jedoch auch solche, die aus dem »Königreich auf der Erde« kamen, das ein mächtiger Gegner des »Königreichs im Himmel« war. Die Kaufleute, die das »Königreich im Himmel« aufsuchten, vergaßen keineswegs, Geschenke und Gaben als Zeichen ihrer Dankbarkeit für den klugen und erfahrenen Großkönig mitzubringen.

Es konnte nicht wundernehmen, daß der Großkönig des »Königreichs auf der Erde« sehr neidvoll auf den raschen Aufschwung in dem »Königreich im Himmel« blickte und immerzu nach einem günstigen Zeitpunkt suchte, es zu zerstören. Aber er mußte lange auf die erhoffte Gelegenheit warten, denn der Großkönig des »Königreichs im Himmel« hatte keine Tochter.

Der Großkönig des »Königreichs auf der Erde« wollte nämlich dann angreifen, wenn sein Feind eine erwachsene Tochter hätte. Dann wollte er ihn überfallen, die Tochter rauben und zu seiner Königin machen.

Wie sah es nun in der Familie des Großkönigs vom »Königreich im Himmel« aus? Gewiß hegte der Großkönig schon lange den Wunsch nach einer Tochter.

Eines Tages einmal kamen die Ulama, die weltlichen Gelehrten, alle Wesire, die Heerführer und anderen Großen des Landes vor dem Herrscher zusammen. Der Großkönig wünschte von ihnen zu erfahren, ob es ihm beschieden sein werde, eine Tochter zu bekommen.

Einer der Wesire trat vor den König und küßte dem Herrscher die Hand. Danach betrachtete er aufmerksam dessen Handlinien.

Schließlich verneigte er sich tief und ehrfurchtsvoll vor dem König und sprach: »Mein Gebieter! Nimm zuvor meinen ehrerbietigsten Gruß und meine Bitte um Vergebung für das Unterfangen, dir, o mein Gebieter, vorauszusagen, was dir geschehen wird. Nach den Hügeln und Tälern und den Linien in deiner Hand zu urteilen, wirst du, mein Gebieter, schon sehr bald eine Tochter haben. Sie wird von großem Liebreiz sein, und niemand im ganzen ›Königreich auf der Erde‹ wird sich mit ihr an Schönheit messen können.

Aber vergib mir, mein König, tausendmal bitte ich um Vergebung«, und wieder verneigte sich der Weise ehrfürchtig, »dein stolzes Königreich wird zerstört werden, wegen dieser deiner zukünftigen Tochter, denn der König vom ›Königreich

reich der Erde‹, der das ›Himmlische Königreich‹ ohne Unterlaß belauert, wird meinen Gebieter überfallen, weil er deine schöne Tochter rauben will.
Dann werden mein Gebieter und mein geliebtes ›Himmlisches Königreich‹ aufhören zu bestehen, und mit ihm zusammen alle Großen des Reiches, die Heerführer, sein Volk und alles, was im Königreich lebt.«
Und wirklich dauerte es nicht lange, da traf die Wahrsagung für den Herrscher ein.
Seine Gemahlin gebar dem Herrscher, ganz zu dem vom Allmächtigen bestimmten Zeitpunkt, die lang ersehnte schöne Tochter.
Die ganze Herrscherfamilie mitsamt allem Volk des »Himmlischen Königreichs« feierte fröhlich die Geburt der Tochter.
Bis zu den entlegensten Gebieten des Landes hielt das Volk Wettkämpfe, Feste und Spiele aller Art ab als Zeichen seiner Freude und Anteilnahme an dem Glück, das die Geburt dieser Tochter der Herrscherfamilie bescherte.
Das Neugeborene wurde gehätschelt und liebkost und einer Amme übergeben, damit sie es gut pflegen und warten möge.
In seinen Mußestunden rief der Großkönig immer die Amme mit dem Kind zu sich, damit er es betrachten konnte. So sehr liebte er seine Tochter.
Aber als das Mädchen schließlich herangewachsen war, erinnerte sich der Großkönig der damaligen Wahrsagung des Weisen im Palast, der verkündet hatte, daß das »Königreich auf der Erde« sein Land überfallen und zerstören werde, um die Tochter zu gewinnen.
Deshalb stieg in dem Herrscher der Wunsch auf, seine Tochter an einen sicher erscheinenden Ort zu bringen, wenn eines Tages wirklich und wahrhaftig das »Königreich auf der Erde« einen Überfall wagen sollte. Es gab wohl keinen anderen Ort, der so sicher schien wie der Mond, um die Königstochter zu verstecken. Dort sollte sie für einige Zeit wohnen. Der Herrscher ließ auf dem Mond ein prächtiges Schloß errichten, und

an dem dafür festgesetzten Tag trat die Königstochter mit ihrer Amme die Reise zum Mond an. Der ganze Hofstaat nahm feierlich Anteil. Der Herrscher und seine Gemahlin gaben nur ihre Tränen als Geleit für die überaus geliebte Tochter mit und konnten kein einziges Wort über die Lippen bringen.

Jedoch die Liebe des Herrschers zu seinem Kind gebot diese Trennung, damit die teure Tochter nicht dem als böse bekannten Großkönig des »Königreichs auf Erden« in die Hände fiel.

Inzwischen verbreitete sich unter den Erdenbewohnern die Kunde, daß der Großkönig des »Königreichs auf der Erde« ein großes Heer aufstelle. Er bereite einen Angriff auf das »Himmlische Königreich« vor, weil er die Tochter des Herrschers jenes Reiches für sich begehre.

Jeden Tag wurden die Truppen geübt, und alle Bewohner des Königreichs mußten daran teilnehmen. Man stellte sämtliche Kriegsausrüstung bereit, um einen glänzenden Sieg zu erringen.

Zum festgesetzten Zeitpunkt überfiel das große Herr aus dem »Königreich auf Erden« das »Himmlische Königreich« mit flammendem Mut und wandte sich gegen den königlichen Palast. Der Großkönig des »Königreichs auf Erden« selbst führte diesen Angriff und suchte im Palast sofort die Königstochter. Sehr erzürnt bemerkte er, daß man sie verborgen hatte, so daß sie sich vor dem Zugriff der Leute von der Erde in Sicherheit befand.

Die Heerscharen von der Erde töteten den Großkönig des »Himmlischen Königreichs« und seine Gemahlin, die Weisen, die Heerführer und alle, die zum Palast gehörten. Alle Bauwerke des Königsschlosses wurden völlig zerstört und dem Erdboden gleichgemacht.

Anfangs hatten die Krieger des »Himmlischen Königreichs« dem Angriff der Erdenheere noch standhalten können, aber da die Soldaten des »Königreichs auf der Erde« immer zahl-

reicher wurden, konnten die Truppen des Himmelskönigs dem heftigen Ansturm keinen Widerstand mehr leisten.
Nach kurzer Zeit drang die traurige Kunde bis zu der Königstochter, die auf dem Mond Hof hielt. Sie grämte sich sehr, als sie erfuhr, daß die Heere des »Königreichs auf Erden« Vater und Mutter und den gesamten Hofstaat umgebracht hatten. Die Königstocher wünschte wohl, die Grausamkeit des Großkönigs aus dem »Königreich auf der Erde« zu vergelten. Aber wie konnte sie, eine Jungfrau, das erreichen? Waren doch aller Besitz ihres Königreichs und alles Kriegsgerät vernichtet worden! Sie hatte jetzt nur noch ihre Amme, die sie über alle Maßen liebte.
Seit die Königstochter nun die Unglücksbotschaft vernommen hatte, trauerte sie immerzu, und den ganzen Tag lang tat sie nichts anderes, als am Fenster ihres Schlosses zu sitzen und dorthin zu schauen, wo einst ihr väterlicher Palast vor seiner Zerstörung gestanden hatte.
Die Amme bemühte sich unablässig, Trost für die Königstochter zu finden. Aber alles war vergebens, denn sie erinnerte sich immer wieder ihrer königlichen Eltern und aller Pracht ihres Palastes. Nun geschah es eines Tages, als die Königstochter gerade wieder ins Weite hinaussah und an die ruhmvolle Zeit ihres väterlichen Königreichs dachte, daß ihr Blick auf eine Blütenknospe fiel, die sich unten auf der Erde soeben erschließen wollte.
Sie schimmerte so herrlich in den Strahlen der Sonne, daß die Königstochter sie gar zu gern besitzen wollte. Aber wie sollte das angehen? Die Blume blühte ja auf Erden, wo das Königreich lag, das ihres Vaters Reich zerstört hatte. Die Königstochter wollte sich hinunterbegeben, doch sie fürchtete auch, daß der Großkönig des »Königreichs auf Erden« sie gefangennehmen würde.
Einmal bat sie auch ihre Amme, sie möge ihr erlauben, hinunterzusteigen auf die Erde, um die Blume zu holen. Die Amme warnte sie, die Erde zu betreten, denn wenn sie erst

dort sei, könne sie sicherlich nicht wieder heraufgelangen. Die Königstochter befolgte jedoch den Rat der Amme nicht, sondern stahl sich heimlich hinunter zur Erde, um die lange bewunderte Blume zu pflücken.
Aber die Königstochter bereute es sehr, denn was wie eine Blume ausgesehen hatte, erwies sich als verstreut umherliegende Überreste von Zuckerrohr. Da erkannte sie, daß sie nun in eine Falle geraten war und die Zuckerrohrreste nur als Lockmittel gedient hatten. Sie versuchte zum Mond aufzufliegen, doch es mißlang ihr. Sie konnte ihre Flügel nicht mehr regen.
Da ging sie fort und setzte sich einsam und grübelnd unter einen Baum. Dort hielt sie sich verborgen, denn sie hatte Angst, daß die Erdenbewohner sie vielleicht bemerken könnten.
Während sie so ihr Schicksal bedachte, ging es ihr plötzlich durch den Sinn, den Baum zu ersteigen und von da oben aus zu versuchen, ob sie zurück zum Mond fliegen könne. Aber es war ihr nun einmal nicht beschieden, denn sooft sie auch emporflog, immer wieder mußte sie zurück, weil sie den Mond doch nicht erreichte.
Dabei schrumpfte ihr Leib zu einem Vogelkörper zusammen, ohne daß sie es gewahrte. Schließlich verwandelte sie sich ganz und gar in eine Eule.
Nun wissen wir auch, warum die Eule immer bei Vollmond ihren Ruf ertönen läßt und dabei auffliegt, von einem Baum zum anderen: Sie bemüht sich immerfort, zu ihrer Amme im Mond heimzukehren.
Die Amme im Mond hat lange vergebens auf die Rückkehr der Königstochter gewartet. Nun sitzt sie nachdenklich unter einem großen Waringin-Baum, wie bei Vollmond deutlich zu erkennen ist: Man sieht den großen Baum mit der mächtigen Laubkrone und darunter eine sitzende Frau.

Anhang

Nachwort

Im Märchengut aller Völker lassen sich Erfahrungen finden, die ein jedes Volk im Laufe seiner wechselvollen Geschichte gesammelt hat. Unbestritten ist, daß Märchen von Volk zu Volk gewandert sind. Im Falle des indonesischen Märchengutes gab es starke Einflüsse aus Indien und Arabien, wie denn später von Insulinde aus die Märchen sowohl in die pazifische Inselwelt als auch nach Madagaskar durch Seefahrer weitergetragen wurden.

Die hier vorgelegte Sammlung indonesischer Märchen und Volkserzählungen beruht auf Texten, die ausschließlich in der unabhängigen Republik Indonesien, also nicht in der Kolonialära, gesammelt und herausgegeben wurden. Die Bezeichnung Republik Indonesien deckt sich nicht völlig mit dem ethnologischen Begriff Indonesien.

Während sich Paul Hambruch in seinen 1922 erschienenen »Malaiischen Märchen« noch größtenteils auf von holländischen Beamten, Missionaren und Gelehrten gesammelte Dokumente stützte, erachteten es literarische und politische Kräfte in der Republik Indonesien für tunlich, den reichen Märchenschatz der zahlreichen ethnischen Gruppen des Inselreichs zu deren Allgemeingut zu machen. Gemäß dem Spruch im Staatswappen »Bhinneka Tunggal Ika« (Einheit in der Verschiedenheit) erfolgte eine Besinnung auf die eigenen Kulturleistungen, der auch die Edition der »Cerita Rakyat« (Volkserzählungen) durch den staatseigenen Verlag Balai Pustaka diente. Die Märchen erschienen in der seit 1928 gebrauchten Nationalsprache »bahasa Indonesia«, die von Jawanen, Sundanesen, Batakern und Minangkabauern, von den Acehern bis zu den Balinesen, um nur einige zu nennen, gleichermaßen verstanden wird.

Vielen der Märchen, Geschichten, Schwänke und Sagen sind einige Eigentümlichkeiten anzumerken, die mit der Denk- und Vorstellungswelt der Indonesier zusammenhängen. Damit sind bisweilen fast ermüdende Wiederholungen, Widersprüche in ein und derselben Erzählung, ein manchmal fast abrupt wirkender Schluß, gelegentliche Bezugnahme auf die moderne Zeit und nicht zuletzt auch eine den deutschen Leser gelegentlich »unlogisch« anmutende Erzählweise gemeint.

Aus dem geographischen Milieu ist erklärlich, daß der Seefahrt eine große Rolle in diesen Geschichten zufällt, und in der Tat unterscheiden sich die heutigen Auslegerboote der indonesischen Küstenfischer kaum von den in den Märchen erwähnten Praus.

Es kann nicht verwundern, daß das Hauptnahrungsmittel der Menschen in Indonesien, der Reis, ein Hauptthema der Ursprungsmärchen bildet. Aus deren großer Zahl wurden hier fünf aufgenommen, die ganz unterschiedliche Deutungen enthalten, wobei zwei von ihnen (*Wo der Reis herkam; Prinzessin Tisna Wati*) mit der hinduistischen Götterwelt verknüpft sind. Dies erklärt sich aus der Verbreitung des Hinduismus hauptsächlich auf Jawa, wohingegen noch mehr oder weniger animistische Vorstellungen in den Sagen aus Kalimantan (*Vom Ursprung der Reispflanze*), Sulawesi (*Wie der Reis auf die Erde kam*) und Kei (*Die Geschichte vom Reis*) zu finden sind. Übrigens gibt es zahllose Variationen der Zubereitung von Reis, beispielsweise als Klebreiskuchen (*Der tapfere Soldat Sura Menggala*), wie auch der Beilagen (*Kabayan und sein Schwiegervater*). In den Zaubermärchen taucht das Motiv der vom Himmel herabgekommenen Feen auf (*Aryo Menak heiratet eine Himmelsfee; Die drei Halbwaisen; Vom Menschen, der die Himmelstochter heiratete*). Auch das Verwandlungsmotiv ist mehrmals zu finden (*Die Geschichte von Ringkitan und Kusoi; Walfisch und Delphin; Vom Jüngling, der sich in einen Delphin verwandelte*). Bei der Nennung einer »Fliegenden Prau« kann man (*La Manjurai und Prinzessin Bosu*) auch fremde Einflüsse vermuten.

Weitere Gruppen bilden Orts-, Namens- und Entstehungssa-

gen (*Die Herkunft des Namens Tengger und die Entstehung des Batok-Berges; Die Geschichte von Jambi; Vom Ursprung des Namens Banyuwangi; Die Geschichte vom Moor mit dem klaren Wasser bei Ambarawa*) und die zahlreichen Tierfabeln, in denen der Zwerghirsch eine dominierende Rolle spielt.
Es läßt sich jedoch bei der überwiegenden Zahl der Geschichten, die für diese Sammlung ausgewählt wurden, eine eindeutige Zuordnung zu der einen oder anderen Gruppe nicht treffen.
Erläuterungen zu bestimmten Textstellen mögen dem Leser eine größere Einsicht in die fremde, durch den »Adat« geprägte Kultur vermitteln: Die unzähligen im Volk umlaufenden Geschichten vom Zwerghirsch, der wegen seiner Kleinheit und relativen Wehrlosigkeit eben auf List angewiesen ist, um seinen Feinden zu entgehen, bilden ein charakteristisches Merkmal für die Auffassung, daß Verstellung gegenüber dem Mächtigen (*Der listige Sittich*) und bewußte Irreführung des Gegners durch unwahre oder halbwahre Reden (*Affe und Schildkröte; Pak Tolpatsch*) keineswegs als »ehrenrührig« gelten. Vielmehr dient die Anwendung von List, die nicht mit Heimtücke verwechselt werden darf, in den meisten Fällen dazu, der Gewalt durch Klugheit entgegenzutreten.
Tränen zu vergießen gilt dem Indonesier als eine durchaus (auch für den Mann) normale menschliche Gefühlsregung (*Die Geschichte vom Kris aus Minangkabau; Die Geschichte von Meister Bener* u. a.).
Einer falschen Auslegung ist das malaiische Wort »amuk« (*Auf der Suche nach einem Großen der Welt*) in Europa zum Opfer gefallen. Befindet sich ein Indonesier in einer Lage, die er selbst – aus welchen Gründen auch immer – für ausweglos hält, kann es geschehen, daß er eine Waffe ergreift und sie wahllos auf alle ihm Begegnenden richtet, bis er von diesen in Notwehr getötet wird. Jedoch wird ein solcher Amoklauf nicht als Verbrechen angesehen. Eien starke Sensibilität und ein leicht verletzliches Ehrgefühl kennzeichnen die Mehrzahl

der indonesischen Menschen, denen es doch der »Adat« verbietet, ihre Gefühle offen zu zeigen.

Der Name bleibt einem Indonesier nicht in jedem Fall sein ganzes Leben lang erhalten. Unter bestimmten Umständen ist die Annahme eines neuen Namens möglich (*Die Geschichte vom Kris aus Minangkabau; Herr Korowelang*).

Die bahasa Indonesia kennt eine Vielzahl von Anredeformen, die oft im eigentlichen Sinn Verwandtschaftsbezeichnungen sind. Da die deutsche Sprache ähnliches nicht mehr aufweist, wurde bewußt auf veraltete deutsche Formen zurückgegriffen. Die Höflichkeit gebot beispielsweise, von sich selbst nicht in der ersten Person zu sprechen (*Eine Geschichte aus Toraja*). Vor höherstehenden Personen und vor Älteren ließ man sich mit gekreuzten Beinen und gesenktem Blick nieder (*Dickbauch; Nyi Bungsu Rarang; Kabayan und sein Schwiegervater*). Bei vielen Volksstämmen verbietet es der »Adat«, Kinder körperlich zu züchtigen (*Das ungehorsame Mädchen*).

Der Abschluß eines Kaufs oder Verkaufs ist ohne langes Handeln und Feilschen kaum denkbar. Dennoch gibt es auch dafür feste Regeln und Gebräuche. Ist zum Beispiel der geforderte Preis einmal bezahlt, können weder Käufer noch Verkäufer den Handel ohne weiteres wieder rückgängig machen (*Der Kaufmann Mudo*).

In Mittel-Sulawesi verlangte der »Adat«, daß eine Frau vier bis sieben Tage nach der Geburt ihres Kindes sich über ein Feuer hockte, um sich zu »wärmen«, womit ein allzu großer Blutverlust der Wöchnerin vermieden werden sollte (*Vom Menschen, der die Himmelstochter heiratete*).

Auf Jawa und Bali ist der Hahnenkampf eine weitverbreitete und überaus beliebte Volksbelustigung, an der sich oft genug die Wettleidenschaft entzündet (*Langhorn, Panji Kelaras*).

Lange bevor in den ersten Jahrhunderten unserer Zeitrechnung Hinduismus und Buddhismus sich in Insulinde verbreiteten, die im 16. Jahrhundert dem Islam weichen mußten, herrschten dort animistische Vorstellungen, deren Spuren nicht nur in den Volksmärchen erhalten sind, sondern teilweise noch heute unter der ländlichen Bevölkerung anzutreffen sind. In den Märchen findet sich Geisterglaube (*Kabayan und sein Schwiegervater; Herr Korowelang; Loro Jonggrang*) ebenso wie Ahnenkult. Bei verschiedenen ethnischen Gruppen war es Sitte, die Ahnen um Fürsprache anzurufen, wenn ein Vorhaben gelingen sollte (*Vom Menschen, der die Himmelstocher heiratete*).

In die Urgesellschaft zurück, die ja für bestimmte Volksstämme wie die im Binnenland von Kalimantan lebenden Dayak historisch gesehen noch keine graue Vergangenheit darstellt, weist das Vorkommen von Kannibalismus (*Weißzwiebelchen und Rotzwiebelchen*) oder Menschenopfern (*Vom Ursprung der Reispflanze; Kabayan fängt einen Hirsch*).

Das Motiv der Seelenwanderung (*Das Moor mit dem klaren Wasser bei Ambarawa*) hat seine Wurzeln im Buddhismus.

Viel stärker jedoch sind die Volksmärchen durch den Einfluß des Islams, der vorherrschenden Religion in Indonesien, geprägt. Während christliche Missionare nur in wenigen Gebieten des Archipels erfolgreich wirken konnten, so beispielsweise in Nord-Sumatra und in Nord-Sulawesi, und man hinduistischen Glauben nur noch auf der bekannten Insel Bali findet, sind vielfach ganz elementare Lebensregeln, Auffassungen über Leben und Natur, Werden und Vergehen, Hoffnungen und Wünsche, wie sie sich zumeist unreflektiert im Märchen widerspiegeln, mit moralisch-ethischen Geboten belegt, die der Lehre Mohammeds entstammen. So macht es der Koran den Gläubigen zur Pflicht, den Bedürftigen Almosen zu spenden. Wer sich hartherzig gegen die Armen zeigt, verstößt daher nicht nur gegen die allgemeinen Gesetze der Menschlichkeit, sondern obendrein gegen die dieser Religion (*Die Geschichte vom Moor mit dem klaren Wasser bei Ambarawa; Nyi Bungsu Rarang*). Eine andere Lehre besagt, daß die Todesstunde jedes Menschen durch Allah vorherbestimmt sei (*Eine Geschichte aus Toraja*). Überhaupt wird mehrmals auf die Allmacht Allahs verwiesen (*Der Weg in den Himmel; Die Witwe und die Schlangenfische*). Für die Verstorbenen soll der Muslim nach Ablauf bestimmter Zeitabstände Gedenkfeiern (*»Selamatan«*) abhalten (*Datu Aca und die Rattenkönigin*). Das in dieser und anderen Geschichten erwähnte Klopfen der Reisstampfer zeigt an, daß diese »Selamatan« mit Speise und Trank verbunden sind. Außerdem gelten sie – bei den unterschiedlichsten Anlässen – als eine gesellschaftliche Verpflichtung, der nicht nachzukommen als wesentliche Unterlassung angesehen würde.

Allgemein muß auf die vorwiegend in ländlichen Gegenden bis heute existierende Bedeutung der Sippe und darüber hinaus der Dorfgemeinschaft hingewiesen werden, die jeden zur Hilfe für alle Mitglieder der betreffenden Gemeinschaft verpflichtet (*Nyi Bungsu Rarang; Die arme Witwe und die Schlangenfische*).

Während Heiraten zumeist von den Eltern oder auch den gebietenden Fürsten abgesprochen wurden und die Kinder sich darein zu fügen hatten (*Der tapfere Soldat Sura Menggala*), erlaubt der Islam doch beiden Ehepartnern, die Scheidung zu begehren (*Pak Moksel*).

Bei der schweren Arbeit der Reisbauern auf der Sawah dient ihnen der Wasserbüffel (*Dickbauch*) als wichtigstes Haustier. Weil sie dabei beständig im Schlamm waten müssen, ist die Schmutzkruste auf der Haut (*Herr Korowelang*) erklärlich. Jedoch sei hier angemerkt, daß selbst die Ärmsten der Armen in Stadt und Land sich so oft waschen, wie es ihnen nur möglich ist.

Einen Kopfbund (*Dummbart als Dieb; Kabayan verkauft einen Flughund*) tragen viele Männer auf den indonesischen Inseln. Oft ist er sehr schön gebatikt.

Der Bambus – so besagt ein geflügeltes Wort – begleitet den Indonesier von der Geburt bis zum Tod. Bambus war das wichtigste Material für den Hausbau (*Herr Korowelang; Vom Jüngling, der sich in einen Delphin verwandelte; Der Weg in den Himmel; Der Gibbon und der Riese*) und für viele Gegenstände des Haushalts (*Der Reiher und die Fische; Die drei Halbwaisen*).

Ein beliebtes Geschicklichkeitsspiel im östlichen Indonesien wird mit einem aus Rotan geflochtenen Ball betrieben, dessen Fall zur Erde alle Mitspieler verhindern müssen (*Vom Jüngling, der sich in einen Delphin verwandelte*).

Eine Sonderstellung nimmt die Figur des Kabayan ein, von dem die in West-Jawa beheimateten Sundanesen Hunderte von Geschichten und Geschichtchen zu erzählen wissen. Manchmal wird Kabayan als klug, listig und schlagfertig geschildert, während er andererseits als faul und beschränkt beschrieben wird. In dieser Figur verkörpert sich der (sundanesische) Volkswitz.

Die vorliegende Auswahl von Volksmärchen, Sagen, Geschichten, Schwänken und Fabeln kann nicht als umfassend bezeichnet werden. Der Schatz an Volksdichtung ist wohl auch in dem riesigen Archipel noch nicht vollständig gehoben. Dennoch bleiben Überlieferungen und Erfahrungen vieler Generationen im Gewand der Märchen lebendig und lassen den deutschen Leser einen Blick in eine ihm ferne, fremde Welt tun, die im Rahmen schrumpfender Entfernungen und des gegenseitigen kulturellen Austauschs immer näher auch an Europa heranrückt. Dazu einen Beitrag zu leisten war die Absicht der Übersetzer.

Renate und Hansheinrich Lödel

Worterklärungen

Abendgebet: im Islam übliche Gebetszeit, etwa 20 Uhr (arabisch: Is(y)a).

Aceh: Name der Provinz an der Nordspitze Sumatras und des dort ansässigen Volksstamms (frühere Schreibung: Atjeh).

Adat: überlieferte, traditionelle Sitten und Gebräuche, bei den verschiedenen Völkerschaften Indonesiens unterschiedlich.

Agung: Name des höchsten tätigen Vulkans auf Bali (3142 m).

Alang-alang: sehr scharfkantige, meterhohe, rasch wuchernde Grasart (Imperata).

Ambarawa: Name eines Erholungsortes im Gebirge südlich der Stadt Semarang (Mittel-Jawa).

Ambon: Name einer Insel und zugleich der Hauptstadt der Provinz Maluku (Molukken-Inseln).

Batate: rübenförmiges, süßes, mehlreiches Knollengewächs (Ipomoea batatas).

Bendi: kleines zweirädriges Fuhrwerk.

Betel(pfeffer): eine Art Priem (Piper Betle).

Bhatara Guru: einer der Namen des Gottes Shiwa als Schützer der Welt.

Brahma: Name des obersten Gottes in der Religion des Brahmanismus.

Bu: abgekürzte Form des Wortes »Ibu«; gebräuchliche, intim-höfliche Anrede oder Bezeichnung für eine ältere Frau (auch für sozial Höherstehende oder Respektspersonen).

Cibeureum: Ortsname.

Cindewelang: Eigenname.

Cirebon: Name einer Stadt in West-Jawa an der Nordküste.

Dadapan: Ortsname.

Datu(k): Hüter und Bewahrer des Adat (s. d.) in der Dorfgemeinschaft.

Delman: zweirädriges Fuhrwerk; eigentlich »deeleman«, abgeleitet vom Namen einer holländischen Firma im früheren Batavia.

Dendeng: gewürzte, luftgetrocknete, dünne Fleischstreifen.

Dewi Sri: Name der die Pflanzen, insbesondere den Reis beschützenden Göttin.

Durian: große und schwere, sehr stark (käseartig) riechende Frucht (Durio zibethinus).

Flughund: Nachttier mit Flughaut (Pteropus celaeno); malaiisch: kalong.

Gamelan: Musikinstrument, zumeist mit verschieden abgestimmten Gongs; auch: jawanisches oder balinesisches Orchester.

Gedé: Name eines Berges in West-Jawa (2958 m).

Gibbon: hier: der »Siamang« (Symphalangus), auf Sumatra vorkommend.

Hadramaut: Name einer Landschaft an der Südküste der arabischen Halbinsel.

Hadschi: Titel eines Mekkapilgers.

Ijen-Gebirge: Name eines Gebirges in Ost-Jawa.

Insulinde: alte Bezeichnung für die Inselwelt des Malaiischen Archipels.

Jambi: Name einer Provinz im Ostteil von Süd-Sumatra.

Jambu: immergrüner, tropischer Baum mit aromatisch duftenden Blättern und Blüten, Früchte eßbar (Eugenia malaccensis).

Jawa: indonesischer Name der Insel Java.

Kain: lange Stoffbahn(Batik), die gewickelt, von der Taille bis zu den Knöcheln reichend, von den Frauen als Rock getragen wird.

Kalimantan: indonesischer Name der Insel Borneo.

Kapok: pflanzliches Füllmaterial für Polster u. ä.; Samenwolle einiger in Indonesien heimischer Pflanzen (Eriodendron, Bombax, Ochroma).

Kei: Name einer Insel westlich von West-Irian (s. d.).

Kemiri: Baumart mit ölhaltigen Nüssen (Aleurites moluccana).

Kris: kurzer (malaiischer) Dolch.

Kuskus: Fingerbeutler (Phalanger) aus der Gattung der Beuteltiere, auf den Sunda-Inseln vorkommend.

Ladang: ein durch Brandrodung geschaffenes Feld für Bergreis (im Gegensatz zur Sawah, s. d.).

Lawang: Name einer Stadt in Ost-Jawa.

Leungli: sundanesisches Wort, könnte eine Abkürzung sein und etwa bedeuten: »der Unersetzliche«.

Lombok: Name einer der kleinen Sunda-Inseln.

Madura: Name einer Ost-Jawa vorgelagerten Insel in der Jawa-See.

Majapahit: Name eines alten hinduistischen Königreichs in Indonesien; existierte von 1294 bis 1520.

Mak: Mutter, Anrede für verheiratete Frauen.

Mangkunegara: Gebiet des Fürstentums Solo in Mittel-Jawa; auch: Titel des Fürsten von Solo.

Maschallah: Ausruf des Erstaunens; arabisch: bei Gott!.

Mataram: Name eines alten Königreichs in Mittel-Jawa, existierte vom 9. bis zum 11. Jahrhundert.

Mendut: Name einer Ortschaft mit den Ruinen eines hinduistischen Tempels in Mittel-Jawa.

Merapi: Name eines noch tätigen Vulkans in Mittel-Jawa (2911 m).

Merbabu: Name eines Berges in Mittel-Jawa (3142 m).

Minangkabau: Name eines in West-Sumatra ansässigen Volksstamms.

Mungo: eine Gattung der Schleichkatzen.

Nachmittagsgebet: im Islam übliche Gebetszeit, zwischen 15 und 18 Uhr (arabisch: asar akhir).

Nangka: sehr große, schwere Frucht mit klebrigem Saft (Artocarpus integrifolia).

Orang Hutan: malaiische Bezeichnung für den auf Sumatra und Kalimantan vorkommenden Menschenaffen, bedeutet wörtlich: »Waldmensch«.

Pak: abgekürzte Form des Wortes »Bapak«; gebräuchliche, intim-höfliche Anrede oder Bezeichnung für einen älteren Mann (auch für sozial Höherstehende und Respektspersonen).

Paliman: Ortsname.

Papaya: melonenartige, eßbare Frucht.

Pasir Muncang: Ortsname.

Pekalongan: Name einer Stadt in West-Jawa an der Nordküste, bekannt für Batikherstellung.

Picis: eine 10-Sen-Münze.

Pinang: Areca-Palme (Areca catechu); auch: Bezeichnung für die reife (rötliche) Frucht.

Prambanan: hinduistischer Tempelkomplex in Mittel-Jawa, erbaut um 900.

Prau: (Segel)Boot, oft mit Auslegern versehen; malaiisch: perahu.

Purwodadi: Name einer Stadt in Ost-Jawa.

Raden: Titel javanischer Fürstenkinder.

Rarang: Name eines Distrikts auf der Insel Lombok (s. d.).

Ringgit: alte Münzbezeichnung.

Rotan: Schilf- oder Rohrpalme, die nach Lianenart wächst (Calamus); englisch: Rat(t)an.

Roti: Name einer Insel südlich von Timor (kleine Sunda-Inseln).

Rujak: Mischung von teils noch unreifem Obst und Gemüse mit Gewürzen.

Rupiah: Währungsbezeichnung der Republik Indonesien.

Salam: immergrüner, tropischer Baum, Blätter als Gewürz verwendet (Eugenia polyantha).

Sambal: scharfe Gewürzmischung verschiedener Zubereitung.

Sarung: rockartig geschlossenes Kleidungsstück, von der Hüfte bis zum Knöchel reichend.

Saté: an Holzspießchen gebratene kleine Fleischstücke, ähnlich dem kaukasischen Schaschlyk.

Sawah: terrassenförmig angelegtes Reisfeld mit Bewässerungssystem (im Gegensatz zu Ladang, s. d.).

Selamatan: zeremonielle (oft: religiöse) Mahlzeit oder Festlichkeit.

Sembilang-Fisch: Name eines Seefischs mit giftigen Stacheln (Plotosus cornius/anguilaris).

Seméru: Name eines tätigen Vulkans in Ost-Jawa (3680 m).

Sen: 100 Sen = 1 Rupiah (s. d.).

Shiwa: Name eines der Hauptgötter in der Religion des Hinduismus.

Singosari: Name einer Ortschaft mit Überresten hinduistischer Tempel in Ost-Jawa.

Sriwijaya: Name des größten alten Königreichs in Indonesien, existierte vom 7. bis zum 15. Jahrhundert.

Sulawesi: indonesischer Name der Insel Celebes.

Surabaya: Name einer großen Hafenstadt in Ost-Jawa.

Tengger: Name eines Gebirges in Ost-Jawa, auch Bezeichnung für den dort lebenden Volksstamm.

Topitu: Eigenname, bedeutet: »die Siebente«.
Toraja: Name eines in Nord-Sulawesi ansässigen Volksstamms (frühere Schreibung: Toradja).

Ulama: Bezeichnung für die Theologen und Rechtsgelehrten des Islams.

Waringin: riesiger tropischer Baum mit Luftwurzeln (Ficus benjamina).
Warung: indonesisches Wort, bedeutet: Verkaufsstand, Bude, Imbißstand.
Wasserbrotwurzel: tropische Wasserpflanze (Colocasia esculenta).
West-Irian: indonesische Bezeichnung für Neu-Guinea, dessen Westteil zur Republik Indonesien gehört.
West-Rarang: Bezeichnung eines Territoriums auf der Insel Lombok (s. d.).
Wishnu: Name eines der drei Hauptgötter (neben Brahma und Shiwa) in der Religion des Hinduismus.
Wonogiri: Name einer Stadt in Mittel-Jawa.

Quellenverzeichnis

Tutursatwa Indonesia
von E. Baharudin im Verlag Lembaga Kebudajaan Rakjat 1961; Nr. 68, 69

Dua puluh dongeng anak 2
von Zuber Usman im Verlag P. N. Balai Pustaka, Djakarta 1968; Nr. 7, 9, 15, 16, 26, 30-36, 72, 73

Dongeng rimba raja
von Djavid im Verlag P. T. Pembangunan, Djakarta 1959; Nr. 71, 75-78

Djalan ke surga
von Ajip Rosidi im Verlag P. T. Gunung Agung, Djakarta 1969; Nr. 13, 14, 19, 37, 42, 43

Hikajat dan Dongeng Djawa Purba
von da Kacha im Verlag P. N. Balai Pustaka, Djakarta 1964; Nr. 3, 10, 11

Tjerita Rakjat (djilid I-III)
herausgegeben von: Departemen P. D. dan K., Djawatan Kebudajaan, Urusan Adat-Istiadat dan Tjerita Rakjat vom Verlag P. N. Balai Pustaka, Djakarta 1963; Nr. 1, 2, 4-6, 8, 12, 17, 18, 20-25, 27-29, 38-41, 44-70, 74, 79-83

Die Übersetzung der Märchen erfolgt mit freundlicher Genehmigung des indonesischen Verlages Perum Balai Pustaka und der zahlreichen indonesischen Märchensammler und -erzähler.

Anmerkung der Herausgeber:
Für das Quellenverzeichnis ist die Schreibweise der Originaltitel beibehalten worden. Dagegen wurden alle vorkommenden Eigennamen und original indonesischen Wörter der seit 1972 gültigen offiziellen Orthographie angepaßt.
Die Ziffern beziehen sich auf die vorliegende Ausgabe.

Zur Aussprache mögen folgende Hinweise dienen:
Die Betonung liegt im Indonesischen zumeist auf der vorletzten Silbe. Der Buchstabe c entspricht etwa der deutschen Lautverbindung tj. Der Buchstabe j entspricht etwa der deutschen Lautverbindung dj, ähnlich dem englischen j. Der Buchstabe y schließlich hat den gleichen Lautwert wie das deutsche j. Die Buchstabenverbindung eu existiert nur in Regionalsprachen und ähnelt dem deutschen ö.

Inhalt

(Ist die Herkunft nicht angegeben,
so fehlt die Angabe auch im Original)